File No. 002

BING AN BEN 2

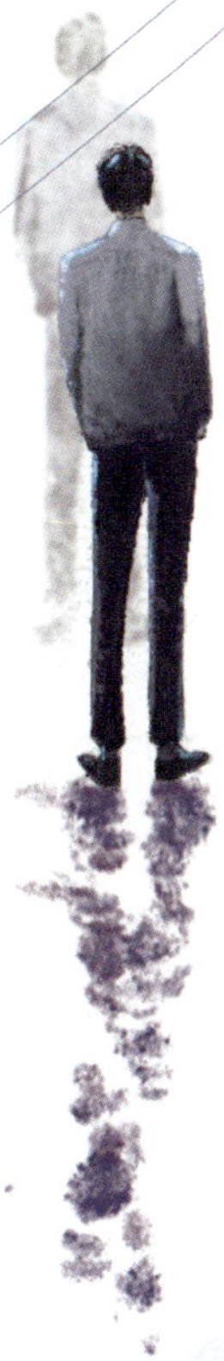

病案本 2

肉包不吃肉 / 著
ROU BAO BU CHI ROU

广东旅游出版社
中国·广州

此地长眠者
声名水上书

Case File

我也不想向苦难屈服,
或许我这一辈子算是完了,
但我至少能在那些看不见的,与疾病的战斗中,
做到正常人做不到的事情。
我想这也许就是我活下来……
我未来二十多年人生的意义。
我死也要站着死。我死也要做一些我该做的事。
老师,这是我活下去的意义。

File No. 002

——
本故事纯属虚构,
现实中的社会情形、职场制度、地理位置、科学理论等,
与本故事中的内容均有较大区别,请勿以为真实。
——

VOLUME 03

真相之下

生命到底是什么？
支持着每一个人活下去的内核，
究竟又是什么？

RN-13 初星

？

Case File Compendium

01 | 想不到真相是这样

"谢清呈……你那时候对我，就真的一点多余的人情也没有吗？"

谢清呈那个方向是逆着光的，在深夜的黑暗中，贺予看不清谢清呈的脸上是怎样的神情，只觉得那只撑着他的手轻轻颤了一下。

"谢清呈，你为什么一定要走呢？"

贺予又问——他到这个地步，竟然还能是平静的。好像越可怕、越危急的场景，对他而言就越不算事。

面对贺予的追问，谢清呈一时不知如何回答。

"你是骗了我吧，那个时候不仅仅是时间到了，是吗？"

那个孩子的眼神。

这个少年的眼神。

就这样，平静的、幼稚的、固执的，但又好像是……冷漠的。就这样，直勾勾地望着他。

掘地三尺，求不到一个答案。

谢清呈忽然觉得无法面对他这样的眼神，闭了闭眼睛："我先带你出去……"

时间已经不多了，他坚持着带贺予跑出档案馆。当他们从寂静无光的室内，跑到喧嚷嘈杂的室外时，眼前是警灯旋转，耳中是警笛长鸣，一时如坠入万花筒的世界。

郑敬风的人也发现了 L 背后真正的意义，推测出了所在位置，红蓝闪光如同潮水，从四面包抄过来。

当谢清呈扶着血流不止的贺予，走下台阶时，郑敬风哗地拉开车门，从车上下来。

这次任务的刑警队队长脸上布满了寒霜，豹子似的眼睛里透着关切与愤怒，两种矛盾的情绪就像在他的面庞上演着皮影戏，刀光剑影，精彩得很。

"谢清呈……"

"博文楼要爆炸了。你不能让人再进去。"

这是谢清呈靠近郑敬风后说的第一句话。

郑敬风看起来很想掐着他俩的脖子把他们都拿铐子铐上，但他的眼睛对上谢清呈的眼睛……那双和周木英非常相似的眼睛让他竟在最后一刻，变得不敢与之对视。

谢清呈脸颊上沾着血，郑敬风不知道那鲜血是谁的，但那血迹让他无比地愧疚。

是，他是不让谢清呈靠近。谢清呈不是警察，没有资格参与那么多。

哪怕眼前的一切关乎他父母十九年前的死亡悬案。他也只能和谢清呈说，这是秘密，你必须交给我们。

可是组织的行动力往往低于个人，越正规的组织越是如此。更何况现在局内恐怕是有内鬼的，对方似乎还是善用高科技的跨境犯罪团伙，所以谢清呈把父母被杀的案子交给了他们十九年，到现在他们还未能给谢清呈一个落地的答案。哪怕是博文楼的破译，因为各方的掣肘，他们来得也比谢清呈慢。

"赶紧往回撤。"郑敬风来不及惊讶也来不及多问，立刻把视线重新转到了对讲机上。

"博文楼起爆，全部后撤！"

他说完之后就把谢清呈和贺予带上了警车，自己最后一个上去，砰地关上了车门。

上了车，周围所有人却都用一种非常奇怪的眼神看着谢清呈。

不远处的广电塔似乎重新恢复了正常的灯光投影，谢清呈一眼瞥过去，那里不再是猩红色的丢手绢死亡游戏了，上面晃动着人影画面，也许是个广告，但他没有来得及细看，车子已经咆哮着启动。

这时候校园的大路上基本疏散得无人了，警车一路风驰电掣，红蓝光闪，逃也似的行出数百米，然后——

"砰！"

身后传来闷雷般的震颤声，随后是石破天惊般的巨响，伴随着四面看到这一幕情景的人的尖叫。

轰隆隆……

博文楼果然爆炸了……

砖瓦如山崩裂，骤然掩盖过往。

谢清呈靠在车上，只要通过后车窗玻璃，就能看到博文楼方向腾起的滚滚火焰，卷地之风般把罪与罚都裹挟进去，绞成齑粉，碎成再也无法拼凑的残片。

谢清呈闭上了眼睛，自始至终，都没再回头。

线索都成碎片，他也……回不了头。

过了很久之后，那震耳欲聋的爆炸声才停止。

车内很静，所有人的注意力都集中在案发现场。警车停了下来，警察陆续下车，外面是呼呼的风声、远处火焰的噼啪声，还有……

忽然——

"你有什么不满？"

一个男人的声音。

声音很响，是车内的好几部手机一起发出来的。

"你有什么不满，你去和院方说。"

谢清呈顿了一顿，睁开眼睛——是他被震得出现幻听了吗？他怎么听见了自己说话的声音。

"不要在这里和我理论。"

不，不是幻听。

他忽然意识到了什么，倏然睁眼——

是视频！

传输到整个沪大范围内的那个手机视频竟然还没停止！

除此之外，广电塔上也在播放着与手机投影里相同的内容。

他在看清广电塔投影的视频的那一刻，立刻就明白了为什么刚才那些警察看他的眼神中透出一种本不该有的古怪。

视频已经播放有一段时间了，至少在贺予和谢清呈出来前，广电塔就被视频画面占据。

谢清呈打开自己已经关机的手机，手机立刻就被黑客的强盗信号所绑架，他收到了那个和广电塔实时同步的视频画面。

那是好几年前的自己。

他穿着沪一医院的制服，雪白的衣襟上刺有淡蓝色沪一纹章，胸口别着塑封工作名牌和两支笔。周围的场面很混乱，医院内的病人们在围观，他站在自己的科室门前，面前是一个蓬头垢面的女人。

谢清呈立刻就知道这是哪一天发生的事情了。但是——

他面色微变，去看贺予。

贺予皱着眉，还没有完全意识到发生了什么，不过他已经清楚了这段视频就是刚才那个黑客想让他点开，看一看"是否值得"的视频。

他的肩膀还在流血，有警队的医生在替他紧急处理伤势，对方和他说："我给你清创止血，但会有些疼，你忍一忍。"

贺予漫不经心地说了句："谢谢。"

疼、血甚至是死，对他而言，确实都并不算什么。

他全神贯注地看着那光线变化的灯塔。

画面还在继续着。

视频里那个蓬头垢面的女人在号叫："你凭什么要我出示相关证件？你凭什么要保安来盘查我？我就来看个病我容易吗？你们医院专家的号儿那么难挂，号都被黄牛抢走了！要加五百块才能买到一个看病的位置！凭什么啊？"

"人穷不但得死，还得受你们医生挤对，被你们区别对待是吗？你以为我想这么浑身脏兮兮、臭烘烘啊，我凌晨四点收了摊就在你们院外头等着开门，等着排队，我有时间和你一样弄得浑身干干净净、清清爽爽吗？我真不是什么坏人！"

可是年轻的谢清呈冷冷地望着那个抱着膝盖哭倒在他面前的妇人，手插在白大褂的衣兜里，神情漠然："出了易北海那件事之后，你这样在我诊室门口坐着，却不是我的病人，我知道你想做什么？"

女人说："我只想看病！！"

谢清呈面无表情地说："你想要治病，我也想要安全，麻烦你，别在我诊室前坐着，该去内科就去内科，该去神经外科就去神经外科，我这儿和你手里攥着的号对不上。"

"可其他地方人都坐满了，地上又不让坐，我好不容易找到个空位，只想歇一歇，站了一天……"

"这话你留着和保安说吧，我就是个拿钱看病的。不想有以身殉职的危险。"

周围的病人原本并不想和医生起争执，都还拼命忍着怒气，但眼见着女人被谢清呈凶得直掉泪，谢清呈讲话又那么咄咄逼人，不由得怒从心头起，有人冲着谢清呈吼起来："你干什么啊！你没妈吗？易北海就是个例，你不用一棍子打死所有病人吧？像你这种自私自利的人，和秦慈岩先生根本没的比！你也配当医生？"

谢清呈眼睑抬起，露出一双锐利到有些刻薄的桃花眼："不管你觉得我配不配，我就是个医生。

"我觉得为了一个病人去死不值得，被一个精神病人杀害更是冤枉到可笑，医生只是一个职业，别一天天地渲染着无我牺牲，进行着道德绑架。"

他的嘴唇一启一合。

"一个医生的命，永远比一个无法自控的精神病人的命重要得多。你明白吗？"

后面视频画面就乱了，群情激愤中有谁推搡着拍摄者，画面晃动得叫人看不清，只能听到患者激动的咒骂声。

无数部手机都在播放这个画面，一个个荧幕窗口闪着光，将这一切迅速散播到互联网的各个角落。

一时间，车内的手机，无论是谢清呈的还是警队其他人的，只要没有调为完全静音模式的，都在不停地振动。那是一个个聊天群和个人发送给他们的消息。

贺予坐在警车座椅上，由着医务人员处理他肩上的枪伤。在观看视频的过程中，他始终把额头抵在窗玻璃上，安静地看着广电塔。

看着那段对方黑客试图发给他，他却选择了不打开的视频。

谢清呈觉得心在往下沉。

原来是这件事。

对方为了干预贺予，曝光了他的这件事。

他忽然很想和贺予说什么，但又不知道该说些什么，似乎也没有什么可以去解释的，他不再去看视频，他很清楚自己当时都说过什么，做过什么。

其中藏着他根本解释不了的罪孽，藏着他必须坚守隐藏的秘密——此时此刻，就这样被翻到了所有人的眼皮子底下。

他不在乎，当初他那么做、那么说的时候，就知道以后自己一定会有冤屈，一生都会饱受非议，任何事情都是要付出代价的。而他已经做好了一辈子死守那个秘密的准备，也很清楚自己将面对的是怎样的未来。

可是这一刻，他的目光落在了旁边那个沉静的青年身上……

贺予的肩膀还在不停地往外淌血，医生拿止血绷带在处理了，血液的腥甜依然弥漫在这半密闭的警车内。

谢清呈没来由地想到了就在几个小时前，他第一次平视这个青年的时候。

贺予把手伸给他，那时候没有任何人愿意帮他，连陈慢都选择了服从规矩。

但贺予说："我可以帮你。"

那只伸过来的手，细长、宽大、干净、漂亮，连指甲都修剪得非常整齐，看得出是养尊处优的大少爷，有着良好的生活习惯。

没有血，没有伤。

只有手腕上隐约的旧疤，但都已经痊愈了。

"你为什么……"

"因为这个动作,你也曾经向我做过。

"我没有忘记。"

刺目的鲜血扎痛了谢清呈的眼睛。

而阻止不了的视频画面,也同样落入贺予的视野里。

画面又变了。

是在医院会议室。

谢清呈似乎完成了某个很出色的学术报告,院方正在对他进行职称认可。

但下面鼓掌的同事们并不热情,时间线应该是在他与病人起冲突后不久。

院长让他说几句感言,谢清呈站起来,眼眸平静地扫过下面的每一个人。

他没说感言,说的是:"这是我最后一次在本院进行报告,我已经决定辞职。"

几个没带脑子的实习医生还在机械式地拍巴掌。

但是拍了没两下,实习医生就回过神来了,吃惊地睁大了眼睛,嘴巴张大,和底下所有人一样茫然地看着谢清呈。

谢清呈是他们医院最年轻有为的大夫,能力强。在他之前,沪一医院从来没有出过这个年纪的副主任医师,哪怕他前阵子有些不当言论,过去了也就过去了,哪个医生一辈子没和几个病患起过冲突?

可是谢清呈说,他要辞职。

院长的神情顿时变得很僵硬,干笑两声:"谢医生……你先下去吧,工作上的事,会议结束了再说。"

医务主任也在强颜欢笑,拿过话筒:"谢医生这阵子是心情不好吧。秦教授出了这样的事情,我们谁也接受不了,谢医生和秦教授的科室近,和前同事关系一定也很不错,当时你又亲眼看见了秦教授的牺牲,有些情绪我们都能理解……"

"我和秦慈岩不熟。"谢清呈打断了她的话,"我也没有因为秦教授心情不好。

"我只是不想做下一个秦慈岩。"

下面有秦慈岩的学生忍不住了:"谢清呈你怎么说话的?什么叫不想做下一个秦慈岩!我老师为医疗事业奉献了一生,你怎么——"

"但我不想。

"医生对我而言只是一个职业,我会做好我该做的事情,但我不觉得在这个岗位上牺牲生命是正常的。

"我也不知道为什么在座各位中的很大一部分,要因此热泪盈眶,甚至引以为荣;要不顾安危,抢救程序上存在问题的病患。秦教授可敬,但他最后出事是他咎由自取。他为什么要给一个精神病人的母亲，在手续不完全的情况下动刀！"

秦慈岩的学生们霍然而起："谢清呈，你！"

"恕我完全无法理解。"

会议室乱作了一团，小医生的悲愤全都压不住了，喷薄而出："你说什么风凉话！

"什么咎由自取？你觉得秦教授的死是他自己的错吗？

"谢清呈你忘了你以前是怎么谈论精神病人的？是你一力支持要让他们生活在社会里，要对他们宽容，把他们当作普通人对待，现在你怎么变了？出了事你就怕了，对不对？秦教授出事那天你亲眼看到了他是怎么牺牲在岗位上的，你怕了！

"你看着他被血淋淋地抛下去，你看到他办公室里的血，你畏惧了是不是？你怕哪一天遇到这种事的人就是你自己！你接触的全是精神病人，你比他危险得多！你怕你就直说！没人会笑话你！你别贬损秦教授的牺牲行不行！"

谢清呈冷淡道："对，我是怕了。"

小医生咬牙切齿："那你还说什么对精神病人一视同仁——"

"请问你们对癌症病人是怎么说话的，会直接说很遗憾你马上就要死了吗？"

谢清呈脸上没有一丝一毫的表情，眉眼如霜雪般寒冷："你们也不会这么说吧。

"真相是真相，语言是语言。我作为一个精神科的医生，必须给病人希望和鼓励，让他们觉得自己被当作一个正常人对待着。

"但各位扪心自问，你们有谁会对有危险性的精神病患者真的不心存芥蒂？你们谁愿意与他们单独相处，甚至把自己的性命毫无保留地交给那些病人？"

听到谢清呈这么说，方才还激动的小医生便沉默了。

"你们谁做得到？"

"所以……你说的那些都只不过是场面上的漂亮话……你根本……你根本……你根本就是个做了婊子又要立牌坊的虚伪小人！！"

谢清呈不和那失了态的人吵，他依旧非常冷静，冷静到近乎冷酷，冷酷到近乎冷血。他说："秦慈岩或许是个圣人，我只是个普通人。我上班穿上这身衣服是看病的医生，我下班脱了衣服后有家庭，有妻子、妹妹需要照顾。我没他那么高的觉悟。

"你们想当秦慈岩就当去吧。"

谢清呈说着，把刚刚获得的评职胸牌摘下来，放回了红绒布垫着的缎盒里。

眼神极为清醒，极为冷静——

"我只想做普通人。"

视频放到这里，画面忽然闪动两下。

蓦地熄灭。

WZL死亡游戏倒计时已经结束，警方再不能容忍对方这种得寸进尺的行为。对信息传播的控制权早就可以夺回来，只是因为牵扯了沪州无辜居民的恐怖袭击让他们不敢妄动，只能任由对方嚣张。

到了这时，他们总不能再让画面继续，上面下了命令，热闹了一晚上的"血腥之剑"广电塔终于像是从魔鬼的操控中清醒，被断去总阀。

"砰"的一声，大断电的声响。

犹如舞台谢幕，广电塔整个失去了光彩，瞬息间不见半寸光辉，它在今夜的"暴走"后彻底归于了死寂，像瘫倒在校园中央的巨兽，没了任何生机。

广电塔后面，大火还在燃烧着，冲天的火光染红了博文楼上空的夜色。警察们围站在陷落于熊熊烈焰中的那栋百年老楼附近。有人拨打了119紧急通信。

校园各处都是喧哗声，今夜无人入睡。

而车内，却是死一般的寂静。

视频没了。

画面结束了。

但贺予的眼睛一直注视着广电塔——他非常平和，平和得甚至有些可怕，就这样看着已经彻底黑去的塔，一动不动。

"绝大部分精神病人，都是正常人类对所处不正常的环境做出的反馈……

"不平等的社会关系，不正常的气氛，这些对于'他们'造成重大心理打击的罪魁祸首，很讽刺，几乎全部源于家庭、职场、社会，源于'我们'。

"贺予，你迟早要靠自己走出你内心的阴影。

"你需要重新建立与人，与社会之间的桥梁。

"我祝你早日康复。

"喂，小鬼。

"你不疼吗……"

…………

当年谢清呈说过的那些话，那些撬开了贺予内心枷锁，让他多少愿意视谢清呈为不同的鼓励，那些在贺予曾经极度困顿时，给予过他的安慰，在这一刻都如芥子、尘埃般浮上来，却显得说不出地荒谬冰凉。

贺予看着灯塔。

灯塔无光，他的眼底也黑得可怕。

算了算日子，也就是这些视频拍摄的那段时间，前后相差估计不会超过一个月，谢清呈就辞去了他的私人医生一职，然后就仿佛要跳出龙潭虎穴，远离什么恶性传染病病人似的逃之夭夭了。

医生在给他清创，手臂上那个枪伤，竟好像忽然剧痛了起来。

不然他怎么会觉得全身发冷？

又为什么面色苍白？

"贺予……"

"这件事我……"

贺予听到旁边谢清呈的声音。

他耐心地等待着谢清呈把话说下去。

一秒，又一秒。

可谢清呈没有继续了。

这些话确实都是他说的，无论起因是什么，目的是什么，其中藏着的秘密又是什么，这些都是他亲口之言，而且在秦慈岩事件的浪潮中，贺予确实是被他牺牲的那一个。

那么，他也就确实没有任何理由，可以再和这个少年多做解释。

这一瞬间贺予忽然觉得很荒谬——他原本就讨厌医生，一开始也厌憎谢清呈，谢清呈是靠什么获取了他的信任，又是用什么办法让他内心的大门多少对他敞开了一点？

不就是所谓平等的对待，不就是将他视为正常社会的一分子，支持着他从黑暗的恶龙巢穴里走出来，去碰一碰外面的万丈光芒？

可在他看不到的地方，在他不知情的地方，在秦慈岩出事后，在谢清呈离职前，这个男人又说了什么呢？

贺予慢慢地合上眼睛，他觉得自己的脸颊好像被谁毫不留情地掴了一掌。

那一巴掌因为隔着沉甸甸的岁月，落在脸上时，力道已经不那么重了，贺予认为自己根本不会因此有任何情绪的起伏。

只是血肉间，隐隐地，终还是会有一些轻微的刺痛。

"好了。伤口暂时给你包扎了，我派个人送你去医院。"负责医务工作的警队人员对贺予道，"还是要赶紧处理一下。你跟我去另一辆车上吧。"

贺予不为所动。

"同学？"

贺予睁开眼睛。

他太平静了，平静得让人觉得恐怖。

谢清呈的手机一个接一个的电话打进来，关心的、着急的、确认的……目的不同的电话都在此刻疯狂地涌入。

谢清呈没有去接。

他看着贺予的侧影。

而贺予只是温文尔雅地和那位警队里的医生说了句："谢谢，真是麻烦您了。"

长腿一迈，他步履从容地下了车。

往前走了几步，直到这会儿要提前先走了，他才终于愿意停下来，微微侧了脸，警灯的红蓝光在他光洁的侧颜描上一层变幻莫测的光边。

他轻轻笑了一下，火光在他暗色的眼里闪烁："谢医生，想不到，真相原来是这样。

"装了这么多年，你也实在是牺牲太多，真是辛苦你了。"

这句话说出来的时候，贺予觉得当真是太讽刺。

这么多年，他最怕的，就是被人当作异类。

是谢清呈走进他孤独的巢穴，给予了他一个美好的信念，让他的人生，第一次有了甲胄，让他相信终有一天，他也可以找到通往正常社会的桥梁。

他是那么坚定地相信着谢清呈的话，哪怕再讨厌他，哪怕两人之间的界限被他划得那么分明，哪怕谢清呈曾经走得那么无情，他还是理解他，还是傻子一样捧着那几句鼓励他的话，披着他给予他的盔甲，执着地，过了那么久。

可那甲胄里面，原来是带着刺的。

他以为它能抵御住外面的冷嘲热讽，可它却在猝不及防时，从内里触发千根刺、万柄刀，它伤及他，从头到脚。

谢清呈给他的信条是假的。

连谢清呈也骗他。

"谢清呈，你如果那么害怕我，其实从一开始就可以直接告诉我。

"你不用当面一套，背后一套，更不用和我讲那么多违心的大道理。那样，也不至于……"

贺予停住了，没有说完这句话。

他的身影很孤独，声音竟还是非常冷静的——就像谢清呈曾经期望的那样，就像谢清呈曾经教他的那样。冷静至极。

贺予最后只是笑了笑，他淌的热血还在谢清呈掌心，他的冷笑已飘在风里。

而后他彻底转身，头也不回地跟着警队的人，往另一辆车的方向走去。

02 | 曾经

眼前，仿佛又是那个十三岁的少年，在固执地、无助地，却又拼命隐忍着，望着他。

在他要离开贺家的那一天，他从那个少年的眼睛里，仿佛看到了一点不属于病患的珍贵东西。

但是他的心太硬了，对某些情绪又不那么敏感，何况当时还被许多事情缠了身，没有什么心思仔细分辨一个孩子的情绪。他于是本能地不相信那双眼睛里，是带着医患之外的感情的。

他一定要走。

贺予确实是被他牺牲的，是被他丢弃的。

是被他在秦慈岩事件的乱潮中，狠心松了手的一个孩子……

那个孩子被病痛的逆流卷进旋涡中时，曾经那样定定地看着他，眼神就像一条把小爪子递给人类、信任过人类、却终究被人类所欺骗，被折了翅翼、抽脊断爪的幼龙。它呆呆地趴在岩石上，受了伤，小翅膀、小爪子上都是干涸的血，却为了龙的面子，不肯哼得太大声。

贺予是个很有自尊的人，所以他尽量克制地说——

"谢清呈，过去这些年，我经历过很多医生，他们让我吃药，给我打针，以看待一个独立患者的眼神看待我。只有你不一样。

"因为只有你，会把我当成是一个应该融入社会的人。你和我说打针吃药不是最重要的，去和他人建立联系，去建立一个强大的内心，才是我能撑下去的唯一出路。

"谢医生，虽然我和你不算太亲近，但是我……

"我……

"我以为你不仅仅把我当一个病人看，你也把我当作一个有感情的正常人看待。"

他这样高的自尊心，最终还是被逼着说出了那样近乎幼稚的话。

"我有很多零花钱，可以——"

可以雇你。

我可以留下你。

能不能，不要走啊？

能不能留下来？

谢清呈那时候以为，贺予有这样强烈的不舍，或许全部都是因为谢雪，或许连贺予自己也是那么认为的。

但其实不是的。

他闭着眼，回想着这一切的时候，仿佛能感觉到贺予小时候拒绝打针吃药，被他扛在肩上，那双手从挣扎到顺从，就这样安静地伏着，搭在他的肩头。

"谢医生。"

"谢清呈。"

声音从稚嫩，到变声期的沙哑。

再到后来，成了一句含着伤感，却硬生生被倔强和冷漠所覆盖的——

"谢清呈，你没有病，但你比我还没有心。"

——你没有心。

我的病还没有好，还那么重，你为什么就抛下我……

"砰！"刺耳的枪声，淌在他掌心的鲜血，少年在黑暗中冷得透彻的一双杏眼。

他说，谢医生，真相原来是这样……真是辛苦你了。

被抛弃又被伤害的幼龙，是不是面对那个把它的天真与热切踩在脚下的人类，就是这样的神情？

肩上的力道和温度好像就此消失了。

谢清呈闭着眼睛。

只有掌心里，仿佛还残留着鲜血的余温。

"很累了吧。"

忽然间，有一个人在他背后说话，肩上的力道又回来了，有一只手按在了同一处位置。

他睁开眼，在派出所。

按着他肩膀的人，是郑敬风。

他刚刚在走神，于混乱与忙碌中，想着和贺予的那些往事。

现在已经是深夜了，谢清呈坐在问询室内，面前的小刑警花了一个多小时，把记录全部做完，他和郑敬风打了个招呼，收拾资料走了出去。

虽然谢清呈不是郑敬风的亲属，但郑敬风毕竟和他父母关系特殊，还是在调查过程中进行了回避，直到这时候他才来到了问询室。

"烟？"郑敬风试探着和谢清呈搭话。

"好。"谢清呈疲惫地开口。

郑敬风递给他烟，在他对面坐下了。谢清呈点了火，把过滤嘴咬上，火机在桌上推给他。

抽了一口，他慢慢把倦怠的眼睛抬起来。

郑敬风和他四目相对。尽管对眼前人的性格早有所知，那一瞬间郑敬风还是被谢清呈的目光触动到了。

太坚硬了，太锐利。

像刺刀，像磐石，像他死去的父亲和母亲。

又或许更甚。因为发生了这么多事，这时候再看他，除了生理性的疲惫，这双眼里竟然没有太多脆弱的情绪。

郑敬风给自己点烟的手不由得轻抖了一下。

"为什么不说话。"

谢清呈嗓音微哑，这让他至少稍微像个正常人了。

"你进来，总不会是干坐着的。"

"因为该说的道理我不想说了，你心里都清楚，但你还是要那样去做。"郑敬风叹了口气，"还有，不管你信不信，我进来之前，一直在想该怎么安慰你。"

"但进来之后我发觉没有太大的必要了。"老郑看着谢清呈此刻近乎无情的一张脸。

谢清呈咬着烟拖过烟灰缸，把烟从干燥的嘴唇间拿下来，磕去了烟灰。

"是没必要。"

"但你知道吗？我看着现在的你，想到了一些事。"

"什么。"

郑敬风长叹了一声："我想到你小时候……"

"我第一次见到你，你还在念小学。那天你妈妈感冒，你主动要求去食堂帮你妈打饭。"郑敬风刚毅的眼睛里蒙上一层回忆的柔软，"你妈妈喜欢喝西红柿鸡蛋汤，你那时候个子不高，站在汤桶边，够不着大勺。我看到了，就走过去帮你……你抬头和我说谢谢的时候，我一看你的眼睛，都不用介绍，就知道你是周木英和谢平的孩子。

"后来你经常来办公室做作业，累了就披着你爸妈的衣服趴在桌上睡一会儿，等他们下班。单位里很多人的孩子我都见过，你是话最少、最懂事的那一个。"

郑敬风也吐了一口烟圈，头往后仰了仰，目光追逐着青烟而去。

"我后来忍不住好奇，问你爸爸，这孩子是怎么教的。他笑着和我说，没人管你，你就是这样的性格。我觉得老谢真是够炫耀的，不服气，就跑来问你，不知道你记不记得了，我那时候问你为什么这么厉害……你给我看了散打比赛的奖状，那天刚好颁完奖。"老刑警道，"然后你说……

"你想当个警察。"

"我想当个警察。"

这句话是同时说出来的，说完两人都有些沉默了。

过了一会儿，郑敬风才道："别的孩子在那个年纪被问理想，大都是个模糊的概念。你不是，我一看你眼睛里的光就知道，你是认真的。大概是你从小就有这样清晰的打算，所以活得总比同龄人清醒，目标明确。"

谢清呈抽完了烟，又点一根。

郑敬风说："你少抽点吧。"

"没事。"谢清呈说，"你继续。"

郑敬风叹息："但你那时候的镇定也好，冷静也罢，都还像个正常人。我现在看着你，真的，我挺为你担心。一个普通人是无法承受你这样的心理约束的，这会把人逼疯。小谢，你真的没有必要这样紧绷。"

"我没觉得紧绷，也没觉得累。"谢清呈说，"你不用替我想一些弱点出来，我很习惯我现在的状态。软弱是女人该做的事情，和我无关。"

郑敬风被他两句话就气得头疼，抬手点了点他："你这男权主义真的有问题，要改改。幸好我们队里的女同志不在这里，不然就算你长再帅，都该被她们翻白眼，并且我还会觉得你活该，她们翻得好。你什么陈旧破思想！"

谢清呈不在意这些东西。

他拨弄着烟滤纸："寒暄也该结束了。郑队，聊正事吧。"

"哪件不是正事？"郑敬风瞪他，"我问你，你的命不是正事？外面那大广电塔投放的那些乱七八糟的视频不是正事？你是没看手机，现在网上都吵翻了，你真行啊谢清呈，那么一个黑社会性质组织被你惹得专门找了你的视频免费投放，你说这算不算正事？还有档案馆爆炸时你和你那个小朋友两个人在里面，是，我是相信这事儿就和你俩交代的一样，但上面能那么认为吗？程序能那么走吗？你还要接受调查，你那个小朋友也是。这算不算正事？还有，你——"

"他的伤怎么样了？"谢清呈打断了郑队的滔滔不绝。

老郑愣了一下。

这是他进屋以来，谢清呈问的第一句有点人情味的话。

谢清呈对贺予是内疚的。

他很少会对什么人产生内疚感，尤其是这种年纪比他小太多的人。

说难听的，有时候谢清呈看这些小年轻，都不太像在看一个个有血有肉的生命。

这并不是说他没把他们当人，而是说他没有把他们对自己的感情太放在眼里。

贺予也是一样。

尽管谢清呈和贺予相处了那么多年，从贺予七岁起到十四岁，他都是他们家的私人医生，但是谢清呈从来没有把贺予放到一个能和自己正常对话的高度上过。

他总是在教贺予该做什么，除了单方面的指教，从来没想从贺予身上获得任何东西。

更没觉得他能从一个少年身上获得任何东西。

这是第一次，谢清呈注意到贺予已经长大了。有着他无法忽视的喜怒哀乐、个人意愿。

谢清呈想起贺予临走时那个冰冷的眼神，又看着自己身上渐干的热血，第一次非常清晰地对贺予有了病患之外的情绪触动。

他又问了一遍："郑队，他怎么样了？"

"你那小朋友是吃错药了吧。"郑敬风摇摇头，"非亲非故，陪你进博文楼。"

"还有你，你怎么可以由着他和你一起闹。跟你一起做那么危险的事情。"

谢清呈垂下眼睫。

他当时真是糊涂了，整个人都被十九年来的痛苦撕扯，意识支离破碎，他和贺予一起去档案馆的时候，只想着杀害父母的组织或许在今天就会有一个答案，甚至没有意识到其实这种行为已经太过冒险。

直到卢玉珠把枪拿出来的那一刻，他才陡然清醒。

可惜已经迟了。

"你应该庆幸卢玉珠不会用枪，否则你俩都该死在里面。就算你不死，他死了，你怎么面对他父母？"

说到这里，郑敬风抓了抓头，烦得要命："说起来，他还是贺继威的儿子，你真行，贺继威的儿子你也敢拿着用。他父母的电话全打我们上头领导那边去了，在问是怎么回事呢，幸好只是打在了手臂上，还没伤着骨头。不然我看你——我看你——"

他狠狠拿手指凌空杵了谢清呈几下。

"我看你怎么收场！"

谢清呈闭了闭眼睛。

贺继威其实给他打了几通电话，但是他没想好能说些什么，于是没有接。

后来贺继威给他发了消息，他说："贺予为什么要跟你做这种事情？"

这也是谢清呈所不知的。

或许是因为贺予从前真的很看得起他的理念，七年的陪伴让贺予觉得他们之间不仅仅是医患那么淡薄的关系。

但现在——

那些视频播过之后。

原本的答案是什么，都已经不再重要了。

贺予临走时的眼神很冷，冷得像他们第一次见面时一样，甚至比初见时更为冰凉，像是看着一个骗子。

仔细想想，贺予以前哪怕嘴上说着再讨厌他的话，也从没有露出过那样的神情。

他从没有对任何人，露出过那样的神情。

哪怕是发病时，嗜血狂暴，心狠手辣，但他所有的发泄也都是针对他自己的，所有的伤害他都选择了内耗。

谢清呈是他第一个用那种可怖眼神剜过的人。

"唉，好了好了，现在你那个小朋友没什么大问题，你也不要多想。"郑敬风误会了谢清呈的沉默，手在办公桌上交叠，语气稍微缓和下来，"他和你一样，该走的程序都要走，该接受的调查都要调查。他父母那边，我们会先解释清楚，后续该不该上门道歉，你自己看着办。"

"嗯……"谢清呈心烦意乱，第二根烟也抽完了。

他要去拿第三根。

烟盒被郑敬风按住了。

"你要不要你的肺了？抽抽抽，有你这样抽烟的，啊？你小时候不是最讨厌别人抽烟了，怎么搞的你现在。"

谢清呈："我烦。"

"烦你也不能这样抽。"

"我也知道你今天烦得要命，我也烦得头疼，我孙子发烧39℃在医院呢，我一个电话都没时间打回去。"郑敬风屈起手指敲敲桌子，"忍着吧！等我把事情和你说完！"

谢清呈叹了口气："行……你说。"

"你刚才口述的时候我都在监视器那边听了，你讲的话我也全部相信。但是我告诉你……"郑敬风讲到这里，眼神有些闪烁了，刚才硬邦邦的语气也出于一些原因松垮了下来，"你不能抱太大的希望。

"按我的猜测，卢玉珠的死亡是早已策划好的，她是他们那个组织留下来'兜罪'的人。为此他们还遗留下了一些证据和线索，可以把今晚这些谋杀案的直接凶手都推到她身上，并且三证齐全，符合结案的条件。

"今天这事儿闹得太大了，你知道越大的事情，越需要尽快有个交代。下面工作的人不是傻子，确实知道在很多细节上存在很大漏洞，但上面某些人，顶不住太大的压力，证据链齐全的事情，他们或许不会细查，甚至迫切地希望能够立刻收尾。"

谢清呈不能抽烟，就在玩火机，把火机玩得咔嗒咔嗒响。

"并且上面有保护伞，是不是？"

刀刃般的目光抬起来。

"虽然不知道是哪一把，有多大，但他们既然敢这么做，就是有这把伞在。"

郑敬风："你不要问我……我啥也不知道！"

"确实不该问你。"谢清呈往椅背上靠了靠。

这里是警局，郑敬风能说什么？更何况他要是真知道伞是哪把，还至于这样僵坐在这里？

"其实他们今晚这个行动的目的也很明确。"郑敬风说，"第一，要把博文楼的痕迹打扫干净。

"第二，闹那么大，是因为他们看到了像张勇这样，因为性格软弱，对他们的组织黏性不高，有可能投靠警方的人。今晚的广电塔'游戏'，他们是杀鸡儆猴，做给'张勇们'看的。好让他们知道，哪怕有警察追踪保护，他们也可以在警察眼皮子底下杀人。他们在震慑所有合作方与手下。

"第三，他们想给成康的事情做个收尾，抛出死士卢玉珠，或许之后还会抛出其他的替罪羊，他们在利用我们之中某些人希望把影响压到最小、迅速结案的心理，把整件事就此了结。后续哪怕有警察要往下追查，那也只是他们个人的行动，势单力薄……我不排除内部确实有大鬼的可能。"

郑敬风说到这里，重新把目光落到谢清呈身上。

"但我想不明白的是最后一件事。"

谢清呈其实已经知道他是指哪一件,但他还是问:"什么?"

"他们为什么要在最后放你的那些录像。"

放录像恐怕是因为对方当时已经通过某种手段知道了干涉卢玉珠的人是他和贺予,这个只要盗获学校的一部分监控就能猜出来。

对方采用这种方式,让贺予不再为谢清呈所用,说明了一点——

这个组织已经知道贺予有精神疾病。

并且已经了解谢清呈曾是他的私人医生。

这件事鲜为人知,郑敬风不知道,就连谢雪也不知道,谢清呈为贺家工作那么多年,对外说的全是与贺继威的药企项目有关。

谢清呈曾往这个方向思考过,有一瞬间他甚至怀疑过贺继威,但这个想法实在有些荒唐。贺继威是贺予的父亲,也曾经给过谢清呈挺多帮助,他不会做出这样的事情。

随后谢清呈也意识到,其实贺予有精神病这件事,不能算一个铜墙铁壁的秘密,贺家的那么多保姆,多多少少都知道一些,人多口杂,其实很难靠这一点锁定到某一部分人身上。更何况对方还是进出各大信息网站如入无人之境的黑客。

"我问你话啊,小谢。"郑敬风见他又出神,烦躁地直挠头发。

"不清楚。"谢清呈仍然没有把贺予生病的事情告诉郑敬风,"可能是监测到我阻拦卢玉珠,想给我点教训。"

郑敬风将信将疑地抬起眼皮瞪着他。

谢清呈眼也不眨地回望着老郑。

最后郑敬风叹了口气:"很好。那他们的目的达到了。"

他把自己的手机推给谢清呈:"你自己看看吧。"

网上已经炸开了,一来是因为谢清呈的言论确实有些刻薄不妥,触到了很多人的痛点,而且还带上了秦慈岩教授。

二来是因为,这样一个犯罪组织,在"丢手绢游戏"之后,居然特意播放了一段与谢清呈有关的老视频,这视频虽然早就在网上有流传,但那么多年也没什么人看,几百的点击量都没有,总不会是对方组织觉得谢清呈帅才把他放上去的。大家也不会知道这个视频的作用是为了离间当时在谢清呈身边的黑客贺予的,于是纷纷猜测谢清呈和这起恐怖案件的主谋会不会有联系。

一时间众说纷纭,谢清呈作为一个普普通通的已辞职医生,现沪医科大教授,竟然冲上了"热搜"。

"好看吗？"郑敬风又是无奈，又是恨谢清呈不听他的劝，感情复杂地纠葛在一起，最后居然还带了点长辈的嘲讽。

这时候外面有他徒弟在叫他了，郑敬风起身，拍了拍谢清呈的肩，叹息道："真不错，明星也没你长得帅。但可惜你这张嘴怎么就那么负面。你那时候是吃了什么失魂药，我都不信你能讲出那样的话。你怎么回事？"

"没怎么回事。"

"什么叫没怎么回事？那是你吗？我还能不了解你吗？你要是不趁早解释清楚，你看后果会怎么样，现在的舆论都已经——"

"你以为你很了解我吗郑队？"谢清呈看着他，"那些都是我的心里话。"

"什么心里话，我认识你和你爸妈两代人加在一起都四十多年了，我还能不知道你……"

可是对上了谢清呈的眼神，郑敬风的语气最终又软下来："算了。你不想说就算了！我也不逼你，反正你想干的事头破血流都没人能拦着，服了你了，行了吧？"

"你好好休息。休息好了，就去看看你那个小朋友。"

看得出这句话是郑敬风最后才选择和他说的："不知道为什么，他一直在发高烧，但伤口处理及时，也没感染。"

谢清呈抬起头来，手不易觉察地握紧了。

——莫名的高烧是贺予"精神埃博拉"发作时的症状之一。那他……

"不过也不知道他愿不愿意见你，他好像情绪挺差的，除了必要的回答什么话也不多说。"郑敬风叹了口气，"他人已经去医院了，回头你自己联系看吧。"

03 | 他无所谓生死

贺予确实不肯见谢清呈。

他像是决意彻底从谢清呈身边蒸发掉一样，任何消息发给他，都是石沉大海。

谢清呈也去了医院，但贺予不习惯公立医院的吵闹，很快转去了私立，谢清呈连门都进不了。

而接下来的几天，对谢清呈而言也可谓混乱。

谢雪、陈慢……关心他的老街坊、同事、领导，各种各样的人找他，询问那天晚上究竟发生了什么，他为什么会被一个黑社会性质组织挂到广电塔上去。除此之外，他还要时不时接受警方传讯，去配合完成调查，走完程序。

他知道网上已经因为这件事吵得热火朝天，但是这竟然不能影响他什么，因为他根本没有什么时间坐下来看一眼社交平台。

谢雪就不说了，哭着和他打了好久的电话。她问他在哪里，要来找他，却被他不容置辩地拒绝了，也没告诉她具体位置。

幸好谢雪从来没有看到过父母死亡现场的照片，谢清呈为了保护她，不让她和自己一样陷入漫长的绝望里，一直没有向她描述过父母具体的死因。

谢清呈希望她知道得越少越好。

陈慢也来了。

陈慢和谢雪不一样，他是完全知情的。所以他来得最早，谢清呈还在接受第一轮调查时他就到了。

他不隶属郑敬风他们局里，是请假赶过来的，他一进门就急着确认谢清呈是否一切安好，那么急躁的人，竟好半天才闷出来一句。

"哥，你是不是要吓死我。"

谢清呈看到他下颌淡青色的胡楂，看来这两天这孩子没有心思好好地捯饬自己，他叹了口气，拍了拍陈慢的背。

后来调查好不容易告一段落了，陈慢又来接谢清呈回家。

这一日，谢雪原本也要来的，但是她因为最近精神压力太大，人很不舒服，谢清呈就让她请个假回陌雨巷好好休息，黎姨会照顾她。

他和陈慢一起回沪医科教工宿舍去了。

高校教工宿舍是分等级的，比如谢清呈住的就比谢雪宽敞，当然也不否认谢雪屋子里都是乱七八糟的杂物，而谢清呈的单身宿舍堪称家徒四壁级别的冷清。

"哥，你休息休息，睡一会儿，我给你做些吃的。"

陈慢进厨房去了。

谢清呈的宿舍他来了不止一次，熟门熟路。

抽油烟机响起来的时候，谢清呈正疲惫地躺在沙发上。

恍惚间他觉得这一幕有点眼熟，后来才想起来自己枙果过敏发烧的那一天，贺予也来过这里，在厨房照着菜谱忙碌过。

谢清呈打开手机通讯录，略过那些堆积未读的消息，最后找到了贺予的名字。

聊天记录仍然停在自己问他情况的那些信息上。

贺予依旧没有回他。

谢清呈想了想，从通讯录里找到了他的号码，又一次给他打了过去。

毫不意外地，电话响了几声，然后就被挂断了。

谢清呈轻轻叹了口气，他连女人都不会哄，更何况要哄一个负气的少年，而且那少年现在不只是生气，更是心伤、心冷。

　　他不知道该怎么办，抬手抵住自己的额头，过了很久，他疲倦地放下手机，转身去了浴室。

　　谢清呈洗完澡披着浴袍出来时，陈慢正在客厅餐桌前摆着碗筷。

　　"哥，你要不要……"话说一半，抬起头来，陈慢就停住了。

　　他看见谢清呈披着雪白浴袍，慵倦地靠在了窗棂边，含烟点火。

　　谢清呈的头发还在滴水，但他懒得擦了，水珠顺着他的颈侧流下来，淌进衣领的阴影之下。

　　谢清呈心情不佳，没有注意自己的形象，他抽了口烟，轻轻咳嗽着，转头看向陈慢："你刚刚想说什么？"

　　"哦，我、我说你要不要蘸点醋，我煮了些饺子。"

　　谢清呈心不在焉地说："都可以……"

　　陈慢就又飞快地回厨房里去了。

　　谢清呈则在窗边把烟抽了，想了想，还是给贺予又发了条消息：

　　"博文楼的事，还是要和你说一声，谢谢。"

　　烟灰簌簌飘飞，落在风里，像温柔的水精灵，漂在水里。

　　谢清呈安静地看了一会儿，又补上一句：

　　"是我没有考虑周全，对不起。"

　　他知道贺予想听的未必是这两句。

　　贺予的心是被视频上他说过的那些话伤到的。

　　但谢清呈不知道那该怎么解释。他不想，更不能解释。

　　"哥，饺子煮好了，你快来吃吧。"

　　谢清呈关了手机屏幕，走到了餐桌边。

　　陈慢煮的饺子是之前黎姨包了送来的，皮薄馅大，里面是融着鲜汤皮冻的春笋猪肉馅。

　　陈慢做了干捞，汤是单独盛的，这样凉得快些。谢清呈也是又累又饿，一口气吃了三十来个。

　　陈慢这时才轻声道："谢哥，你以后不要再做这样的事情了。

　　"你还记得我哥走的时候你是怎么劝我的吗？

　　"你跟我说，过去的事情，再难过也是无法改变的。如果还打算继续活下去，迟早都得重新收拾好自己。

"你还和我说了伯父伯母的事情,我那时候年纪太轻,脑子转不过弯来,我问你为什么不一直追查下去。你和我说,答案是很重要的,但有的时候,人不能为了一个答案就困在泥淖里出不来。

"你很想知道伯父伯母真正的死因,想知道陷害他们的凶手……但如果你把所有的精力都孤注一掷投入其中,你就无法好好地支持着家庭运转下去。你还有妹妹,还有……"

谢清呈说:"谢雪已经长大了。

"这件事换成十年前,我会忍耐住,不去盘问真相。因为得到真相的代价也许是我付不起的。但现在谢雪已经成人,我没有妻子、孩子需要养。我已经自私了十九年,现在终于是没什么牵挂的时候,杀父杀母的线索摆在那里,我再也无法视而不见。"

陈慢在谢清呈面前很少有声音响的时候,但听到这里他忍不住了。

"哥你什么意思?意思是你现在死了也无所谓了吗?你只要把妹妹养大了,看我们都独立了,你就觉得如果你死了,对于我们而言也不是什么不可以接受的事情,是吗?!

"谢哥——你……你怎么可以这样说?"

他的声音在发颤。

"你怎么可以这样想?"

陈慢忽然觉得谢清呈这个人太可怕了,他可以在一个计划里去考虑周围所有亲人的生死安危,但是他竟根本没把自己的命算进去。

谢清呈在衡量自己是否能送命时,取决的条件竟然不是"我想不想活着",而是"我现在死了,我照顾的那些人能不能独立存活下去"。

他在巨大的威胁面前,甚至是有自毁心理的。

"你活着……你活着就是为了别人?只要把别人安排得井井有条了,你就觉得自己的死不是什么重要的事情了是吗?!"

谢清呈叹气,拿了根烟出来:"我不是这个意思——"

"你不可以抽了。"

陈慢忽然站起来,一把按住了他的手,铁青着脸将他的烟,连同火机,连同烟盒一起拿走。然后当着他的面直接扔进了垃圾桶。

谢清呈没有起身,他坐在椅子上,良久之后说:"陈慢,我没有觉得我的命无所谓。"

"那你这样做是什么意思?"

"没什么意思,但一切都是有主次排序的。在我看来,把谢雪养大,曾经是最重要的一件事,排在追求真相前面。现在这件事已经完成了,而我也没有什么牵挂。追求真相在这时候就会变得很重要。"

陈慢红着眼眶说:"可你的性命也很重要。"

"在我看来,比真相重要。"

谢清呈说:"你是警察。"

陈慢说:"但我还是陈慢。"

屋里很长一段时间都没人再说话,只听到时钟在墙上嘀嗒嘀嗒的转动声。

最后是谢清呈不忍见陈慢这副样子,他叹了口气,错开了话题,说:"你坐下来吧。陪我吃点东西。"

见陈慢不动,谢清呈又说道:"别再闹了,坐下。"

话到这里,对谢清呈而言已经算是让步。

陈慢虽然很不甘心,但谢清呈的气场太强了,他从来没有办法违抗太久。

僵硬着坚持了几秒钟后,他只得在谢清呈的盯视下缓缓坐了下去,重新拿起筷子,眼泪却掉在了汤里。

市区某别墅内。

"什么?你说贺予是血蛊?"吕芝书愕然看着眼前的人,费了好一阵工夫才消化过来,"段总,你不会是开玩笑……"

段老板翻着面前的报纸:"吕总有这样一个儿子,应该很高兴才是。"

吕芝书抹着红指甲油的粗短手指抓了抓头发,她的眼睛里盛满了震惊,喃喃自语了一会儿,才对眼前的男人道:"他……他作为4号病例,早就被组织判断成了没有什么能力的残次品。这些年我也就把他当普通病人一样照护着,从来不认为他有病情变异的能力,你们……你们也不觉得他有什么研究价值……"

段老板笑笑:"那很显然,是人都有出错的时候。"

"成康精神病院病人逃脱,后来调查出来,当时返回火场的人,一个是贺予,一个是谢清呈,他们进去之后,病人们就以非正常的速度被救出来了很多。虽然他们和警察说的原因是,有些门没有锁,只是从外面扣了一下——但这个理由说服警察可以,说服不了你我。"

段老板喝了一口沏好的茶,悠悠地对吕芝书道:"不过吕总不用担心,贺予既然是你的儿子,也就是我们的人。"

吕芝书眼神游离,摇摇头:"不,以他的性格,恐怕不会……"

"人心都是肉做的，血浓于水，他哪怕现在不是，以后也迟早会站在我们这边。哪个儿子会违抗母亲呢？"段老板皮笑肉不笑的。

吕芝书讪笑着不知如何回答。

老普洱入口甘醇，段老板又饮一口。

吕芝书道："段总，在这件事上，我确实无法和你打包票。如果他真的有了血蛊，他也从来没有和我们提起过这件事……"

段总哈哈地笑了起来。

"吕总，这个原因，是不是你太偏心？连我都知道你和你们家老贺根本不怎么陪伴长公子，他的内心当然就离你们很远。但通过广电塔这件事，我看他未必是那么冷漠的人——你们之前给他请的谢医生，只不过多陪伴了他一会儿，多尊重了他一点儿，他就能为姓谢的做到这个地步。"

提到这点，吕芝书反而有些愤然。

"那一枪要是真打在了他的要害，那……"

"你不是还有贺鲤吗？贺鲤对你而言才是最重要的吧？"

段老板戏谑地端详着吕芝书的脸色，那就像是一摊没有搅拌均匀的奶昔，红红绿绿的。

"以后你和老贺的慈爱记得分一点给长子，贺鲤是个正常孩子，知道你喜欢。但现在贺予有了血蛊，他要是能死心塌地跟着我们，那是再好不过的事情，省去了很多强人所难的麻烦。"段老板用分茶器又给自己倒了一些红汤，温和道，"这事吕总慢慢去做吧，冰冻三尺非一日之寒，一点点地多给他些关注，他迟早会谅解你之前对他的漠视。不急于这一时。"

他这次给吕芝书也倒了些茶汤，抬手示意。

"小沈这次带来的茶还真不错，吕总尝尝。"

见吕芝书僵着不动，段总的眼神更尖锐了一点："你啊，一向都是一个很聪明的人。所以你们家老贺才能被你骗那么多年——你的演技并不比黄总手底下养的那些小明星差。但演戏嘛，可以入戏，也可以穿帮。吕总，你明白我的意思吗？"

吕芝书像是被他的话刺中了痛处，有点站不稳。

段总笑了笑："我们都是多久的合作伙伴了。我甚至比你家老贺更了解你。吕总过去的那些事，只要你足够配合，我就会一直替你瞒着贺继威的，你尽管放心。坐吧。"

他把茶杯推得离吕芝书更近了些。

"尝一尝,你不是最喜欢茶吗?"

吕芝书终于慢慢地在他面前的沙发上坐了下来,被骇得有些发凉的手指碰了一下杯沿,适应了温度,才端起来品了一口。

茶咽下去,单宁生涩。

吕芝书强颜一笑:"是不错。"

段总见她神思不定的样子,淡道:"吕总好好去做就是了,怀柔是一件需要漫长时间的事情,你也不必压力太大,令郎也才十九岁。'精神埃博拉'越到后面变异得才越厉害,先放着他慢慢磨炼,日子久了再和他摊牌。我相信到那时候,他会愿意成为我们之中的一员。"

吕芝书:"那……你打算怎么磨炼他?"

"看着吧。"段总挺轻松的,好像在玩一个很有趣的游戏,"走一步,瞧一步,他本来就是我们意料之外的惊喜,我倒觉得,也不必对他做太多的计划。而且这阵子他应该被他那位谢医生伤得厉害,年轻人受了些打击,应当由着他自己好好调整调整,就先随他。"

他说着,倾身过去又上了些水,准备接着过一遍茶叶。

"我们也有很多事情要做,这次视频事件,该震慑的耗子也都震慑了,成康和沪大的尾,得盯着收干净。我们给了狗一根骨头,必须盯着它们啃完,既然已经把它们引到了境外的替罪羊身上去,那就别让狗再追着嗅来。"

段总说完,施施然给自己烹上了热茶:"对贺予好一些,但记得要自然,要是贺继威发现了不对劲,吃亏的总是你自己。"

吕芝书看着茶盏里自己面目肥腴走样的倒影,许久后,喃喃:"好……我知道了。"

04 | 一直欺骗着我

贺予确实疯了。

"惊魂夜"过去很多天,他其实早已出院了,但是没和任何人说,也没有回主宅。

现在所有人在他眼里都是恶心的,是虚伪的。他在沪州市区的某新盘拥有一套平层,拿了钥匙后也不怎么过去,此刻他选择了一个人住在那里。

他刚看到谢清呈那些视频的时候,很受打击,可是清醒过来后,又并不甘心。

他在医院冷静了一些的时候就想过,会不会是自己误会了。

会不会是那个犯罪团伙别有用心，谢清呈的往事被断章取义了。谢清呈并不是这样的人。

他抱着这样的期待，抱着最后的希望，回了家——他想要亲自去确认，不想被任何人打搅。

然而令他没想到的是，被翻出来的那些事，远比他在视频上看到的那冰山一角来得更残酷。

真相太可怕了。

他查得越深，病得就越厉害。

桌上是控制病情的药物，他吃了几颗之后就没有再碰过。

因为根本没有用。

他亲自调查的结果让他的内心世界更为崩塌，已经不是一些药片就能控制住的了。心脏像是生了青苔，整个人感官都是麻木的，他想疯狂一把，道德和法律在他眼里忽然变得很不值得一提。

也是，"精神埃博拉"发作时命都不算什么，一个人不怕死了，还会怕什么社会的游戏规则？

贺予坐在黑色单人扶手沙发上，手机铃声响过好多次，是谢清呈发来的消息，打来的电话，但他不接也不读。

他只是抬着眼，看着面前一整面的白墙。

五米多的层高，墙面宽绰得犹如电影院里的巨大银幕。

而此时此刻，墙上密密麻麻投影了成千上万条聊天记录。

——这是过去许多年里，目前所有可以通过黑科技从云端痕迹进行恢复的——谢清呈的私人收发信息。

和贺予有关的信息。

贺予是顶级黑客，他一直都有这种变态的能耐，但有能力并不一定真的会去做某些事情，贺予心里是有一条明确的界线的，那条界线他过去从来没有跨过。

可一朝撬开尘封的大门，踏入其中，才看到里面是怎样的一番景象。

他看着血都冷了。

尽管时间隔得太久，消息恢复得残缺不全，但能得到的信息已经足够充分。

从最早可恢复的内容开始，他看到父亲给了谢清呈高额聘金，请他来给自己看病，可谢清呈最初并不那么愿意，并且说3号病例已经死亡了，临死前有严重的暴力攻击倾向，虽然他很同情贺予的遭遇，但是他实在不想把时间耗费在和"精神埃博拉"病人长期的纠葛上。

"照顾这种病人没有结果，也没有太多的意义。我想用这个时间去做一些更值得做的课题。"

贺继威给他发消息："贺予是不一样的。他年纪还小，他和3号病例一定不会走同一条路。我知道'精神埃博拉'对你而言不会没有任何的吸引力，谢医生，麻烦你看在我之前和你的交情上，至少来我们家里谈一次。见一见我儿子。"

"贺总，我还有很重要的事情要完成，而且我不太赞成其他医生和您说的那种陪伴式疗法，长期和一个医生保持关系，会让病人产生依赖心理，到时候强制结束治疗，就像戒毒一样，反而更容易影响病人的情绪。"

贺继威坚持道："但我没有别的办法了。我只能这样试一试。

"谢医生，请你看在我的面子上，至少见他一面，好不好？"

来的时候这般艰难，千央万求。

走的那一天呢？

离职那一日——

贺继威再次确认："谢医生，你还是决定要结束这份工作？"

"是的。"

"合同之外，毕竟还有人情。你一直对贺予很好，有时候甚至会为了他和我争吵……"

"换成其他任何一个人，我都是一样的态度。因为这是我拿了钱就该做的事情。"

"但是贺予已经对你有依赖心理了，这一点你应该知道。"

"我从一开始就和贺总说过，长期的陪伴式治疗会对病人造成这种影响。其实这都是我们意料之中的事。"

贺继威还想坚持："谢医生，你对他而言是不一样的……"

谢清呈道："可他对我而言，和所有的病人都是一样的。

"没有任何区别。"

谈话还没结束。

贺继威说："谢清呈，你如果执意要走，我也无法强留，但合同就算提前解约，我们原本约定的是十年。有些报酬，我答应你的，就不能全部兑现了。"

谢清呈却说："没事，我不在乎。"

都说到了这份上，贺继威也算是明白了再和谢清呈讲什么都没用了。

他的留言在沉默了很久之后，变成："那你想想怎么和他说吧，你走得太突然，总得想办法让他尽快接受。"

谢清呈回得倒是干脆："如果贺总您没有异议，我打算和他说合同原本的期限就是七年，这样他心里会舒服点。但也需要你们的配合。"

"谢清呈，这件事真的没有商量的余地了吗？秦慈岩的事给你的打击就这么大，你就一定要做得这么绝吗？"

"贺总，没有什么绝不绝的，这就是一份工作。"

"我不可能，也从来没有带上过更多的感情。"

"我必须离职。"

"不能等合同期满？"

"不能。"

"谢清呈……你这个人的心，真是比我想象得还要冷。"

"那是对他最善意的谎言。"

窗外的城市灯辉闪闪烁烁，巨幅广告牌不断变幻，映照在贺予客厅的光芒流淌着，像粼粼水波，冲刷过投射在墙上的数万条信息。

流水带走了铅华，贺予好像今天才看清谢清呈的脸。

他对他的耐心、平等、接纳，都是假的。

是照本宣科，是虚与委蛇，是纸上谈兵，哄他骗他的。

就连离别时说的合同期限，都并非真实。

那时候他还真的信了。

信了谢清呈是时间到了，所以决意离开。

原来真相竟是这样吗……

十年。

原本谢清呈该陪着他，一直到他高中毕业。

但是出了秦慈岩的事情之后，谢清呈宁愿削减报酬，都要毅然决然地离开自己。

他是有多怕？

他伙同贺继威一起欺骗自己，却还能这样淡定自若、言之凿凿地讲着大道理，告诉自己这是一段关系正常的别离。

道理全是谢清呈的，而他就像一个不懂事的、无理取闹的丑角。

太傻了……

都是假的。

假的！！

谢清呈那些曾经支持着他，在他病发的痛苦中给予他力量，让他挣扎着守护住内心的话，确实只是一个心理医生对病人说的场面话。

就好像一个外科医生对癌症晚期的病人说"你要坚持下去就会有希望"。

其实医生心里早知道没有希望了。

又好像警察在劝想要轻生的年轻人："你不难看啊！你怎么会这样想？每个人都是独特的，总会有喜欢你的人，快下来吧，把手给我！"

可是那警察是真的看不到轻生男孩丑陋的面目、肥胖的身躯吗？

那也只是最虚无的安慰而已。

谢清呈的医疗理念，那种引导着他走向社会的理念，曾经给予了他十年的内心支持，哪怕谢清呈最后选择了离开，贺予也没有对他心怀怨恨。

他尽力去理解谢清呈所说的大道理，理解谢清呈所谓的，正常人和正常人之间关系的终结。

他最后和谢清呈的选择和解了，也和自己和解了。

但没想到，这些全都不是谢清呈的真心话。

只是一个医生的治疗手段，一些漂亮言语。

甚至连他告诉自己的合同期限都是捏造的。

贺予现在终于看清楚了，对于谢清呈而言，医疗理念和个人想法，是两样完全割裂的东西。

作为医生，谢清呈愿意引着他走向社会，把他视为正常人。

可作为谢清呈，他没有和自己建立任何的感情，他不但自己远离他——贺予不禁想起来，谢清呈还曾经让谢雪离他远一点。

谢清呈怕了，他逃了，宁愿不要更多的报酬，也要让他和他的亲人，都与自己拉开距离……

贺予靠在扶手沙发里，支着脸庞看着眼前的这一切。

他慢慢地笑了起来，嘴唇很薄，侧面看过去，勾起的弧度有些诡谲。

"你们医生，就这么虚伪吗？"

他轻声低语，对着眼前空无一人的白墙呢喃。

肩上的伤还缠着绷带，血色渗出，隐约有些钝沉的痛感，蛇毒似的顺着疤痕蔓延到指尖、心里。

"你身上好一张人皮啊……谢清呈。"

贺予在这一刻觉得自己之前做的那些事情，都和笑话一样，什么克制着自己的内心，什么摆脱疾病的控制。

这些年，他到底在努力什么，执着什么，又在相信什么呢？

他慢慢闭上眼睛，除了肩膀上的枪伤，手腕上的伤疤似乎也在隐隐作痛。

他想，谢清呈怎么可以虚伪到这个地步。一双手蒙住了他的眼睛，让他懵懂无知地跟随了那么久。

他和他说，有病不可怕。

他告诉他，痛了可以喊疼，可以要糖吃，没人会笑话他。

他一字一句地叩开他坚硬的心城，他曾以为谢清呈向他伸来的是一双温暖的手，可原来，那只是一把冰冷的刀而已。

贺予把自己保护得很好，可谢清呈的刀往他的内心深处去戳。

太可悲了。

贺予活了十九年，戴着一张严丝合缝的假面，从来不和人说什么真话，也没有得到过别人太真心的言语。

这十九年的病痛中，竟只有谢清呈问过他一句——

"你不疼吗？"

你不疼吗……

贺予慢慢地从扶手沙发上站起来，抬起手，摁在了心口的位置。

他看着面前铺天盖地的冰冷信息，像迎面吹来一场刺骨锥心的风雪，他低下头，弓下身，慢慢地笑了……

真有意思，他竟然好像，真真切切地感受到了痛的可怕。

这就是疼吗？

关联着欺骗，关联着徒劳无用的努力，关联着他的愚蠢和孤独。

如果是这样，他宁愿一直一直麻木下去，当草木有什么不好？为什么要去被谎言诛心？

他一页页、一条条地去看，逐字逐句地去看，每一个字都好像割在他心上的刀。他原以为他的心有很厚的茧，然而这一刻却痛得好像连血肉、皮囊都不属于自己……不属于自己……

贺予抬起手，触上额头，指尖冰凉，四肢麻木，他知道得已经够多了，他忽然起身，近乎暴虐地扫掉面前茶几上所有的东西。

碎片哗啦砸了一地！

他喘息着，要把投影遥控器找到，他举起来，他要把这潘多拉的魔盒关上——

然而……

就在这时，他看到了这些星云爆炸般的信息里，一条属于谢雪的消息。

发送于六年前。

他生日那一天。

"哥哥，黎姨生病啦，我在陪她挂水呢，你什么时候出差回来呀？医院这些手续乱七八糟的，我头都大了，要是你在就好了……"

贺予最开始看到这条消息，只是觉得头脑被什么东西轻轻地扯了一下，像一只飞蛾落在了蛛网上，最初还没有反应过来。

可几秒钟后，他蓦地抬起头，难以置信地看着那条消息，粘在蛛网上的蛾子开始疯狂地挣扎、扑腾，翅膀振落磷粉，扇动起记忆里的山呼海啸——

六年前？

他的生日？

那一天……

那一天，谢雪不是和他在一起吗？！

05 | 太痛了

六年前。

寂冷的贺宅。

没有欢笑，没有陪伴。

虽然家里的保姆按照贺继威和吕芝书的吩咐，给贺予准备了蛋糕，但是贺予没有去吃。他的生日，父母不在，他们都和弟弟在燕州，说今天有很重要的客户要谈事情，只能看谈完了之后，有没有时间再赶飞机回来。

他也没有太多朋友，和同学大多客气又疏远，邀请他们来生日会，未免太过紧绷。

那一天，谢清呈也不在沪州，他有个会议，确实像谢雪短信里所问的那样，出差去了。

就连天公也不作美，外面下着瓢泼大雨，刮着呼呼狂风，贺予站在客厅里，欧式的全明大窗在这一刻成了变幻莫测的诡异水墨画，框着外面的骤雨滂沱。

"当——当——当——"

别墅里的大钟每隔一小时就响起一次，每一次都准确无误地叩击钟面上的时间。

从下午，到黄昏，再到夜幕降临。

"别等了……贺总和吕总说，今天回不来了……"管家于心不忍，小心翼翼地上前，给贺予披了件衣服，"早些睡吧。"

"没关系，其实今天也不能算正式的日子。"贺予回头，居然还是笑的，"您忙去吧，一会儿我就休息。我再看会儿雨。"

管家轻轻叹了口气，就下去了。

是真的没关系，无所谓吗？

根本不是的，他只是在等——

他觉得，这世上，应该总有一个人，是能冒着风雨来到他身边，想起他，念着他，在黑暗中陪伴着他的。

他也不是那么坏的人，总不至于要受到那样的惩罚，孤独到这个地步，是不是？

他等着。

等着……

"贺予！贺予！！"

不知过了多久，好像，就是在午夜的钟声将要敲响的时候，他听到外面有人在敲门，女孩微弱的声音在风雨里显得很渺茫，如同幻觉。

他微微睁大了眼睛，急忙奔过去，把门打开。

站在外面的是气喘吁吁的谢雪——唯一，与他相熟的异性；唯一，在他身边陪伴了很多年的玩伴。

谢雪披着雨衣，脸上、头上都是水，冰凉凉的，没有什么温度，但抬眼瞧着他的时候，是暖的。

她吸了吸鼻子，一面笑着，一面把雨衣脱了，露出底下小心护着的生日蛋糕。

"总算赶上了是不是？"

"你怎么来了……"

"我不想你一个人过生日啊，那样多可怜。"谢雪擦了擦还在顺着头发往下淌的水，"给你做了你最喜欢的巧克力味的蛋糕，天啊我快被淋死了，这么大的雨，活见了鬼……"

贺予在那一瞬间，心里的怨恨好像都散了，空缺都被补全了。

他攥住谢雪冰凉的手，把她拉进来，觉得自己说话的声音都带着些沙哑。

他说："我想，我也不该是一个人啊……"

"怎么可能呢。你怎么会是一个人呢？你还有我呢，我会一直陪在你身边的。"

"十三岁生日快乐啊，贺予。"女孩灿笑起来，成了昏暗别墅内最明亮的那一缕光芒。

后面的事，因为时间久了，贺予就记得不太清楚了。

他只记得，后来他再去冰箱里找那块没吃完的巧克力蛋糕，却已经没有了。

当然，连同那块蛋糕一起消失的，还有保姆为他烤制的那些他一口未动的点心。

看他脸色阴沉，保姆不等他发火，忙解释："那些东西不新鲜了，会吃坏身子的，所以才倒了……您要是还想吃，我们今晚再做。"

可再做的，也不会是谢雪雨夜带来的那一个蛋糕了。

贺予说："没事，算了。"

……

贺予看着面前的投影，如坠冰窟，他明明记得，那天，谢雪是来过的啊。

他那一天……是……是有人陪伴的，有人想得起他……

可是——

投影上的信息是贺予亲自寻回破译的，云储存痕迹备份，绝不会假。

"哥哥，黎姨生病啦，我在陪她挂水呢，你什么时候出差回来呀？医院这些手续乱七八糟的，我头都大了，要是你在就好了……"

怎么会这样？

怎么会这样！

他翻出电脑，十指翻飞，表情几乎扭曲，眼神趋近疯狂，好像要掘开信息的坟冢，开棺曝尸，找到沉埋已久的真相。

他极速地检索那几日的信息。

谢雪的，谢清呈的，贺继威的，吕芝书的。

真相在云信息库里，朝他绽露出凄诡嘲讽的冷笑。

假的……

假的……

假的！

因为事情过去很久了，大量聊天记录都不能再被抓取，但成功还原出来的信息已经足够证明，谢雪在那一晚，在他最需要她的那一晚上，她——

根本就没有来过。

贺予甚至还看到了她第二日发给谢清呈的消息："哥，贺予问我去不去他家玩，给他过生日，但黎姨昨天病得那么厉害，我实在忙晕了，都忘了回他，真是不好意思，你能替我和他道个歉吗……我不敢和他解释……"

谢清呈:"你不必要和他走得那么近。"
……………

再检索下去。

时间线再一点一点地往前移……

更是触目惊心。

他翻到了某一条记录。

是谢清呈和贺继威之间的对话。

"贺予似乎会在无助时产生某种臆想。他想象的对象是你那个小妹妹。"贺继威说,"我最近无意中发现的,他和我说的一些事情,其实根本就没有发生过,谢医生,这种情况……"

"对他而言是正常的。"谢清呈回复,"我一直知道他的这种行为。"

"怎么会这样……"

"贺予缺一个和他年纪差不多的朋友,但是他的内心又不肯真正地向任何一个同龄人敞开。他的思维是特殊的,是早熟的,和他年纪差不多的那些人,大都不太能理解他。长期的封闭导致他需要一个感情宣泄的出口,这个时候距离他最近的同龄人,就很容易成为他自己的倒影。"

"自己的倒影?"

"是的,一部分有自闭症,或者其他心理问题的孩子,会在成长过程中想象出一个朋友,在那个朋友面前,他们可以将自己的内心毫无保留地交出去。那个朋友或许是完全不存在的,又或许是部分存在的。他们被患者想象出来的意义,在于完成患者内心强烈的渴望。"

谢清呈又给贺继威解释:"其实不只是罹患心理疾病的孩童,哪怕是正常的孩子,在孤独时也会产生一些非现实的幻想,比如在班级里受到了排挤,没有朋友,他们有时就会给自己假想出一个朋友来,认为那个朋友只有自己看得到,只有自己能交流,这是孩童的一种自我心理保护的本能。"

"只是没有得病的人,他们分得清这是自己的想象,是幻觉,并不是现实,他们很清楚这是自身渴望的一种慰藉感。但像贺予这样的孩子,他其实很难认清这一点——尤其他进行的还是部分想象。"

"部分想象的意思是……"

"谢雪确实是存在的,是我的妹妹,是在他身边的朋友里,与他走得最近的那一个,对他也确实很不错。"谢清呈说,"但是我的妹妹我清楚,她待人接物一直都很热情。贺予虽是她的一个关系很好的朋友,却还没有到挚友的地步,有些事情她不会去做。

"然而对于贺予而言，他的精神需要被支撑，那些谢雪不去做，但是他希望她能做到的事情，就会由他自己进行补全想象。他只有这一个朋友，他不想对这个朋友失望，他的潜意识就会反复说服他自己，使他完全相信那些事情就是发生过的，是谢雪确确实实做过的。"

"可这实在太玄，我很难相信——"

"这一点也不玄，人脑是非常复杂精密的仪器，一个人的记忆如果出现偏差，并且被反复强调，不断重复，就会出现这样的现象。

"就像有的人，有时会把现实和梦境弄混，比如所谓的曼德拉效应。"

"曼德拉效应？"

"这不是一个严谨的学术概念，但适合用来解释。贺总可以理解为群体性记忆错误事件，去网上搜一下就能见到很多案例。比如……米老鼠有没有穿背带裤？"

这次贺继威过了好一会儿才回消息，似乎被谢清呈在这样严肃的对话中忽然问了这么可爱的一个问题弄蒙了。

"穿了吧。"

"没穿。但有很大一部分人相信，它一直以来就是穿了一条背带裤。这就是曼德拉效应。这是一种错误记忆被人脑不断加深后，产生的固有印象。

"贺总可以这么认为，米老鼠等于我妹妹，是确实存在的，但她其实根本没有穿背带裤。而贺予靠着自己的想象，补全了那两道并不存在的背带，并坚定不移地相信这才是事情最真实的样子。"

"那……这是不是妄想症？"

"不能这么定义。对于贺予来说，这只是他的自我保护，自我宽慰，自我救赎。"谢清呈发了这条消息后，过了很久才有了后面一条——

"贺总，恕我直言，您和吕总对他的陪伴实在太少了，哪怕是内心健康的孩子，都很少能忍受这样的忽视，何况他本身就是一个病人。

"他得不到关爱，但是又好强，或许也不能说是好强，只是他知道哭了也没有用，他恳求也没有用，任何办法都无法令他获取他所需要的回应，所以他已经习惯了内耗，习惯了自我防御。他投射的谢雪，其实一直都是他自己的倒影，是他的内心在安慰着他自己，是他在借着谢雪的嘴，向自己诉说那些想要听到的话。"

贺予看着这些尘封的信息，想着自己内心深处的那些渴望……

比如，我会一直陪伴着你。

又如，他一直等不到的、一句面对面的"祝你生日快乐"。

这些话，不都是他深切希望有人诉于他的吗？

可是他一直都等不到……

谢清呈的消息："因为没有人对他说，而他又是个自尊心很高的人，也不可能自己对自己说，他的大脑就只能靠着部分想象，既满足了他的愿望，又维系了他的尊严。这是一种人对自己的心理保护机制，您也不必太担心。"

贺继威的消息："这些你早就知道？"

"观察了有一阵子。这件事我无法告诉他，对他的打击太大了。"

谢清呈说："但我一直让谢雪离他远一些。谢雪也不是那个他应该产生感情依赖的人。我和她都不是，贺总。我们迟早是要离开的。

"我是个医生，我不是贺予的亲人。我不可能在一个病例身上耗费一辈子，谢雪更是如此。我只能给他以疏导，而他缺失的、想要的那种爱，我给不了他。我妹妹也一样。"

后面的消息，贺予没有再看了，也不再是什么重要的信息。

他知道这些，就已经足够了。

够多了。

谢清呈一直在骗他，谢雪也是假的，他们两个人，一个曾经给了他最强大的信条鼓励，让他相信总有一天他可以回归到正常的社会中去；一个则给了他最温柔的陪伴，在每个他绝望无助的时候，她都会及时地赶来他的身边。

像那个瓢泼大雨的夜里，她敲响了他的门，在风雨里喊着他的名字，脱下雨衣，捧出他想得到的那块巧克力蛋糕。

他从来都没有想过，也许那块蛋糕，那个谢雪……根本就不存在。

而他这些可怜的、卑弱的自我安慰，竟也全都落到了谢清呈的眼睛里，被那个男人俯视着，掌握着。

从来没有人爱过他。

是他像个傻子一样！他太傻了，太痴了，太渴望走到人群的温暖中，为了当个正常人，为了收起丑陋的青面獠牙，他从自己鲜血淋漓的颅内缔生出那一点微弱的光亮。

谢清呈看见了，但他说——

"我不可能在一个病例身上耗费一辈子，谢雪更是如此。我只能给他以疏导，而他缺失的、想要的那种爱，我给不了他。我妹妹也一样。"

可是如果一个人本身就拥有爱，又为什么要连自己都骗呢？

什么样的骗子，会欺世欺人，最后却把自己骗得最深？

只有最穷最穷的骗子会这样。

他拥有的太少了，流的泪又太多，连一句生日快乐都得靠想象获得。如果不欺骗自己，他还能靠什么才能这样微笑着活下去？

所以哪怕是在自己面前，他都戴着一张微笑的假面，死死地扣着，不肯摘下来。他连自己都诓骗。

谢清呈说得对，他是有尊严的。

他不希望被看成一个病人，不希望被看作疯子，他知道以贺家的地位，不知有多少人等着他摔下来瞧他的丑态，为此他越发地好强，他根本不希望把自己的疮疤亮给任何一个人以获得怜悯。

贺予在空荡荡的客厅里站了很久。

久到时间都好像变得有些模糊，他目光薄而锋利，一遍一遍掠过面前这片冰冷的信息潮汐，最后锋利的目光也好像被潮汐侵蚀了，变得支离而恍惚。

他慢慢地闭上了眼睛。

一张假面，和血肉共生，此刻却被谢清呈残忍地撕扯下来，他抬起手，无声无息地触碰到自己的脸庞。

疼。

好疼啊……

疼得让他的心，让他整个人都在颤抖。

他好像就在这一夕之间，什么都不剩了。

谢清呈的信条是假的，给自己的安慰是假的，谢雪的亲密是假的，最后连他的自尊，连他用以保护自己的硬壳，那一张面具，也是支离破碎的。他直到此时才惊觉，原来自己那张可笑的小丑似的脸，竟已在谢清呈面前暴露了那么多年。

所以他到底在坚持些什么呢？

他又为什么要这么傻！冒着生命危险去陪伴那个人，或许就为了一句认可，为了报答从前谢清呈给过他的那一线希望……

他连命都不要了，竟是为了去讨好一个骗子，讨好一场弥天的谎言！

贺予轻轻笑了起来，弓着身子，靠在墙上，那笑声越来越大，越来越疯，内心的病魔披上斗篷在暗夜里摇曳而出，他以手加额，笑声近趋癫狂，似怒似恨，似悲似疯，眼泪不住地从面庞上淌落……

真是太痛了。

他看到谢清呈在他面前向他张开手，手掌中央却躺着一把冰冷的手术刀。

这才是真相。

他看到谢雪笑着向他递来巧克力，再一眨眼她只是远远地看着他。

这才是真相……

他又看到他站在落地窗前，外面是狂风暴雨，老宅内的古董座钟敲了十二下，夜深了，四周是无边无际的昏暗。

可没有人敲门。

始终没有人敲门。

他就那么一直等着，从天黑，等到天亮，风雨都停了，长夜也央了，而他却等不到一句真心实意的生日快乐。

这，才是真相。

他又看到他躺在拘束床上，针剂刺下，口鼻被蒙，他像一只濒死的兽在挣扎着、在哭喊着，可是他却喊不了任何一个人的名字。

他是一座孤岛。

没有桥。

这才是真相！真相！！

一个得不到爱的孩子，为了与内心深处的病魔抗争，为了努力地活下去，他骗天骗地，骗了自己好多年……

这一刻。

贺予靠着墙，肩上的绷带已经被他报复性地扯开了，他让自己的伤口崩裂，鲜血横流，只有血腥才能让他感到快慰、感到真实、感到他确确实实是活着的！他有一具皮囊，流出来的血是温的，他是个活人，他活着……他活着……

他死死揪着自己的头发，手指节节泛白，青筋根根暴突，他像瞎目断爪的恶龙，失去了温柔对待的珍宝，也失去了赖以藏身的洞穴，他被迫曝光于青天白日之下，身上每一处丑陋的伤疤都能被人随意检视和嘲笑。

梦，终于醒了。

他挣扎了近二十年，他还是个疯子。

从来没有人爱过他，从来没有人在意过他。

他除了一个拙劣的谎言，什么也没有。

他竟什么也没得到过。

06 | 疯魔

太痛了。

合同的骗局，谢雪的真相，谢清呈的欺瞒，头也不回地抛逃……

十九年如在梦中，谢清呈以为他伪装得很好，欺骗着众人，其实他才是那个被骗得最惨的疯子。

贺予抱着头哀哀号叫着，像是落入了陷阱里浑身是血的困兽，那声音都不像是人类发出来的了，他嗓音喑哑撕裂，眼睛里茫然与疯狂参半，他就这样抱着自己在角落里坐着，怕冷似的蜷坐着。

什么信条？

谎言！

什么温暖？

幻觉！

他是个神经病，是个妄想症患者，是个丑陋的、可笑的、荒唐的、滑稽的、把伤疤暴露在人前而不知的傻子！

那一瞬间他显得很可怜，像是一个母体中将死的婴儿，他与外界是隔绝的，脐带断了，呼吸不了。他沉在无边无际的窒闷里，只能在水里发出的呐喊，不能被岸上的人们听闻。

他只能紧紧抱着自己，所有的温暖都是源于自己的……

都是他给自己的安慰罢了。

贺予攥着自己的头发，僵了很久，眼睛越来越红，内心越来越暗，最后不再悲号了，他静静坐着，身子舒展开来，头仰着，看着天花板。

然后他起身。

他看着装饰柜，里面倒映着他狼狈不堪的身影。

陌生得可怕。

"砰"的一声。

他忽然就把骨子里压着的黑暗和暴戾猛地挥发出来，抄起旁边的金属装饰，就发了疯似的往装饰柜上砸去！！

这一下犹如打开了恶龙的枷锁，他内心的魔鬼出了洞，腾了空，在咆哮着、嘶吼着降下仇恨的雨——他彻底疯魔了，贺予吼叫着，几乎砸碎了家中所有的东西，把自己弄得伤口恶化，血腥味十足，但他根本就不在意。

他撕下了窗帘，敲碎了电视，把一切的一切都化作废墟——

他的内心死亡，总该有些什么为之祭奠。

这疯狂的发泄不知持续了多久，哪怕这栋楼隔音再好，楼下的邻居也受不了了，跑上来敲门，贺予猛地把门推开，鲜血淋漓的手里是一根从窗轨上拆下来的钢管，身后是满地的狼藉，一双眼睛血红，死盯着对方。

"有什么事吗？"

邻居吓坏了，腿一软，却被贺予揪着衣领拎起来站直。

浓重的血腥气直冲鼻腔，邻居上好的丝绸睡袍上都沾了贺予的鲜血。

贺予又森森然问了一遍："有什么事？"

"没没没！"邻居没想到一冲眼就是这么血腥暴力的场景，屋内那个面色苍白、容貌漂亮的男生看起来邪性得就像电视里的那种神经病似的，他哪儿还敢说什么，两腮狂抖，两股战战，拱手道："哥，大哥！您随意，您高兴就好，您高兴就好。"

贺予把他推出去，"砰"的一声关上了门。

邻居几乎是爬着滚回电梯里的，还没沾到家门就哆哆嗦嗦地哀号："老婆——老婆救命啊……"

贺予的发泄因这人的到来被打断了。

他喘息着，侧身回头，一眼望去，整个家哪里还像是家。

分明就是战乱现场。

贺予红着眼扫了一圈，觉得确实没东西给他砸了，他横手就把钢管一扔，踏过这一片废墟，青着脸往浴室走去。

他看着破裂的镜子里，自己那张脸。

因为裂缝，他的倒影是四分五裂的，犹如他在社会上露出的千容千面。

贺予安静了一会儿，让自己的呼吸平复下来，嘴唇从颤抖慢慢变得平静……

怆然已过，疯狂已过，此时此刻，他剩下的唯有平静——平静得可怕。

暴力发泄完了，整个巢穴都毁了，下一步要做什么？

他还是该去外面，他此刻已经无所谓什么正常不正常了，他就想要露出那不正常的样子，张开他嶙峋狰狞的双翼，从他的暗洞里飞出去，冲那些所谓的正常人号叫。

镜子里的青年慢慢地抬起眼来，一只淌血的手蓦地抚上脸颊，缓然抓过去。

嘴角，落下一抹看似绅士斯文、其实再也与往日不同的冷酷薄笑。

远在沪医科宿舍楼的谢清呈隐有不安，眼皮跳了好几下。

他和陈慢吃完了饭，陈慢帮忙把桌子收了，就准备回去了。

临走前陈慢对他说："哥，明晚我再过来。那个……"

"嗯？"

"你最近就别上网了，挺烦的。"陈慢轻声说。

谢清呈知道他是指网上关于广电塔投影的事情，不过陈慢多虑了，他本就不是个会太关注网络信息的人，何况现实已那么凌乱。

谢清呈应了，送走陈慢之后，他在楼下买了包烟，一边抽着，一边和谢雪打了个电话。

谢雪的状态也好不到哪里去，但有黎姨陪着，多少舒服些，兄妹俩正讲着，手机忽然有电话进来，他就叮嘱了谢雪几句，结束了通话。

电话是郑敬风打来的。

"喂，老郑。"

"小谢啊，我们队里有人刚见着那个跟你去档案馆的小朋友了。"

谢清呈的心一紧："他出院了？"

郑敬风哼哼唧唧地应了，但他的重点显然不是这个，他道："是啊，对了，那小朋友几岁？十八？十九？我给忘了……"

"你问这干什么？"

"你以为我愿意问哪，不是你让我万一他有事和你说一声的吗？"

谢清呈的指关节都微泛白："他怎么了？"

"也不是什么大事，唉，我发现他们有钱人和我们就是有鸿沟的，十八九岁，我还在部队里起早贪黑地训练。那个小朋友，估计是出院了但心情还是不好，刚刚开了辆豪车就去空夜会所了……哟，你看我们这工作群里都有消息了，听说他都快把跑车开成了火箭，好不容易在会所前拦住他了，他配合倒也配合，但态度恶劣到离谱，下了车砰地一甩车门让人直接把车拖走滚蛋，省得他出来还要找代驾。"

谢清呈被贺予这一通操作惊到一时竟不知道说些什么。

"还有空夜会所，你知道那地儿吧？真不是什么好地方，你说它违法吧，它也规规矩矩地做生意，没过线的勾当，但是夜场里这些事情乌烟瘴气的，大家都心照不宣……"

谢清呈深吸一口气，眼前又浮现了贺予从前温柔懂事的面庞，无论那是不是装的，最后都成了广电塔前沾着血的、冰冷的回首。

"我知道了。"谢清呈抬手抚额，靠在窗边对着手机说，"谢谢你了，老郑。"

"那成，你以后多听我的，别再钻在你父母的事里出不来。你的心也该透透气了，我看着你这样，我都受不住。"

"好……"

挂了电话，谢清呈披上外套就往空夜会所去了。

他想着贺予年少时站在别墅沙发前，不舍自尊，却又不舍别离，那样哀哀地、固执地、强作没事地望着自己。

"谢清呈，我有很多零花钱，我可以……"

我可以雇你。

我不想被沉入旋涡里，你救救我吧……你救救我好吗……

那些贺予说不出的言语，发不出的求救，他一直都没有看见。贺予的自尊让他在谢清呈面前保存了最后的尊严，但也失去了最后一次寻求帮助的机会。

那一年，谢清呈离开了他。

然而再见时，贺予也没有太过怨恨他。

甚至在他最需要帮助的时候，是这个孩子陪着自己进了龙潭虎穴，最后差点将性命赔上。

贺予把手伸给自己时，曾说有一个人对他做过同样的动作。

可谢清呈那样做，是因为身份，因为工作，因为在其位谋其事。

这孩子却又是为了什么？

谢清呈闭上眼睛。

郑敬风的话仿佛就在耳边。说贺予去了空夜消费，说贺予态度恶劣……

他知道，贺予以前从来不这样。

为了讨一句认同，为了旁人的眼光，为了重新融入这个社会，为了与病魔做顽强的抵抗，贺予从来不屈服于自己的欲望，从来不服下梅菲斯特的毒酒，他不肯堕落，不肯认输，他活得比寻常人努力十倍、百倍，什么都要做到最完美。他太怕让人失望了。

一个病人，想靠着自己的努力，不让别人放弃他，不将他和前面死去的1号、2号、3号，画上等号。

他一直在竭尽全力地呼救。

所以他才那么怕出错，怕自己不够优秀，怕别人眼里的失望。

但他最后还是被抛下了。

"谢清呈，你没有病，但你比我还没有心……"

那一声带着克制的讽刺,那一声实则是叹息和央求的讽刺,他听见了,却听不见少年话语中藏着的哀求与泣血。

谢清呈知道。

有些事情,确实是他辜负了。

那个孩子曾经是那么信赖他,尽管他对贺予并没有多好,只是公事公办,可是那对贺予而言,竟然已是难得的真诚与平等。

所以贺予骂得并没有错,是他太狠心,一直没有做对,从来没有做好。

空夜会所内。

"哎哟,小贺先生,稀客、稀客啊……"

会所经理是个特别伶俐的老爷叔,西装笔挺、油头粉面,人也滑得和油水里蹿出来的老鼠似的。

刚才贺予在和交警说话的时候,他就在旁边都听着了,贺予虽然不怎么来空夜,但毕竟是圈里的人,之前要帮家里处理关系的时候,也陪客户来这里放松过。

通常贺予都只是小坐,谈吐文雅地陪人聊一会儿天,气氛炒热了,他就去楼下签单挂账,让经理把消费记他卡上,自己也就走了。

今天不一样。

经理目光如炬,发现贺少今天身边没有带别人,就他自己一位。而且沪大发生的事,整个沪州都传遍了,作为事件的主角之一,贺予有什么心理应激啊,反常行为啊,那在经理看来都再正常不过了。

估计小伙子中了枪之后,寻思着这日子不能过得那么乏味,所以总算想通透了,和他那群同辈公子一样,打算来这里找一找人生的真谛。

贺予在经理眼里就是行走的黑卡,经理鞍前马后,笑脸相迎。估计小贺先生说要他妈出来作陪唠嗑,他也会毫不犹豫地给他妈打个长途热线再买张早班机票。

"小贺先生,您今晚要去几楼?我立马给您安排最好的服务……"

贺予出门前只简单地把自己手臂上的枪伤处理了一下,现在还是简单的素黑长袖高领秋款衫、牛仔裤,甚至还戴着学生气的棒球帽,但透过帽檐的阴影,能看到他那双杏眼笼着成年社会里都罕见的阴霾。

他抬起头,纸醉金迷的空夜之光淌过他幽暗的眼。

他说:"顶楼。"

顶楼都是一间间大包，私密性极好，包厢的工作人员也是他们老板亲自教的，个顶个的聪明伶俐，要谈任何生意、做任何事情都是非常合适的地方。

当然，消费也是天价。

经理心想，小贺先生这也真是的，要去顶楼还不捎饬一下，得亏今天遇到的是他，不然就这一身简约随意到了极点的学生打扮，换成哪个没眼力见儿的手下，估计能把他拦下来。

经理想到这里暗自庆幸自己避免了一场血雨腥风，不然以小贺先生今天这么反常的样子来看，他被惹了会不会砸场子那都不一定。

"你带路吧。"贺予手插在牛仔裤里，淡道。

经理忙舒腰鞠躬，笑脸相迎："是是是，来，您这边请。"

07 | 深堕

贺予平时不喜欢这种脂粉气特别重的销金窟，但现在只有这里，能让他寻到一点属于人间的血肉热气。

"小贺先生。"

"小贺先生好。"

服务生恭恭敬敬地在敞开的包厢门前迎接着他，低眉垂首，不敢抬眸。

娱乐城经营规范，但里头的服务生个顶个的盘靓条顺会来事，一楼舞池里来往往是俊男美女。

贺予今夜来这里，其实有些恶意报复的心思，坠进泥潭里，让他有种自毁的快感。

这种心态就像是一个学生耗费了全部心力和积蓄，却始终金榜无名，从前再是刻苦努力，当那股支撑着他向上的力气再而衰、三而竭，待再落榜时，也就自暴自弃了。

贺予如今算是想明白了。他想要听好听的谎言，又为什么要受那样的苦难？

言笑晏晏间，贺予的手机铃声响了。

他看了一眼，面目微动——是谢清呈打来的。

"谁呀？"

"没事。"贺予在短暂的沉默后，以手支颐，随意在屏幕上一滑，拒了这通电话，对眼前正在说着笑话的女孩道，"你继续。"

女孩见贺予似乎对她的笑话感兴趣，更是眉飞色舞。

几秒钟后,谢清呈的电话又打进来了。

铃声不止,反复在催,有大胆的姑娘掩嘴笑道:"小贺先生的女朋友?"

"说笑了。"

贺予第二次拒绝了谢清呈的通话。

这一次消停的时间久了些,但一分多钟后,铃声还是响了。

贺予正想拒接,指尖停在屏幕上,顿住。

——这一次不是谢清呈,竟是谢雪打来的。

他迟疑片刻,还是接通了。

"贺予。"谢雪在手机那一头喊他的名字。

"嗯……"

"贺予……我,我想问问你……我哥那天在学校里,到底和你经历了些什么啊?"谢雪的声音里带着些哭腔,这多少让贺予脸上示于人前的虚伪笑意敛去了。

"为什么他以前的录像会被突然投放到杀人视频上去?我前些日子不敢看……今天上网仔细搜了搜,发现好多人都在骂,你知道吗……还有人公布了我们家的地址,往我们家门上泼了油漆……我现在……我现在真的特别难过……我也不敢打给我哥,就算打给他,他也什么都不会说的,他还一定会怪我为什么不听话去搜这些东西。我……"

女孩讲到后面,实在忍不住哇地哭了起来。

手机里只剩下她抽泣的声音。

贺予听着谢雪的哭诉。她的崩溃和绝望透过话筒,直兀兀地浸到了他的心里。

"我都不知道该怎么办了……"

贺予有那么一瞬间想到卫冬恒,谢雪暗恋卫冬恒,但出了事,她还是选择找他。他心里多少感到了一丝安慰,可随即又意识到——

卫冬恒好像是因为家里有老人去世,最近请假去他爸那边了,他爸工作的那地方情况特殊,连信号都不太有。再说了……暗恋而已,贺予想,也许卫冬恒连谢雪是哪个老师都不知道,谢雪当然不可能找他。

"贺予……"谢雪抽泣道,声音像受伤的小奶猫,"我该怎么办啊……我想给我哥做些什么,所以我,我开了视频去解释,可是……呜呜呜呜呜……"

"可是我想好好和他们说,却几乎没人愿意冷静完整地听我把话讲下去……他们总是听到一半就开始骂,或者根本就不听……还说我是骗子,说我不是他妹妹,是……是……"

她吸了口气,没把是什么说下去,抽噎了一会儿,才无助道:"他们觉得我想利用杀人案炒红自己，举报了我的视频……还有人说我爸妈是幕后凶手……贺予你知道的，他们已经去世很多年了，我想死者为重，能不能不要连死去的人都牵连上……可他们……他们却……

"他们却让我出示爸爸妈妈的火化证明……"

谢雪说到这里，再也说不下去了，失声痛哭。

贺予的指节微微泛白。

他已经太习惯对谢雪好了，听到她这样哭，还是条件反射地想出言安慰，甚至是替她解决问题，但话已在喉间，他又立刻想起了他看到的谢清呈与她之间的往来消息。

那种属于人类的温度，又慢慢地，从他早已病朽不堪的心里退了下去。

他安静着——

一个声音在叹息着劝他，说谢雪虽然没有想象中对他那么好，可是她毕竟什么事也不知道，她对他至少也是最亲切、最温柔的那一个。已经足够了。

但又有另一个声音，在刺他伤他，说他不必再有任何的仁慈和顾念，不要再那么愚蠢下去。

"我能问你一件事吗？谢雪。"最后，贺予这样说道。

"嗯……你……你说……"谢雪抽抽噎噎的。

贺予坐在装修豪华的包厢内，问此刻正蜷坐在破旧小屋里的女孩："那天，黑客投送给整个沪大移动设备的视频，你也都看到了。"

"看到了……"

"你哥是个精神病学相关的医生，他说出这样的话，会被攻击也无可厚非。网络本就是一个情绪化程度高于现实的世界，失去了肉身的约束，人的精神是更具有冲撞力的东西。他被骂，我一点也不奇怪。"

"可是他只是这么说说而已啊……他这些年……一直都在很认真负责地做着他该做的工作，从来没有敷衍过，这些你也都知道的……"

贺予轻轻地打断了她的话，他几乎从来没有打断过谢雪说话："我知道。

"但我还知道你哥哥其他的一些事。包括他一直让你离我远一点。"

谢雪显得有些茫然了，似乎不知道为什么贺予的态度会忽然变成这样，也不知道该怎么接贺予这样的言语。

贺予却很平和，平和得近乎妖邪。

"谢雪，我现在只想问你一件事。

"这些年，在你心里，你听着你哥这样告诫你，你有没有哪怕一瞬间，怀疑过我也有病？"

"我——"

谢雪不期然地被他问了这样一个问题，整个人都愣住了。

有没有？

有没有过？

在过去无数的日夜里，她有没有因为谢清呈的话，而产生过一丝犹疑？

她心底是否也怀疑过贺予其实也是个病人，所以谢清呈才会在贺家住这么久，才会这样对她耳提面命？

她真的是百分之百没有猜疑吗？

"我……"谢雪是个不太会说谎的人，她迟疑了，呆呆攥着手机，半天说不出一句话来，"可……可是你怎么……哪怕你是……那也……不对，不对，你那么优秀，肯定不会是……"

贺予睫毛轻动，垂着云鬓，轻轻笑了。

他说："是啊，我不是。"

他看似心平气和，实则眸间都是病态的阴影。

"那贺予，你能不能——"

"不能。"贺予温柔地说，"谢雪，对不起。我不能。"

他说这句话的时候，依旧笑着，但是心脏的钝痛如同天崩地裂般在他胸腔里炸裂。

"我今晚有些事，走不开。"

"换别人陪你吧。"贺予嘴唇启了些，"我俩之前，或许也没那么多的深情厚谊，不是吗？"

电话那头的女孩愣住了。

似乎从来没有瞧见过贺予这样的面孔，从未听过他这样柔和优雅，却又不带任何感情的声音。

又或者，那里面的感情太深太沉了。

竟已把过去那个她所熟悉的，贺予本人所熟悉的——那个少年，轧得血肉模糊、面目全非。

贺予不等谢雪再说什么，挂了电话，笑笑——

他真是一点没有想错，有谢清呈在，原来他过去所有的努力，根本就是徒劳无功；有谢清呈在，他和谢雪一开始就不可能在一起。

不，以谢清呈的目光看去，不只是谢雪，或许他贺予根本就不应该和任何人产生亲密无间的关系。

外头陡然间响起一阵喧哗声。

"先生，这里您不能进去……"

"先生——先——"

忽然——

包厢的门被毫不客气地推开了。

贺予睨过眼，冰冷的视野中，站着的竟然是穿着白衬衫和修身西裤的谢清呈。

他一直不接谢清呈的电话，谢清呈便自己闯了进来。

门口守着的值班经理大惊失色："你、你这没眼力见的东西！你怎么让人来这儿了？"

谢清呈身后跟着的那个巡管也是面色如蜡，还未回答，就听到靠在沙发上的贺予懒懒地说："算了吧……"

声音里带着些刺骨的冷嘲。

"他身手很好，你们拦不住也正常。"

"来都来了，就让他进来坐吧。"

贺予的话是接那两位管理者的，但眼睛一眨不眨地盯着谢清呈。

谢清呈因为来得急，呼吸有些急促，正微微张着嘴唇喘着气，向来梳得一丝不苟的额发垂落了几缕在眼前，一双锐利的眼睛含着火，像落在潭水中的朱砂红蔻。

贺予注视着那双眼睛，看了一会儿，挺平静地说："谢医生，请进。"

"啊……这……"跟在谢清呈后面劝阻了一路的巡管登时舌挢不下。

还是经理眼明手快，谢清呈他怎么可能不认识，这两天网上都传疯了的人，之前又和贺予一起经历过沪大惊魂，他觉得这二位祖宗一定是有什么要了命的过节，旁人最好还是有多远躲多远，不要被飓风卷入中央。

于是他忙给巡管使了个眼色，两人一起迅速撤离了现场，顺带关好了被谢清呈推开的门。

屋内两个人互相看着，谁都没有说话。

但在他们目光相触的一瞬间，他们都知道，自己眼前的人，也和自己一样——

离上一次见面才过了那么几天，然而他们此时此刻的心态，却已翻天覆地，高低对调，竟都大不相同了。

08 | 我不再如昨

"您怎么知道我在这里？"

包间内，贺予给自己倒了一杯红酒，也给谢清呈倒了一杯，示意身边的服务员给谢清呈递过去。

谢清呈没有要。

贺予十指交叠，静静地看着他。

片刻之后，他说："谢医生。其实您要是真的想和我好好说话，这杯酒，您还是喝下去比较合适。"

谢清呈压着复杂的心绪，站着俯视着他，尽力维持着冷静："贺予，你该回去了。"

"别这么说，不知道的还以为您是我什么人。"贺予笑了，"给谢医生点根烟吧。"

谢清呈立马道："我不抽。"

贺予一下子就笑了："我的天……谢医生您这人，确实虚伪得够可以，我以前怎么就不知道。"

谢清呈说："你不知道的事情有很多，你先和我回去，你想问什么，只要我能说的，我都告诉你。"

贺予听谢清呈这样讲，终于从懒洋洋地斜躺着，变成懒洋洋地坐着。他坐起了身子，手肘往后搭在沙发背上，然后略带叹息地点了点头。

"是，我不知道的事情是很多。"一双犬一般的杏眼抬起，但此时此刻，他眼神森冷，倒更似狼。

"比如……

"比如，你之前为什么忽然就不愿意继续留在医院了，又如你为什么忽然就避我如蛇蝎猛兽了……"

他顿了顿，还是没打算把谢雪的事情，以及合同的事情告诉谢清呈。

只这些就已经够了，何必再牵扯更多，更增自己的愚蠢。

"谢清呈——"贺予眼仁上浮，冷冷地瞧着那个男人，一字一顿，每一句言语都碎在臼齿间，"这些事，我当时，确实都不知道。"

谢清呈闭上眼睛："这就是你跑到这里自甘堕落的原因？"

贺予笑得更明显了些，这就使得他平时不外露的虎牙森森然露了出来，原本温柔的面目因这微妙的变化而骤然显得有些阴邪。

"谢医生,第一,这地方可是正经营生,黄赌毒不沾,人服务员长得漂亮、服务周到碍不着您什么事。我十万块开一瓶酒总不至于要一群歪瓜裂枣伺候着。

"第二,谢清呈,请问您为什么总是这样抬举您自己呢?"

"您算是谁,我去到哪里,做什么事情,难道还会受您的影响?"

笑容蓦地敛去,只留一面沉云。

"谢教授,我知道年纪大了的人喜欢端着拿着,加上您这教授当得不错,学生里少不了追着捧着您的,难免让您飘飘欲仙,走到哪儿都习惯把自己当回事。中年人有这毛病我可以理解——但话要说清楚了,我做事只是因为我高兴。"

贺予往后一靠,靠在沙发背上。

"与您没有半分关系。"

谢清呈这时才发现他的眼睛里布着血丝,嘴唇色泽也有些不正常的病态。这简直比贺予前几次重病时的状态还差,他心里打了个突,下意识就想要探一探贺予额头的热度。

贺予发病的时候往往都是高热状态,谢清呈比任何人都熟悉他的病症,因此习惯性地就有了这样的动作。

可他的手腕啪地被贺予握住了。

贺予看上去并没有用力,但五指收拢,不动声色,力道其实大得不容置疑:"嗯。有话好好说,别动手动脚的。"

他从谢清呈的手腕之后望着谢清呈。

"我觉得我和您的关系,从没亲近到您想碰我就可以随便碰的地步。"

他说了这句话之后,能感觉到谢清呈的力气渐渐松了,眼神里的光也渐渐黯下去。

两人僵持了一会儿,贺予松开了手指,而谢清呈垂下了手。

"贺予……无论你信不信——"良久后谢清呈侧过脸,回避了贺予堪称阴冷的目光,说道,"当初那些话……我说的不是你。我没有指你。"

"哪些话?"贺予故作迷茫地偏着头想了想,然后咧嘴笑了,"哦——'为了一个病人去死不值得,被一个精神病人杀害更是冤枉到可笑。'——说得好啊,言之有理,您又何必再多做解释?"

他环顾四周,淡淡地说:"我们这里难道有谁是精神病人吗?那种人不应该都被关起来,锁进牢笼,扣上拘束带,处以电击,灌以药物,必要时直接操刀切了脑袋里某些神经,怎么能自由自在地呼吸着新鲜空气。您说是不是?"

谢清呈没有答话，这包间里站着的旁人太多了，而贺予作为一个精神病患者，其实是没几个人知道的秘密。他实在不方便在这众目睽睽之下多说什么。

他沉默片刻，抬起桃花眼，问贺予："你能先让这些人出去吗？"

"为什么？"

"有些话我想单独和你说。"

贺予笑笑："没必要吧。

"谢医生，说教这种事就免了。你那么多学生等着你和他们阐述真理，何必偏要犯到我身上？我对你而言也没什么特殊的。你对我也一样。这样很好，我不希望再把这种关系复杂化。

"没什么事的话，你就走吧。"

以谢清呈的脾气，从前肯定是要严厉地批评他，并勒令他听自己的命令了。

但是现在谢清呈在贺予面前是理亏的。

谢清呈最终只道："你要怎样才肯回去？你父母不会希望看到你像现在这个样子。"

他不提贺继威和吕芝书倒还好，一提这两个人，贺予的情绪就更阴暗了。

他盯着谢清呈的脸。

说了那么多，还是绕回到他父母身上。

贺予想到了谢清呈和贺继威发的那些消息，那可比和自己说话时真实多了，也许在他心里只有贺继威才是能和他平起平坐的人吧。

还有离职的那一天，自己曾经放下过尊严，狼狈到甚至想用零花钱来留住这个男人的脚步。

因为他觉得，只要谢清呈走了，谢雪也就不在了，他会重新陷入可怕的孤独里无法自拔。

他那时候和谢清呈说，我有很多零花钱，我可以……

可是谢清呈打断了他的话。

然后和他讲了一堆冠冕堂皇的大道理，并且告诉他，自己的雇主首先是贺继威，你贺予并不可能雇得起我，这些可有可无的钱，不如留着去买些蛋糕、寻点快乐。

其实当时贺予就应该知道，在谢清呈眼里，他始终只是贺继威的儿子，如果不是因为他父亲，谢清呈可能理都不会理他。

这个念头让贺予原本就很阴冷的心，更加趋近疯狂。

但他脸上还是淡淡的。

他端详谢清呈良久，想着贺继威，想着广电塔，想着谢雪，想着自己从来未得到过的真诚……心中恨极了谢清呈。

他真想撕碎他。

贺予这样想着，一边打量着他，一边慢慢把杯中的酒喝完了，他抬手给自己又倒一杯。

忽地一看，谢清呈面前的杯盏竟还是满的。

贺予不由得更恼，冷笑："谢医生真是不懂规矩，哪有人来道歉，先拿人父母压着，却连个酒也不陪。留着这些，是想养鱼吗？"

说着他就又拿了一个空杯，随手抄了一瓶已经打开的酒，往里面倒满。

"坐下，既然来了，就先陪我坐着喝一会儿。喝完再说。

"谢医生您不抽烟，难道说也不喝酒？"

谢清呈知道自己今日是不会再占主导地位了。

既然贺予这么讲，他也就没有废话，在贺予对面的沙发上坐下来。

"我喝了你就走是吗？"

"不知谢医生愿不愿意舍命陪我这个小人？"

包厢内很安静，所有人像是被他俩周身的气场所影响，大气都不敢喘。

在这一片心惊肉跳的死寂中，谢清呈的手探过来，探进那看不见的腥风血雨里。他拿过了搁在大理石几上的高脚酒杯，"当啷"移到了自己面前。

晃动的酒色里，朦胧的灯光中，谢清呈眉目冷硬得像冰池之中的水成岩。

他举起那一盏干红，一饮而尽。然后又拿起了贺予新给他倒的另一杯酒，眼也不眨地饮了下去。

烈酒入喉。

贺予终于又笑了："好。谢哥真是好酒量。"

谢清呈已喝完了酒，放下杯子："这样够了吗？如果不够我再陪你喝。

"我可以喝到你满意了，愿意走了。只要你今晚别自甘堕落，只要你别在这里胡来。"

贺予愣了一下，抬眸："为什么？"

谢清呈一字一句地告诉他："因为这是我的错，是我的错误，就不应由你来付出代价。"

混沌之中，贺予的心被猛地一触，就如同当年，谢清呈第一次和他说，精神病人也该被平等对待时一样，狠狠一触。

但他随即又觉得很愤怒。

他为自己而愤怒，为什么事情都到了这个地步，他还会因为这个人的三言两语而心软？

极度的愤怒反而催生了狠心。

刚才还存有一丝犹豫的贺予，在这一刻终于定了他内心的恶念。

贺予慢慢地往后靠，完全地靠在了沙发背上，轻声叹息："谢哥……你看，你又在哄我了。"

忽然的称呼转换，似乎让谢清呈看到了些希望。

谢清呈望着他。

贺予支着侧脸，仍是叹息的模样："可我怎么就还是愿意被你哄呢。"

"贺予……"

"谢哥……你告诉我，这一次你和我说的，都是真心的吗？"

谢清呈凝视着他，不知为什么，心有些难受，他说："是真心的。"

贺予安静地注视了他好一会儿，脸上竟又露出了如同当初那个幼龙般的神情："那你不骗我？"

"我不骗你。"

"那我们拉个钩吧。"

贺予慢慢地往前倾身，他说着很幼稚的话，好像也喝多了似的。

只是在谢清呈尾指伸出的那一刻，贺予忽然将拉钩的动作，改为了张开整只手，穿过去——

冰冷冷地——

点上了谢清呈英俊的眉心，做了一个制止的动作。

他嬉笑着看着他，幼龙的纯，就在谢清呈的眼皮子底下，渐渐地，全部化作了恶龙的阴森。

"天真啊，谢清呈。你还真要和我拉钩吗？

"可惜这次，是我在骗你。

"我又怎能再轻易信你呢。

"你把我伤得那么深。"

谢清呈眼里本来有一点明光的，这一刻又黯了下去。

漫长的数十秒寂静。

少年看着男人眼眸中熄灭的火。

眼神很冷，算计不成，贺予终于不再装了。

他的目光凝成了冰，里面盛满了霜。

"你……"谢清呈头疼得厉害,"你到底走不走……"

贺予轻叹息:"说不到两句软话,就又是呼来喝去。谢哥,您真是个没有心的东西。"

顿了顿,他的唇角绽开一个森冷危险的笑——

"嗯。我倒是愿意和你走了,但你现在,还走得了吗?"

谢清呈一寸一寸抬起眸来,眼眶都像是烧着的。

他这会儿终于感觉到不对了,喘了口气,他的身体有了肉眼可见的酒精不耐受的反应,就在贺予的眼皮子底下,谢清呈原本苍白的皮肤泛出些不正常的薄红,雪天里冰砚台中凝冻了的胭脂似的,酒色好像渗到了他的骨头里。

"你这个酒……"

"有点贵。"贺予温柔道,"却是好酒。"

"你……"

"谢医生对我那么好,我当然要好好款待您。之前是逗您玩呢,我哪里会因为你喝了两杯酒,就乖乖和您回去?您现在也是醉态尽显了,不如放下架子,脱了伪饰,留下陪我们玩玩吧,您这年纪一大把了,又无妻无子,也不必那么拘着了,是不是?"

谢清呈蓦地站起来,怒火烧上了他一直压抑着的内心,他一把扫了茶几上的酒盏,酒瓶乒乓碎了一地。

他跨过茶几,一把扼住贺予的衣襟,忍到了极限,气得嗓音都在颤抖:"贺予……够了!……你别太不像话……"

09 | 我要让他向我俯首

"哥,别乱说。"贺予抬指在唇间抵了一下,随即屈指放下,低眸浅笑,"这就是几杯酒而已。何况也没人强迫您,都是您自愿喝下去的,您怎么喝高了,反而还怪起我来了呢?"

谢清呈听他这番言论,气得更厉害了。

"你荒谬……你怎么能……"

贺予静静笑着,依旧保持了十二分的温柔,他就这样笑盈盈地与谢清呈对视着,看着谢清呈眼里的愤怒和责备。可是慢慢地,目光触着目光,不知为什么,贺予眼里的温柔开始渐渐地黯了下去。

他忽然觉得很没意思。

忽然地，也就不想再装了。

于是就像陡然发作的精神病一般——温柔倾覆，少年翻了面目，蓦地发难——

众人还未反应过来，就见他忽然一把拽住谢清呈的头发，将人狠狠地往下一按！

"砰！！"

谢清呈身体本就虚软了，猝不及防间被他按着，后脑猛地磕上了大理石桌沿，疼得他低喘了一声。

"啊呀！"有胆小的姑娘见状，生怕闹出大事，忍不住尖叫出声，惶惶然如同惊弓之鸟。

贺予站起身，冷漠地垂眼看着谢清呈。

这点血只不过是皮肉伤，看起来可怕，死不了人，倒是血腥气刺激得贺予越发疯狂，他冰寒的面容上，一双黑眼睛像烧着扭曲的火光。

"听着，谢清呈。你别再这样和我说教，别再这样盯着我。"他揪着男人的头发，让对方仰头看着自己，一边轻声道，"你不配，也没有立场和资格来教训我。"

谢清呈嘴里还是没有漏出什么软话来。

眼眸盯着眼眸。

然后，像是被擦着了火，贺予忽然非常恼怒，干脆直起身，重重一脚踹在谢清呈胸膛，连同茶几都带出去些许。

"哗啦！！"

酒盏碎了一地……

姑娘们非常惊恐地避让开了，受惊的鸟雀般挤在一起，缩在角落里看着这两个忽然冲突暴起的客人。

贺予带着终于发泄出来的愤恨，望着倒在地上的男人："我最讨厌你满口谎言训我的样子。你现在腿都软得站不住了，就应该学着跪着。闭上你的嘴。这才像话。"

他说着，垂了杏眼，斯斯文文地整了整自己的衣服，面无表情地重新在那真皮沙发上坐下。

谢清呈半靠在茶几边，胸口被踹得生疼，不由得轻轻咳嗽。

他很少有被打的经历，年轻时一般只有他打别人的份，年纪大了稳重了，又不需要用暴力来解决问题。这是他第一次被这样砸了后脑又被踢在地上，而且对方还是一个在读书的男生。

谢清呈像是根本感觉不到痛，抬手捂了一下颅侧的伤口，血沾满了掌心，他只觉得愤怒到出离，眼前的景象都发虚了。

"贺予……你……"

"你还有精力骂我，那看来这黑店的酒是兑水了？"

酒店是不敢兑水的，倒是领队见谢清呈的情况真的太差了，反抗得又激烈，终于意识到事情的严重性，勉强敢颤声开口了："贺、贺先生，您看要不然，咱们换一种解决方式吧……要是有什么仇什么怨的，私下里，以后再说。今天就先算了，好吗？"

领队又道："我们这儿实在是小本营生，界不能越，不然真的兜不住，还请您多谅解……"

贺予没吭声，盯着谢清呈看，捏着高脚杯的手微微用力，手背上的青筋一根根暴突。

这人虚伪到极点，就成真了吗？

贺予站起来，慢慢走到谢清呈面前。

几秒沉默后，他淡道："说得也对。这确实是我和他的事。但我想就今天、就现在，和他私下解决。你们都出去吧，这里发生什么，就和你们任何关系也没有了。"

领班还想再劝几句，瞧见贺予的眼神，又瞬间失去了好不容易鼓起的勇气，嗫嚅着不敢再说了。

其他服务生们则如蒙大赦，只觉得再这样下去，这两个疯子今晚真不知要闹出什么事，得了贺予的允准，纷纷逃也似的走了。有几个临走前还挺难过地看了谢清呈一眼，希望他今天别有什么事儿。

包厢内，就只剩下他们两个人了。

贺予俯视着谢清呈在地上痛苦的样子——

到头来，还是自己失败了，是吗？

还是逼不出他的丑态、他的告饶吗？

谢清呈在痛苦中颤抖着，却还能意识到发生了什么，他慢慢抬起眼，对眼前的少年说："你……闹完了吗？

"如果闹完了，你就该和我回去了。"

贺予的目光对上了谢清呈那双眼睛。

那微颤的长睫毛下，一双桃花眸也浮上了湿润的气息，明明已经被梅酒浸软成两汪潭水了，与他对视时竟还是那么冷静。

贺予觉得胸腔中那种滚烫的火气在张牙舞爪地撕扯着他的心脏，他是真的戳不进这男人的盔甲深处、碰不到他的软肋、摸不到他的真容吗?

"你装!你给我装!你要装到什么时候?!"

谢清呈说:"你是多想要看我失态,看我发酒疯?……只可惜不是每个人都会借着喝醉的理由放纵的……人的本性其实不会变,醉了、病了……本质上都不会变,只要你不替自己寻找借口……"

"只要……你能按我说的,那样坚持下去。"谢清呈嘴唇轻颤,这样说道,眼里是对贺予极度的失望。

贺予好像被他的这种眼神,还有他的这句话狠狠烫了一下。

一瞬间,贺予知道——谢清呈竟又换回了从前的角度,还是在俯视着他。

他被惹得极恼,刚刚在屋子里爆发过的怨怒又迅速地起死回生,此时此刻全都涌上心头,他简直快被逼疯逼死了,只有谢清呈的狼狈和失态、崩溃和鲜血能救得了他。什么本质不会变?什么不要找借口?什么病了醉了都还要坚持下去?虚伪!他要不顾一切地撕破他的假面!

可是……可是怎么才能让谢清呈狼狈?

怎么才能让谢清呈失态!

这么多酒都灌下去了,依旧什么用都没有。

那还要怎么样?

10 | 要与他共沉永夜

谢清呈声音沙哑地开口:"贺予,我问你……

"你其实……还是在意那些老视频里我说的话,对不对?"

贺予一语不发。

不只是老视频。

他想,连过去那些年的消息,他都已经知道了个七七八八。

但贺予最后还是冷笑着,慢慢道:"这个问题你问过我了,我也告诉过你答案——我不在乎,谁还在乎这些?"

"可是你不那么善于说谎,你如果真的不在乎,今天就不会这样。"

谢清呈脸上都是细汗,他不停地喘着气,知道自己已经清醒不了太久,只能在这短暂的时间内把贺予劝得理智点。

贺予被谢清呈的话戳中痛点,一时哑然。

"小鬼……说实话……我当年……"

谢清呈讲这些话，实在要耗费很大的力气，这酒太烈了，谢清呈用力闭了闭眼睛，睁开时眼睛里都是痛苦的水汽，但他还压抑着，咽了咽口水。

"我当年……之所以不愿意继续做你的私人医生，并不是因为怕你、惧你，担心你会成为第二个易北海，而我会成为下一个秦慈岩，都不是。

"我离开你的时候你已经十四岁了，贺予。我可以陪你七年，或者再一个七年，但我能陪你一辈子吗？当你毕业了工作了我还陪着你，当你成家了带着孩子了我还陪着你，这是不现实的，我只是一个医生而已。

"你迟早都要靠自己走出你内心的阴影。我是这样想的，所以我离开了。"

谢清呈顿了顿，把贺予的身影收在自己的眼睛里。

"贺予……我想你应该明白的。这世上多少人活得容易？你不用去别的地方，你就去医院门口看看，去重症监护室门口看看，去抢救室门口看看。我知道你难受，但你至少还活着，你不应该……"

贺予这次并没有完全理解透他的意思，但烧得一颗冷冰冰的心都烫了，他几乎从未感受过这样的怒火。

"我不应该什么？！谢清呈……我有多痛苦，你真的知道吗！

"麻木闭塞，情绪失控，发起病来甚至连自己是谁都感觉不到！整个人都是空的，像锈了，像蛀了，每分每秒都在想不如死了算了。我和你说过的。过去七年我和你描述过无数遍……但你还是体会不到。

"你是为什么要来给我看病？啊？既然你觉得我应该去医院看看，觉得我的痛苦比起那些患者算不上什么，你又为什么要来？觉得有趣是吗？世上罕见的'精神埃博拉'，哪怕到燕城最老的医院都查不到相同的病例。多有意思，谢教授觉得这个临床样本足够新鲜，能为你的科研缀上浓墨重彩的一笔，对不对！"

贺予压着嗓音，眼瞳里的光都因怒意而发着抖。

"你说的病人——癌症病人也好，渐冻人也好，至少旁人都明白，那是什么病，有多严重，他们多少也能找到可以同病相怜的人，抱团取暖，互相鼓励……我呢？

"我就是你们的一个研究标本，有趣的疯子，笼子里的怪兽，新鲜吗谢清呈？看完了玩够了就走了，最后还要附赠一些可笑的谎言来欺骗我！还要和我说这个不应该那个不允许，你不觉得残忍吗谢清呈！！"

到了最后，几乎成了厉声的质问。

谢清呈眼底似乎有什么光晕低掠着闪过，但他垂下了睫毛，那缕光影很快就消失不见了。

"我还是那么觉得,贺予。"他说,"人能活着,无论是孤独,还是痛苦,只要你自己想救自己,最后总是能把你的难处挺过去的。除非你还没有死,就先选择了放弃。

"人心是能够很坚强的,贺予,你该相信的不是我,你该相信的,永远是自己的内心。"

"你说得真轻巧。"贺予盯着他的眼睛,每一个字都像是从恨意里剥离出来的,"你说得真轻巧……谢清呈。你又没有病没有痛,你大可以上嘴唇碰下嘴唇指责我选择了放弃。你懂什么?换作是你遭受这样的病痛折磨,又能做得有多好?——谢清呈,你才是那个最喜欢逃之夭夭、甩手走人的人——医治不了离开贺家的是你,见势不妙辞职转行的又是你。"

他几乎是削尖了字句要往谢清呈那张刻薄的颜面下戳去——
"你虚伪到令我恶心。"
"你装了这么多年……直到这一刻你还在装!"
如果说之前,贺予尚存一丝理智。
那么这一刻,贺予是彻底火了。

他一字一顿地说:"你不是要装到死吗?死也要装吗?好,那不如让我看看,真的到了你的命受到威胁的那一刻,你还能不能够装得下去,不露出你厌恶我、厌恶精神病的真心?"

谢清呈看着贺予那张年轻的脸——无所畏惧的、嗜血的、病态的、变态的、疯魔的——只想嚼食谢清呈全部尊严的,那张脸。

谢清呈知道贺予是真的疯了,他意识到了这是极度危险的信号,贺予并不是在说着玩的。他蓦地在贺予指掌之下挣扎起来,尽管那挣扎早已微不足道,他喑哑地低喝道:"贺予你……你清醒点!你给我清醒点!!"

贺予笑了笑,英俊的面目显得有些扭曲:"谢教授,谢医生。谢哥。"
声音炙热,烫过谢清呈急促起伏的胸口。
"我是个疯子啊,疯子杀人放火都没事的,何况疯子只是想和他的医生验证一些医嘱是不是正确的,您不会怪我的,警察也不会,对不对?"
他说着,空着的那只手突然举起来。
谢清呈蓦地闭上眼睛,看上去好像快被逼疯了,但他浑身一点力气也没有,越往后力量流失得越快。
"你要是敢……你知不知道你在干什么……你在毁你自己一辈子!你滚开!你给我滚开!!"

贺予根本无所谓谢清呈骂什么，他只知道这是他以前从来没有见到过的谢清呈。

是在为谎言和欺骗支付代价的谢清呈。

这个总是目中无人，高高在上，从小制着他、教训他、骂他、威胁他、欺骗他，最后一走了之还说他雇不起自己的谢清呈。

讲台上冷峻平淡，曾受无数学子仰慕，好像无所不能、无所不会的谢清呈。

可现在被他压制着，自投罗网。

他的命，此刻就握在贺予手里。

贺予握起一片酒瓶碎片，把寒光闪闪的锋利碎刃，抵在了谢清呈的颈间，又慢慢地挪到脸颊，顺着脸颊再至下颌、喉结、胸膛、腹部、手臂……

"让我想想吧。"他在谢清呈耳边低声呢喃，"这第一刀，先从哪里开始呢……"

11 ｜要他在我掌中

谢清呈醒来时，已经不知道过去多久了。

他有那么一瞬间坚信自己是太累了，做了一场噩梦。

他甚至闭上了一会儿眼睛，然后再睁开，内心微弱地希望自己还躺在医科大的宿舍里，或者是陌雨巷的老宅里。

但是都没有。

他还是在会所里，胸膛处还有一道不深不浅的伤疤。

血已经凝住了，留下这道疤的人在离开前，往这道当时估计还在淌血的伤口上丢了一堆卫生纸。

……还是擦过鼻涕的厕纸。

而那昨晚叫嚣着要他狗命的罪魁祸首，已经走了。

谢清呈阴郁地想，估计是清醒过来后畏罪逃走的。

对于昨晚后来的事情，谢清呈模模糊糊还有些昏迷前的印象。

贺予是真的划伤了他，酒瓶的碎片在他胸膛割过去，他能感到热血涌出来。贺予当时盯着那热血良久，好像从来没有见过这是什么。

后来他抬手小心翼翼地去触碰谢清呈的血和疤。

热的。

热血的温度似乎让贺予清醒了些，似乎又让贺予感到困惑——贺予当时似乎是在迷茫，迷茫于自己在他眼里是这么冷、这么虚伪的一个人，但血又是那么烫。

烫得他仿佛想要落泪。

谢清呈依稀记得贺予当时眼里已经有了些水汽氤氲。他不知道贺予为什么会为他的血的热度而流泪，甚至不能确定贺予那时候是不是哭了。

他只好像模糊地听见贺予哽咽着说："为什么要这么对我？……你们为什么都要这么对我？

"为什么你们有这样的热血，却谁也不肯分一点热气给我……

"为什么连你也在骗我……"

谢清呈那时候不知道出于怎样的心情，望着那个视网膜上已经模糊不清的哭泣着的青年，喃喃地说了句："我其实从来都不怕死……贺予，但我现在，不希望看到你回不了头。

"别做让自己无法回头的事情……"

他不知道是不是自己最后这两句话，让贺予从疯狂与发病中终于清醒了过来。

想来应该是这样的，不然他不可能只有胸前这一道伤疤，且这个肇事者还拿擦完鼻涕眼泪的纸象征性地敷在他胸口止血。

谢清呈睁着泛红的眼睛，撑着身子坐起来，结果胸口的疤传来一阵刺痛，他又重重跌回床上，脑仁也嗡嗡地疼。

他就没见过这样给人拿鼻涕纸处理伤口的，估计是感染了，比不处理更糟糕，何况昨天被强灌了那么多烈酒，他的头几乎像要炸开一样疼。

"贺予……"他不禁咬牙念出这两个字来。

此时回想起昨日，才真的觉得疯狂。

——是，他是对贺予有歉疚感，他是觉得自己从前太过无情，从未把贺予放在一个能够和自己对等交流的位置上看待。

在发生这件荒唐且失控的事情之前，他已经想要和贺予重新建立一种新的关系，是和医患无关的，他和贺予之间的关系。

他以前从来没有想过要和一个少年产生长久的羁绊，但在贺予不假思索地把手伸给他的那一刻，谢清呈的内心终于被触动了。

他在那一刻发现，也许有的事情真的是他做错了，少年只是年轻，感情并不会比任何一个人来得薄弱，不管如何，他当初也许不该采取那么决绝的方式离开。

他想只要贺予能够宽宥，这一次，他愿意陪他很久，只要贺予需要，只要他还能够。

但贺予似乎真是不管不顾了，他简直相信有那么一刻，贺予是真的想要他的命。

真是疯了……

"叮——"

扔在地板上的手机响了。

谢清呈烦得要命，没打算去接。

可那铃声无休无止地响，电话一个接一个。好像他不回应就誓不罢休。

谢清呈怒骂一声，还是撑着酸痛的身子，勉强够着了手机，拿来一看。

是陈慢打来的。

"哥。"

"什么事……"

陈慢吓了一跳："你嗓子怎么这么哑？"

谢清呈深吸了口气："你有什么话要说就说，没事我就挂了，我这儿有事。"

陈慢忙道："家里出了点状况……"

谢清呈因为昨晚发生的一切，身子还一阵一阵发虚，这时又听到陈慢这句话，冷汗都出了一背，攥着手机的指节泛着青白："发生了什么？"

半个小时后，谢清呈穿着皱巴巴还带着酒渍的衬衫出现在了会所大厅。

会所的工作人员看到他，吓了一跳。

谢清呈的皮肤太苍白了，像是一缕夜色里走出来的幽魂，轻薄如纸。

"先生……您……需要什么帮助吗？"

"不需要。"

"那先生请您把昨晚的账结一下吧。"

"……"谢清呈以为自己聋了。

"先生？"

"……"谢清呈爷们儿惯了，尽管他觉得贺予昨天捅了这么大娄子，花了一堆钱还逃单，这真是太无耻了，但他付钱就付钱吧，这是大老爷们儿该做的。

他于是铁青着脸："好。我付。"

"那先生请问是刷卡还是……"

"刷卡。"

"请和我来服务台。"

服务员噼里啪啦在电脑上一顿操作，拉出一份单子。

谢清呈习惯性地问了句："多少？"

账单递过来，服务生毕恭毕敬地说："昨晚包厢的消费一共是168万。"

谢清呈抽卡的动作停住了，他拿过账单看了一眼，上面的天文数字让他怀疑自己的眼睛是不是也出了问题。

确实是，168万。

昂贵的酒水费、服务费、房费、损毁物品赔偿费。

谢清呈抬起手抚了一下额头："我去打个电话……有烟吗？还要一件干净衣服。"

168万的账单都已经挂上，谢清呈彻底自暴自弃了，再添些消费也是九牛一毛。

借用了盥洗室换上了服务生给他拿来的衬衫，谢清呈靠在流理台边，用颤抖的手敲了根烟出来，垂了睫毛打上火，深深地吸了口，而后拨通了那个他此刻恨不得杀了的人的电话。

如果他有钱，宁愿自己支付这些钱款，可惜他拿不出这离谱的168万过夜费。

168万……

真是个吉利到丧心病狂的数字，他差点连命都搭上，敢情他还要支付168万的酒水费、服务费和房费？

他要了什么服务？

青春期少年破罐子破摔发病一条龙服务吗？！

这兔崽子还敢就这么跑了！

"您好，您拨打的用户暂时无法接听，请稍后再拨……"

谢清呈眼里含着血丝，暴躁地摁灭了通话，又去点贺予的微信，用力输入几个字符，然后点了发送键。

没想到微信立刻发出了提示音，贺予居然秒回。

谢清呈顿了顿，还是阴着脸把正准备扔一边的手机拿回来，定睛一看：

消息已发出，但被对方拒收了。

鲜红的惊叹号映在谢清呈倏然睁大的眼睛里，谢清呈难以置信地瞪着屏幕看了半天，以为自己眼瞎了。

贺予把他拉黑了？

谢清呈低低骂了一声，嗓子哑得冒烟。

贺予居然、有脸、把他给……拉、黑、了？！

昨天这种事情发生之后，要删也是他删贺予吧？

轮得着贺予吗？

谢清呈很少有非常失控的时候，但他此时啪地把手机往水池上一扔，抬眼时镜子里的男人凶狠得就像一头被逼入绝境踩躏过的雄兽。

"贺予！"

另一边，贺予是真把付钱这事儿给忘了。

他这会已经没那么疯了，酒带来的影响也下去了，但他的心有点乱。

他想起昨天谢清呈昏迷前，意识半模糊时和自己喃喃的最后两句话。

谢清呈说："我其实从来都不怕死……贺予，但我现在，不希望看到你回不了头。

"别做让自己无法回头的事情……"

他不知为什么就下不了手了。明明他已经疯得那么厉害，那么失控，但他真的下不了手。

为什么？

在他知道了真相之后，他应该讨厌他，应该憎恨他的。

对……他就是讨厌他，憎恨他。

可是那一刻他从谢清呈脸上看到了那么真实的痛楚和脆弱，那是他以前从来没有见到过的。他的心忽然狠狠地颤了起来，他的某种情感需求似乎被莫名其妙地、意外地满足了。

原来谢清呈也会害怕，也会难过，也会崩溃。

他忽然很想更多地看看这个冷血刻板到仿佛是冰雕的、仿佛是雪雕的、仿佛是机器一般的人，一直被他拿捏在掌中的样子。

想看谢清呈的伪装、谢清呈的坚强一点一点在他面前被他亲手剥掉的样子。

他忽然很想彻底把谢清呈打回原形。

他想让谢清呈在他面前再也无法说教，再也不能装得那么衣冠楚楚，想看谢清呈在他眼皮子底下露出赤裸真容的狼狈模样。

想看他永远有把柄在自己手里，受制于自己的模样。

就像此刻谢清呈一切都掌握在他手里……他忽然意识到自己被极大地满足了，且想让这种满足一直一直延续下去……

他就那么呆呆地、痴痴地、丧心病狂地肖想着。

仿佛一个得了新游戏的孩子。

最后他忽然仰起头嘿嘿地笑了起来，笑容里有说不尽的扭曲和自嘲——是啊，他原本就什么也都不在乎了。以前他还会顾忌谢清呈是谢雪的哥哥，对谢清呈有所尊重。现在，谢雪对他的真情是假的，是他想象出来的。

他又有什么需要在谢清呈面前保留的呢？

他只想给自己孤独的世界，添一点羁绊。

哪怕那羁绊是被他威胁来的，是因为厌恶和恐惧而生的，也总好过其他什么都没有、仅有自己可笑的幻想的境地。

谢清呈……

他望着对方昏迷的脸庞，模糊地想。

谢清呈……你不是要报广电塔我帮你的人情吗？

那就多陪我玩玩吧。

就是你了。

你畏惧精神病人也好，憎恶我也罢。

这世界太没意思了，从此万事对我只是游戏。

而陪我好好地玩下去……

就是你欺骗我该付出的代价。

贺予当时就是这样想着，于是鬼使神差地翻出自己的手机，对准了这个还昏迷不醒的男人，摆弄着拍了几张他睡熟时的照片。

他一边做这些，一边开始构思一个无比恶劣的想法……

而此时此刻，贺予就看着那些照片，看着谢清呈睡着的样子，脑子里一会儿忽悠悠地浮现出昨夜的一幕幕，一会儿又琢磨着自己构思的那个邪恶计划要不要真的落实，如果要落实，那什么时候开始。

他清醒过来之后仔细想了想，其实那个计划真的挺缺德的，估计他真这么做了，谢清呈能恶心死他。

正出神，手机来了电话，是一个陌生的座机号码。

"喂……"

电话那头传来霜雪一样冷的声音。

"贺予。"谢清呈说，"你还要脸吗？！"

十几分钟后，贺予驱车回到了空夜会所。会所的高顶大门打开了，服务生低头迎贺先生进来。

贺予看上去和平常一样，干净、简练、绅士、有礼。标标准准的楷模风范。

绝不会有哪个人能把他和昨晚的事联系在一起。

贺予一进大厅门，杏眼一扫，就扫到了立在服务台边、脸色极其苍白难看，但居然还能笔挺站着的谢清呈。

他已经换了件雪白的衬衫，头发洗过梳过了，大哥的气质和贺予从前看他的时候一样，锋利寒冷，似一把刺刀。

贺予的目光将他由上而下打量。

谢清呈则在瞥见贺予的一瞬间，血压就上来了，只是因为在人来人往的大堂，他不想闹得尽人皆知，所以才硬生生克制住了要把贺予踹死的冲动。

"贺先生，这是您昨晚消费的账单。"

服务生把单据递过来。

尽管深谙这个行业的服务礼仪，但今天这事还是太诡异了，服务生小姐姐在电脑上核对包厢消费时，看到跳出来的一项一项内容都觉得触目惊心，啊……敢情这是把整个包厢都给砸了啊……

打架了吗？

肯定打架了。

这真是缺德啊！！

她被激发起了母性的同情心，把账单递给贺予的时候，声音都软了八度，充满了同情的意味。

对，她同情的对象居然是贺予。

贺予看起来就是一副学生模样，而且很瘦弱，一定是被打的那个人。

不像谢清呈，一看就是打人会很疼的那种人。

所以服务生小姐姐竟然误以为是谢清呈欺负了贺予。她想，谢清呈不仅把贺予打了，回头还要把贺予这个受害者叫来刷卡！

真太不要脸！

贺予结付完毕，小姐姐鞠了一躬，大着胆子用鼓励的眼神看了贺予一眼，然后用职业素养拼命克制住想要翻谢清呈一个白眼的冲动，扭腰踩着高跟鞋走了。

大厅休息大转台边，就剩下了贺予和谢清呈两位。

得亏这二位大爷都在人前要脸，这才不至于在会所大堂和对方因为昨晚的事吵起来。

大堂的福禄喷水帘哗哗地流淌着，成了两人静默对视时的背景音乐。

谢清呈双目赤红地盯着贺予。

贺予那张脸庞虽是人模狗样，可眼睛里透着一股子除了谢清呈谁也留意不到的疯劲。

那种疯劲好像在和谢清呈无声地较劲，好像在很不要脸地说，是啊，我做都做了，从今往后我也不打算与你再相见，你能把我怎么样？

最后是谢清呈站了起来，在旁人眼里，谢清呈依旧是挺拔的，来去如风的。但贺予看出了他步履间的一丝颤抖。

谢清呈走到贺予面前，步步沉重震心，眼神极其骇人。

贺予心里居然有一瞬的发怵，竟又有了想转身就跑的冲动。但他随即又觉得这种冲动太荒唐，那是谢清呈从他幼年时就带给他的压迫感，到现在居然还刻在DNA里，会偶尔作祟。

他立刻把这种毫无必要出现的幼年阴影挥掉了，并发誓一辈子不会让任何人，尤其是眼前这个人知道自己刚才那一瞬间的念头。

贺予冷静下来，眼睛一眨不眨地盯着他，片刻后，反而笑了，轻声慢语地说："谢哥，您现在，是不是恨到想要杀了我啊？"

12 | 我没逃啊

"杀你？"

谢清呈银牙咬碎，一字一顿："你倒是不傻，你逃就是这个原因？"

贺予竟没想到他会这么开口，刚刚收拾出来的从容与阴狠顿时被豁开一道口子，露出底下属于少年的窘迫来。

男孩子瞬间不笑了，脸色微微发青："我没逃！"

"你没逃？"

"我那不是逃，我只是……我……"

"你只是？"谢清呈眯起眼睛，步步紧逼。

"你只是早上醒得早了点，觉得神清气爽，看看外面天气不错，想着最好来个放松身心的健康晨跑，为了不被昨天的烂账打扰，你把老子电话和微信都一起拉黑了，然后觉得万事大吉直接离开了房间，高兴得连自己开的单都忘了结账。是吗？！"

贺予的脸色更难看了，中了毒似的："谁早上醒得早了些？你以为我会在那待一晚上？我早走了！"

"你真垃圾，贺予。你就一犯了事只会逃的垃圾。"

贺予铁青着脸，尴尬和愤怒里有些委屈，甚至都有些屈辱了："我说了我是走！不是逃！我这不接到你电话就回来付钱了吗！"

谢清呈也火了："你有脸？老子要你付这钱？我告诉你要不是……我这辈子

都不想再见到你！"

谢清呈没说假话，他要是卡里有168万，他真能自己付了，压根不会叫贺予回来。他也是男人，用得着让贺予这连毛都没长齐的浑小子来付账？

谢清呈一直怒骂贺予。

贺予也急赤白脸地回瞪着他。

两人尽管都下意识压低了声音，但那种剑拔弩张的气氛是掩盖不了的。

刚刚那个收银的小姐姐在远处服务台偷瞄观望，忍不住又朝谢清呈翻一个白眼。

这大男人一晚花人家那么多钱，怎么还这么凶，好意思吗？

相互对峙许久，贺予心里压着一口气，也不和谢清呈讲这个了。他重新调整了呼吸，用力让自己平复下来。

"那你现在想怎么样。"贺予恨恨地说。

"我人已经回来了，要不你问前台再要把刀，直接把我杀了？"

他盯着他，语气中带着些凶狠的讽刺。

"直接把你杀了？"谢清呈冷笑一声，"想得太天真。我是想拿刀一刀一刀活活剐了你！"

贺予听了，早有预料地笑了笑，眼睛仍有些红，脸色仍有些青："好……好。没关系。"

他重复一遍："没关系。

"随你怎么说都没关系谢清呈。不管你是想把我活剐还是鞭尸，我都无所谓。死不死的对我而言其实根本不重要。反正死活我也就是个没人待见的东西。"

少年讲这些话的时候，唇角落着的弧度说不出是讽刺还是自轻："你知道吗……从前我信了你说的那些谎话，蠢得要死，去努力了那么久，一朝信念崩塌，都是拜你所赐。"

"我其实宁愿卢玉珠的枪再打得准一点，一了百了，我现在就不会那么恶心。"

他深色的眼珠缓缓转动，目光落在了谢清呈身上，嗓音里压着某种痛苦的情绪。

"您也是这么想的吧？要是我那时候就死了，会更干净，您也不至于像现在这样倒霉。"

谢清呈用手指狠狠点了点贺予，豺狼虎豹似的狠劲。

但在贺予说到卢玉珠的时候，谢清呈的心其实被不期然地撞了一下。

贺予或许是故意，或许是无心，但是博文楼卢玉珠这件事，就是谢清呈认为的他亏欠了贺予的。

谢清呈有万般恨意涌上，可耳边仿佛传来当时那一声枪响，猩红的血从贺予的肩头流出来，刺得他视网膜都疼了红了。

这时候枪声又化作藤蔓，将他的暴怒勒住扼住，让他不至于狠狠一巴掌扇在贺予脸上。

"贺予……"最后谢清呈咬着牙，一字一字地说，他身体又难受，精神折磨又大，和贺予在这儿耗了一会儿，嗓音已是沙哑得不像话。

虚弱地，冷极地——

"你今天要和我论这个是吧？"

"好、那好。那你给我听着，我哪怕有什么地方做得不对，哪怕不愿意继续冒着风险当一个医生，我哪怕亏欠了教我的人，要被从前的同事鄙视、唾弃、瞧不上……

"但我不该被你这样折磨。

"我或许有些事处理得不够完美，让你心里有怨恨，但我在为你治病的时候，没有做过任何真正对不起你的事情。

"你自己想想看，你这样做卑不卑鄙。"

他深吸了口气，在强烈的头疼和眩晕中，带着湿润的气音喃喃："你自己想想。"

如果说刚才的对话还只是让贺予难堪，那么现在，贺予却是被他的这番话狠狠地触痛了伤疤。

他原本不打算和谢清呈多废话的，谢雪的事情他也没打算和谢清呈再多说。可是这一刻他蓦地忍不住了，众目睽睽之下，贺予一把将谢清呈拽到了盥洗室，"咔嗒"锁上了门。

"你让我想什么？"

"啊？谢清呈，你让我想什么！"

"你以为我还什么都不知道，是吗？"

贺予的情绪激动起来："我告诉你，我现在什么都知道！我什么都清楚！——妄想症，自我保护，虚无，谢雪在我记忆里做出的很多事情，其实都是来自我求而不得的自我麻痹和想象，我都清楚！！"

谢清呈的脸白了一白，这使得他看上去更像一缕游魂了。

"我什么都知道……"

贺予眼神疯狂，说话的声音很轻，但字字句句都像刀在划着谢清呈的脸：

"谢医生，您也什么都知道，但您不说，您就眼睁睁地看着我犯傻，您担心我对她纠缠太过，又担心我知道真相不能接受，所以您拖着时间，您什么都不告诉我，却时时刻刻提醒她要远离我。"

贺予说："七年了，连我爸都知道我所依赖的朋友不过是幻想中的东西，只有我自己不知道！只有我自己越陷越深！这出戏，您看得满意吗？

"是不是很好笑啊谢清呈？你不觉得你很残忍，很自大，根本不曾把我内心的想法放在眼里吗？我在你们眼里到底算什么？——部分想象的人，我连想要一点安慰，都得靠一个部分想象出来的人！谁都没有真正地爱过我，关心过我。连生日都只能一个人去过……靠着幻想得到一句祝福、一块蛋糕。"

贺予掐着谢清呈的脖颈，盯着他的面颊。

谢清呈的脸色是白的，但皮肤是烫的，这个男人虽然还能强撑，但贺予一碰之下，就知道谢清呈已经发烧了。

烫热萦在指尖，贺予死死盯着他。

很久之后，贺予听到谢清呈说："你如果再给我一次机会，我也还是会这样去做，我还是会让她远离你，还是会选择不告诉你真相。"

贺予被他触怒了，猛地把谢清呈撞到盥洗室的黑色瓷砖墙面上，黑沉沉的砖衬着男人纸一般苍白的面容。

如果不是掌中的温度那么烫，贺予简直会觉得谢清呈是雪做的，就要这样融化掉。

谢清呈轻轻咳嗽着，眼神却和初见贺予时一样的冷锐锋利。

"贺予。

"我这么做，是因为我知道你承受不了。

"这是最上策。无论你怎么想，在这件事上，我没有觉得我有过错。"

其实谢清呈原本想说，我是欠你的，贺予，我过去欠了一份对你的真诚，你选择把心交给我，你把自己的心捧在掌心里，踮着脚仰着头给我递过来，我却只把你当作一个病人看待，看不到你眼里迫切的渴望，渴望有个人真心实意地陪伴着你。

确实是我太不近人情。

以后不会这样了。

虽然我不太会温言软语地对待一个人，我可能依旧会很固执，很冷硬，但我愿意成为你的桥梁，因为在我孤立无援的时候，是你选择了给予我帮助，是你为了那一点点我都不曾认为是恩惠的鼓励，差点连命都搭了进去。

你想要的，我或许不能完全给你，但是，我可以不再是谢医生了，对于你，我就是谢清呈。

只要你还愿意。

——这些都是他在昨晚之前，心里所想的，想要去做的。

但现在，什么都变了。

谢清呈被贺予掐着脸颊，散乱的额发下面，是一双与过去无异的、刀刃般锐利的眼。他狠狠推开贺予。

谢清呈逼视着贺予，眼眶有些泛红。

"那七年时间，我作为一个医生，做了我所有该做的事情。"

他说完直起身子，绕开贺予，忍着强烈的不适感，大步往外走去，手在搭上门把手时，却被贺予一把按住了。

"你还要干什么？！"

谢清呈的桃花眼都淬了火了："我现在没工夫再和你在这儿浪费时间，我家里有事，我要回家！你给我立刻滚！"

贺予有那么一瞬间是真的想掐死谢清呈，他原以为经历过昨晚，谢清呈在他面前总该弱一点、软一点了，可是并没有。

谢清呈甚至变得比之前更加冷硬，就像冰层下的水成岩，字句都寒凉。

他的这种态度无疑让本就几近疯狂的贺予越发暴躁，心中血腥暴力的念头狂风骇浪般翻涌。

但贺予攥住谢清呈的胳膊把他摁在门上时，听到他因为吃痛而发出的那一声闷哼，却又僵住了。

谢清呈喘了口气，狠狠盯着贺予，那眼神充满戒备，而后他调整好自己被揉乱的衣领和衬衫下摆。

那衬衫其实是小了些，会所只有一些备用的简约款，尺码也并不全，谢清呈一米八的身高，这衬衫码子现在是没有的，袖口短了，露出一截雪色手腕。

谢清呈很少穿短袖，哪怕再热的天，都是长袖衬衫、西装革履。

尺寸合适的西装是不太可能让男士露出手腕偏上的位置的，所以谢清呈的腕，贺予很少见到。

昨天也没有精力注意，直到这时他才想起了谢清呈手上是有文身的，他很早以前就见过。

而此时此刻，他又一次瞥见了谢清呈苍白的左腕，那骨瘦色白的手腕上方，有一道长长的、纤细的、淡烟灰色的字母文身。

Here lies one whose name was written in water.

此地长眠者，声名水上书。

贺予盯着那文身，太多年了……如果不是这一场交集，他都快忘了谢清呈手腕上的这字迹。

而谢清呈扯端正了自己的衣服，最后狠剜了贺予一眼，转身推门而出，砰地关上了盥洗室的大门。

贺予一个人站在里面，面对两个人方才凶狠纠缠的地方。

他平静了好一会儿，让自己躁郁的心都静下来。

眼前不停地晃着那段文字……耳边则是谢清呈冰冷的，却好像压抑着什么情绪的声音——

"我这么做，是因为我知道你承受不了。

"那七年时间，我作为一个医生，已经问心无愧。

"你自己想想。

"你自己想想看……"

于是冷不丁地，一页旧章就被疾风骤地吹开，恶龙确实清晰地回忆起了他幼年时的一件往事。

关于这文身的往事。

13 | 我也没学他啊

那时候他念初中，这个时期的少男少女，好像每一天都有新的变化，连骨骼都在青涩而蓬勃地生长。

贺予个子一天天抽高，少年的身量变得很挺拔，变得高大，而嗓音却骤然变得低沉，过去的衣服他再也穿不上了，新校服过了半个学期就开始显得有些短，因此他常松两颗白衬衫的扣子，鞋子码数也总得往大了选。

除了身体上的变化，社交的气氛也在改变。

他身边忽然多了很多叽叽喳喳的女孩，会在他走近的时候突然集体不吭声，却又在他离去之后爆发出嘻嘻哈哈的脆笑。

他的抽屉里除了自己整整齐齐的教科书外，开始出现各种颜色的信封，里面封着香气扑鼻的纸，写着让他感到无聊不已的话语。

更糟糕的是，有时候他还会被堵在学校的某栋教学楼楼梯口，面对一个他连五官都记不住的女生，收下她满怀期待递过来的礼物，然后还得文质彬彬地笑一笑，给予她适当的肯定与安慰，尽量不伤人感情地拒绝对方。

每每遇到这些事情，贺予都一个头两个大。

他承认他是要比高几个年级的卫冬恒来得虚伪，同样是炙手可热的好模样男生，卫冬恒就会翻着白眼拒绝别人，把"我很贵，女人不配"写在脸上。

而他只能把面子工程做得很体贴。

谁让他是"学霸"，是最让师长省心的优秀楷模。

而卫冬恒只是长得帅而已，是个人都知道姓卫的就一"学渣"。

贺予于是只得一遍又一遍地重复着枯燥的拒绝，拒绝完了还得给学姐学妹们附赠安抚工作，他感到不耐烦，尤其他左等右等，等来了无数女生的示好，却迟迟等不到谢雪给他的情书——

是的，贺予在青春期伊始，就确定了自己对谢雪的心意。

他会格外地关注谢雪，瞧上去不动声色，但其实一直在冷眼旁观着谢雪的一举一动，耐着性子听谢雪大谈她喜欢的各色男明星，试图找出她喜欢的人的共性。

最后贺予以秒解奥数题的智商，得出了令他自己都有些难以接受的结论——

谢雪是个"兄控"，她认可的男人，多少都会像谢清呈。

那些演员啊，歌手啊，人设或是不羁，或是傲慢，或是沉冷，或是不屈，身上总有些属于谢清呈的气质。

这倒不是说谢雪有恋兄情结，想和她哥谈恋爱，那当然没有。只是说谢雪似乎认为她哥虽然臭毛病很多，但她从心底里是敬佩谢清呈的，她的择偶观在当时无疑也受到了谢清呈的影响，觉得和她哥哥类似的男人最靠得住。

这种影响是潜移默化的，甚至谢雪自己都没有察觉。

但谢雪下意识地就会说——

"啊呀，这演员好暖，他做饭的样子好像我哥。"

"啊呀，这演员好帅，我哥也是这样打球的。"

或者就是："啊呀，这演员怎么留这么长的头发啊……我哥说男生就该有男生的样子，应该阳刚点啦……"

贺予这人自负，一向觉得自己长得好看，品位也不错，不明白谢清呈那种被时代砸在沙滩上的老男人有什么好的，因此一开始也并不愿意妥协，而是想把谢雪的审美给纠过来。

可无论他是温良恭谦，还是骄奢淫逸，只要谢雪从他身上感觉不到任何类似于谢清呈的气质，就会对他毫无兴趣。

"你衬衫扣子不要松开，学生要有学生的样子。

"最好是穿春秋款长裤，学校发的运动短裤太休闲了，不适合你。"

后来谢雪想了想，居然还翻出了一张她哥读中学时的旧合照，一本正经地指着最角落的那个高个子男生，说："你看，这样就会比较好看。"

上面的谢清呈很年轻很英俊，但在贺予眼里堪称过时至极。哪有人这么刻板地穿着全套校服，还清洗得这么干净，好像下一秒就要进 ICU 所以浑身都消了毒似的，连老照片也掩盖不住 T 恤的洁白。

还有那双腿，白瞎了这么长的腿，全给盖在长裤下面，一张合照周围所有人都是夏装短裤，就谢清呈裹着春秋款，一脸心静自然凉的冷漠样。

这哪里好看了？

但谢雪说："就是好看啊！还有他当时理的这发型，穿的这衣服，哎呀，虽然脸不像，但这沉稳的气质就很像某个电影里的那个当家大哥，好帅好强好优雅，比你们现在这些男生帅很多！……没说你啊，你还行，不过你气质上像那部电影里的那个少年刘警官，有时候笑起来有点痞。"

谢雪那阵子喜爱看一部很经典的警匪片，一部电影翻来覆去地看，脱口而出的都是里面人物的名字，然后感慨："哎，我们家的基因真是太优秀了。我哥真的太帅了。"

贺予看了照片上清俊正气的少年几眼，冷着脸把相框一扣："哪里帅了。"

过了一会儿他又不甘心，又把相框翻回来，再看几眼，冷道："丑。"

这回没机会扣了，谢雪把相片从他手中夺回来，愤愤地说："呸！你就是嫉妒我漂亮！嫉妒我哥英俊！"

和这婆娘没什么好说的，嫉妒谢清呈英俊也就算了，嫉妒她漂亮是什么鬼……不对，嫉妒谢清呈英俊也不可能。

他那么好看，全校的女孩子一半都给他塞过巧克力或情书，他为什么要去嫉妒一个无聊的过时老男人？

他才不在意谢清呈是什么模样。

但那天，把谢雪送出自己家之后，备受打击的贺予坐在书桌前把玩着手机，不停地把屏幕摁亮又熄灭。明暗在他眼里一闪一闪地交错着，明的时候他眼里只有手机的光，暗的时候，屏幕上却映出了少年已经显出英气骨相的脸。

贺予盯着屏幕倒影里的自己看了一会儿，翻了个白眼，骂了一声，然后又一次解锁屏幕，委委屈屈地输入了那个演员的名字，按下了搜索键。

那个溽暑的午后，少年就坐在书桌前，书桌下是学生运动短裤，还有一双晃着的白皙紧实的长腿。他淡漠地盯着屏幕里那一堆电影剧照，看着那位冷峻的黑道大哥，一边盯着一边沉着脸，好像人演员欠了他一个亿似的："一板一眼，这气质哪里好了……

"好吗？帅吗？"

"一点也不帅……"

然而第二天一早，有事暂住在贺家的谢清呈从客房里打着哈欠走出来时，差点撞到了贺予的鼻子。

谢清呈愣了一下，起床气未消地瞥过去："小鬼，你干什么？"

说实话，当时谢清呈叫贺予小鬼，就已经不太合适了。

贺予青春期到了之后身段蹿太猛，谢清呈总习惯于低头俯视他，但在这眨眼工夫间，他就得习惯于平视这个比自己小了十多岁的男孩子，而且对方还越长越高，也许再过不久，他就得学会仰视他——大概正因如此，谢清呈那阵子对贺予的态度一直很不友善。

而且还会下意识在贺予叫他时，低头往下看。

结果不是看到贺予的校服短裤和大长腿，就是看到贺予穿着42码运动鞋的脚。

但那天有些例外。

那天谢清呈一眼睨去，瞧见的不是贺予的校服短裤，而是熨烫妥帖的春秋款正装长裤。

他愣了一下，视线再往上移。

好家伙，贺予也不知道吃错了什么药，换了一件特别干净，简直白得发亮的T恤，领口扣子扣到最上面一颗，就连头发也换了款式，少年的脸原本有刘海遮着的，现在换成了更清爽的露出额头、眉毛的发型。

看上去还挺眼熟。

可谢清呈没想起来究竟像谁。

"你换造型了？"

贺予撇了一下嘴，板着面孔，没有说是也没有说不是，憋了好一会儿，才毒气攻心似的铁青着脸问了句："你觉得怎么样？"

谢清呈莫名其妙地，但还是又仔细把他从头到脚打量了一遍："还行，比之前顺眼。"

"哼。"

"但就是好像在哪里见过。"

"哼！"

贺予翻了个白眼，趾高气扬、讳莫如深地走了，留下谢清呈还不太清醒地抹了把脸，喃喃："小鬼发什么神经……"

贺予那天的装束，自然是获得了谢雪的大力赞扬。

"哇！帅哥你好帅啊！

"你今天特别好看！"

贺予一边在心中痛快，一边装作对她的夸奖浑不在意，淡淡地说："我怎么没觉得，只是头发长了点，我让托尼随便剪了几下。"

"真的超帅！"

贺予心中愉悦，但脸上的表情更加深邃冷淡。

于是打那天起，男孩就开始刻意研究谢清呈这个老男人的穿着打扮、气质细节，然后一边啧啧感到嫌弃，一边勉强向之靠拢。

结果有一天，贺予在谢清呈卷起袖子洗手时，忽然留意到了谢清呈左手手腕偏上的位置，那一道字迹非常小、纤细倾斜、宛若手链的英文文身。

当时贺予想，谢清呈有文身好像挺奇怪的，难道他少年时也曾轻狂不羁地叛逆过？

14 | 只是文个身

"看什么。"谢清呈洗完了手，抽了两张面纸擦拭干净，淡淡瞥了贺予一眼。

少年贺予就问："谢医生，你手腕上……"

谢清呈眼神一黯，低头注意到自己的衣袖卷得太高了，露出了手腕偏上的部位，于是立刻就想把袖子放下来。

但贺予后半截话已经问出来了："文的是什么？"

谢清呈顿了几秒，板着脸把袖扣松开，袖口扯平了，眉眼漠然："此地长眠者，声名水上书。"

"为什么文这个？你喜欢坟墓？"

谢清呈翻了他一个白眼，抬着手腕重新把袖扣扣端正："我喜欢济慈。"

贺予那时候和谢清呈顶嘴还不多，虽然心里想的是"你喜欢济慈也不需要把他的墓志铭文胳膊上"，但见谢清呈面有不虞之色，显然懒得与他多废话，于是也就没再多问了。

大概谢雪就喜欢他哥这种身上携带墓志铭的诡异品位。

少年这样想着，当天晚上就去了学校附近的一家文身店。

笑容可掬的店主迎上来，抱着几大本厚厚的图册给他看，他低着头在满页神佛飞天、魑魅浮屠中寻了一会儿，打断了店主口若悬河的推荐。

"有墓志铭吗？"

"最受欢迎的是这个飞龙文身，您看这指爪，这——啊？墓志铭？"

如此诡异的东西，文身店当然没有样本，但店主见多了五湖四海的牛鬼蛇神，来文身的客人们提出过千奇百怪的要求，因此只在短暂的吃惊后，就热情地推荐他："墓志铭没有，小帅哥如果喜欢酷一点的文字的话，六字箴言挺火的。"

贺予很斯文地笑笑："那我自己找找吧。"

他最后给了店主三行诗——

> Nothing of him that doth fade.
> But doth suffer a sea-change.
> Into something rich and strange.

"这么长可能会疼很久，而且还要多文几行呢，要不然找个短一点的？"

贺予说："没事，就要这个。"

其实诗人的墓上还有更短的墓志铭，但他想要的是和谢清呈一模一样的，犹如手链般绕在腕上的长句，所以他选择了这一段墓碑上斫刻的诗歌。

> 他的一切都不曾消失，
> 只是沉没在了变幻莫测的汪洋里，
> 化作了繁灿的珍奇。

店主卷起贺予的衣袖，吃了一惊："啊呀，你这儿好多疤呀！怎么弄的呀帅哥，是不是学校里有人欺负你？好像还都是刀疤？"

贺予皱起眉："有刀疤不能文吗？"

"可以，当然可以，要不我给你文这条最明显的疤痕上，还可以盖住……"

"不用盖住，我要文在手腕偏上面一点的地方。"贺予示意了一下，"就是这里，麻烦你了。"

诗句文好了，在少年的手腕上火辣辣地烧灼着，被细细撕裂的皮肉泛着红，微倾的文字由特制的药水渗入皮肤。

贺予看了看，觉得很满意，付了钱离开了小店。

但他怎么也没有想到，自己会对文身的药水过敏。

一觉醒来，昏昏沉沉，不但手腕上的字迹红肿模糊地看不太清，就连头都因为过敏反应而烧痛起来。

偏偏那一天还是他那位倒霉弟弟的入学庆典日，贺继威和吕芝书都在燕州陪着次子，这也就算了，吕芝书还打了七八个电话要贺予记得开电脑和弟弟视频——

"你一个当哥哥的，又一直是大家的榜样，总要祝弟弟学业顺利，对不对？"

贺予的性格孤僻，很有尊严，软话什么的都是不愿意说的，再加上他本身对父母的态度就很疏远，自然不可能告诉吕芝书他病了。于是他撑着身子起来抱了台笔记本，蜷在沙发上，在约定的时间打开摄像头，遮上完美无瑕的假面，非常得体地给视频对面的人送去祝贺，然后……

"啪"的一声。

通信画面还没结束，一只骨相秀长的手就从他身后探出来，不由分说地把他膝头搁着的笔记本合上了。

贺予吃了一惊，扭头仰脸，看到沙发后面站着的谢清呈。

谢清呈宽肩长腿扑克脸，垂着桃花眸，居高临下地看着他："病了就好好休息。"

"我刚和他们说到一半。"

谢清呈站在沙发后面，伸手摸了一下在沙发上扭头望着他的贺予的额头。

他的手微凉，触在贺予滚烫的皮肤上说不出地清爽，贺予本能地吸了口气，下意识地眯着眼睛就往前贴，脑袋轻轻拱着蹭谢清呈的手，舒服得一时也说不出接下来的话。

"小鬼，你发烧了。"

谢清呈摸完他额头，俯身从盘坐在沙发上的贺予膝头拿起了那薄薄的笔记本。

贺予蹭了一半回过神来："我的电脑……"

谢清呈没打算把电脑还给他，而是说："这只是一场入学庆典而已，倒是你自己，怎么突然发了这么高的烧，都没有和别人讲一句。"

"没关系，这点小事，您不用管那么多。"贺予又想去够谢清呈手里的笔记本。

谢清呈把手上的东西拿得更高了："你是我的病人，我不管你，还能指望谁管你。"

贺予隔着沙发靠背，攥着谢清呈的胳膊，瞪着他，几次想开口反驳什么，却都找不到合适的话。

两人就这样，一个坐着，一个站着，贺予伸手拽着他，谢清呈回头看着他。黄昏的风吹拂着雪白纱帘，油画似的厚重光芒从微敞的窗缝里照进来。

也许是那个时候，生病又孤独的男孩子太可怜了，谢清呈一向冷冽无情的眼神，竟多少有了几分柔软的错觉。

"贺予。"他说，"你活得太紧绷了，你不可能面面俱到，样样完美。"

"谢医生，您只是个医生，这些事不用替我考虑，您把笔记本还给我吧，我得把事情做完。"

两人对峙着，最后谢清呈还是抬起笔记本电脑，轻轻敲了一下贺予的额角："遵医嘱。"

接着谢清呈的眼睛就一垂，无意间扫到了他袖角下隐约露出来的一小截皮肤。

他皱眉："你手怎么回事？"

贺予触电似的，立刻松了拉着谢清呈的手，想把自己的袖子扯好。

但谢清呈已经先贺予一步反手攥住了他的胳膊，然后撩开了他的长袖——

"你去文身了？"

"没有。"

"你这手腕上不是文身药水？"

"你没事找事吗？你爸妈允许你这么做吗？"

"……"贺予不吭声，但看不见的龙尾巴在身后猛烈而焦躁地拍打着。

谢清呈的目光在他的手腕和他的脸之间来回逡巡，半晌之后，他好像明白过来了："贺予，你是不是……在学我？"

这一下可真是踩痛了小龙崽子了。

男孩子登时急赤白脸，但又一句话也说不出来，只得狠狠用眼神剜着谢清呈，那脸色难看得像吃了剧毒蘑菇一样。

"你是在学我吗？"

贺予从沙发上跳起来就要走："这是文身师设计的，谁要学你，你一点也不帅，一点也不好看，我一点也不喜欢你的品位……"

但他可能高估了自己的身体情况，迈了没两步，脚下就一阵虚浮，好像踩着棉花，然后眼前天旋地转，等他反应过来时，已经像小时候那样被谢清呈拦腰抱了起来，扛麻袋似的扛在了肩上。

问题是，那时候贺予确实还很小，只到谢清呈的腰。

而现在……

他几乎是气急败坏地转过头来，也不装乖了，捏住谢清呈的后脖颈："你放我下来！太丢人了……"

"不想我给你一个过肩摔，就把你的小破爪子从我的脖子上挪开。"

贺予道："你先放开我！我已经是大孩子了！"

"再大也是个小鬼。"

"谢清呈！！"

谢清呈顿了一下，依旧淡淡的，但声音里竟好像带着些越界的笑意："贺予，想不到你这么崇拜我。"

"谁崇拜你了！"

"你喜欢雪莱？"

"才不是！我喜欢坟墓！"

一路吵嚷。

直到现在，贺予都不知道，当时那一点明显不属于医患之间的浅淡笑意，是不是他那时候烧得太重，因而产生的错觉。

更何况时间过去太久了，很多细节贺予都记得不再那么真切。

但他仍能清晰忆起的是，那一天的夜里，谢清呈把他背回卧室，给他打了一针抗过敏针，然后就去了卧室露台和吕芝书通了很久的电话。

贺予躺在床上，隔着落地玻璃门，听不见谢清呈在和吕芝书说什么，但他可以看到，谢清呈不断抬手揉按着眉骨，似乎在谈话间压抑着什么情绪，到了最后，谢清呈明显地言辞激烈，那一晚上，他是生气了。

谢清呈站在阳台上，拿着手机，对着吕芝书说了很重的话，眉眼间都是戾气——

其实真的没有必要。

贺予在枕被间看着他和自己母亲努力沟通的样子，这样想着。

真的没有必要。

这种讨来的关心，求来的怜悯，又有什么意义？

后来谢清呈推门进来了，贺予为了不让自己更加心烦，在他进来之前忙转过身闭上眼，佯作睡着。

他闻到了谢清呈身上浅淡而冰冷的消毒水气味，但不知为什么，或许是裹挟着夜里的月色寒气，并不似从前那样难闻。

谢清呈在他身边坐下，看了他一会儿，那时谢清呈也以为贺予已经睡熟了，所以声音很轻，只是他一开口，贺予还是听出了他的嗓音有些沙哑，是与吕芝书争辩久了，却依然无济于事的那种疲惫的沙哑。

"算了。"男人淡淡地说。

月色清洌，洒在床前，一声算了，不知为何显露出了些许从未有过的温度。

"小鬼……你好好休息，这几天我没事，我可以陪你。"

那一刻——

好像就是那一刻，贺予心里忽然产生了一种说不出的剧痛。

那是他几乎从未清晰感知过的滋味，好像有一把锈涩的刀子，原本和他的血肉已生在一处，却被这句带着叹息的句子猛地唤醒，开始在他胸腔内扭动着想要拔出。

他一下子痛得呼吸不上来，却还要安静着，不让谢清呈发现他还清醒。

他知道谢清呈是交涉失败了，这个结果他并不意外，只是他忽然意识到，原来在谢清呈之前，甚至都没有哪怕一个人，会为了他的不孤独，而这样努力过。

从来没有哪一个人，会在贺鲤和自己之间，选择站在自己这边，替自己向那一对仿佛陌路的父母，问一句——

为什么。

贺予的脸侧在暗处，浓密的睫毛安静地垂着，在谢清呈看不见的地方，慢慢地有一滴泪渗出，顺着脸颊，无声无息地滴落在了鹅绒枕被间。

他就在这样陌生的心脏钝痛中，一直沉默着，一直伪装着，直到最后假的也成真的，他真的逐渐沉睡了过去。

第二天清晨，贺予退了烧，醒得很早。

晨光透过随风轻飘的纱帘照进来，窗外鸟雀清啼，他的头脑像被洗过一样清晰——

他眨了眨眼睛，调整好自己的心情，翻了个身，刚想起来，就看到床边枕着胳膊，额发微垂几缕的谢清呈。

那是他第一次瞧见谢清呈睡着的样子。

很平和，很淡然，宁静透亮得好像一个薄薄的灵魂，像夜色过去后落在窗棂前的第一缕晨辉。

他的目光不自觉地下移，落在了谢清呈的手腕上。

谢清呈枕着自己的左臂睡着，因为熟睡时扣子松开了一颗，袖口敞落，那一段肤清骨秀的细腕就这样裸露在外面，苍白得有些刺目。

贺予望向他手腕上那行之前就瞥见过，但从未逐字细看的字——

Here lies one whose name was written in water.

此地长眠者，声名水上书。

贺予离开了会所，心乱如麻，漫无目的地走着。

一路上，他都在想着这些乱七八糟的事情，可是——他又是为什么要回忆起这些往事呢？

无论过去怎么样，无论谢清呈当时是出于怎样的心情，和他说，小鬼，没关系，我可以陪你，那都是假的。

谢清呈当时给了他多大的触动，后来毅然决然地离开时，就等于在他心上刺了多深多狠的一刀。

其实这些年，贺予不是没有在静夜中想过，为什么谢清呈非得走。

是他做得不够好吗？

是他没有如他所愿成为一个正常人吗？

初三的那天，十四岁的他站在谢清呈面前，硬邦邦地戳着，甚至都没有勇气开口问那个男人一句——谢清呈，你告诉我，那天你和我说的话，你给我的温度，是我想错了吗？

是我误会了吗？

那一切，都是你口中简简单单、干干脆脆的医患关系，是不是？

七年了。

谢清呈，你顺手给条无家可归的狗看病，都该看出一点点的感情了吧？

那你为什么可以分得这么清楚，为什么可以走得这么干脆……你为什么可以满口大道理，说着雇佣、合约、规矩——而仿佛遗忘了你也曾偶尔对我露出过的，那一星半点的，或许不该属于医生的怜悯和温情。

他被抛下后，觉得太耻辱了。

他的自尊心受到了很重的伤害，觉得谢清呈是一巴掌火辣辣地掴在了他的面颊上。

以至于贺予后来从来不愿意去回想这一段往事——反正再怎么想，也不过是他的自作多情。

他拥有得太少，从别人那里得到一点边角废料似的感情，就会敝帚自珍、可笑地珍藏着，还以为得到了无价之宝。

多么丢人。

贺予的高傲让他把过去的那一点点的触动，都亲手掐死，然后无情地盖棺封存。

直到此刻——

贺予闭了闭眼，回忆的棺椁被打开了，眼前又回想起谢清呈在露台上和自己母亲不卑不亢争辩的情景，想起他疲倦地推门进来时，那一声落在自己枕畔的叹息。

算了。

小鬼。

这几天我没事，我可以陪你。

谢清呈给了他信仰，给过他陪伴，但谢清呈后来又走得那么彻底，那么心狠，他永远可以做到冷静清晰，利弊衡量分明。他会愿意研究精神病学，但也会因为不想做下一个秦慈岩离开医院，他会一边说着对精神病患者一视同仁的好听话，一面又说人的性命有贵贱，医生的命比精神病人的命贵重得多。

谢清呈这个人太复杂太矛盾了。

贺予竟觉得除了昨晚上他彻底喝醉的样子，谢清呈的哪一面都是不真实的。

都是假的。

那是万花筒一样的人，而他太年轻了，他看不透谢清呈。

少年烦躁地走了好久，什么目的地也没有，等到他回过神来时，他发现自己竟然已经不知不觉地走到了谢清呈家附近。

"你让开！我家里有事，我要回家！"

刚才谢清呈在与他争吵时留下的这句话，此刻又回荡于他耳畔。

贺予站在马路牙子这边，手插在裤兜里，神情木然，远远地看着马路牙子那边陌雨巷入口的混乱情景，那里甚至有很多警察。

他大概知道谢清呈家里遇到的是什么事了。

15 | 他也不是神祇

贺予站着的位置比较远，挺偏的一个角落。

因此没什么人注意到他。

眼下，这个并非什么名胜古迹也不是网红景点的小巷子被围得水泄不通。好多举着手机的人都在叽叽咕咕。

而就在不久前，谢清呈回到了陌雨巷。

谢清呈当时是打车回来的。

他因为昨天和贺予疯了太久，醒来时就已经不早了，再加上后续付钱吵架纠缠，回到陌雨巷时天色已暗，正常情况下，这个时间大家都应该在家吃晚饭了。

但陌雨巷门口并非如此。

谢清呈打车到附近的时候就发现巷子口站了很多民警，民警们正把一些高举着手机在拍照、拍视频的人挡在外面。

"车就只能停这里了。"司机看前面是条单行路，这样说道。

"那就在这里停，谢谢。"

谢清呈结了账，长腿才刚迈下出租车，眼前忽然泛起刺目闪烁的白光。他一瞬间以为是自己身体太难受，眼花了，后来才发现是那些被警察阻拦着的围观群众在对他疯狂拍照和录像。那阵仗，不知道的还以为什么明星来了。

"就是他！"

"谢清呈，你能回答一下沪大广电塔杀人案和你有什么关系吗？"

"你的视频为什么会被犯罪分子投放？为什么不放别人的就放你的？你和成康精神病院有关联吗？"

"网上说你也卷入了对精神病妇女实行软禁和猥亵的策划中，你怎么不打算澄清？"

"谢清呈，你为什么要侮辱秦慈岩教授？他那可是国士无双！你这人有没有良心！就你还能当医生当老师！早点滚进监狱里去吧！！"

谢清呈来之前就已经大致了解了情况，因为沪大广电塔一案，他们家现在成了站在风口浪尖的倒霉鬼。有人在网上散布了谢清呈家的住址，于是拍视频的小网红也好，思想朴素的路人也罢，都开始像嗅着了血腥气的食人鲳，扎了堆地往陌雨巷涌。

别说他家被泼油漆了，就连左邻右舍也跟着受到了牵连。

黎姨冲出去和他们理论，却被拍了视频发到了网上，说这是谢清呈的妈，泼妇在撒泼呢。

谢雪则被说得更离谱，直接被指认成是谢清呈的小老婆，是个"小三"。

发视频的人因此赚了好大一波流量。

后来谢雪哭着报了警，警察来了，陈慢也来了，把这些人都赶到了巷子外，闹得厉害的几个直接被陈慢送进了派出所喝茶。

其他人见状，虽然不敢泼油漆扰民了，但还是有不少围在巷口不肯散，他们知道谢清呈肯定会回家的，看，这不就回来了吗！

"拍他！"

"谢清呈，你看一下镜头。"

谢清呈根本不理他们，还真就大佬出街似的甩上车门，沉着脸拉开警戒线往里走了。沪州的小破出租车，硬生生被他带出了黑道大佬的超跑架势。

"哥！哥！！"

巷子里倒是安静，谢雪坐在家门口的小凳上，一看到谢清呈，就飞扑过去，九十多斤的重量附赠加速度，谢清呈的腰差点被她给撞断了，往后退了两步。

这换作平时，她大哥随便就能单手接住她，甚至还能抱她原地转好几个圈，现在谢清呈连这一扑都承受不了，谢雪愣了一下，抬起红通通的眼睛："哥，你怎么了？你身体不舒服吗？"

"没事……"谢清呈轻咳一声，"没站稳。"

陈慢也走过来了："谢哥。"

左邻右舍的都在院子里，爷叔、姨娘，摇着蒲扇，赶着蚊蝇，见着谢清呈回来了，都望着他。

没人说话。

黎姨穿着花睡衣坐在老樟树下抹眼泪，一双旧拖鞋都穿反了，趿拉在脚上。

谢清呈抱着谢雪，安抚着拍着怀里女孩的头和背，环顾四周——因为之前大量拍视频的网红涌入，这条一贯破旧但清幽典雅的巷子被闹得乱七八糟，刘爷叔家的花盆被砸了，赵姨娘的篱笆被掀了，就连隔壁王大姐儿子养的哈士奇的狗窝，都被挤成了一堆烂木头堆。

那狗傻站在旁边，估计到现在还没缓过来，寻思着它不是拆家的王者吗？这些人怎么比它还畜生，把它的狗窝都拆了呢？

更刺眼的是谢家连同周围两户的墙面门窗，上面被泼了血一样的油漆，还有人用猩红的喷漆写了几个歪七扭八、触目惊心的"滚"字。

谢清呈的心理素质是真的好，面对这样的情景，竟也没有被击溃，他甚至没有受到太大的冲击——也是，昨晚的事都经历了，现在还有什么能刺激到他的。

他只是觉得连累了别人过意不去，沉默良久，回头对院子里那些一言不发的邻居，说了一句："不好意思……打扰到你们了。"

晚风沙沙地在院落里吹着，吹过枇杷树、常春藤，还有老姨娘、老爷叔的睡裙睡衣。

过了好一会儿——

"小谢啊……"

张奶奶开口了。

谢清呈没回应，以为这是在叫谢雪呢。他已经很多年没有被邻居们叫过小谢了，大家觉得他冷，又厉害，都管他叫谢教授、谢医生。

小谢还是他念书时，他们才用的称呼。

直到张奶奶颤巍巍地走过来，伸出老树皮似的手，攥住他的胳膊，他才意识到她喊的其实是他。

"那个，小谢啊，你不要怕啊……我们大家把手机都放屋里头了，谁都没有拿在身上，这里不会有人拍你害你的……"

谢清呈愣了愣。

他这会儿才看到张奶奶混浊的老眼里盈着些担忧的泪。

"没事好孩子，回家好好睡一觉，外头有警察呢，他们进不来，院子我们会打扫的……不要想那么多，没事、没事啊。"

"是啊，小谢，没事的。"

"那都一群披着人皮的鬼，你别把那些网红太放心里。"

"对呀，而且我这篱笆都扎了十多年，弄坏了正好换新的。"

"谢哥哥，我的啊呜也可以换个大狗窝了，这还是啊呜小时候买的呢，它现在睡都嫌挤了。"

谢清呈刚才在外面挺麻木的，没什么感觉，言语暴力对他而言是最无所谓的东西，不过尘埃浮屑，无须介意，他甚至连一个眼神都懒得分给对方，只要不伤到人就好。

但这一刻，他看着这些低头不见抬头见，相处了二十多年的老邻居，忽然就觉得心里有什么东西碎开了，滚烫的，可又是钝疼的。

"真的很对不起，打扰你们到这个地步。"

他不知道该说什么，尤其他看到了刘爷叔家养在院子里的那株白兰花也被踩坏了，亭亭如盖的花树倒在了乱泥、碎陶之间。

他的心也像是被陶盆的碎片割伤了，看着刘爷叔已经佝偻的身影："这还是孙姨娘以前种的。"

孙姨娘是刘爷叔的老伴，得了肺癌，早几年去了，她生前最喜欢白兰花，这一株是她二十多年前亲手栽下的，那时候她还是个嗓音洪亮的大姐呢……刘爷叔也是个身板笔挺的大叔。

二十年风雨都没有摧折的花树，却在这一夕涌来的人潮踩挤下，被拦腰折断了树干。

刘爷叔看着树干里的年轮出神，每一轮都像是过去好岁月的影，是她的笑容泛起的涟漪。

谢清呈是个硬汉，但这一次，他在沉默许久后，声音却仍压不住，有些沙哑了："叔……对不住。"

"啊呀……没事的呀，小谢。"过了好久，刘爷叔才愣愣地回过神来，他拄着拐杖走过来，拍了拍谢清呈的背，就像小时候那个在钢铁厂工作的大叔，用铁塔般的大手拍着那个少年一样。

"没事的，就是一棵树，人没事就好，人没事就好。树……树可以……再栽嘛……"

但是老头子说到这儿，忍不住低头擦了擦泪。

谁都知道再栽也不是那一棵了，栽树的人成了泉下骨，树也终究随着芳华去了。

刘爷叔擦干了泪，生着皱纹的面庞上，努力挤出一丝笑意："这树当时还是你给婉芸从花鸟市场买回来的呢。你爸妈帮她一块栽的，你以为我老糊涂了吗？我都还记着呢。"

"对的呀，小谢，我们一块都住了二十多年，你是怎样的人，你爹娘是怎样的人，我们会不晓得？外头怎么说，你和小雪都还有邻里邻居，你不要慌，晓得？快进屋休息吧，洗一洗，你看你这个样子。"

"就是说啊，快去洗洗吧，脸色那么难看，唉，你爹娘活着要心痛啊！心痛死了……"

谢雪从谢清呈怀里抬起头来，眼泪汪汪地看着所有人，再也忍不住了，又一次埋头到她哥哥怀里，"哇"的一声，放声大哭。

谢清呈反复谢过道歉过，终于带着谢雪他们回屋了。

陈慢和黎姨也进了他们房间。

从屋内往外看去，窗上洒着的油漆就更像是狰狞舞爪的血。

陈慢道："谢哥，你不要太担心，这些人就和蝗虫过境一样，一下子就过去了，他们这算是寻衅滋事，我请了同事好好找他们一个个算账。这几天陌雨巷都会有警察守着，不会再有什么问题……"

谢清呈轻轻咳嗽，他原本就浑身酸痛，人又在发烧，这会儿完全是在强撑，只是屋子里灯光暗，没有人看出他很明显的病态来。

他敲了根烟出来，想点上，看到了黎姨，又把打火机放下了。

"哥，现在我们怎么办啊……"

"小谢，当初秦教授的事，中间是有什么误会吧？你……你从前回来提到过他几次，都是很尊敬的，你说那些话……那肯定……那肯定是有什么原因。"黎姨擦着泪，"你能不能想办法，去解释解释？啊？这样有一些人就不会再追着你，难为你了……"

谢清呈沉默着没有回答。

"小谢，你说话啊。"

屋外是浓得化不开的长夜。

屋内最亲近的几个人就在身边。

谢清呈微微颤抖的手指无意识地拨弄着钢制打火机，点亮了，光又熄灭，点亮了，但光又熄灭……

最后他把火机扔到了一边，闭上眼睛，嗓音沙哑疲惫，却很坚定，很固执："没有。

"没有人冤枉我，是我说的，都是我的真心话。

"我确实看不惯秦慈岩做的那些荒唐事。我那时候心态变了，他和我关系也不太好。那就是我一时冲动说出来的，是我欠考虑。"

"可是哥——"

"我不是完美的，谢雪。你哥也只是个普通人，会怕，会担心，你那时候才那么小，我亲眼看着他被杀，我没有办法再在医疗系统坚持下去……我怕了，我离职了。事情就是这样。"

几许沉默。

谢雪的声音像是无助的小猫："哥……你和我们，都不能说真话吗？"

谢清呈出了很久的神，眼睛里仿佛闪过过往的幽灵，他最后闭上眼，低了头，手合十，抵在眉心间，轻声地说："我说的，就是真相。对不起……我让你们失望了。"

这一夜的谈话，最终还是以漫长的沉默作了终结。

谢清呈是个很固执的人，这一点，房间里的三个聆听者都非常清楚。

"这张卡里有三万块钱，黎姨，您拿着。邻居家损坏的那些东西，我们不可能说不赔就不赔了。如果不是因为我这件事，他们也不会无故受连累。"谢清呈说，"剩下的情况，我会想办法处理，您安心在家里，别往外头跑。"

"小谢……"

谢清呈的眼睛和他母亲是很像的，和周木英一模一样的桃花眼，和周木英一模一样的硬气。

黎姨的心又抽了一下。

她是济慈堂的弃婴，年轻时混迹沪州地下夜总会。她是在自己最堕落、最浑浑噩噩的时候，认识了周木英这位女警官。

黎妙晴那时候谁都不服，叼了根问警察要来的烟，坐在审讯室内，一句话也不肯交代。

她说："他们骂得对，我就脏怎么着，你们抓了我，我回头还会去那里上班，要你们管！"

周木英说，黎妙晴，你年纪小。我不想把你送进去，那地方你进去了，出来之后你整个人生就都沾上墨了。

我知道你没有父母，没有家庭，这是我的名片，这是我们办公室的电话，这个，是我家里的电话，私人的。

你有什么事情你找我。我不仅仅是个警察，我也是个女人，是个妈妈。我不想看着一个年纪轻轻的女孩子走这样一条路。

"你叫我木英吧，不用叫我周警官。"

"我可以帮你的，你不用怕。"

当时，就是那样一双桃花眼，在审讯室望过来，望向她。

黎妙晴觉得身子像是地震了，震源是那颗早已千疮百孔的心脏。

她后来就成了周木英三教九流的朋友中的一个。

这段关系维系得很稳定，周木英对这个失足女孩一直关照着，因可怜她，逢年过节都让她上自己家来吃饭，从没有瞧不起她的意思。

周木英和谢平落魄时找不到合适的住处，黎妙晴就在自己住的陌雨巷给他们打听二手房交易，因此和他们成了邻居。

之后二十多年风风雨雨，黎妙晴再也没有接触过那些肮脏不堪的皮肉营生，她当裁缝，做旗袍，给周木英缝了一件又一件华美的旗袍。

现在黎妙晴都已经两鬓斑白，周木英是泉下骨。

她给周姐姐做的最后一件旗袍，是周木英的寿衣，很漂亮的锦缎，她特意缝了长袖，好掩盖住周木英的断臂。

因为黎妙晴知道，周警官不仅仅是个警官，还是个女人，是个母亲，是个妻子。

她是爱美的。

她是最美的……有那样一双坚定的、明亮的眼睛。

现在这双眼睛仿佛隔着岁月，望着早已面有皱痕的黎妙晴。

谢清呈道:"这么多事都过来了,这一点对我而言真不算什么。"

黎妙晴一声叹息,终究什么也不再多说了。

谢清呈安顿着女人和女孩歇下。

外面开始下雨。

夜更深了。

谢清呈披了件秋款外套,拿了两把雨伞,一把递给了陈慢。

"早些回去吧。"

"哥……你今晚不住这儿吗?"陈慢有些意外,他以为按照谢清呈的性格,今天是一定会陪着谢雪的。

但谢清呈实在撑不住了。

他额头像火烧一样烫,身子绵软无力。

"不住了。学校有点事,要先回宿舍去。"

"那我送你吧……"

谢清呈推开门,外面吹进来一阵秋雨的凉意。

"不用。"他撑开黑色碳素柄大伞,裹紧了秋款风衣,走进了黑沉沉的夜色里。

他没有办法再伪装太久,他能感觉到自己的背后已经被冷汗渗透了,潮热一阵又一阵地上涌,他的脸很烫,头眩晕,一半的神识都好像被生生抽离了肉体。

陈慢:"那你……"

"走了。今天辛苦你。你也早点回家。"

走到巷子外,都已经凌晨2点多了,还有人冒着雨在外面苦等着,谢清呈都佩服他们的毅力。他在警戒线内叫了辆的士,车来了,他收了伞就钻进了出租车里,把爆炸般的吵闹和闪光灯都隔绝在外。

他一上车就撑不住了,疲惫地往后座上一靠,抬手合眸。

的哥问道:"大哥,去哪儿啊?"

"大哥?"

对方叫了第二声,谢清呈才从高烧的模糊中缓过神来。

他知道自己其实应该去医院的,但是他一点也不想去。

他自己就是医生,回去吃点消炎药就算了。

这样想着,谢清呈把唇齿间的医院,换作了:"沪医科教工宿舍楼,麻烦了。"

的士绝尘而去。

谢清呈没有看到陈慢在喧闹的人群间站着,站了很久,小警察眉头担忧地皱起,最后反身先回了陌雨巷内,过了一会儿又跟出来。

他更没看到在马路对面的 24 小时便利店里，贺予正坐在玻璃橱窗后面，喝着杯咖啡。

而后贺予把咖啡扔了，压了压帽檐，走出了便利店。

16 | 不过是生病而已

谢清呈回到了宿舍。

他一进屋就不行了，用尽了最后的力气让自己冲到淋浴房，伏在流理台边，一下子吐了出来。

那么多烈酒，他硬生生忍耐了那么久，在所有人面前都维系着一贯的强势，甚至在贺予面前，他连腰都不曾弯一下，软一寸，始终身段笔挺，像一杆标枪。

他这样做，为的就是不在贺予面前丢了面子，到这时候只剩他了，谢清呈才终于耐不住地软了身子，剧烈吐起来，直吐得连苦胆都像要呕出，耳中嗡嗡作响，眼前像被蒙上了一层黑纱，看什么都是黑的，糊的。

不行。

他不能撑不住……

他得去吃药，然后……

谢清呈在哗哗打开的水龙头下冲洗着自己的脸庞，一遍又一遍地在心里对自己说，可是意识在毫不留情地远离他，不顾他的苦苦哀求。

最终谢清呈一个步履虚软，在洗手台前倒了下去。

昏过去之前，他恍惚看到宿舍门被人打开了，陈慢拿着从谢雪处讨来的钥匙，一进屋就焦急地左顾右盼，最后他看到了倒在冰凉瓷砖上的谢清呈。

"谢哥？！"

谢清呈朦胧间听到陈慢的声音，他强撑着想站起来，想继续把这出戏演下去。

可是别说手脚没有力气了，就连眼皮也变得非常沉重，他的视网膜前只有一团晃动的黑影，他只知道最后陈慢跑过来，紧张地跪下查看他的状况。

再往后，他就彻底失去了意识。

谢清呈再醒过来时，已经过了很久。

他躺在单人移动病床上，身上盖着医院的白被子，手上挂着点滴，他觉得点滴的流速有些快，让他不舒服，他想动，却只有指尖能轻微地在被面上移一移。

"谢哥。"

见他醒了，守在旁边的陈慢回过神来，急吼吼地问。

"你怎么样？难受吗？还难受吗？"

"没事……你怎么……"

"我不放心你，问谢雪拿了钥匙，跟你一起回了宿舍，然后我就看到你昏了过去。我把你送到医院的时候你都39.8℃了，医生说你炎症高烧，再拖下去得出大事。"陈慢兔子似的红着眼，"你怎么就不吭声呢？你怎么就……就……"

谢清呈的意识在一点一点地流回体内。

他闭着眼睛缓了片刻，慢慢地转过头。他的手臂是露在外面的，手掌上有酒瓶碎片刺出来的疤。

他下意识地要把这些耻辱的罪证收回到被褥下面去。

但陈慢显然早就发现了，他望着谢清呈："是有人打你吗？"

"有人因为那些视频、那些流言、那些传闻对你动手了吗？"

谢清呈轻轻咳嗽着："你看我像不像被人揍了还无力还手的人？"

"可是——"

"我心情不好，自己伤的自己……"谢清呈声音低哑，这样对陈慢说道，"所以没有告诉你们。"

陈慢看上去完全不相信的样子。

但谢清呈不想让他再盘问下去了。

他说："我有些饿了，你去给我买碗粥吧。"

陈慢神思不属，顶着一头乱发出去了。几秒钟后他又心急火燎地回来，原来是神游得太厉害，忘了拿手机。

陈慢走了之后，周围就很安静了。这是急症病人输液的地方，一个一个床位之间用浅蓝色的帘子隔开。谢清呈隐约可以听到旁边病人因为痛苦而轻轻抽泣的声音，他睁着眼睛，忽然间倒也有些羡慕。

他从小到大，几乎都没怎么哭过。

这种发泄的权利，似乎从来也不属于他。

喉咙干得像是火烧，嘴唇犹如无水的荒漠。

不知过了多久，帘子一拉一合，谢清呈以为是陈慢回来了，他睁开眼睛——

"谢医生，是我。"

来人是沪一医院急诊科的一个主任。

主任性子很沉稳，对事情的观察更是细致入微。对于秦慈岩事件，他心里一直就有些和别人不尽相同的看法。

因此他对谢清呈并没有任何意见。

"给你送来的时候,做了些检查。"主任隔着口罩看着他,"你身上有一些外伤,胸口的伤口最深最长,没及时处理好有些感染发炎,除此之外就没啥了。你说你好歹以前是个医生,怎么连最基本的外伤处理都不会做了?"

他当医生的时候和这主任关系不算亲近,但不知道为什么,他一直都觉得这主任有些眼熟,大概也是气场相合,以前他在医院的时候,两人属于还能说得上话。只是谢清呈这会儿正因自己受了这么点伤就扛不住发了这么高的烧而倍感耻辱,又想到自己感染的原因是贺予那兔崽子往自己伤口上塞鼻涕纸止血,因此一张硬朗的脸绷着,全程没有任何表情,也不打算多作解释。

"麻烦你出去……我要休息了。"

"行吧,那你好好睡,估计你这几天烦的事情很多,难得有个安心好觉,今晚是我值班,你尽管放心。"

说完就抱着速记本走到帘子边,抬手一拉——

结果外头竟站着个人。

是陈慢。

陈慢已经买完粥回来了,刚才就站在帘子外,听到了他俩的一部分对话。

现在他睁大着眼睛站在原处看着主任,一张面庞笼上疑云和焦虑。

主任打量着陈慢的脸:"你干什么……"

陈慢:"医生……我哥他胸口受了伤?"

主任刚要回答,谢清呈就开口了,只说了两个字:"陈慢。"

但那两个字里制止的意思,已是不言而喻。

陈慢咬着嘴唇不说话了。

最后是谢清呈又咳嗽了一声,主任是聪明人,明白谢清呈并不想让这个警察知道自己太多的病情,也就没再说什么,便离开了。

垂帘内外,只剩下了陈慢和谢清呈两个人。

陈慢往前走了一步,但又立刻停住了,好像再往前,就会踩到什么界线,会让谢清呈不高兴。

"哥。你……"

见谢清呈没反应,陈慢犹豫了一下,还是继续道:"你有什么事不想和我说吗?我之前只以为你是手上有些伤,怎么胸口也会有呢?还发炎了?你不是说没有和人打架吗?到底发生了什么?"

谢清呈烦极了，又尴尬，也不想说太多，多说多错："就心情不好，随便自己打拳发泄着玩的。"

谁打拳击发泄能把自己胸口划伤？

谢清呈见他一脸的不相信，更烦躁了，甚至想摸烟——当然是没摸到。

"哥，我只是想帮你，如果真的有人伤害你，我……"

谢清呈抬手抵了一下自己尚且烫热的额角，几乎是有些淡漠地说："我和你说了，陈慢，我不是无力还手的人。这件事我不想再说了，抱歉，这是我的私事。"

陈慢哽住了，似乎被谢清呈的冷漠和距离感狠狠刺痛了，他猛地把脸偏了一下，提着粥，吸了吸鼻子。

良久之后，他把粥给谢清呈放旁边的小床头柜上。这过程中他一直垂着头，似乎想掩饰自己的伤心，但也掩饰不住了。

"我……我想起来刚才还有东西落在小卖部了。我得去拿。"

陈慢嗓音微微颤抖地说完这句话，就头也不回地走了，步履甚至比他以往的快步伐，还要更匆忙一些。

逃似的。

贺予已经尾随谢清呈他们一路了。

直到这时他才看清这个围着谢清呈忙前忙后的人是谁。

贺予认得陈慢。

上次在食堂，这人和自己吃过一顿饭。他和谢清呈很熟。

他虽然讨厌谢清呈，然而想起那些支离破碎的往事，清醒过来的他又觉得自己不至于真的让谢清呈出什么大事。

谢清呈的病是他折腾的，他什么都不怕，他一人做事一人当。

他不需要另一个人来替他惹下的孽债收尾，尤其是谢清呈清醒的时候才骂了他"出了事就只会逃跑"。

他想，他没有逃。

谢清呈在病房内挂水的时候，贺予就一直在外面站着。他很想知道谢清呈现在情况怎么样了，但是有陈慢在，他又不能再去问。

明明是他弄得谢清呈发烧的，可那么久了，他连输液室都进不了。

直到现在陈慢出来。

贺予远看着他，发现那小子脸色很难看，心中顿感不安。

——难道谢清呈的情况很糟糕吗？

他绝不是关心谢清呈，但错是他犯的，他为了自己的尊严，也总得负点责任。

再然后，陈慢走近了……

贺予看清他的眼圈居然有些泛红，更是一愣，竟有些不知所措。

谢清呈到底怎么了？

贺予脸都有些白了，进也进不去，问也问不得，焦虑得不得了。正烦躁着，忽听得——

"哎，同志，你是谢清呈的家属吧？"

急诊输液室忽然有个护士跑出来。

陈慢愣了一下，想了想，缓缓点了点头。

"病人医保的血检报告应该出来了，刚才你少拿了一份，麻烦你再去拿一下。还有刚医生开的那些药，尽快去支付费用领取。"

"哦……好。"

陈慢无精打采地去了化验单领取窗口，拿了谢清呈的验血单。

然后又去另一个窗口结算医药费。

但他的心情实在太差了，做事很是心不在焉，以至于拿药付钱的时候，刚拿的那张验血单就从一堆东西里飘了下去。

单薄的报告单就像一片雪，落在了急诊大厅冰冷的地砖上。

贺予目光一凝。

那是谢清呈的单子……

他经过了几秒钟的思想挣扎，压了压帽檐，趁着陈慢还没发现，直起身子走过去，拾起了那张雪白的纸。

贺予低头仔细看谢清呈的血检报告——

只是白细胞升高了很多，看来是发炎了。

其他倒还好，没有什么大事……

那刚才那小子哭什么……

贺予稍微松了口气，睫毛微微上抬，目光落在报告单顶端的"谢清呈，男，32岁"上。

他的指尖摩挲过那几个细小的印刷字。

刚打出来的报告单，还带着些机器的余温。

"不好意思小哥，这是我的东西。"

陈慢忙了一圈，终于回神发现验血报告丢了，回头找过去，就看到一个和自己年纪相仿的男生正拿着那报告仔细地看。

可惜陈慢情绪太差了，贺予又戴着帽子，因此他没有看清贺予的脸。

因此他错过了和罪魁祸首对峙的机会，只把贺予当成普通病人，和他说："对不起，麻烦您把这份报告还给我。"

"……"贺予的目光笼在帽檐的阴影下面，有一瞬间，他觉得自己是不会松手的。

可他心里是这样想的，嘴上还是冷道："你弄错了，这是我的。"

陈慢道："我刚才明明……请你让我看一下。"

贺予不给他看，那细长冷白的手指攥着化验单，背到自己身后去。

"这是病人隐私。"

"我就想看下名字！因为我刚刚掉了这单子，就在这附近……"

"我朋友的孕检单你也要看吗？"

陈慢哑声。

贺予自己说完也觉得离谱。

这话太有威慑力了，陈慢一个毛头小伙子，听到"孕检单"这三个字，哪里还好意思再纠缠。

他涨红着脸，不敢去看对面那个年轻男孩的眼睛，尽管他心里觉得挺荒唐的，因为他虽然从未仔细打量过贺予的脸，却也知道对方应该是个岁数比自己还小的学生。

现在这些大学男生干的事真是……

陈慢磕磕巴巴地说："不、不好意思，那应该是我弄错了。"

贺予冷着脸，把谢清呈的血检单放到自己的裤兜里："就是你弄错了。"

"那我再去找找……"

贺予不理他，揣着那张其实对他而言并没有什么用的单子，冷着脸，头也不回地走了。

没有人知道他曾经来过。

17 ｜ 有执念

第二天，谢清呈出了医院，回宿舍了。

陈慢虽然陪着他，却一直不怎么说话，似乎有些状况外。

分别的时候陈慢站在谢清呈宿舍楼下，犹豫地唤了一声："谢哥……"

但对上了谢清呈锐利的眼睛，陈慢最终还是嗫嚅了："你……你自己好好休息。要是有什么事，随时都可以找我。"

谢清呈觉得陈慢的情绪很怪，大概是接受不了他总是把心事藏起来，不和陈慢倾诉吧。

可那晚的事对谢清呈而言，就是哑巴吃黄连，有苦说不出。

谢清呈静了须臾，说："走吧，谢谢你了。"

他要往楼上去。

陈慢撑着伞呆呆站在雨里，又一声："谢哥。"

谢清呈疑惑地看着他。

"没、没事，您注意休息。"

整整一周后，谢清呈病恹恹的状态才彻底过去。

谢清呈后来没有再和贺予联系过，贺予拉黑了他，他则直接删了贺予，医科大和沪大都是在校园内开车绕一圈要很久的百年老校，要是真想对某个人避而不见，其实是再容易不过的事情。

他想，就当是做了场噩梦吧。

不要再回头了。

这世上有很多无奈又可恨的事情，最终往往得不到一个令人满意的交代，再是恶心，有时候只要能全身而退，就已经是最难能可贵的结果。

谢清呈经历过很多，他不是不明白这个道理。

但午夜梦回时，还是会常常惊醒。

他不受控制地反复梦到贺予那张笼在恨意里的脸，梦到那晚的争吵，然后蓦地从床上惊坐起，在无人看到的地方，谢清呈终于面露惊慌与脆弱，大口大口喘息着，把脸深埋入掌中，汗湿衣衫。

他点一根又一根烟，甚至吃安眠药入睡。

他不得不打开电脑，播放海月水母的视频，看着那些浮游着的古老生命，试图把自己的注意力转移到别的地方。

他想，他不能就这样深陷下去。

几天后。

贺宅。

"回来啦。"

"嗯……"

贺家难得灯火通明，那温暖的光芒让贺予走进大厅时皱了皱眉，就好像一个已经习惯了冷清的吸血鬼，古堡的静谧和黑暗才是他所熟悉的。

吕芝书和贺继威竟然都在。

贺予最近只回过一次别墅，就是那天尾随谢清呈去了医院，却又发现自己无事可干之后。

那时候他觉得心里不自在，特别空落，心烦意乱间就回了主宅，好歹有管家、保姆陪着。

但第二天他就走了，后来他也再没回来过。直到今天。

贺予知道他父母最近会回沪州，不过原本以为他们不会久留，他正是因为心情烦乱不想看到他们才又离开去避避的。

没想到等他再次回家的时候，吕芝书和贺继威都还在。他很不习惯这种迎接，因此看着眼前的景象，第一反应竟然是"这也许也是假的，是他幻想出来的"。

可他随即又意识到，他从来也没幻想过父母会回来陪他好好吃一顿晚饭。

他们是在他的妄想中都不曾出现的。

"外面冷吗？妈给你煮了汤，羊肚菌鲍鱼四物汤……"

"妈。"贺予沉默了一下，这个人类最初学会的字对他而言似乎有些生涩，"我对这种海鲜过敏。"

大厅里顿时变得安静。

吕芝书有些尴尬，朝贺继威看了一眼。

贺继威咳嗽一声："没事，吃点别的，我让人给你做了开水白菜，吊了好久的汤头，你以前最喜欢。"

贺继威虽然也不怎么和贺予亲，但至少比吕芝书靠谱，他知道贺予喜欢什么。

贺予也不好再说什么，三人一起在餐桌前坐下了。

气氛一时更僵了。

贺予不记得上一次他们一家三口这样坐着是什么时候的事情，太久了。他看贺继威和吕芝书的脸，甚至都是陌生的。

对他而言，父母似乎更像是微信联系人里的那两个头像，那些扁平的声音。

"你们打算什么时候回燕州？"贺予问。

"不急啊。"吕芝书立刻说，肥胖的脸上堆了甜腻腻的笑，因为堆得太满，甚至有些摇摇欲坠,"你弟现在也住校了,我们不用看着。何况贺予啊,你快把妈给吓死了,那么危险的事情以后不要再做了,万一你有个三长两短,那我们——"

她没有说下去,竟似哽咽。

贺予冷眼看着,经历了"广电塔事件",他的心和从前不再一样了,变得非常地冷且硬。

但他也懒得和他们多废话,最后轻轻笑了笑:"没事。我现在很好。"

餐桌上有一搭没一搭地聊着,画面看似温馨,实则暗潮汹涌。

"我吃完了,可以先上楼吗?"

"啊,好。你去吧、去吧。"吕芝书虽然被贺予弄得不怎么舒服,但她毕竟是个彻头彻尾的商人,连对儿子都可以做到皮里阳秋,"好好休息,妈明天给你炖鸡汤好吗?"

"随便吧……"贺予淡道,离了桌,径自上楼了。

吕芝书目光复杂地看着他的背影消失在楼上走廊深处。

贺继威疑惑:"你为什么忽然对他这么好。别说他了,连我都不适应。"

吕芝书说:"我对我儿子好怎么了?那不是天经地义的事情,我可是他亲妈啊……"

贺继威欲言又止,最后还是起身:"我公司还有点事,明天得去趟东岛。"

"那你什么时候回来?我和你说,我想过了,之前是我欠他太多,我得好好补偿他,你也别出去太久,工作嘛,哪儿有孩子重要……"

贺继威叹了口气:"这话从你嘴里说出来很让人怀念。"

"像是你刚怀他的时候告诉我的。"贺继威笑笑,眼神很深,竟似有些难过,"已经很久没有听到过了。"

"老贺……"

贺继威已经转身走了。

贺予躺在卧室床上,不用和吕芝书、贺继威虚伪客气之后,他的眼神就有些涣散。

他看着天花板,和过去的一周一样,他独处发呆的时候,就会捋着之前的事。

"咚——咚——咚——"

不期然地,老宅的大座钟又敲响了。

一声一声沉闷浑厚地叩击在他心里,就像每一个孤独的夜晚,就像那个他站了很久,也等不来哪怕一个人的陪伴的十三岁生日夜。

想到那个生日夜，他不由得又想起了谢雪。

不但他的父母从没有给过他多少关心，就连谢雪也只是他在极度孤独和极度病态中部分想象出来的一个人，她是真实的，但又非完全真实的，得知了这一真相，他对谢雪的感觉变得很复杂。

其实一切都早有预料的，是不是？

他以前总是觉得谢雪记性不好，有些东西他还清晰地记得，可她说没有印象。

他那时候还和她说，真不知道你这记性是怎么考上大学的。

他从来就没怀疑过那些事情或许就是镜中花、水中月，是一场他脑内的狂想。

那个"她"并不存在，并不全然真实。

甚至连他的潜意识，都知道他在进行着自我保护、自我欺骗。

他曾经写编导课的作业，写一个"头七回魂"的男孩。男孩死后的灵魂叩响了老师的门，他坐下吃点心、喝姜茶……然而等老师第二天醒来，桌上的饼干一片未少，暖心的姜茶也冻成了冰。

男孩根本没有来过，是假的，是一个不存在实体的幽魂。

他的大脑能编出这样的故事，难道不是在投射他自身对谢雪的想象？

故事里不曾动过的曲奇饼干，故事外不曾存在的生日蛋糕。

故事里冻成了冰的暖心姜茶，故事外一颗冷到连跳动都太艰难的心。

他的潜意识不是不知道。

甚至，他现在仔细回首，从一个梦醒者的角度看过去，他是能分辨出梦与现实的。

身在梦中时，梦醒不分，可一旦睁眼了，他能知道哪些是真的，哪些是假的。

就像谢清呈说的那样，谢雪确实对他很好，但那种好不是独一无二的，不是没有边界。她把他视作一个关系亲近的朋友，可是她有很多这样的朋友，并不只是贺予一个。

他从来都不是特殊的。

这是比谢雪喜欢别人更令他备受刺激的真相——他的感情支柱居然只是一场幻影。

连喜欢这种对于普通人而言再正常不过的感情，到了他这里，竟都成了奢求。

贺予胡乱想着，他已经很久没有好好休息了，谢清呈过了痛苦的一周，他也没舒服到哪儿去。尽管心情很乱，他还是吃了几片药，慢慢地闭上了眼睛，陷入了那天后的第一次深眠。

这天夜里，贺予做了个梦。

他梦见了一双引人深陷的桃花眼，因这双眼之前诱他误坠过无数次桃花源，他一开始以为是谢雪。

他以为自己又在幻想了，他心里那些卑弱的希望又化作谢雪的模样来自我安慰。

可是梦境渐渐清晰，他蓦地惊觉那并非一双巧笑倩兮的眼。

而是冰冷的、锋利的、仇恨的、刚毅的。

又带着些狼狈和无助。

他忽然明白过来，那是谢清呈的眼。

贺予醒过来时出了一身的汗。

手腕上的表冰冷地垫伏着，镇着他汗涔涔的胳膊。贺予躺在别墅的胡桃木大床上，鼻息间冲入的是凉席特有的草木清香。

窗外的天际才微微冲出一线蟹青色，连光的嫩芽都算不上，时候还早，凌晨四点多，别墅里的保姆酣睡，只有他从梦中浮泅，直至清醒，后背的汗发冷，人发寒。

他腰上盖着秋季的薄毯，盯着嵌着黄铜衬片的天花板，这些黄铜衬片像是一面又一面的铜镜，他躺在床上就能看到自己的身影。

贺予喉结滚动，眼睛一眨不眨，仿佛一具刚被梦魇吐出的躯壳。

怎么会梦到谢清呈呢？

他现在只想好好休息！

贺予闭上眼睛，抬手遮着额头，可他越不愿靠近哪段回忆，哪段回忆偏偏不甘心地浮上来。

在床上躺了很久，贺予铁青着脸下了床去，赤着脚带着一身热气进了浴室，冰冷的水声一直响着，冲了大半个小时才出来。

出来之后他躺在床上，顶着湿漉漉的额发刷了会儿社交网站，想要尽快分散注意力。

夜间的互联网并不寂寞，无眠的人们都还在上面释放着灵魂的花火。

贺予刷了一会儿，发现自己不知什么时候下意识地就在搜索栏输了"谢清呈"三个字。

人有时候放空了就会这样，会在笔记本上下意识地涂写脑海中回荡的名字，打字也一样。

但无意识地输入谢清呈的名字，对于贺予而言，还是接受不了，觉得真邪了门了。

贺予回了回神，就想退出去了，但在退出去之前，他忽然注意到了一条消息。

18 | 有情绪

那是一条施压帖，直接@了沪州医科大学，要求谢清呈离职。

贺予仔细看了一下。

随着广电塔案件的发酵，被盯上的已经不仅仅是谢清呈和他身边的人了。

乌合之众带来的压力有时可以造成雪崩，连沪医科都受到了波及。

不断有群众写信，在网上发帖，找有关部门投诉，质疑沪医科不应该聘用这样一个教授。且不说谢清呈和那些恶势力会不会有关系，光是冲着他讽刺秦慈岩的那些话，他就不应该在秦慈岩的母校任教。

这条是转赞评特别高的一条，其他乱七八糟的还有很多。

贺予冷漠地看着，他觉得，谢清呈这是作茧自缚，活该如此。

谁让谢清呈说了那么残忍的话。

可是当他关上手机，无声地躺在床上望着天花板时，他又觉得他们骂谢清呈，他其实并没那么高兴。

那是他和谢清呈的私事，他觉得世上唯一能够因为精神病言论要谢清呈付出代价的人，只能是自己。

这和其他人又有什么关系？

真是多管闲事。

但事情终究不像贺予想得那么简单。

几天之后，此类帖子越来越多，到了沪医科无法回避的地步。

学校的领导思量再三，还是找了谢清呈谈了话，想问问当初的事情有没有什么隐情。

谢清呈的回答，和他之前在老宅里对谢雪一行人的回答如出一辙，这一次甚至没有任何的停顿，他说，没有。

"我当时情绪冲动了点。说话没有经脑子，说得重了。没有隐情。"

领导叹了口气，很惋惜："唉，谢教授啊……"

就让谢清呈去了。

这样的事，其实说到底不过就是一次言论不妥，谢清呈嘴上说得很刻薄，但究其根本，他也没真的做出什么十恶不赦的事情，人们甚至连他拿药品回扣都扒不出来，只能说"听说他故意给患者推荐贵的药"，或者"听说他做一次手术就要收患者五位数的红包"。

但事实上只要稍动脑子，用一用眼睛，就会看到谢清呈并不是个外科医生，他根本不动手术。可惜要看到谢清呈个人简介上的"心理医生"四字介绍，大概需要买台显微镜，而"键盘义士"们向来坦荡磊落、两袖清风，故而囊中羞涩，并不能斥巨资购置。

所以他们看不见这四个不重要的大字，当然也是可以理解的事情。

再者说，视频里因为牵扯到了秦慈岩，秦先生国士无双，说的都是体谅患者的话，做的都是以病人为重的事，谢清呈与他就职于同一医院，后来又去了秦慈岩年轻时任教过的沪医科就职，两相对比，谢清呈顿时举止如狗，该遭唾弃。

于是舆论风浪迟迟不息，最后校方也不得不表态。

深秋转冬时，谢清呈接到了沪医科的处理方案——

停职检讨。

校长也很滑头，没说具体停多久，大概是想等舆论过了之后再把谢清呈拉回来干活。

停职也好。

谢清呈想，他的精神状况现在真的太差了，这多出来的时间，正好给自己调整一下心态，这不是辞退，已经没什么好抱怨的。

而谢清呈停职的消息，就像长了翅膀，很快就在关注这件事的人群中传了开来。毕竟沪医科做出这个决定原本就是为了平息风浪，所以校官博第一时间发了公告。

这条公告谢雪看见了。

陈慢也看见了。

两人都火急火燎地给谢清呈打了电话，又都被谢清呈给三言两语打发了。他手里还抱着一个装了办公用品的纸箱子，要边打电话边拿着太沉，实在懒得和这二位废话。

谢清呈走到校门口停着的破车边，把箱子往后备箱一扔，按了钥匙正准备上车回陌雨巷老宅去好好睡一觉，等睡清醒了再想接下来该怎么安排停职的这段时间。

但车门拉开，腿还没迈上去，谢清呈就看见一个青年站在停车场旁的一棵老樟树下。

——贺予。

会所那件事已经过去很久了，这十几天，他一直在药物和尼古丁的帮助下尽力地逃离贺予带给他的阴影。

唯一值得庆幸的是，贺予似乎也没打算再出现在他面前，谢清呈觉得这事就要这么慢慢过去了。

他永远、永远，都不用再见到这个人。

但贺予此刻又真实地出现在了他面前。

和十多天前一样，满身满眼的危险气息，是一个与过去气场再不相同的姿态。

谢清呈几乎是在一瞬间就被撕开了所有好不容易结痂的心理疮疤，那些疯狂的、扭曲的、耻辱的回忆，在两人目光对视间，一下子全涌现在了眼前。

谢清呈想当作没看见。

但那年轻男孩子好像是特意跑来落井下石的，背靠着扶栏，手插在裤兜内，正神情莫测地望着他。

贺予说："你停职了。"

谢清呈理都没理他。

停车场没什么人，贺予也不必伪造出他往日在人前平和的模样。

他往前走了几步。

谢清呈真是看在他受了枪伤，看在贺继威的面子上，才没要了贺予的命。他沉着脸："让开，你挡着我出库的道了。"

贺予根本不理他，一双杏眼紧紧盯着谢清呈，半响，轻声道："谢清呈，你已经年纪大到听不见我和你说话了吗？"

"你再不让开我上车撞死你。"

贺予目光幽幽的，忽然笑了："你撞吧。

"要我给你系安全带吗？"

见贺予确实不打算腾地，谢清呈也不打算走了，砰地甩上车门，大步来到他面前，这十几天来日夜折磨着他、啃咬着他的愤怒和耻辱感在这一刻全涌上心头，在眼里烧成了一片烈焰："贺予我告诉你，你心理有问题找你主治医生看去，别在这里一直发疯，我不想见到你，滚边上去！"

贺予的唇角弧度略僵，侧过身子，倾身贴谢清呈耳边："谢清呈，告诉你。我现在没有主治医生。

"以前倒是有一个，我信过他，然后就被欺怕了。

"另外，您和我说话的时候，最好客气一点，毕竟我会发疯的这个秘密，现在也没几个人知道。"

他侧着脸，偏着头，嗓音压得低，说话时隐约露出一点细小的虎牙。

"现在啊，是您风评差，我名声好。您指责我，旁人只会觉得有错的是您。您都这样了，就别再给自己找更多的不自在了，好不好？"

这个姿势旁人看过去，只会觉得他俩关系亲密，学生在和谢教授说什么男人之间的悄悄话，并不能瞧见表象之下的暗流汹涌。

贺予说完之后抬起手，拍了拍谢清呈的肩。

谢清呈猛地将贺予的手甩开："你到底想怎样？"

他到底想怎样呢？

其实贺予自己也不知道。

那天过后，他暂时搁置了自己萌生的用谢清呈照片为非作歹的邪恶计划，因为他稍微冷静下来之后，还没想好要不要那么做。

他其实看谢清呈也挺烦的，这段时间以来，他一直不想见到这个虚伪的讨厌鬼和想继续纠缠谢清呈、彻底剥掉谢清呈全部伪装的渴望间反复犹豫。

这种反复犹豫的感觉也很煎熬，贺予原本只是忍不住想来看下他的情况，好稍稍地缓解这种煎熬，但现在在谢清呈那双冷锐的桃花眸逼视之下，他渐渐感到很难堪。

这种难堪让他阴郁、让他刻薄、让他搜肠刮肚地想要找一个理由，能够反击谢清呈。

最后他总算勉强琢磨出了一个还算像话的理由。

男生淡道："嗯……让我想想。也许是因为听说你现在没了工作，所以我想来返聘你？"

"贺予，你是眼睛有问题还是脑子有问题？"谢清呈比他更森然，"我没有失业。"

男生平静地看着他："你停职也不知道要停多久，那么你要靠保底工资过活吗？"

"我拿残疾人补助过活都和你没任何关系。"

贺予笑笑："谢教授，您确实和我一点私人交情也没，但我想了想，您人虽挺讨厌的，医术却不差，纯粹地雇用您，也没什么不好，算是废物利用。"

"当初是我主动辞职的，你是哪根筋搭错了地方，觉得我还会回去给你看病？"

"啊，您好像误会了。"贺予依旧温文尔雅，吐出的字句却极欠揍，"给我看病还轮不到您。"

"之前收容庄志强的那个疗养院，如果您有兴趣的话，可以让您有个职位。"贺予神情寡淡，任何一个人看着他这张正经脸，都不会相信他做过那样荒诞不经的事。

顿了顿。

"也算之前在会所一时冲动冒犯了您，给您的一点补偿。"

太无耻了。

谢清呈鼻梁上皱，面目如豹，蓦地火了："你以为你算什么东西，什么补偿——"

"那天……"

"那天发生了什么吗？什么也没有。"

贺予慢慢地眯起眼，终于有些冒火了。

他的手蓦地撑过去，将谢清呈抵在车窗上："谢清呈，你是不是有阿尔茨海默病？"

"你有帕金森！"

贺予被他劈头盖脸地骂了，眼神愈加幽暗："谢教授，沪州的生活成本这么高，没记错的话，您之前的工资刚好够您一个月的花销吧？还要买书买文档，贴钱搞科研，顺带替谢雪存嫁妆。谢雪万一以后看上个富二代，要想让他们家满意，嫁妆的金额我算算……"

他静静算了一会儿，抬起黑眼睛，平静又近乎怜悯地瞧着谢清呈："您好像得从古时候就全年无休打工至少到2200年。"

"其实来我这儿过渡困难时期也没什么。"他声音更轻了，用只有谢清呈能听到的嗓音在他耳边说，"我这几天想过了，您好歹以前是我的医生。"

谢清呈一字一顿："你给我滚。"

贺予怒极反笑，叫住他："谢清呈。

"你别那么意气用事，考虑一下我说的话，整个沪州现在除了我，没人敢收留你。"

谢清呈蓦地回过头来，神情冰冷异常："你给我听清楚了，我哪怕饿死，都用不着你来同情。"

"那你打算怎么办呢？每天蜷在你的蜗居，吃泡面？"

他正无比讥讽又怨恨地俯视落魄的男人，忽听得背后一个出离恼火的声音，紧接着一个重重的东西就砸在了贺予的后脑勺上！

"你怎么不去死啊贺予！神经病！"

贺予被砸得极痛，原来是一只厚重的坡跟女鞋。他眼神阴霾，一回头看到谢雪怒气冲冲地奔过来。

他和谢清呈都吃了一惊。

有一瞬间谢清呈的脸色微变，贺予也一样，他俩私下再怎么恶心对方，其实也没打算把两人之间的事抖到人前。尤其不想被身边的人知道。

但谢雪跑得近了，他俩看到她愤怒却没什么惊讶的表情，知道她估计来得也不久，或者贺予说那些话的时候，下意识压低了声音，所以她没有听见。

光是她听见的内容就足够她愤怒了。

什么蜗居？什么整个沪州只有我敢收留你？

如果不是她今天亲眼所见，根本不会相信贺予能和别人说出这样的话来，不相信贺予会有这样衣冠禽兽的一面，更不相信她哥和贺予之间的相处还会有这样的模式。

她原本就因为谢清呈最近的遭遇伤透了心，护哥宝的心态完全被吊起来了，此刻见贺予都对谢清呈变了态度，这样落井下石，她再也忍受不住，一把扯开贺予，双手张开拦在谢清呈面前，眼睛里好像会烧出个火焰山来："不许你顶撞我哥！"

贺予看着她气吞山河的样子，一时无言。

她到底以为她有多重的斤两？

从前他让她、护她、暗中欺负她却又无时无刻不在帮她，所以她才能在他面前耀武扬威，不知天高地厚。

可如果他不在乎她了呢？

收拾她不比踩死一只蚂蚁要难。

她敢拦在他面前，拿东西砸他，和他叫板？

贺予简直觉得有些可笑。

但是，谢雪终究是谢雪，哪怕很多事情都是他自己的慰藉幻想，她也是一直以来对他最好的那个同龄人，他的心从剧痛到麻木，至今日似乎再无更多期待，可他到底不会真的对谢雪动手。

贺予只是近乎冷漠地看着她，唇角扯了扯，冷漠里又带上些讽刺。

"你不识好人心吗？我这是在帮他。"

"你帮什么啊你！你就是在冷嘲热讽！我都听见了！"谢雪像只夯了毛的母狮子，用贺予从未见过的凶悍，怒喝道，"你为什么忽然这样对他？你也信了外面那些流言蜚语是不是？我告诉你贺予！你用不着恶心我哥！他停职就停职，我们家还有我呢！他哪怕不工作，我都可以养他！"

"……"谢清呈看着她的背影，有种说不出的滋味。

他大老爷们儿惯了，很少会对妹妹说任何的软话，也不太习惯于细细咂摸亲人之间的温情。但这个时候，有种暖洋洋的东西还是在他坚实的胸腔内跳动起来。

贺予抬手摸了一下自己还在隐隐作痛的后脑勺，幸好没被砸出血。

他阴郁地看了谢雪一眼："你那点实习工资有多少？够你买烤串的吗？"

谢雪铆足劲："要你管！你怕是有什么大病！大不了我不吃烤串！这辈子我都不吃烤串也死不了！你走开！"

见贺予盯着谢雪，眼神越发不善，谢清呈把谢雪拉了过来，谢雪还在情绪激动地咒骂："有俩臭钱了不起啊！有钱了不起是吧？啊？就知道羞辱人！你以为你谁啊贺予！以前怎么没看出来你这么有病这么渣！神经病！渣男！""神经病"在贺予这儿几乎就是龙之逆鳞，更何况出自谢雪的嘴，就更加诛心。

贺予神情比刚才更阴冷了："你再骂我一句试试。"

"她就算骂你一百句，你能把她怎么样。"

说话的却是谢清呈。

谢清呈把谢雪拉在自己身后，逼视着贺予，声音不响，语气却极冷硬："有我在这里，你能把她怎么样，贺予。你想怎样给我试试。"

"你不要忘了，我现在无父无母无妻无子，名誉对我而言也不重要。除了谢雪，我没什么可在意的。你要敢动她，我就跟你玩命。"

贺予被谢清呈的话震撼到，一时无言。

谢清呈安抚了女孩两下，眼睛却仍盯着对面的那个青年。

"上车，谢雪。"

谢雪还气得要死，不依不饶地说："贺予你……"

"谢雪，上车。"

谢雪被硬塞进了车内。

谢清呈砰地把副驾驶座的门给她关上了，抬眼再次看向贺予，锐利的目光从眼中转到眼尾，瞥过去，桃花眼上浮，成了一个再鲜明不过的三白眼。

他就这样白了贺予，然后绕过去要往驾驶位走。

走到贺予身边时，贺予一把攥住了他的手腕："谢清呈，你……"

"我最后和你说一遍。"谢清呈一字一顿，"你立刻从我眼前，给我滚。"

他说完猛地甩开贺予的手，走路带风上了车，狠拍了一下方向盘，喇叭发出刺耳的长鸣。

贺予在车窗外阴沉着脸，目光下垂，看着里面的人。他嘴唇动了动，似乎在外面说了些什么。

谢雪想降下窗户骂他，被谢清呈制止了："不用理。"

谢清呈目光冷得可怕，他不再看贺予，对谢雪说："回家。"

19 | 真香

兄妹俩相依为命，在贺予面前走了。

他和哥哥闹翻，和妹妹也没好结果。

贺予阴沉了很长一段时间。

尽管他不愿意承认，但他好像和其他人从来都没有太紧密的关系。甚至连和他的父母、弟弟，都淡得像是白水。

只有谢雪和谢清呈，曾与他来往最深。

他好像连在国外时，都没有现在这么不适应过。

因为那时候谢雪只要生谢清呈的气，就会给他打电话，小小地"吐槽"谢清呈的专断强横，两人一起开着玩笑说一会儿，贺予心里的某种块垒，好像就能在这种对话中被慢慢宣泄掉。

实在闷得慌的时候，他还会发个仅谢家兄妹可见的朋友圈，佯装头疼脑热。

他知道只要自己一发此类消息，谢清呈就一定会出于职业本能，回他一句："吃药。"

然后他就可以顺理成章又无比高傲地回复："没事。"

那他的内心就更痛快了，神经病都在短期内不药而愈了似的。

但现在，都行不通了。

贺予开始在这样的寂寞中，习惯于上网搜谢清呈的各种消息，真的假的他都看。

他发觉自己虽然是个黑客，却远没有那些网友那么会丧心病狂地扒人。他居然知道了很多以前不知道的事情。

比如，谢清呈读初中时居然经常打群架。

又如，谢清呈父母去世后，他居然休学过一阵子，根本不回家，妹妹也不管，好像独自去了燕州，同学听说他还在那时候好像去过什么夜总会鬼混，后来出了点事，不知为何大半年都音信全无。

当然还有一些一看就很假的，说谢清呈爸妈也不是什么好东西，谢清呈更烂，其实是黑社会老大。

除此之外，事情还越演变越离谱了，谢家兄妹的各种私人信息被泄露得越来越厉害，谢清呈的照片也越来越多，那天在陌雨巷外被人拍的，走在路上被人拍的，和谢雪吃路边小店被人拍的……

甚至还有从他同学那边弄来的校园照。

照片上少年谢清呈侧着脸，神情严肃，看得出从小就不怎么爱笑。

贺予估计是觉得这些照片和当时会所里喝醉了的谢清呈一样，都很真实，都是他想看到的，赤裸裸的没有伪装的谢清呈。所以他虽然觉得自己这么做挺变态挺神经的，但还是鬼使神差地把这些照片一张一张地全部保存下来笑纳了，作为友情回报，他把那些人的信息端一个一个都黑掉，还设置了一个在线木马。

言论上的事情他没兴趣管，但拥有谢清呈黑历史的人只能是自己，看到谢清呈全部真面目的人也只有自己。所以只要那些无关紧要的人敢传播谢清呈那臭男人的照片和私人信息，他就让对方电脑瘫痪、手机死机。

爱德华贺予为此编写的病毒程序指令是：传播此类内容设备格盘，发布此类内容设备程序全启，直至烧掉电板。

没人能在互联网信息领域和他撒野，他是在国际排行前五浮动的大黑客，甚至在技术上长占过第一，因为他不犯案，不闹事，只是黑着玩，才于暗网综合排在前五。

但毋庸置疑，他在这方面手段堪称恐怖，想怎么样就怎么样，没一个能和他真正凭实力对打的——哪怕广电塔案的那个黑暗组织高价雇用的黑客都只能被他碾压，当时他们手里有正版设备还能被贺予用盗版不完全设备拦截，要不是后来用了视频分散他的注意力，可能最后他们只能跪下来哭着求他。

只要进入信息领域，那就是贺予的天下。

但黑客老师的尊严没能维系太久——对，计算机系统安全是没人玩得过他。

可他没想到网友的言论有时比他的技术更缺德——

贺予干干脆脆断掉了所有传播链后，再刷微博时，突然看到了这样一种说法："大家发现最近那个病毒了吗！我们发现了问题，好像只要传过谢清呈私人信息的都中招了！谢清呈是不是个黑客啊！"

"太可怕了吧这个男的。"

"我感觉应该不是他，但他身边肯定有人。"

"肯定有人啊！之前广电塔案不也是黑客作案吗？谢清呈肯定和顶级黑客有关系，你看现在网上干干净净，一点他的私人信息都没了。"

"天，那谢清呈还挺有手段的，能让顶级黑客心甘情愿保护他啊。"

他本来想当没看到的。

网页都已经退出去了，想想又不甘心，还是返回去在那条高赞微博下面恶狠狠地输入一行留言："放狗屁。"

然后他愤恨地点了出去。

他才没有保护他，谢清呈那样欺骗他，看不起他……他还刚和谢清呈吵完架，被他和他妹妹指着鼻子骂成那样，他又不犯贱，为什么要帮他？

贺予心又堵了。

他觉得自己被刺痛了。

实话说，他确实不太确定自己为什么要费这个心思，做这样的事情。

他低头看了看自己的左手手腕，上面隐约还有当初文身失败后的伤疤，浅淡的褐色。

谢清呈手腕上也有文身，细瘦的字体绕在腕上像链子更像蛇。

贺予又被自己恶心到了，他摇了摇头，打开抽屉吃了粒药，开始思考有没有什么地方可以让他洗个脑催个眠，把这段记忆给删掉。

真是太荒唐了……

校园剧《百态病生》经过一系列的补拍和后期制作，将在下周五被搬上学校的校内剧院。那一天，剧院里会安排沪大和沪医科的学生共同观看演出并且颁奖，而作为负责人之一的谢雪，她必然会参加这一次活动。

贺予打听了一番，知道谢清呈也会来，连几排几座他都弄了个清楚。

谢清呈之所以会来这种热闹场合，是因为最近又爆出了几个大社会热点新闻，广电塔案的热度已经从风口浪尖慢慢地降下去了，关注的人不再那么多，沪大的剧院又很宽敞，上、下三层，容纳好几千人，过程中又黑灯瞎火的，不太有谁会去注意他。

"你要订座吗？"替他打听情况的学姐问他，"你是参演，你应该有最前排的座位是不是？"

"我有朋友要来。"贺予说了个谎。

学姐："哦……"

"麻烦您帮我留 B2230 这个位子。"

学姐自然很愿意帮帅哥这个忙，很快地通过学校内部的票务系统，把校内剧《百态病生》首映的票子给贺予打了一张。

B2230 就是谢清呈后面的座位。

贺予拿着这张票,看着票上劣质打印机戳上的日期,心中默默地有了些期待。

等首映的那一天,他早早地就去了沪大校剧院,入了座。

等了很久,他前面的两个座位一直没有人。

电影已经快开场了,照明灯一下子熄灭,封闭的观影厅内只有几个观众席上散出的手机幽光,片刻后,大银幕亮起,广告开始播放,五光十色的散光在黑魆魆的大厅内闪烁。

这时才有人卡着点到了剧院内。黑暗中贺予看不到谢清呈的脸,只看到了他一个模糊的侧影,但只要一个侧影就够了,他就能认得出来。

可令贺予没想到的是,谢清呈并不是一个人来的。

那个一直和谢清呈走得很近的小警察,竟也跟来了。

20 | 不香

《百态病生》校园首映日定在了周五,他恐怕是请假陪谢清呈来的。

剧院光线偏暗,贺予坐在自己的位子上,面无表情地看着眼前的两个人。

他戴着棒球帽和黑色口罩,沪大这种打扮的人也不少,因为艺术学院有很多童星出道的明星入学,他们在校内也常是这副打扮。寻常的那种帅学生有些也不喜欢抛头露面,黑色口罩和帽子是标配。

所以谢清呈并没有留意到后面这个男生。

"陈慢,你的爆米花。"

"谢谢。"

贺予双手抱臂靠在软椅上听着,一边眉梢挑起。

陈慢。

原来这个警察叫陈慢啊……

贺予忽然想起了之前他替谢清呈接的那通电话。当时手机屏幕上显示的……好像就是这个名字?

对,就是这个名字。

他继续不吭声地、漠然地看着眼前的两个人。

陈慢觉得自己脖子一刺,本能地摸了一下,回头看看。

谢清呈问:"怎么了?"

陈慢说:"没什么……忽然有点发毛。可能空调开低了。"

他就在谢清呈旁边坐下了。

电影开始。

单元剧，一个个小单元切开来是个独立的故事，但又有一根暗线在其中穿引，将故事里的人和事最终串联起来。

电影有两个小时，同学们看得入神，因为参演的全是自己学校的人，遇到某些劲爆的情节，大家难免要和演员起哄，所以剧院内比正常影厅要热闹许多。

荧幕上已经演到了贺予出场。他的戏份也不算太多，剪辑之后就更少了。

贺予看着谢清呈垂下了眼睫，似乎电影里的贺予勾起了他某段极不舒服的回忆，他把目光转开了。

过了一会儿，他甚至干脆闭上了眼睛。

谢清呈这阵子过得估计是不太好，脸颊微微下凹，下巴有些淡青色的胡楂，没有剃得特别干净。

他眼睛闭了一会儿，头就微微地往前点。

竟然睡着了……

贺予坐在后排看着他，心中气闷，想怎么这么吵闹他也能合得上眼？

又过了十多分钟，陈慢好像有一个剧情想和谢清呈讨论，于是侧过头要和谢清呈说话。结果一转头，就看到谢清呈低着脸，已经睡得很沉很沉。

剧院空调开得低，他担心谢清呈发烧刚好，身子骨受不住。

他觉得谢哥这么强大一个人，这几年的身体状况却越来越不好。

也不知道是吸烟太多，还是他给自己的工作压力太大，谢清呈最近总是咳嗽，而且视力也没以前好了。

甚至有好几次，陈慢看到他读书、看电脑都戴起了眼镜，而谢清呈从前的视力，好像是5.3、5.1。

陈慢叹了口气，轻轻把外套脱了，小心翼翼地盖在谢清呈身上。

谢清呈隐约觉察到了什么，但他实在太疲倦了，连日来他承受了太多折磨——父母的死因线索刚一出现就在他眼前中断。

他刚想把贺予当作自己真正的亲近之人，就被贺予用了那么疯狂的办法报复。

秦慈岩的事情像是沉积已久的淤泥，却在狂风巨浪间被重新翻搅上来。

被公布的私人信息，被泼上的鲜红油漆，被无辜牵连的邻里……

黑夜中，那些他身边仅有的朋友、亲人沉默无声的眼。

"哥，你和我们，都不能说真话吗？"

他不能。

那么多事情压下来，整个世界，偌大人间，他没有一个人可以去倾诉。

他是个缄默的守密者，在大深渊里，从不在意光会不会降临。

这些事情，这般压力，叠在一起，天上地下，除了谢清呈，恐怕没有任何人能坚强到他这个地步。

他很淡然，非常平静，已经不觉得苦，也不觉得委屈。

他甚至不觉得孤独。

那么久以来，他连一滴泪都不曾轻易掉过。直男癌很有性别固化观念，他认为，软弱是女人的事，以及废物男人们的事，和他无关。

他这人是几乎感觉不到痛的。

但他到底是血肉之躯，至少会感到累。

他太累了，所以即使能感受到边上的动静，他也并没有醒过来。

而贺予就坐在自己的位子上，一直看着谢清呈。他已经很久没有这么近距离且这么久地看过这个男人了，现在这样眼巴巴地瞪着对方睡过去，这些天自己的纠结竟逐渐全涌上心头。

谢清呈睡得倒香，自己却没好受过。

之前在空夜会所拍的照片始终还没派上用处不说，网上的谢清呈的照片他倒是越存越多，有一天他整理相册时竟然发现最近一段时间，自己除了谢清呈的照片就没存过其他新东西。

这个发现当时就让贺予大为懊恼，可他连个发泄的对象都没有，只能自己生闷气。

更别说自从那天晚上，他发现谢清呈也有那么脆弱那么真实的一面之后，就总是反反复复地梦到那晚谢清呈被他压制着的场景，时间隔得越久就梦得越频繁，梦得越频繁就越希望能再看一次谢清呈那么失态的样子，想看更多撕破对方西装伪饰后，真实而无助的样子。

他并不是没有试图摆脱过这种近乎变态的执念——对谢清呈这种垃圾有什么执念都是不应该的。

贺予隐隐地还有着自己莫名其妙的高傲，正是这份高傲让他迟迟没有把自己当时的邪恶计划付诸实践，没有再次向谢清呈动手，没有利用那张空夜会所偷拍的照片再一次去纠缠折腾谢清呈。

但他内心煎熬得很，就像一个初次玩电游的青春期男孩子，尝到了滋味，上了瘾头，也知道这样不好，于是拼命地想要戒除，可是坐着睡着都忍不住要回想当时打游戏那种刺激的感觉……

他都被折磨成这样了，谢清呈居然还能进剧院就睡觉！

居然连他贺予演的戏份都没看完就开始睡觉！竟然就挑着他演的那段剧情开始睡觉！！

贺予越想越气，越气越想，越不甘心让谢清呈就这么睡着，到了最后这小子居然怒从心生，抄起他座位上带来的冰柠檬苏打水，二话不说，直接就照着谢清呈泼了下去！！

谢清呈睡得好好的就被劈头盖脸淋了一瓶子的苏打水，好一阵透心凉。

陈慢脾气再好也忍不住了，回头怒道："你怎么回事？你干什么？！"

贺予帽檐压得很低，长腿交叠在后面坐着，淡漠而优雅地说："真抱歉，没拿稳。"

他声音轻，场面又混乱，还夹杂着电影里的动静，谢清呈和陈慢谁也没觉察到他的身份。

陈慢皱着眉对贺予道："你看看他！他都湿透了！"

"算了没事……"谢清呈一贯比较冷静，既然是后座学生不小心的行为，发火也没任何用处。

但他确实被淋透了，陈慢坐他旁边都没事，那学生的水不偏不倚全洒在了他一个人身上，一滴不浪费。

谢清呈看了看自己湿漉漉粘在身上的衬衫和秋款外套，叹了口气，低头和陈慢说了句："我去后台找谢雪借个吹风机。你坐着自己先看。"

然后他就离场了。

贺予看着他的身影在黑暗中越来越远，最后消失在连接着舞台后台的安全出口处，他静坐片刻，还是不动声色地起身，跟了上去。

他今天，在再次见到谢清呈之后，终于下定了决心——

他就要做一个浑蛋！谁让谢清呈讨厌他讨厌到连他演的电影都不好好看！凭什么他怎么也做不到无视谢清呈，谢清呈却能这么不关注他？他睡不着，他得被迫想着谢清呈，那么谢清呈也得睡不着，谢清呈也得被迫想着他！

说干就干，他就要做那上不得台面的事，都是谢清呈活该！

谢清呈借了后台化妆间用。

沪大剧院如果在演话剧，这里就是一派人来人往的忙碌景象，但这时候是在演电影，化妆间就是空置的，没有人。

谢清呈找谢雪拿了钥匙，谢雪很吃惊："哥，你怎么湿成这样了？"

"后排学生不小心把水打翻了，没事。我去借个吹风机。"

"哦，好，吹风机有好几个呢，更衣室里那个固定式的最好找，你去看看。"

谢清呈就进去了。

里面三间更衣室，都嵌着壁挂式吹风机，沪大前几年装修时，校长还给更衣室装了个感应灯，谢清呈一拉开帘子走进去，就见得黄铜色的灯光亮起，照得镜面透亮清晰。

真是够狼狈的，不但衣服湿了，连头发也湿透了。

谢清呈拉上红色天鹅绒挡帘，松开了湿透的上衣扣子。

镜子里的人很高大，宽肩窄腰的，被浸湿的衬衫紧贴着修长的身段。但这一阵子，他确实太憔悴了，衬衫扣全松开之后就能看到他实在瘦了太多，皮肤也苍白得近乎透明，他浑身上下几乎没有什么太鲜明的血色，就连嘴唇的色泽都是偏淡的。

更衣室内有一张圆凳式更衣椅，给人穿鞋换衣的时候用的，但谢清呈习惯了紧绷，他更愿意站着，于是他就这么站着打开吹风机，吹起了自己的短发和淋湿的衬衫。

噪声太响，有人来了，他也没有听见。

直到红色天鹅绒被掀开，迎宾感应灯再一次骤亮了。

谢清呈蓦地回头，竟对上了贺予的眼。

"谢清呈。"贺予轻声说。

他已经把帽子和口罩都摘了，露出一张极俊美，但又极阴森的脸来。男生打扮得很简约，是秋款休闲衫、牛仔裤，甚至还穿着球鞋。

谢清呈将他从头打量到脚，忽然明白了："刚才是你？！"

贺予笑了笑，眼睛里却没有丝毫的笑意。

"是我，可惜你发现得太迟了。"

谢清呈眯起眼睛："你一直盯着我们？"

"对，我是一直在盯着你。"贺予慢慢道，"我发现啊，那陈警官确实和我不一样，阳光灿烂，乖巧听话，这种人就是你眼里的正常人吧？可以正常地一起看电影，正常说话，哪怕让妹妹正常和他出去也不会担心……"

谢清呈皱起剑眉："我跟他一起出去和正常人不正常有什么关系？你是不是不知道《现代汉语词典》里有个词叫朋友！"

"那我呢？"贺予冷笑一声，"换成我，你敢和我做朋友吗？你敢那么毫无防备地在我面前睡着吗？"

"然后被你泼一身柠檬水？"

"问别人之前先想想自己做了些什么吧你。"

贺予明知自己理亏，还是冷哼着夹枪带棒地嘴硬道："冰柠檬水而已，又不是烫柠檬水，吹一吹也就干了，你什么损失也没有。"

"你简直不可理喻。"谢清呈铁青着脸，一字一顿道，"你要没报复够，就把话往直白了说。别拐弯抹角，你如果再敢伤害我身边的人半分——贺予，你试试。"

"我会让你发现你从来没认识过我。"

贺予闻言仰头大笑起来，笑罢他紧紧盯住谢清呈，良久后，他说："好啊。好啊。很好。要想我收手，其实也很容易。"

谢清呈自然知道他狗嘴里吐不出象牙，但还是想听听他能吐出些什么，于是咬着后槽牙道："说，你想怎么样。"

"把你自己剖开来，给我看你的血和肉。"

贺予说这些话时，目光偏执而宁静，好像在说什么理所当然的事情，并且漠然到没有任何讲价的余地。

谢清呈盯着他："你想让我死在你面前？"

"谢教授的思维有时候能不能不要这么理工男？学一点修辞，天塌不下来。"贺予掩饰住自己心里强烈的兴奋，继续平静道。

"这句话的深层意思是——我也想试一试，像你过去那样居高临下，以医生的姿态审视着别人的痛苦和疾病的样子。"

"你想啊，以前总是你瞧见我所有的丑态和狼狈，现在我要瞧见你的。我看你这人其实也有很大的心理问题，不然你也不会活得像现在这么失败，人人都讨厌你，连你老婆都不要你。所以……"贺予笑笑，"从今往后，我要给你治病。"

"你说什么？"谢清呈以为自己幻听了。

令他有些不寒而栗的是，贺予竟直到这时候还是嘴角噙着笑的，那笑痕一直从眼底渗出来，是发自内心的笑意。

青年仰头，把后脑勺靠在冰冷的更衣室墙壁上，一边咧嘴笑着，一边喘着气，低声道："谢清呈。你好好想想吧。我已经不是你认识的那个贺予了。你们全都让我觉得很恶心，我现在什么都做得出来。你看是要答应我的要求，还是要赌我会不会把谢雪也拖进旋涡中心去。"

"想想看吧，你可是她的天神，天神割肉饲鹰喂虎，能不能保护她，全看你的选择。"

　　"你要仔细想清楚了。"

　　谢清呈厌倦地闭上眼睛，心里隐隐明白，就按现在这个状况，贺予的病情确实非常严重，而且几乎是不受控制了。

　　哪怕他自己无所谓，谢雪也不该再受到牵连了。

　　稍微冷静下来，再做权衡，他知道允许这个人发泄性地侵入自己的私人空间和生活，打破曾经划下的雇佣关系之间的界限，由着贺予对自己无理取闹，恶心自己、纠缠自己、审视自己、解剖自己、故意给自己使绊子，其实是目前唯一的选择。

　　只是被这样要挟，未免太过耻辱……

　　贺予不急，他知道男人的心气高，但会把大男子主义保护义务的位置放得更高，所以他就这么好整以暇地等着，他等着——

　　男人死死按捺着，铁青着脸不吭声地沉默着。贺予等了很久——很久——谢清呈到底是没有再开口唾骂他，或是再与他动手。

　　默认吗？

　　默认也好……他就知道，这对于谢清呈而言，已是底线。

　　"你看，这就对了……

　　"那我们就算达成一致了。我的谢医生。"

21 ｜好气

　　"哥，你去哪儿了？"陈慢问。

　　谢清呈回来一言不发地在陈慢身边坐下，陈慢松了口气："这都快二十分钟了，我差点要去找你。"

　　"没事。"谢清呈顿了一会儿才麻木地说，"你自己看电影。"

　　电影已近尾声，谢清呈返场后不到五分钟，片尾和主创人员表就已经打了出来。

　　但是席还未散。

　　沪大的各项评比在学期中后阶段就已经出来了，通常都会在这种大型会演的最后进行颁奖，除了校园电影制作的奖项，新的学生会主席名单、奖学金获得者名单、十佳优秀青年名单，也都会在今天揭晓。

当然，这些获奖的学生，都早已被老师通知到位了。

"被评选为新学生会宣传委的是……"

名字一个个报过去，学生们依次上台领奖，接受大家的掌声和认可。

"新学生会，男生会主席，经校方决定，是编导1001的贺予。请贺予同学上台接受校长授勋。"

谢清呈就眼睁睁地看着贺予换上了沪大的学生制服，白衬衫休闲西裤，衣冠楚楚、斯文优雅地走上台，笑着和校长握了手。

台下的花痴女孩们还有一些花痴男孩都在用力拍着巴掌，拼命扬起头，想要更清楚地看到贺予那张品学貌兼优的尊容。

"我们贺予同学品学兼优，谦虚内敛，我们希望他作为新的男生学生会主席，能够为同学们做出更优秀的表率，为母校做出更多的奉献。"

校长把男生会主席的徽章给贺予别在了学生制服胸口处。

贺予因为个子太高，校长又是个有点佝偻的老头子了，所以他很贴心、很谦和地弯了些身子，又在校长给他授完勋后笑着微微欠身鞠了个躬，睫毛卷长，眉眼温柔。

"他好可爱……"

"而且好绅士……"

"又礼貌……"

谢清呈的心火从胸腔烧到了眼眶，他绅士？他有礼貌？他还可爱？

刚才在更衣室的是谁啊？是这位吗？

贺予这边还在接受校委诸如"谦虚有礼""质高德洁"的褒奖，奖杯拿了一个接一个，可除了谢清呈没有一个人知道，就是这样一个在万众瞩目下言笑晏晏、风度翩翩的学霸少年，在上台颁奖前的十五分钟不到，还在后台威胁一个比自己大了十三岁的男人。

谢清呈沉着脸看着他。

慢慢地，眼神模糊，他回想起了刚才在更衣室内发生的对话……

谢清呈是很清楚自己活着的意义的人，他必须集中精力去完成他心里藏着的那件事。任何人，任何东西，都别想拦住他的脚步。

他在那条无人知晓的路上，走得算是遇神杀神，遇佛杀佛，除了死亡，什么困难都不可能阻挡他。

贺予对他的这种纠缠，其实也是他的拦路石，很烦。

以前陈慢觉得谢清呈这个人恐怖，其实这是真的。谢清呈是真的恐怖。

陈慢觉得他不怕死，好像随时想着死。

但陈慢没发现的是，谢清呈更恐怖的一点是——他完全不把自己当人。

不只是陈慢——甚至谢雪、黎姨也都没有发现，谢清呈一直都在把自己当机器、当利刃、当盾牌、当刀鞘、当可以付出的筹码、当可以让恶龙停止嗜血的祭品。

唯独不把自己当个活人。

正因如此，谢清呈后来没有再和贺予争执下去，而是默认了贺予的胡作非为。他答应了贺予——如果这个选择可以让他的生活回到正轨，别让贺予再来给他闹出任何意外，那么事到如今他爱怎么样就怎么样吧。

一个不把自己当活人看的人，贺予就算要窥伺他，要践踏他的隐私，要踏入他的领地，又怎样呢？想清楚之后，他是不会太看重这些事的。

谢清呈很可怕，他自己不需要自己，而这世上除了谢雪、陈慢和黎姨，可能也没人需要他。

事实上，谢清呈有时觉得到了今天，谢雪、陈慢长大了，能照顾黎姨了，连他们三个没了他也不是不能生存。

那么就是说——这世上无人离了他就不能活。

所以谢清呈把自己拆成无数份，随时都可以把自己的血肉、骨头丢出去打发前进路上遇到的野狗、恶龙。

事情想明白了，也就这么简单。

从某种意义上而言，他确实是真的，没有心。

贺予小畜生不一样。

他没那么多想法，不知道谢清呈是怀着这种恐怖的心态答应他的。

所以贺予下了领奖台就回去找谢清呈，谁知下台一看，谢清呈已经走了。

座位是空的，陈慢也不在了。

贺予站在原地，人和笑容都一起静默在陆续离场的人潮里。

他一回寝室，就把谢清呈从黑名单里拖出来了。

"谢清呈。"他打字，"你怎么不说一声就走了呢。"

读了一遍，语气似乎不够和缓。

贺予平时并不会顾及自己的口吻在谢清呈看来舒不舒服。

可想到刚才更衣间的事情，想到自己接下来还和谢清呈有的可玩呢，谢清呈算是自己目前唯一的玩伴了，贺予虽然不爽谢清呈招呼也不打一声就走了，但也没打算发作，他觉得至少自己现在给对方的感觉也不能太糟糕。

毕竟这种事情就和猫捉耗子一样，张弛有度才有意思，要是一直把人往死里逼，那就和一下子把猎物玩死了一样，也未免太无趣了。

于是贺予仔细思考了一会儿，觉得不应该发文字，应该发语音。

发语音才是最合适的，而且还能让谢清呈听到自己真实的语气。

贺予斟酌一番就开口了，他是想要装作若无其事，然而嗓音都因为太郑重其事而变得十分陌生。

"喀……谢哥……"

贺予按着语音键："那个……你怎么这么快就走了？晚上我没事，一起吃个饭怎么样？"

不对，不太合适，之前两人闹成这样子，谢清呈肯定拒绝他啊，不能用疑问句。

贺予于是又想了想，要不干脆表现得再友善点，毕竟棍子和糖果一起给才是智慧的相处之道，于是又清了清嗓子："谢哥……那什么……怎么走这么早啊。还想和你说呢，既然你都答应我了，那咱们就从今天开始吧，我晚上来找你吃饭，你想吃点什么？"

不对不对，还是不行，不够强硬，怎么和求谢清呈似的，现在可是他掌握主动权，给糖果也要以上位者的身份给。

于是他又改口道："那什么，谢哥，通知你一下，今晚你得和我共进晚餐。不能拒绝，你答应过我的，从今天开始，随便我怎么胡闹都必须忍着。那么，晚上7点，我来你家接你，记得穿正式点。"

不错，这个够霸道，就差发个邪魅一笑表情包了。

贺予满意了。消息发送。

发完消息后，他立刻把手机扔到一边。毕竟用那么霸总的语气和谢清呈说话，这是他过去十九年从没干过的事，更何况他第一次在谢清呈面前完全占主导地位，也不知道谢清呈会怎么回复他，他有些兴奋，竟然连掌心都在微微出汗了。

当然他知道谢清呈是不太可能第一时间搭理他的，所以他特意一发完就准备把手机锁屏放远点，打算过半个小时、一个小时再看。

但没想到手机很快就振了一下。

贺予在佯作镇定地喝水，听到那么迅速的回复，差点把杯子给摔了。

"喀喀喀……"他连连呛咳，擦了擦不幸溅在脸上的水渍，压着内心的期待，故作矜持和淡然地把衣服整了整，抽了张纸巾擦了擦水，这才屈服于渴望，拿起手机，滑开锁屏。

映入眼帘的是一个差点闪瞎他眼睛的鲜红色惊叹号。

"'干爹'开启了朋友验证，你还不是他（她）的朋友，请先发送朋友验证请求，对方验证通过后，才能聊天。发送朋友验证。"

他原本还很期待的面色在刹那间就青到了极点，好像被高尔夫球棍猛击了后脑，又像是被马当胸踢了一脚。

谢、谢清呈把他删了？

谢清呈居然敢在刚刚答应他随他胡闹后，一回家就把他删了？！

贺予一时觉得自己连呼吸都有些闷着，简直毒气攻心，气得眼前阵阵发晕。

自己之前只是拉黑了他，聊天记录都还在，想反悔随时还能拖出来。他倒好，删了个痛快，半点余地都没有留。

他怎么敢删自己……

贺予一气，做事就冲动——他在别的事上都挺沉得住气的，唯独在谢清呈这里习惯了任性。他当即出了门，上了车，一脚油门驱车赶到了陌雨巷。

雷厉风行一路，却到叩响了谢清呈的房门时都还没想好自己要说什么。

或者干脆他可以什么也不说，只骂人，骂完就走。

门开了，但开门的人是陈慢。

一见他，陈慢就认出来了，他笑了笑："是你啊。"

贺予觉得他太碍事，不喜欢他，一见他脸色就沉下来，冷道："对。是我。"

"上次见你都过了好久了，你……"陈慢说了一半，才终于后知后觉地感知到贺予面色不善，他愣了一下，也不知道自己哪里惹着了他。

"那个，同学你……有事吗？"

贺予淡道："我找谢清呈。"

"哦……"陈慢虽疑惑，但还是回头，喊了谢清呈两声，没动静。

"你等一下，他在洗澡，可能没听见。我去给你问。"

过了一会儿，陈慢去而复返，神情有些微妙，他之前看贺予都是带笑的，这次却仔细打量了这个同龄人的脸，带着明显的探究意味。

贺予对人一直客气，但对陈慢没了任何好态度，森森然睨回去："看什么看？"

陈慢不答，刚才语气里的欢快平和也没有了，他对贺予说："谢哥说不想见你，让你回去。"

他是斟酌过的，谢清呈的原话是让小畜生滚回去。

但贺予还是光火了，他阴恻恻地看着陈慢："那我要是不走呢？"

陈慢的脸皮没他那么厚，一下子涨红了："你、你怎么不讲道理？"

"你让他出来。"

"谢哥不愿意和你见面，你总不能强求……"

贺予冷冷看着陈慢面红耳赤和他吵着，心想我和谢清呈之间的事，你夹在中间当什么传话筒，甚是堵心，简直想当胸一脚朝陈慢踹上去，踹死了正好省着下次再碍事。

然而这时——

"陈慢，你先回去吧。"

陈慢侧了身子，回头看去，谢清呈已经洗完了澡出来了。他披着浴袍，领口扯得很高，湿漉漉的头发往下滴着水，正看着他俩。

22 | 忍不了

陈慢虽然不放心，但他从来都不太敢忤逆谢清呈，于是走了。

谢清呈来到门口，站在贺予面前。

贺予还是领奖时的装束，沪大学生校服，佩着勋章。

谢清呈扫了一眼："我真是要恭喜你了。男生学生会主席。"

"你还有什么想说的？"

他有什么想说的？

他也有自尊，当然不可能责问谢清呈为什么要删了自己。

但掘地三尺，也再寻不到任何一个合适的理由。

贺予不答，谢清呈则慢慢眯起眼睛，审视着他。

那种眼神让贺予感到恼火，又感到不安——从小他只要欺骗了谢清呈，或者有什么事情瞒过了谢清呈，谢清呈就会以这种目光逼视他。而他鲜少在旁人处得到这种像X射线一样要把他穿透的眼神。

他本能地焦躁。

谢清呈用一种几乎没有温度的眼神盯着贺予，在这种锋锐眼神的逼视下，任何举止都像是不值一提的。

"你没有什么事，就走吧。"谢清呈每字每句都在刺他。

贺予的神情变得很难看。

他当然可以怒骂谢清呈，说你之前不是默许了我的吗？我可以随时随地来打搅你，你凭什么说"没什么事就走吧"？！

但是话到嘴边，贺予眼前忽然闪过了陈慢的面孔。

他不知道为什么就和陈慢起了一争高低的心，不想在谢清呈眼前被陈慢比下去，于是胡搅蛮缠的话居然一时就说不出口了。

贺予盯着谢清呈还沾着水珠的脸，憋了半天，才气愤道："你怎么知道我没有事？我这次找你，还真不是来没事找事的。"

"稀罕。"谢清呈说，"那是为了什么。"

贺予随口就胡扯。

"因为我病了。"

贺予说："我病了，我要你给我看。"

"你还记得你曾是一个医生吗？谢清呈。"

他不提这个倒还好，一提这个，谢清呈就觉得无比恼怒。

如果他不记得，早就该和贺予一刀两断，有多远离多远，哪里还会有现在的这些破事？所以短暂的沉默之后，谢清呈抬手撑在门框上，眯起眼睛，他终于不那么冷静了，冰冷面罩的碎痕下，露出的是非常凶狠的一张脸。

"我记得很清楚。"

积压了太久的怒火在这一刻忽然排山倒海而来，谢清呈蓦地掐住贺予的脸颊，另一只手肘撑着门框。

他的声音压得很低，但一字一句的力度却好像能把人皮从贺予这禽兽身上狠狠扒下来，然后鲜血淋漓地甩在地上。

"但希望你也能记得我四年前就已经离职了。"

"从你拿我妹妹、拿我的尊严威胁我开始，你就应该记住，你在我眼里再也不是一个值得同情的病人。你病了和我没有任何关系。"低沉的声音就在贺予耳畔，带着滚烫的热度，说的却是直掉冰碴的话。

说着他直起身子，拍了拍贺予的面颊。

"滚吧。"

他当着贺予的面要把门关上——

门却被贺予固执地抵住了。

"谢清呈，你不要逼我……"

谢清呈一言不发，只用力关门，力气之大，贺予的手指都在门框处被夹出了一道红印，年久失修的老铁门，边角甚至带着些毛刺，在两人沉默的对峙中，贺予的手背甚至被割破了，开始渗血。

但他好像感觉不到似的，看着谢清呈。

他在这样的争执中被消耗着耐心，现在已经趋近疯魔了，哄也不成，骗也不成，谢清呈还是拒他骂他，要他怎么样？

贺予只能摘了面罩，露出人皮面具下面那张恶龙般的、伤痕累累的丑脸。

他忽地手上发力，把谢清呈推进屋里，还很贴心地把门锁上了。淌血的指爪贴住谢清呈的胸膛。

贺予逼近他，在他耳边呓语："没事，你觉得我不值得同情就不值得同情吧，而且你也不是从现在开始才看不起我的，不是吗？你的那些真心话，我在视频里都听过了，你的虚伪，我也早就见识过了。我根本无所谓我在你眼里是什么样子，反正你从最初，就没有真心平等地对待过我。也从来没有任何一个人，真心地、平等地对待过我……"

声线更是柔了八度，好像要化作丝线，软软的，却又冷冷的，要绞住谢清呈的颈。

"我都习惯了。"

只是刚锁完门，贺予又凶狠地盯住谢清呈。

"如果你不同情我，那我就只有强迫你。你听好了，我病了，你必须给我医，你必须陪着我。我不管你愿不愿意，你不能拒绝我，请你记得我之前和你说的那些话。"

贺予眼神幽冷，他与谢清呈目光相对，他觉得自己的心头很闷很痛，淌出了血，他只能这样盯着谢清呈，好像在亟须某种能止血的药。

这个心冷面冷的医生若是不给他，他就只能强求。

"我今天来，一开始是想和你好好说话的。既然你不听，那我就只能让你想起来你之前默许了的事情。

"谢哥，我们的这种关系，就从今天开始吧，我习惯了你不真心平等地对待我，现在也该轮到你来习惯习惯，这种要对我有求必应的生活了。"

他这样命令着，这样渴求着。

然后在这样的呢喃中，贺予忽然惊觉——那求而不得的人，竟依然是自己。那些看似凶狠的命令句的后面，依旧是他在那样强烈地需要着谢清呈，哀求着谢清呈。

因为谢清呈在他的人生中，就好像药，总能镇压些什么，又像是冰冷的义肢，总能够填补些什么。

哪怕现在主动权是握在他手里了，但求药的人，其实仍然是他，在苦苦求人的人一直都没有变过。

"你陪着我吧……"

声音冷静，倒不只是像是个疯子，而是孤独偏执到了极处，自暴自弃的回答，像发疯又像乞求。

贺予在这样居高临下、胜券在握的威胁中，却慢慢地涌出了一股强烈的悲伤。

良久之后，看着谢清呈冰冷而失望的眼睛，那眼睛里的感情似乎比从前更少了，贺予就这样看着这双眼睛，发了很久的呆。

窗外是白昼。但最后少年说——

"天黑了，谢清呈。你别赶我走。

"我是真的没有地方可以去了。"

学期末的时候，谢教授复职了。

此时冬季已至，广电塔案已经过去了两个多月，秦慈岩的风波渐渐过去，学校又悄无声息地把谢清呈请回了讲台。贺予在一天晚自习后背着书包，骑着新买的单车，穿过飘着小雪的两所高校，来到了医科大的教工宿舍门口。

这是谢清呈复职后，贺予第一次去找他。

复职是件好事，贺予想谢清呈的心情也许也会好一些。他于是三步并两步上了楼，口中呼着热气，钥匙轻快地在手指间打转。

"谢清呈。"

谢清呈不在，倒是有个女老师碰巧从楼上下来。

"你找谢教授？"女老师打量站在谢清呈门前的贺予，把他当作了自己学校求真存善的学霸，程门立雪。

她说："去图书馆找一找吧，这破宿舍冬天空调制热不太行，他可能在图书馆备课。"

贺予就去了。

其实这时候才是立冬，但铅灰色的天空已经飘起了雪，今年江南的冬是格外冷而长的。

自习室人很多，他一直找到三楼靠窗的一个偏僻位置，才瞧见了谢教授清隽的侧影。他近来瘦了些许，也许是因为年纪增长，又乏于锻炼，总是透支体力熬夜做研究，好像有做不完的研究似的。真奇怪，他怎么有这么多论文要写、要做、要整理呢？

而且现在谢清呈的身体也越来越不好，贺予远远走过去，瞧见他一直在轻轻地咳嗽。

书桌上有一个保温杯，谢清呈咳得厉害了，想给自己倒一盖子温水，但倾杯时才发现水没了，他又懒得起身，于是又不太高兴地把杯子盖上，拿起笔继续在书上写些什么。

笔尖沙沙划过纸页。

却在须臾后顿住——有一个一次性杯子盛着热水，搁在了他面前。

他抬起头，撞上贺予的杏眼，男生刚从图书馆饮水机那边打了水给他，然后拉了椅子，在他对面坐下。

谢清呈神情冷淡，收拾书本和笔记本准备走。

笔记本却被贺予啪地摁住了。

"你去哪儿？其他地方都没座儿了。"

谢清呈本来想回宿舍，但转念一想，在图书馆里这个神经病不至于发疯，如果回去难道不是自投罗网？

就又沉着脸坐了下来。

贺予今天穿了一件白色的羊绒冬衣，背着单肩帆布书包，裹一条宽大的温暖围巾，线条凌厉的下颌和薄得有些痞气的嘴唇都被掩住了，只露一双犬似的杏眼。他看起来和医科大那些知书达礼的学霸没什么差别，因为额宽眉黑，鼻梁挺立，甚至看上去更讨人喜爱。

很温柔的样子。

只不过谢清呈知道那是完完全全的假象。这个人是有病的，附骨之疽，不可拔除。

"谢清呈，上次就想问你。"贺予浑然不觉得自己被讨厌，神情自若地坐在谢清呈面前，玩着谢清呈的笔，"你怎么戴眼镜了？"

"自然是因为恶心东西看多了，眼瞎。"

贺予不以为意，笑笑："近视多少度？"

谢清呈不理他，低头只管自己写东西。

不期而然，青年的手伸过来，将他的眼镜自鼻梁上摘了，在自己眼前比画了一下。

"好晕。怎么这么厉害，你以前视力还挺好的。"

谢清呈劈手把眼镜拿回来，往脸上一杵，说："这和你有什么关系。"

不过谢清呈用眼是太没有节制了，贺予知道。

他一天要读很多大部头的书,那些书往往蝇头小楷,晦涩艰深,正常人读不过三行就能与周公相会。

贺予并不理解为什么以他这个学界地位,年纪轻轻就是翘楚,却还要这样争分夺秒地做研究。旁人可能还会认为谢清呈是天生对医学很感兴趣,一天不学会死,但贺予却清楚谢清呈最初的梦想并不是投身杏林。

他应该对医学是没那么痴迷的。

那么可能就是……

"你很喜欢教书吗?"

谢清呈头也不抬:"我喜欢钱。"

他在列一串公式,可能觉得公式比贺予好看得多,这之后他就完全不打算再理睬贺予了。

图书馆要求安静,为免周围挑灯夜读的医学生们有微词,贺予也就不再开口了。他从书包里拿了一本《救猫咪》,一边无聊地翻一翻,一边在反思自己好好一个沪大艺术院的学生,为什么要来医科大气氛森严的图书馆里浪费时间。

他抬眼,然后瞥见了谢清呈放在一旁的手机。

把人家手机拿过来的时候,他一直在观察谢清呈的反应,可惜谢清呈全神贯注地在写他的备课教案,根本没有注意到贺予拿走了他的通信工具。

他拿着谢清呈的手机解了锁。

这次他记得要当面加微信了。

密码很简单,无非就是12345,屏幕开启之后,贺予就拿着他的微信扫了自己的二维码,把自己加了回来。

做完这一切后,他拿自己的手机给谢清呈发了个他自己无聊时做的表情包,那表情包也很绝,是他把谢清呈的照片处理了一下,还往上面加了些漂浮的半透明水母特效,外加土味文字"早上好"。

"叮咚。"

消息声让谢清呈回过神来,发现手机在贺予手里,沉着脸夺过:"你在干什么?"

贺予不说话,由着他把手机从自己手里夺走了,眯过眼睛看着他,终于如愿以偿看到谢清呈见到备注和表情包后的脸色由白转青。虽然谢清呈已经见过了这照片,但现在看到这么傻的照片做成表情包,以及这么愚蠢的备注,还是震到了。

"贺予!"凶狠的语气。

贺予很高兴："教授注意场合，您专心看书。我静个音玩个手机。"

说着他就在谢清呈狠锐的目光下镇定自若地拿起了自己的手机横过来打僵尸。

谢清呈面若沉铁，把表情包删了，倏地起身，收拾书准备走。

贺予的长腿在桌子下面轻轻碰了碰他："去哪里啊？快坐下。"

谢清呈没理他。

贺予更温柔了，和声软语地道出几个字："还是你想回家。"

谢清呈看上去离爆发不远了，但他终究还是权衡了利弊，紧紧咬着后槽牙，重新坐了下来。他没什么心情看书了，把笔记本重重一合，转头望着窗外。

初雪如絮飘飞，美则美矣，但和贺予一样，都是美而刺骨的东西。

贺予只管自己打游戏。

两局打完，正准备和谢清呈再聊几句，忽然有两个医科大的女生犹犹豫豫地靠近他们这桌，却不是冲着教授来问问题的，而是——

"请、请问你是贺予吗？"

"怎么了？"

和他目光对上，两个女生立刻脸红得像煮熟的虾子。

"我们……我们之前看《百态病生》校园剧，觉得你好帅，想问问你，能不能……"

"能不能给我俩签个名。"

"就在我的本子上可以吗？"

"我想签书包上……"

贺予顿了片刻，最后他笑着瞧向谢清呈："——谢教授您借我一支笔吧？"

"我有笔我有笔！"

"我也有！你要圆珠笔还是水笔？"

贺予却只问谢清呈，薄薄的嘴唇噙着笑，天生有些得意，又天生带着些温柔："我想要钢笔。"

这年头很少有人会带钢笔，但谢清呈手边就有一支。

两位女生不是谢清呈的学生，不过谢清呈也算是医科大的知名人物，她们认得出，于是迟疑地开口："谢教授，能不能……"

"借、借用一下您的笔？"另一个胆子大一点的接着她的同伴把话说了下去。

谢清呈和贺予目光无声对上了，谢清呈刚想说不能，就又觉得这样反而会和贺予多说废话，于是冷淡道："可以……拿去。"

"谢谢！谢谢！"女生雀跃地捧过了他老人家的签字笔，殷勤地递给了贺予。

贺予见谢清呈又没什么活人的热气了，笑容敛去些，他存了心要气他，于是把笔接了，却又目光幽深地交给了谢清呈："谢教授您能替我蘸点墨吗？多点，别太干了。"

他以为谢清呈这次总该拒绝了。

谁知谢清呈冷着脸瞥了他一眼，没有任何表情地拧开了墨水瓶，吸了些蓝墨水，丢给贺予："拿去吧。"

"……"他淡漠，他不在意，贺予的心便堵着了。

少年一点笑容也没有了，接过来："谢谢。"

两位女孩子得了贺予的签名，如获至宝，捧在胸口。好闺密互相交换了一个难掩兴奋的眼神，又鼓起勇气——

"那——"

"那我们能加个微信吗？"

谢清呈虽然没有管他们，但他又不聋，这些对话都听到了。

他认为贺予以这伪装得假到不能再假的客气，是必然会答应女孩们的这个小要求的。但没想到贺予这一次却没有点头，而是客气地拒绝了她们。

女孩们有些失落，但瞧着怀里的签名，又喜悦起来。

两人谢过贺予，兴高采烈地走了。

谢清呈头也不抬地只管自己写论文："你为什么拒绝她们？"

贺予被他问了这一句非常淡的话，都来了劲，重新有了精神的小龙似的，看不见的尾巴都摆起来了："啊，我为什么要答应她们？"

"你乐在其中。"

"您只看表象。"贺予顿了顿，"我现在只加能给我带来乐趣的人。"

谢清呈淡道："那你把我也给删了吧。"

贺予盯着他看了一会儿，然后就真的当着他的面又打开了自己的手机，翻开通信软件，再然后——

在谢清呈的凝视之下，大大咧咧地给谢清呈标记了一个置顶。

谢清呈一时无言。

图书馆之后，似乎是因为贺予把谢清呈设置成了置顶，他没事找事骚扰谢清呈的时候就更多了，谢清呈甚至有时候半夜都会接到他的语音电话。

贺予有时说话，有时不说话，不说话的时候手机里往往就是一些模糊的背景音。

而说话的时候，贺予也常常就在鬼扯，比如他会说："医生，你说我是不是又生病了？"

"我好难受。"

"谢医生，你帮我看看病好吗？"

谢清呈那晚还没睡觉，在伏案整理资料，觉得他烦了，就对他说了句："我洗澡去了，别啰唆。"

电话那头的贺予说："我不信，除非你开个视频直播给我看看。"

"你知道现在是凌晨2点吗？"

对方沉默片刻，故作震惊道："什么？现在有关部门竟然下达文件规定了凌晨2点不能直播？真的吗？管得也太宽了吧！"

见谢清呈无语，贺予扑哧笑出声来，倒是挺得趣的："谢清呈，我来你宿舍好不好？我快无聊死了。"

银粉玉屑长空落，就这样拉拉扯扯一段时间，贺予因为和谢清呈相处多了，总能瞧见对方一些从前自己所不了解的面貌，他说是要惩罚谢清呈、骚扰谢清呈、剖解谢清呈，但好像越是这样做，他对谢清呈的依赖就越深，明明知道不应该，却还是不知不觉地陷进这种难得的热闹里。最开始他还会时不时地拿照片来要挟，但渐渐地，他好像越来越不想提了，他好像比谢清呈更急于忘记那件事。

好像这样，有个人能每时每刻都由着他任性，忍着他胡闹，在他需要的时候都能陪着他——这一切的一切，就都不是他巧取豪夺来的。

他甚至不敢细想，自己为什么会喜欢上这种可怜的错觉，好像只要他不去想，他的自尊就不会被刺痛，这一切也永远都不会消失，梦永远都不会醒。

那这样他就会很满足了，也再没有什么可以去伤心。

年末已至，到了学年的最后一天。

大一年级还在进行期末考试，大四的已经陆续收拾好行李，拖着拉杆箱回家去了。

在来接子女的车子中，有一辆吉普特别抢眼。

车悍，牌靓，最重要的是，靠着车站着的那个人帅得没边儿。

那人穿着制服，踩着战靴，戴着墨镜，一个耸如峰似的鼻梁下，是薄狭的嘴唇，唇角噙着山泉似的笑。

又硬气又痞帅。

"天哪。"路人回首，"帅啊。这谁家的车？这谁的家属？"

23 | 我约他看电影

"你傻啊！你看那人的下半张脸你都知道，长得和卫冬恒一模一样……肯定都是卫家的人……"

"听说卫冬恒之前在宿舍和家里吵架呢，他大四最后一学期好像不来学校了，他爸让他去西北。"

"去西北干吗啊？"

"不知道……不过他爸自己不就是在西部工作吗？听说条件很艰苦，老人家大概觉得儿子太败家，抓过去好给他点颜色看看，锻炼锻炼。"

"卫冬恒那流氓性子，他能答应吗……"

学生们嘀嘀咕咕地从吉普旁走过了。

"二哥……"

"哦，来啦。"那人回头，笑嘻嘻的。

在他面前站着的是一脸冷漠的卫冬恒。

"我发给你的集合时间是下午3点整，你真成，4点15分了才出来。你这要在我那儿，我得把你扔到山上让你跑个拉练，十五公里起步，看着你是我弟的分上，勉强打个折，十公里必须。"

卫冬恒心情似乎很差，他说："你别拿你那套来管我。"

"哎哟小祖宗，我可不敢管你，我哪儿够格啊。"二哥笑得花枝乱颤的，"那啥，回头有咱爹亲自管你，你可有福要享啦。"

"你别和我提那老不死的。"

"行，不提就不提。"二哥还挺高兴的，大概工作的地方待久了，出来放风格外兴奋，尤其来的还是这种美女如云的艺校，他就忍不住有点八卦，"哎，我问你啊。"

"干什么！"卫冬恒很抵触他哥这种忽然凑过来的油腻行为，按着他哥的头把人推开了。

二哥眨眼："和你谈的那个小美女呢？"

"你刚才那么久没来，是和人话别去了吧？怎么不干脆带过来给哥看看，这多见外哪。"

"就你也配看？"卫冬恒粗声粗气的，把书包卸了直接摔在了他二哥脸上。

二哥终于憋不住劲儿了，在那儿嘎嘎狂笑："老三，你也有今天，你是哭了吧？我一看你那眼睛就知道你哭过，哎说真的，要不你把她叫过来，我请她吃个饭我们再走，不然你这一去就是大半年的……"

"我又不是去坐牢！我还不能回来了我？"

二哥"啧"了一声："悬。"

"滚吧你！"

"真不带小美女来见见啦？"

"滚啊！"

与此同时，沪大无人的多媒体教室，谢雪擦了擦眼泪，稳了稳情绪，独自从里面走出来，锁上了教室门。

这栋楼没有安排什么考试，空荡荡的，了无生趣。

她神思恍惚，愣愣地在走廊上站了好一会儿，看着那个银头发的男孩子上了吉普，车子咆哮着扬长而去，很快就消失在林荫道的尽头，看不见了。

她的眼泪忍不住又落下来，但她抬起手，看到自己手指上新戴上的那枚戒指，又努力平复好自己的心情。

没关系……只不过半年而已……

她发了会儿呆，然后丢了魂似的背着包独自下了楼，却没想到在教学楼外的空旷草地上，遇到了两个完全在她预料之外的人。

因为太伤心了，谢雪一开始还没缓过劲。

但几秒后她忽然意识到不对了，那两人是贺予和……她哥？

这个组合太奇怪了，彻底把谢雪从伤春悲秋中拖拽了出来，她揉揉眼睛，确定自己没有看错——但他俩之前不是吵开了吗？现在怎么这样单独从一间空教室走出来？还在拉拉扯扯的？

"你走开。"

"我送你吧。"

"走。"

"我……"

"你到底走不走。"

谢清呈一直冷着脸说话，没什么表情，在一个转角处，谢清呈猛地把贺予推开了。他的神色太寒峻，眼神太锋利，语气又不容置疑，完全没有商量的余地。

贺予被他推得狠了，脸上终于浮上了些冷色。

他就这样在原处看着，而谢清呈头也不回地离开了。

贺予望着谢清呈的身影消失在楼梯尽头，回过身时，却正好撞见了还没来得及躲起来的谢雪。

在那一瞬间，贺予的表情变得很奇怪，像是做了什么亏心事被抓了个现行。

"你怎么在这里？"

狭路相逢，短兵相接，这还是他俩吵架闹掰了之后第一次单独照面。其他时候虽然也见过，不过都是在课堂上。

谢雪心情正差呢，刚好逮着送上门来的贺予发泄。她厉声道："这话应该我问你吧，你怎么不去考试在这里？你和我哥刚才在干什么？"

"我们没干什么……"

"你撒谎！"谢雪凶起来，"他不可能平白无故和你到这种没有人的地方来，你是不是又在欺负他了？"

"我欺负他？"贺予叹了口气，"姐姐，我能欺负他？你刚才如果在看，就应该看到他是什么态度，我才是那个被呼来喝去的人吧。"

谢雪犹豫了。

刚才那一幕虽然古怪，但听两人对话，确实是她哥的态度更差。而贺予和之前她在停车场偷听到的那一次比，实在温和了不少，停车场那次是贺予在损人，在侮辱谢清呈，这回却是谢清呈在骂、贺予在听，连一句狠话都没回敬。

谢雪紧绷的神经缓下来一些："那、那倒也是。"

她又瞪贺予一眼："我谅你也不敢——你为什么没去考试？"

"太简单，我提前交卷了。

"老师，你不会连提前交卷都觉得有问题吧？"

"你提前交卷去见我哥？"谢雪猫儿似的嗅到了一丝腥气，警觉地盯着贺予。

"我写得差不多了，刚好看到他从外面走过去。"

"所以你和他不吵了？"

"嗯……"

"这还差不多。"谢雪嘟哝着，"你当时就真不是个东西，他都出了那种事了，你还跟着外人一起骂他……"

贺予淡道："在那件事上，我没觉得我做错了。"

谢雪刚下来的脾气又噌地往上蹿："你说什么？"

"广电塔的视频你也看到了，他红口白牙地说出那些话，事实就摆在眼前，他作为一个医生，被指责无可厚非。"

"贺予！原来你根本就没有什么改变！"谢雪大为光火，"你这是文绉绉地说什么畜生话！你认识他那么多年了，不知道他是什么样的人吗？你对他……你对他那么一点信任和了解都没有吗？"

"我怎么没有信任过他。"贺予说，"我曾经，非常非常地信任他。"

还有后半截话，贺予没有和谢雪说——

我和你们是不一样的，你们是正常人，很多事情你们都没有经历过，不知道身在其中有多痛苦。

所以谢清呈说的那些话，在你们听来，或许并不算什么，在我这里却刺耳锥心。

更何况还有那些聊天记录、合同欺骗……这些事情你们都不知道，当然可以毫无芥蒂地选择相信他。我做不到。

"但真相就是真相。"

"那你看到的，听到的，就一定是真相吗？"谢雪嚷道，"真相只有我哥他一个人清楚是怎么回事吧！是！当初他是自己离职的，他是在秦慈岩去世后不久就离开了医院，但你以为他心情能好得到哪里去吗？

"他那时候从医院辞职回来，我嫂子问他以后打算怎么办，你只要看到过他当时的眼神，贺予，你只要看到过他那时候的眼神，你就不会说他得到了解脱！

"他说的不是真话，他不是因为害怕才逃回家的！"

谢雪的声音喑哑了，里面生着太多的委屈和坚持。

"他的眼睛不会说谎，他那时候的眼睛里只有痛苦，没有畏惧……"

她说到最后，已经带上了哭腔。

或许她想和所有人都说上这一番话，但是她知道不会有太多人相信她。此时遇到贺予，积压了那么久的悲伤情绪就这样决堤了。

她低下头，拿手拼命抹着眼睛，抹着她才刚刚为卫冬恒掉过泪的眼，这一次却又是为谢清呈哭的，她抽噎着大哭道："我……我哥哥他，他不是个逃兵！"

我哥哥他不是个逃兵。

女孩说这句话的时候，已是泣不成声。

不是逃兵吗？那他为什么要走？

放假了，贺予在自己家里待了很多天，每当空闲时，他耳中都回荡着谢雪这句哭腔破碎的倾诉。

他再一次陷入了这个之前折磨了他太久的问题的思考中。

谢雪的话，无疑是给了他一些触动的。

虽然每回想一遍当初看到的信息，对贺予而言都是一种彻骨的折磨。可只要有一点微光，他又会飞蛾扑火般地往那边去。

想触碰真相，哪怕化为灰烬。

贺予在这样的自我折磨中，一遍一遍地想着，那些信息、那些证据，全都指向谢清呈的软弱和逃离，还能有什么隐情？

谢雪说："你只要看过他那时候的眼神，你就不会说他得到了解脱！"

这和贺予目前得到的全部证据完全是相悖的。在他看来，谢清呈离开医院后，他应该高兴，应该痛快，应该庆幸自己劫后余生，从此可以安居乐业。

可谢雪说，他当时的眼神很痛苦。

那会不会是谢雪看错了？会不会是谢雪和从前的他一样，对谢清呈滤镜太深，信赖太重，所以她被谢清呈的表象欺骗了？

贺予不知道。但她的话确实在他心里重重地掷了一块石头，让他原本已经凝死的内心泛起了涟漪。

贺予忽然很渴望知道当时谢清呈最真实的状态——表露出来的状态。

可现在谢清呈是绝不可能和他多聊这件事了。他只能自己辗转反侧都在想着这些对话，他在想——谢清呈……是不是还隐瞒了什么。

如果有，那么谢清呈隐瞒的事情是好的？还是坏的？

那男人的一颗血肉铸就的人心里，究竟还藏了多少不见天日的秘密……

"贺予。"

正胡思乱想着，一个女人的声音在卧室门外响起。

贺予怔了一下，才意识到是自己的母亲。

吕总日理万机，最近却常在沪州老宅待着。她一开始说要多陪陪自己，贺予也没当回事，就当她随口一说，没想到她这次还真的就不走了，不但不走，吕总还亲自洗手做羹汤，时不时地想要和长子谈一谈心。

贺予非常不适应。但他还是打开门，垂下眼睑看着那个胖胖的贵妇人："妈，怎么了？"

"我这……不是看你一直把自己关在屋里头，我有点担心。"吕芝书侧过脸，想要越过贺予看一看他窗帘紧闭的室内。

贺予不动声色地站得偏了些，把门挡住了。

"我一直都是这样的，您不用紧张。"

"妈也是关心你……晚上妈订了家酒店，那家酒店的红烧肉是一绝，有时候啊，这越普通的食物，就越难做得好吃，一旦做得好吃了呢，那就是难得的享受。你要不要——"

"我晚上有点事，要出门。"

吕芝书的笑容稍微僵了一下，但那差点坠落的笑痕，很快被她黏腻的性格给重新粘在了肥硕的脸上。她的腮帮子抖了抖，虚伪中透出些可怜来。

"贺予，妈都回来这么久了，你也不陪妈多聊聊天……"

"下次吧……"贺予说，"下次一定。"

他适应不了这样肥腻厚重的温情，就像个吃素惯了的人忽然吞了一口颤悠悠的肥肉，哽在嗓子里不疼不痒，但就是腻得恶心。

他在吕芝书复杂的目光里，披上件外套，离家去了。

贺予自己开了辆车，一路漫无目的，但大概是一直在想谢清呈的事，所以回神间，他发现车已经开到了陌雨巷附近。

来都来了，贺予干脆把车靠边停了，这时候，他忽见两个人一前一后地从附近的小饭馆里出来，踩着积雪吱吱呀呀地走。

是谢雪和谢清呈。

贺予本来想下车去谢清呈家的，想到谢雪还在，有诸多不便，于是把手机从车载支架上拿下来，想了想，给谢清呈发了条消息。

他不知道该发什么，余光瞥见街头贺岁大片的广告招贴画，于是垂了睫毛打字，问谢清呈去不去看电影。

谢清呈没回他。

贺予又发："我车就在你家对面那条街。"

谢清呈回了："我不在家。"

"那刚才在门口和谢雪吃麻辣香锅的是谁？"

"……"

"出来。就看个电影，你躲我干什么。"

"不想去。"

贺予有些火了，回复道："你不想见我，我就过来找你。怎么和谢雪解释你自己想办法。"

他知道这一招虽老，虽无理取闹，但对付谢清呈很有效。

谢清呈这个人脑子很清楚，所以他在"看电影"和"引起谢雪怀疑"之间，肯定会选择前者。

果然，没过多久，谢清呈出来了，尽管脸色非常难看，还是坐上了贺予的车，砰地甩上了车门，把好端端的一辆超跑的门，甩出了出租车上客的架势。

贺予倒也不生气，笑笑："贵客您去哪儿？"

谢清呈一点也不想和他说笑，冷道："你不是要我陪你看电影？"

"想去哪家影院？"

"都随你。"

同一时间，公海某小屿上。

在逃嫌疑犯蒋丽萍舒舒服服地晒了个太阳，往岛上的别墅走去。

走到大门口时，她遇到了一个满脸皱纹的女人，那个女人坐在轮椅里，看上去精神状态很差，气息奄奄，就像一朵行将枯萎的花，没有生气。

听到脚步声，女人微微睁开了眼，近乎渴望地看了一会儿她年轻貌美的容颜。

她把目光转向遥远的海平线："唉……我没有时间啦。"

蒋丽萍停下脚步，很恭敬地和她行了礼，又柔声劝道："安东尼还在外面呢，他去照着段总的吩咐，给您找初皇的数据记录，一定能找到的。"

"来不及啦。"女人说，声音像是从被闷住的旧音响里发出来的。

"初皇……到底只是一个传说而已，它是 RN-13 服用者的最全面模拟系统，只是一组数据，现在拿回来再研究，也来不及啦，没有办法让我恢复原来的样子啦。"

蒋丽萍："不会的，还有希望的……段总在想办法，您不要这样悲伤。"

女人嗤笑一声："悲伤？不。阻止我死去的办法没有，但能让我活着的技术，哪怕没有初皇数据，我们也有的是……"

"只是，"她顿了顿，阴森森地看了她一眼，神情悒郁，"我不想以那种方式活下去。你明白吗？我讨厌男人。"

蒋丽萍："……"

"跟你说这个干什么。"老妇定定地盯了她几秒钟，转开了视线，"你不过就是一条舔着黄志龙那个老男人的狗罢了。也不知道他有哪里好，把你迷成这样。"

蒋丽萍强颜笑了一下。

"对了，你家黄志龙的新电影，马上要开了吧？"

"嗯。"

"那你怎么打算？"

"我会想办法回国，回公司的安全屋藏起来。公司有些事情只有我做最靠谱，黄总需要我。"

老女人又"哼"了一声:"你倒也是个情种。"

蒋丽萍不语。

老女人又继续看海了:"还有几周啦……再找不到初皇的数据,那就要进行手术了。那男孩子目前还没死太久,再拖下去,怕是就不好用了。"

"如果你回去了,替我找沪州的那个老皮鞋匠人,给我按照那男孩的脚订一双红色高跟鞋捎来吧。"老女人说,"要像老电影里的那样,就是你经常穿的那种。我们那个年代,就流行那样打扮……"

蒋丽萍垂下眼睑:"是。夫人。"

24 | 还去了酒吧

沪州某电影院。

"当当当当",片子开场音效响起。

"咔嗒"一声。

影片带开始转动,荧幕亮起,故事拉开序幕,呈现于观众眼中……

这时候已经是寒假了,上映的都是寒假档和贺岁档影片,这些片子很多都是豪华阵容,精致特效,画面美到每一帧都像是盛放的昙花,隔着屏幕都能闻到经费燃烧的焦烟味。

至于剧情,烂到让人头皮发麻。

贺予一开始还仔细在看,看到女主角一言不合就为了男主不听解释杀了自己养父养母时,他有点坚持不住了。

而坚持不住了的显然不止他一个人。

坐在他左手边的一对情侣开始腻歪歪,不管银幕上血溅三尺,只管自己亲得昏天暗地,两人一边啃嘴皮子还一边叽叽咕咕地打情骂俏,自以为声音压得很低,其实隔壁座儿全能听到。

那两人越亲越腻歪,贺予忍了一会儿,终于忍不住了,借着银幕晃动的微光,乜了那对男女一眼。

电影太烂,旁边的情侣又亲得热火朝天,实在不是什么好的消遣方式,谢清呈觉得他们差不多可以走了,不要浪费自己人生中的一百二十分钟。但就在他刚准备和贺予这么说时,他旁边那对情侣可能是难以自制,两人矮着身子起身就走。

"对不起,借个道。"

二人亲得腻歪，现在提前离场，去了哪里自然不言而喻。

贺予沉默片刻，开口了："这片子你还看吗？"

谢清呈把纸巾丢进垃圾袋："我从一开始就没打算看，是你要来的。"

"那走。"

两人同时弯着腰起身，也对邻座道："对不起，麻烦借个道。"

邻座是对老夫老妻，之前那一对腻歪情侣离场时，银幕上正在放当红流量小生的洗澡镜头，妻子是那小生的粉丝，瞬间被那两人挡住了视线，本来就有些窝火。

没想到这次贺予和谢清呈一前一后离开时，又放到了流量明星露胸包扎伤口的剧情，谢清呈个子很高，哪怕低了腰也依旧阻碍了对方欣赏小鲜肉的胸肌。

妻子崩溃了，这么烂的片她还坐到现在就是为了看肉，结果居然两次全被打断了。她是个暴脾气，此时此刻终于忍不住，用整个电影院都能听到的嗓门大吼一声：

"你们看电影能安静点吗？一个接一个地离场你们烦不烦啊！"

全场鸦雀无声。

贺予和谢清呈都没料到有这出，谢清呈冷道："你弄错了，让开。"

"你们不是吗？"妻子觉得自己错过流量露肉，值不回票价了，声音扯得老响，抬手指了指谢清呈身后的贺予，对谢清呈道："你们别以为我没听到啊。"

谢清呈道："你听力有问题就早点去看，那是隔壁座儿，人已经走了。"

妻子叉腰："推卸什么？敢做不敢当？我都没好意思说你们！真讨厌！"

放映厅的人都开始看戏，只觉得现场话剧比烂片精彩。

谢清呈森然道："我说了，你弄错了！"

贺予知道越解释越乱，越描越黑了，于是轻轻扯了下谢清呈的衣袖，低声道："算了，走吧。"

"松开！"谢清呈的衣袖被扯着，回头对贺予怒目而视，"拉着我干什么！"

"……"贺予叹了口气，要不别管他了，自己先走吧。

贺予这样想着，却在余光瞥见后座的一个男生偷偷举起手机准备拍摄视频时，一下子皱起了眉。然后他几乎是没有过脑子的，脱下外套往谢清呈头上一盖，直接挡住了谢清呈的脸。

这个举动让他自己都有些无法理解，他自问并非善人，这种会被偷拍了发到社交平台上的场面，他该遮住的不是自己的脸吗？

为什么要管别人的死活呢……

"贺予，你干什么！"谢清呈不明所以，低声怒喝。

贺予将他按住了。

"你别动，有人在拍。"

谢清呈抬手要把外套拽下来，但贺予见状当机立断，一把握住谢清呈的手腕，将人一拉，不由分说就拽离了现场。

直到两人走出昏暗的放映厅，离开电影院，坐在了楼下的24小时小酒馆，谢清呈都还没缓过来。

"你干什么不让我说？"

贺予叫了两杯酒，坐在谢清呈对面双手抱臂："你和她吵什么，没必要，出了影厅谁都不认识谁。

"更何况我都看到后面有人举起手机在录视频了，之前网上闹你的事才过没多久，别再惹出别的误会出来。"

谢清呈静了片刻，烦躁地摸出烟来点了一根，可他才刚把烟凑到血色淡薄的唇边，正要抽，被贺予直接拿了按灭了。

"你不许抽。我讨厌吸二手烟。"

谢清呈将打火机一把拍在桌上。折腾了那么久，陪着贺予浪费时间，看那么没有营养的电影，完了还要被人误会，被人偷拍——而他居然还得要同样偷拍过他的贺予来教他怎么做事，仿佛受了贺予的保护，再然后这小子还要以讨厌二手烟为由禁止他抽烟。

他越想越觉得憋屈，怎么想，想到最后都是贺予不好。于是他抬手抓乱了自己的头发，别过头去低声骂了一句："真活见了鬼，你说你没事找我出来看什么电影？你没别人可以找了是吗？"

贺予也没吭声。

过了一会儿。

他说："是。"

谢清呈无言以对。

贺予说："我是没人可以找了。想轻松点，不用戴着面具见人的时候，我只能找你一个。你到今天才知道吗。"

谢清呈又把目光转开了，他们坐在酒吧靠窗的位子，沪州的深冬夜，阴了整个白天，积了沉甸甸水汽的浓云，终于在这一刻开始落冷雨。

雨点噼里啪啦地打在了窗玻璃上，很快就把外面的霓虹灯影润成了模糊的彩色，那彩色是绚烂的，却也是湿润的，一滴一滴雨水最终汇聚成流，落成河。

酒保把他们要的酒端了上来。

谢清呈闷了一口，压低了声音，切着齿，他终于在这一瞬间把压抑许久的情绪露出来了一些："贺予，不是，我是真想问问你，你到底想怎么样，过了这么久你还没腻吗？这种无聊的关系，什么时候可以结束？"

"我不知道……"

谢清呈上了火："你难道还没玩够吗？"

贺予也喝了口酒。

他放下杯子，那个在他心里盘桓了很多天，至今得不到解决的问题，终于在这一刻被启开了一个口子："谢清呈，你要这样问我，那其实我也有件事想问你。如果你告诉我真相，我也就同样回答你的问题。"

谢清呈干脆道："说。"

"你当初为什么忽然辞职，不再当个医生？"

哪怕是谢清呈这样习惯了冷静，并且已经对贺予没什么情绪的人，这一刻也忍不住怒极了，他蓦地抬眼，极其凶狠地看着贺予："这个问题你已经问了我很多遍了！"

"可是，"贺予道，"恐怕还没有一个人从你嘴里得到过完整的、真实的答案。是不是？"

"谢清呈，我想知道，你到底还藏了什么真相在心里。"

"贺予……你别以为拿了些可以威胁我的事，就什么问题都可以问，什么回应都可以得到了。我告诉你，纠缠我，我不放在眼里，我也确实可以由着你放肆。但是内心上的事，还轮不到你来我这里求一个答案！"

他的这种反应，完全在贺予的意料之中，他要真能如实和贺予说，那恐怕才是世界末日了。

贺予因此也不生气，垂着眼睫："你这张嘴是不是只有被酒灌醉的时候才会软一点？"

谢清呈抄起酒杯就要往贺予脸上泼。

贺予一把将他的手腕攥住了："同样的套路不要在我身上用太多次。会失效的。"

谢清呈猛地将自己的手腕从他掌中抽出来，那刚露出来一些的淡如烟霭的刺青在一瞬间又被掩盖于长袖之下："我回去了。你自己喝吧。"

"别走。"贺予拦住他。

"你还想怎么样？电影你也看过了，想要知道别的，我也没有什么可以告诉你。"谢清呈说，"我说了是真相就是真相，你给我让开。"

贺予望着谢清呈的脸，忽然烧起了心火，把那些他原本并不打算对谢清呈说的事情烧上了喉头——

"你确定你告诉我的就是真相？"

"说这种话你不心虚吗谢清呈？"

谢清呈态度很强硬："我和你这种浑蛋有什么好心虚的。"

贺予把他抵在吧台与自己之间，困住他的出路，忽然轻声道："我问你，当初你和我爸爸签订的合约，到底是几年？"

谢清呈眼中的光影微不可察地轻动了一下，但贺予还是捕捉到了。

"你那时候和我言之凿凿地说，就是七年。正常期满，不打算再续，那是一种再正常不过的人与人之间关系的结束，让我看开点。"

贺予的睫毛在酒吧光影间颤动着，声音比鼓点更低沉："我是浑蛋，那你是什么？可恨的骗子？"

他一边挑拣最刻薄的词往谢清呈身上刺，一边又眼也不眨地盯着谢清呈的神情，他发现谢清呈在被他撕下谎言的伪饰后，仅仅只有不到一秒钟的失神，而后就还是那张硬冷刚毅的脸。

谢清呈确实是太冷静了，他甚至没有打算再辩解。

"你知道了。"

"对，我知道了。"

"贺继威告诉你的。"

"我用不着他告诉。"贺予说，"恐怕谢医生您还没有发现，我已经不是那个想用零花钱挽留你，却被你用大道理打发，建议我去买块蛋糕尝尝的可怜小鬼了。"

"承蒙您关照，我学到了很多东西，我想要查什么过往，有的是自己的手段。"

谢清呈终于把目光转过来，落在了贺予脸上。

"不错。"最后谢清呈说，"那件事我是骗了你。是十年，不是七年。但那又怎样，现在是什么社会了？你以为我是你们家的包身工，想要提前离开也不行？"

贺予道："瞧您说的，哪敢，您不是都已经做了提前离开的事儿了吗？"

"那你现在是想怎么样。"

"谢医生您还是那么聪明。知道我不会平白无故地翻起旧账。"

"你有什么废话就说。"

酒吧的旋转镭射灯转过来，璀璨的华光掠过谢清呈的眉眼、前额。

贺予望着他，望着这一朵自己曾经囊中羞涩买不到的高岭之花，曾经留不住的镜花水月，然后他轻声吐出两个字来："三年。"

"你再好好陪我三年。住在我家，每天都陪着我，就和以前一样。"

谢清呈看他的眼神像是觉得他疯了："什么意思，你要我辞了职再回去给你当私人医生？"

"对。"

"现在几点了？你该洗洗睡了。"

"谢清呈。我爸那时候给你的，我现在也全都可以给你。我已经赚了很多钱。"贺予很坚持。

"留着以后娶媳妇吧。"

一句话就让贺予彻底黑了脸。

留着买块蛋糕吃吧。

留着以后娶媳妇吧。

五年前和五年后，面对他的零花钱和他赚的钱，谢清呈的态度都是属于一个长辈的，极度理性的，甚至带着讽刺的态度。

贺予怫然道："我没这打算。"

"那你打算怎么样？"

贺予估计是脑子抽了，也不知道怎么想的，心中产生了一种极执着的念头，就是想要谢清呈点头。他也不管谢清呈嘴里说出来的话有多难听了，只是最后逼问他："你到底答不答应？"

"答应什么？"

"搬回来住，回来做我的私人医生。"

"不行。"

"我要你搬回来住，回来做我的私人医生。"

"我说了不行。"

"搬回来，私人医生。"

谢清呈已经不想说话了。

"搬回来，医生。"

谢清呈想走，却发现贺予把他困在吧台中间，他不点头，贺予就不让路。

他不由得竖起眉："让开！"

"你搬回来。"

"贺予！"

"你辞职。"

"你答应我。"

25丨似疯狂

谢清呈扪心自问自己没有怕过什么,但这一刻他真是被贺予怵到了。

太疯了。

他一直在否决贺予的提议,贺予就一直不知疲倦地在重复那几句话,半点耐心都没有被损耗,好像他能就这样和谢清呈僵持下去,直到第二天天明。

这个人到底还属不属于这个社会?他到底还有没有理智?

有一瞬间他简直想真的杀了贺予。

但是他到底还是克制住了,最后干脆就不说话了。

贺予在又一次申诉自己的诉求后,终于没有得到谢清呈明确的拒绝——他当然没意识到那是因为谢清呈脑子都快气晕了,也完全没有经历过这么离谱的阵仗,谢清呈生平第一次对一件事情毫无头绪,不知道该怎么处理。

在贺予眼里,这似乎就是他终于默认了。

贺予的脑回路永远是这样,就和当时在更衣间一样,他觉得把谢清呈逼到无语,不再吭声,那就等于答应了他。

"……"谢清呈也懒得跟他多啰唆,还是赶紧把这人打发走了再说。

还辞职回去给他当私人医生……亏他想得出来。

"太好了。"

贺予似乎心情好了不少,对谢清呈说:"你在这里等我一下。"

谢清呈用一种冷得不像活人的眼神看着他。

贺予浑然不觉,笑了笑。

倾身和吧台后面的工作人员说了些什么,工作人员点了点头。

酒吧里偶尔会有顾客上台抢DJ饭碗,这些人里有的是为了示爱,有的是为了勾引,有的是出于无聊,还有的纯粹就是青春期男孩子爱出风头、爱炫耀。

贺予呢,估计是因为自以为谢清呈默认同意了,谢清呈很快就要辞职回到他身边,他又有人管了,内心忽然洋溢着一种极大的满足感,也有点想像那些平时他并看不上的愣头小伙子一样这么做,所以他也就真的那么做了。

他和驻场沟通好,走到台上,接过了对方递来的吉他。

舞台上,贺予垂下睫毛,在苍白的聚光灯下,弹了首谢清呈从没有听过的曲子，那歌词是英文的，旋律舒展旖旎。

他看上去自在又温文，弹着一曲谢清呈并不知道的歌。

歌声旋律轻柔，台上玩着音乐的男生似是不经意地回过头来，目光触上半隐匿在黑暗中的谢清呈的脸。

贺予远远看了谢清呈一会儿，觉得对这个结果无限满意，尽管谢清呈并不看他。

临近结尾时，他低下了头专心来了一段指弹，最终放下吉他，仰起头迎着打落在他身上的聚光，慢慢闭上眼睛。

光线中尘埃飘飘浮浮，却又无法在一时半刻间真正落定，台下的人鼓起掌来，贺予在那一刻觉得很舒服，远比从前当个紧绷规矩的十佳青年要舒服得多。

真好。

他想，以后他要的，就必须直接去要。

别人不给，他就不管不顾地去索取。

他小时候太傻了，得到夸奖和认同有什么用，到头来努力成那个狼狈样子，却还是什么都挽回不了。

不像现在，只要他无所谓颜面，他就什么——都能得到。

紧攥在手。

只可惜，这种满足感并没有延续太久。

几天后，贺予准备好了一切，甚至亲自把谢清呈以前住的客房打扫干净，确定谢清呈会住得很满意舒服后，他高高兴兴地打了个电话给对方，问谢清呈什么时候来。

结果贴着话筒的笑，慢慢地就僵住了，成了凝在唇角的霜。

他等到的是男人彻底拒绝的答复，他听着电话里那个男人冰冷的声音时，脸上甚至还带着大扫除后一点点未擦干净的灰。

男人说得明明白白：

"我不会辞职，更不会回来给你当住家私人医生。"

贺予刚想提照片，谢清呈速度居然比他还快，不等他出口，就直接道：

"你发吧。别什么都拿照片的事来和我谈价了。你想发就发。但你只要敢发出去，我们从此彻底不用再见，你连我的电话都不能再打通。你自己考虑，是要各退一步维持现在这样，还是要干脆彻底撕破脸。"

贺予听着话筒里谢清呈冷静的声音，兴奋忽然散去，只剩灰头土脸的狼狈。

谢清呈的意思很清楚，他的纵容只能到这一步了。像现在这样贺予时不时找他也就算了，反正现在谢清呈已经习惯了，谢清呈的适应力是很强的，凡事看得也都很淡漠，贺予无法再用这种方式伤害到他什么，更无法用这种方式从他那里得到些什么。

现在看来，可悲的反而是贺予。

因为贺予把自己迷失了，他依赖谢清呈，但谢清呈还是那个冷静的、无情的谢医生。

收到对方明确的拒绝后，贺予很阴郁，仿佛从春暖花开的人间四月，又堕回了砭人肌骨的寒冬。

他原本怀揣希望，甚至信心满满，都已经端端正正坐好了，要等着那个四年前弃他而去的人回来。

结果等到的却是一记响亮的耳光，梦破灭了，又一次。

贺予不得不在家里待着，药不断地往下服。

人骤喜骤悲就容易生病，他又病了。

精神埃博拉症是一次发病严重过一次，贺予感觉自己冷得像冰，可体温却破了40℃，睁开眼睛仿佛连视网膜都是烧枯的。

他躺在床上，给谢清呈发消息，他说："我病了我病了。"

"我病了谢清呈。"

"我病了，谢医生。"

没有回复。

谢清呈或许觉得他是在说谎，或许觉得他死了也和自己没有关系。

总而言之，他始终没给贺予一个回音，而贺予也在这漫长的等待中病得越来越重。

贺予不在意，私人医生来了又去，换了好几个，都无法缓解他的症状。他后来干脆不让人再来扰他了。

免得他还要尽力克制住强烈的伤人欲望。

他把自己关在房间，书架上有几本专门讲述世界罕见疾病的书，他抽出其中一本来看。

那本书里有一种让他印象很深刻的，叫作"骨化病"的案例。

讲的是国外有个看似正常的小男孩，在他六岁那一年，打球不小心骨折了，医生给他按照常规治疗进行了手术，但是手术过后，男孩的腿伤不但没有痊愈，反而肿胀得越来越厉害，周围出现了骨质增生。

为了恢复健康，男孩前后进行了三十余次大大小小的手术，最终医生才震惊地发现，原来这个男孩的肌肉组织是不正常的，只要受到外界的伤害，男孩的身体就会开启强烈的自我保护机制，生长出坚硬的骨头，来对抗体外的冲击。

"类似渐冻症，但又更可怕。"谢清呈当年和他解释过，"他不能受到任何撞击，哪怕是最低程度的。正常人磕碰一下，也就是产生一点瘀青，但他的碰撞部位会长出骨头。慢慢地，患者整个人都会被骨头所封死，不能动弹。"

病案里的男孩历经了漫长的病痛，看着自己的血肉逐渐硬化成白骨，最后在他三十多岁那一年，结束了这痛苦的人生。

"因为他的骨化症，医生无法对他进行手术救治，他生前也不能做哪怕有一点伤害的化验——连抽血都不行。所以他临终前有个心愿，希望医生能够更好地研究他的这种病例，今后如果有不幸和他罹患同样疾病的人，可以得到医治，可以过一个与他截然不同的人生，于是他选择把遗体捐献给了医院。"谢清呈那时候对听得入了神的男孩说，"他的骨架现在仍然存放在博物馆里。"

书籍上也有照片，透明洁净的展柜中，一具扭曲的遗骸静静立着，下面写着他的名字和生卒年月。

以及一句"他离世时，全身的骨化率已达到了70%"。

但贺予的注意力更多集中在另一张照片上，那是和男子遗骸相邻的展柜，也有一具类似的遗骨，看上去体格更小，肋骨几乎全部粘连成了一片，非常可怖。

"那是另一个女孩子。"谢清呈觉察到他的目光，说道，"当时的通信不发达，他们不是同一个国家的人。他不知道在他忍受着无人可知的孤独时，其实在海峡另一头也有一个女孩得了相同的疾病。那个女孩是在他死后，才得知原来她在这个世界上还有一个能够同病相怜的人。

"不过那个女孩很乐观，没有因为骨化病而放弃生活。她专注于时尚，给自己设计了很多特殊的衣裙参加活动……她死后，也做了同样的选择，后来人们把他们的遗骨并排陈列在医学博物馆里。他们生前不曾见面，或许死后能够互相支持和安慰——这是博物馆负责人的一点愿景。"

当年的谢清呈合上书，对发着烧，有些困倦的贺予说。

"也许也有人和你忍受着同样的病痛，只是你不知道。也许那个人也很努力地活着，只是你也不清楚。贺予，你不要输给别人。"

年幼的贺予烧得迷迷糊糊的，咯血，但又浑身无力，他陷在柔软的厚被褥里，眯着眼睛模模糊糊望着谢清呈的脸：

"那我死了之后，也会有人和我并列存放在博物馆里吗？"

"你的骨头恐怕没什么展示意义。"谢清呈说,"所以我建议你,还是先想着怎么好好活下去。"

可活下去的意义是什么呢?

有人是为了钱,有人是为了权,有人是为了名利双收,有人是为了爱与家庭。

而这些东西,如今好像都与他没有什么关系,他们不是抛弃了他,就是他对此毫无兴趣。

贺予随手把玩着一把文具刀,吃了特效药,还是没有显著的效果,他坐在窗边,看着保姆在楼下忙碌,却惊觉自己竟在幻想着伤害她们的场景,立刻把视线转移开去。

手在颤抖,瞳仁收缩得很紧,脸上却没有半点表情。

他推出刀刃,抵在自己的手腕上,仍和以前一样,要把对别人的伤害,转移到自己身上。

腕上的刀疤和文身痕迹已经很淡。他偏着脸看了一会儿,执着刃,懒洋洋地划下去——

N-o-t-h-i-n-g...

耳边仿佛又响起那个文身师的声音:"这段话有点长,会很疼的,要不然换一个吧?"

"没事。"

没事,就要这个。

Nothing of him that doth fade.

But doth suffer a sea-change.

Into something rich and strange.

他目不转睛地看着字母逐一显现,鲜血像蛛丝一样淌下来。他想,也许这就是谢清呈想看到的,他的业报。

他哪怕现在死了,谢清呈知道了,也许只会放一挂鞭炮庆祝吧⋯⋯

少年静默地在别墅二楼的窗沿坐着,外面是大片大片的火烧霞光,刺目到令他逐渐睁不开眼。他恍惚得厉害,身子摇晃着,然后⋯⋯

好像一下子很轻,晚风吹过脸庞,带给他久远的温柔。

他往前倾,往下坠⋯⋯

"砰!"

"贺予！贺予坠楼了！"

"天哪！救命啊！！"

"快打急救电话！快点打急救电话！！"

26 | 我就是个疯子

八岁那年，屋子的门打开了。

"谢医生，早上好。爸爸让我来和您打招呼。他希望我能和您多聊聊天。"

他装作乖巧，但也有些真实的懵懵懂懂，就这样站在那间镂刻着无尽夏花纹的客房门口，朝坐在书桌旁的年轻医学生鞠了个躬。

那个医生回过头来，淡淡打量着他："进来坐吧。"

然后，是十岁那年，他跑过长长的走廊，手里是一张特殊的化验单。

"谢医生，谢医生。"

那扇门又打开了，是被男孩子推开的。

谢清呈在窗棂边站着，看一本《夜莺颂》，男孩闹出的动静让他皱了下眉，天光花影里，谢清呈对他说："进屋前先敲门，和你说了几次？"

"我这次的指标都快正常了！我好起来了！"他忍不住兴奋，脸上有跑出来的细汗，"您看，医生您看。"

"你再这么情绪激动，就又该恶化了。"

谢清呈合上诗集，脸上神情很寡淡，但还是向他随意招了下手："进来吧。给我看看。"

再然后，是十四岁那年，外面阴沉沉的，他站在那扇厚重的大门前，站了好久，然后他敲门。

屋子的门再一次打开了。

少年一眼就发现这屋子变得很清冷，谢清呈的行李已经收拾完了。

答案是什么都已很明白。

可他还是像个濒死的患者想要求生似的，不甘心地问了他一句："我妈妈说的是真的吗？"

空荡荡的衣柜，干净的桌面，墙角的旅行箱，所有的静物都在无声地回答他。

可他却只望着谢清呈，倔强地、好强地、充满自尊地，却又卑微至极地再问一遍："她说的都是真的吗？"

谢清呈手上搭着一件熨烫好的外套，他叹了口气，说："你先进来吧。进来再说。"

最后，还是十四岁那年。

谢清呈走后不久，贺予也要出国了。临出发前，他独自来到这扇紧闭的客房门口，男孩子当时的头发有些散乱，细碎地遮住了眼。

他就这样低着头沉默地站了很久，最后他抬起手，"笃笃"敲了敲谢清呈的房门。

一遍，又一遍。

"吱呀"一声，门开了。

贺予的心提起来，他满怀期待地望进去，可里面什么也没有——是风吹开了门。

客房里很昏暗，里面像是一个空朽的坟冢，像一场冷却的幻梦。

他走进去，唯一可以证明谢清呈来过的，是他最后留给贺予的那一本讲世界罕见病的书，书就被放在临窗的桌上，他木然地将它打开，扉页留着谢清呈淡蓝色的钢笔字迹，筋骨笔挺，隔着字就能看到那个挺拔的人。

致贺予：

  小鬼，终有一天，你会靠你自己走出内心的阴影。

  我希望，我可以这样相信着。

谢清呈
赠

少年抬手触上那笔锋冷峻的字，试图从里面汲取到一点残存的温柔，那或许可以让他与他一别两宽，从此相忘。

然而贺予从来也没有承认过，在后来的好多次梦里，在春日的河畔，在夏日的沙滩，在寒雾迷茫的极夜，在灿烂壮烈的秋色中。他都从枕上梦回沪州的老别墅，梦到那个幽长的、铺着厚地毯的走廊。

梦到那雕刻着无尽夏暗色花纹的木门。

然后他梦到自己敲门，一遍，又一遍，声声无助，次次绝望——直到深夜12点的钟声敲响，在他用以自救的梦里，他梦到那扇沉重的门再一次被人从里面打开。

谢清呈站在客房内，像贺予小时候任何一次需要他时那样，神色淡漠，却又是那么可靠，像世界上最好的大哥，最坚强的男人，最让人依恋的、离不开的医生。

男人自上而下望着他，好像中间没有发生过任何事情，只淡淡偏了下头，和从前一样，说了句："是你啊，小鬼。"

"那，进来坐吧。

"进来坐吧。

"小鬼……"

可是最近什么都变了，最近，哪怕是在深夜的梦里，贺予打开门，门内也没有任何人。

他再也回不到十四岁之前的走廊，推不开那扇充满着光明的门。

心脏忽然痛得那么厉害……

以至于，贺予蓦地惊醒。他醒过来时，发现自己躺在卧室的床上。额头前被缠着纱布，手腕和脚踝也是。卧室拉着窗帘，AI音响正在有一搭没一搭地播放着新闻。

"震惊全国的沪大视频连环杀人案……警方透露……这是报复性谋杀，警方在卢玉珠的遗物中找到了她购置黑客设备的证据，卢玉珠是本案的犯罪嫌疑人之一，她曾是当地第一个考上大学的女孩。卢玉珠当年攻读的专业，就是计算机信息安全专业，警方怀疑……"

因为蓝牙信号弱，声音时断时续。

"另一名犯罪嫌疑人蒋丽萍，目前在逃……两人与被害人均有不正当关系……或许……成康精神病……她们二人正是由江兰佩杀人事件得到的灵感，想制造类似传闻中'江兰佩厉鬼索命'的恐怖气氛……但并不排除两人知晓江兰佩事件与之有更深层的关联……"

音响里正在讲蒋丽萍在逃的事情。

贺予躺在床上，心跳慢慢平复下来。

梦里的门消失了。

他想起了自己不小心坠下楼的事情。

他没有动。没有任何反应。

他还活着啊……也没觉得有多惊喜。他就那么木然地、有一搭没一搭地听着。关于这件事情的后续报道很多，诡异杀人案就是流量密码，什么猎奇的说法都层出不穷。

贺予之前对这件事还挺关注的，但这一刻从昏迷中醒来，再听到音响里播这东西，他只麻木地觉得和他有什么关系，但这世上的一切都和他没关系。

忽然，床边传来一个声音："贺予，你醒了？"

贺予动了动头，这会儿才发现吕芝书居然在。

她回来了，正忧心忡忡地坐在他的病床边，见他睁眼，忙道："你之前——"几秒的寂静后。

贺予开了口，声音带着初醒时的沙哑："我知道之前发生了什么。"

他在说这话时，对她的存在报以了一定的神情上的惊讶，然后就木然道："说了让你别管我，你总是待在沪州干什么？"

吕芝书没有得到她预想中母子见面后温馨的情形，贺予没有对她的陪床感激涕零。

她没想到他一醒来就是这样的口吻，不由得就僵了："你、你这孩子怎么这样和妈妈说话呢？"

"那您要我怎么和您说话？一口一个尊称？我现在没这心情。我有病知不知道？我对你们温良恭谦那都是装的，这就是我的真面目，受不了了？受不了回燕州找贺鲤去，别在我眼前一天天地晃。"

吕芝书顿时气得厉害，她今天穿着一身黑色蕾丝套装，但人又太过丰满，加之被贺予气得颤抖，瞧上去活像是一只颤巍巍的肥硕蜘蛛："妈知道从前是妈冷落了你，但你也不至于……你也不至于……"

"我希望您继续对我冷落下去。"贺予眼神冰冰，"我已经习惯了，您明白吗？

"请您出去。"

吕芝书还想说什么，贺予的眼神已经变得有些可怖。

"出去。"

她踉跄一下，还是走了出去。

贺继威也回来了，吕芝书下楼的时候，就在客厅遇见了他。

贺继威没想到一进门迎接自己的就是一个被儿子气得掉泪的妻子。

吕芝书已经很久没有在他面前这样软弱过了。

她走下楼，在沙发上坐下来，抽了几张纸巾，擦了擦泪，扭着头也不看贺继威。

贺继威道："你和他吵架了？"

"他刚刚醒来。我想和他好好谈一谈的，我想给他再找个私人医生，最近看他药吃得太多，你也知道这种药最后如果失效了，他的精神状态就没有什么化学办法可以控制得住。"吕芝书吸了吸鼻子，仍然没有转头，盯着茶几的一角，好像那一角和她有什么深仇大恨似的。

"我也是好心,我也是关心他。我是他亲妈,我能害他吗?"

"但他就是不听,对我敌意太重了。"吕芝书又抽了几张纸巾,响亮地擤着鼻涕,她年轻的时候并不是这样的。

"老贺,你帮我劝劝他吧。"

吕芝书又坠下泪来。

"我是真的委屈……你说,你说我为了他,我付出了那么多,他都不知道,我是为了他才变成现在这个样子……他对我这样,我心里有多难受?我真的是太委屈了。"

她说着,把脸埋到粗短肥胖的手掌中。

"我也是个母亲啊……"

贺家的家庭关系其实是非常微妙、扭曲,并且古怪的。完全不是正常家庭该有的那种气氛。

贺继威看了吕芝书一会儿,沉着脸说:"我上去和他谈一谈吧。"

贺继威就上了楼,来到了贺予卧室。

父子难得相见,黑发人又卧病在床,下一秒大概就要上演父亲热泪盈眶、哽咽自责的情景。然而——

"啪!"

一记响亮的耳光掴在贺予脸庞上,贺继威和吕芝书不一样,他平时严肃,讲道理,但这一刻他却有些绷不住了,上去就厉声呵斥他:"贺予,你学会寻死了是吗?"

贺予生受了这一记耳刮子,脸上、眸间居然半丝波澜也没有,只是脸被打得偏了过去,再回过头来,嘴角处有隐约的血痕。

贺予就沾染着血,笑了笑:"我的天,您怎么也回来了呢。我也还没有到需要你俩一起出席我葬礼的地步。"

"你说什么浑话!"

"您往后退做什么呢。"

贺予的目光落在贺继威的皮鞋上,在少年阴晴难辨的笑容咧开来时,他看到贺继威无疑是往后退了一步的。

他略微动了动自己的手脚,目光又移到了天花板上,还是淡笑着:"别怕。我这不是已经被你们好好地捆着了吗?"

贺予的床上是有很多道拘束带的,他有病这件事,贺继威和吕知书瞒着所有人,却唯独瞒不过他们自己。虽然贺予在公开场合从来没有残忍伤害过其他人或者动物，但几乎所有医生对他的暴力评判等级都达到了和变态杀人狂差不多的指数。

贺继威面颊鼓动，半晌说："这是为了你好。"

贺予在拘束带里随意动了动，微笑："谢谢。"

贺继威问："什么时候病情恶化得这么严重了……也不说？"

"我好像是个神经病，"贺予漫不经心地说，"您指望我说什么？"

"贺予，再这样下去你恐怕不得不被送到医院强制隔离。"贺继威压低了声音，眼神有些复杂，"你想失去自由吗？像个动物一样被关起来？我和你妈替你隐瞒了这么久，就是为了让你能够尽量正常地——"

"就是为了能够让贺家尽量正常地运转下去，长盛久荫。"贺予目望天花板，淡笑着。

贺继威像是被割了声带似的，陡然沉默了。

"而不是哪天成了别人茶余饭后的谈资，说什么，贺家那个看上去光鲜亮丽、品学兼优的长子，原来是个疯子。隐藏得真深。原来贺家这么烂——还是做医药的呢，自己的病都医不好。"

他转过头来，手脚被缚，却言笑晏晏，气质恐怖："我说得对吗？爸爸？"

贺继威脸色灰败，神情很愤怒，但那愤怒里似乎又终究流露出一丝对贺予的愧疚。

贺予看不见，眼神是空的。

"你们当初生下我之后发现我有病，直接掐死就算了。还留着我干什么。你们终日战战兢兢，我每天行尸走肉，实在是互相折磨，很没意思。"

"贺予……"

"您走吧，有您在这里我不习惯，疯得更厉害，往后藏不住，恐怕要丢尽你们的脸。"

贺继威似乎想说几句软话，但是他和大儿子见面的次数实在少得可怜，他又位高权重，发号施令惯了，柔软对他而言远比坚硬更难。

贺予在床上侧过了脸，不想看他老子。

屋内静得可怕。

而在这寂静的过程中，贺继威的眼神慢慢地从愤怒变为了愧疚，从愧疚变为了悲痛，从悲痛最终又尽力归为平静。

他开始为刚才一进门给贺予的那一巴掌后悔了。

那一瞬间他是真的没有控制住。

他知道了贺予坠楼——虽然楼层不高。

他看到了吕芝书被贺予逼得那么难堪。

他那一瞬间的疲惫和怒火、后怕和焦虑都是最真实的，裹挟着他的手，不受控地就抽在了贺予脸上。

他虽然没怎么陪伴过贺予，但确实也没打过贺予，这是第一次。

无论他对贺予的感情有多淡，他们都是父子，他见贺予疯到这个地步也不吭声，说不气，那是假的。

他这会儿受不了，拉了把椅子，在贺予床边坐下。

贺继威低下头，什么也没说，似乎什么也都不想和他说，只是查看了贺予的伤势，然后——

"咔嗒！"

轻微的声响。

贺继威把他的拘束带解开了。

"……"贺予睁开了眼。

贺继威松开他的带子之后，又是好久没说话。

父子俩面面相觑，沉默得厉害。

贺继威已经很久没有踏足这间卧室了，他在这沉默中，将视线转移，环顾四周，最后目光落在贺予空荡荡的床头。

他决心开口了，语气显得很疲倦，但也不再那么严厉，那么不近人情了："贺予，我记得，你床头柜上原来有一张咱们三个人的合影。"

"那还是你四岁时候的照片吧，我们一起在公园照的……"

贺予也开了口，语气还是很冷，但好歹是回他了："那照片我已经丢了十年。"

明明是装潢如此精致的别墅房间，这一刻却冷得好像冰窖。

贺继威叹了口气，想敲一支烟出来抽。

贺予说："我不喜欢二手烟。你如果要抽，那就出去抽吧。"

贺继威咳嗽一声，讪讪地把烟收回去了："我烟瘾不重。不抽了。刚才的事……是我不好，我激动了。"

"贺予，我在这儿陪你一会儿吧。"

如果这句话换到十年前，贺予会心软。换到十五年前，贺予甚至会哭。

但是现在，终究是太迟了。贺予的心上已经生出了厚厚的茧，这一点微薄的温柔，只会让他觉得心脏被打搅了，却感知不到任何明朗的情绪。

贺继威静了好一会儿，然后才说："我知道，这些年你很怨我们，自从你弟弟来到这世上之后，我们确实陪你太少，我不想多辩解什么，做得不好就是做得不好，我们对你的忽视实在是不能推卸的一个事实。"

父亲把玩着那支未点燃的烟，低声说道。

"那不算是忽视。"贺予淡道，"说是厌恶好像更贴切。"

贺继威的手抖了一下。

他也发觉贺予好像变得更尖锐了。以前贺予不会这样直白地和他说话，哪怕心有不满，口头的客套和礼貌，也总是在的。

贺继威盯着卧室里铺着的厚实羊毛地毯，半晌道："……贺予，她不是在厌恶你。

"她只是在厌恶她的过去。"

屋子里很静，能听到时钟嘀嗒的声音。

时间一分一秒地过去，贺继威挼搓着指间的烟，他在和自己做最后的挣扎——或者说，他早已决定要和贺予有这样的一次对话，但他此刻坐在这间陌生的屋子里，又不知道该从何说起。

他沉默着，斟酌着。

最后他深深地叹了口气，开了口："贺予，有些事情，以前我们从来都没有告诉过你。因为你还太年轻了，那时候甚至都还没有成年，我担心说了之后，你心理上会更难受。而你妈妈，那对她而言本身就是一道非常痛的疤。她更加不可能亲自去揭开，引着你触碰。

"但我觉得——我最近越来越觉得，是告诉你的时候了。或许你听完，你就能不那么自暴自弃，你也能……你或许也能，稍微理解她一点点。"

"我已经足够理解——"贺予蓦地从床上坐起来。

"你听我说完吧。"贺继威道，"我很少和你这样单独谈些什么。这一次请你耐心地听我说完，然后，你有任何的不满，你有任何的愤恨，你都可以和我发泄。这样可以吗。

"你是我儿子，而我也知道为了一些事情，我始终让你牺牲得太多。"

良久的静默，最后贺予重新躺回了枕褥之间，抬手用胳膊挡住了眼前，似乎不看到贺继威就会让他稍微变得理智一点。

"你说。"最后他冷冷道，"我听着。"

27 | 我为什么是疯子

贺继威在他安静下来之后，说的第一句话，是带着叹息的："要是你床头的那张照片还在就好了。

"我不知道你对那张照片还有多少印象了，那是你母亲为数不多的几张年轻时的相片。你四岁的时候她还依稀有些少女时的模样，不像现在……

"她不喜欢看到自己未婚前的样子，我们家的老相片几乎全都被她处理干净了。但你从那张合影上，应该隐约可以知道，她二十来岁的时候是非常漂亮的——尽管那张合影上她已经有些走样了，可是眉目之间那种俊俏的轮廓还在。"

贺继威说到这里的时候，眼神间不自觉地流露出了些深情，但那种深情是从过去飘来，致以豆蔻年华的爱人的，就像老照片一样，已经微微地泛黄。

他闭眼须臾，叹了口气，重新睁眼，望着地毯，继续低声叙说。

"我不知道，你有没有想过，为什么你母亲会变成现在这个模样。商务应酬，生意往来——这些是很耗人心的，会让许多人从风姿绰约变得肥头大耳。但那不是绝对的，至少你看这些年，我也没有变得太多。"

"我第一次见到她的时候，她穿着一件红色长裙，笑得很纯真，那是真的漂亮，一双杏眼清澈明亮，就和你的眼睛一模一样。她人也非常善良，没那么多争强好胜的心，最喜欢的就是养猫逗狗、种花种菜，还有读书——那时候谁看到她，都会发自内心地去喜欢她的。她和现在……"贺继威嗟叹的意味更重了，抬起手，合十，指尖触着眉心，"真的是截然不同。那时候追她的人很多，但她最后选择了我，我们结婚之后没多久，她就有了你。

"但是好景不长。我们家主营的是生物制药，你也知道。你妈妈那时候怕我辛苦，下实验室，盯设备，她都会帮着去做。但是我一直都不知道是哪里出了问题……是哪个环节出现了纰漏，你妈妈在怀你的时候，接触到了实验室泄漏的病毒。明明每一道把关都是很严苛的，那么多年从未出现过一次失误。"

贺继威哪怕是闭着眼睛在讲这件事，也可以通过他紧蹙的眉峰看出他的痛苦。

"她那时候已经怀有好几个月的身孕了，医生说她必须进行治疗，而那种治疗一定会导致胎儿死亡，他们要她提前去做引产。她不肯——她的体质不太好，孕前医生就说过，她估计是很难怀二胎的，所以她对你的到来格外珍视，她觉得她不会再有第二个孩子了。而且那几个月来，她每天都抱着无限期待在盼着你的出生,和你说话的时候比和我说话的时候还多——他们要你离开她的身躯,要判你死刑,她不肯。

"所有人都没有把你当成一个活生生的人,只是看作一个胚胎、一粒种子,只有她因为怀着你,每分每秒与你血肉相连,所以她从你的胎心都还没有分化的时候,就已经深爱着你,她说你是上帝赐予她最好的礼物,早早地就给你起好了名字,叫你贺予。"

"我们劝了她很久,包括我,对不起。"贺继威说,"我承认那时候我爱她胜过爱你,我是不希望她出现任何意外的,我也不停地恳请她引产,以后没有孩子,或者领养一个孩子,都可以。我不想失去她。但是她怎么也不松口。她是个看上去很好说话,可一旦下定了决心,十头牛也拉不回来的人。她每次都哭着说不要伤害贺予,她说你很怕,她能感觉到,只有她可以保护你——她认为是她的错,是她太疏忽了,才导致了那次的感染意外。"

那个少女、女人、母亲、妻子,她声嘶力竭的哭喊仿佛犹在耳畔——

"别杀他……我能感觉到他……那是我儿子……

"不要动他……可不可以不要动他……你们伤害我吧,怎么样都行,是我的错,我害了他,我想让他活着……他才那么小……你们不要杀他好不好……"

贺继威已经很久没有这样仔细地回忆这段对他而言也太过惨痛的回忆了。

他压抑了好一会儿,才能尽量平静地把往事再叙述下去。

"她那时候精神都快崩溃了,很难想象如果真的对她进行强制引产,会造成怎样的后果,我的预判是她根本承受不起,如果你死了,她会跟着一起丧失活下去的热情。每个母亲是不一样的,她是那种母性特别强的女人,无法接受因为她的失误而导致的,你的死亡。"贺继威说,"更何况她还很可能再也做不了妈妈。

"她那时候终日以泪洗面,人瘦得脱了形,焦虑和恐惧让她精神状态都出现了些异常,更别说她染上病毒后还各个器官功能都开始衰退。她几次从家里跑走……觉得我们会趁着她睡着要了你的命,她想挨到九个月生产,那时候谁也不能阻拦她了。"

贺继威又是一声长叹:"真的没有办法……再这样下去,她会把自己给折磨死的。所以在最后一次把她找回来之后,我去找了一个实验室的研究员。我问他有没有什么办法可以解决那个病毒对她造成的伤害,同时又能尽量保护你,让你在最后一个月安然度过。他们最后,提供给了我一种药物。

"RN-13。

"这是实验室制造的一种细胞再生药物，可以对受损的细胞进行完美修复。"

贺予怒了，觉得贺继威是在敷衍他："世界上怎么可能有让细胞完全修复的东西！"

"有。贺予，你冷静点。有的。"贺继威说，"但你说得也对，RN-13的细胞修复是不完全的，尚在非常初期的研究阶段，前面还有很长的路。不过从后来的初皇数据来看……"

贺予恶狠狠地说："什么是初皇数据？"

"所谓'初皇'，其实是个虚拟生命体，不是真实存在的人。因为没有一个人可以承受住RN-13的全程治疗而不被折磨致死。它是个模拟数据，象征一个进行过细胞再生的人类。而所谓初皇数据，就是以此推算出来的，人类在这种情况下对各种疾病的自愈能力。

"具体的我也没法和你解释太多，但RN-13是我们当时最大的希望。所以尽管它很危险，没有做过人体试验，是完完全全的违禁药，我们还是使用了它。这是所有最糟糕可能性里，唯一也许能双全的破解法。"

"我承认我那时候是草率了。"贺继威说，"但是我没有办法。孕期焦虑症、妄想症、抑郁症……叠加在一起，她的精神状态完全是混乱的，与其眼睁睁地看着她把自己折磨到死……那我宁可赌一把。"

窗帘轻轻飘摆着，也像是在对昨日发生的事，道一声叹息。

"结果是，RN-13确实战胜了她体内的病毒，以惊人的速度再生了她受损的细胞。她的心情平复下来，最后生下了你。

"但是RN-13注定是一种不成熟的药物，它的野心太大了，细胞再生这个命题，是对人类疾病发出的最终挑战，以现在的医学技术，根本不可能实现，初皇只是一个完美的设想而已。这药确实具有很强的修复功效，甚至连衰竭的器官都能逆转，使患者得到挽救。可是它的副作用也在你和你母亲身上显露了出来。

"尽管当时的药剂师给你们使用的剂量非常小，用法也很谨慎，可这一切还是不可避免地发生了。"

"你妈妈激素分泌开始变得异常，她的容貌开始变得……不那么好看。"贺继威似乎直到今日，还很难把"丑陋"这个词用在他的妻子身上，尽管这已经是个明眼人都看得到的事实。

但是他说不出口。

那是他的太太，在众多仰慕者中选择了他的女孩，他仍然能记得她最美丽的样子。

贺继威艰难道:"身材也开始走样……你四岁的时候还勉强有个过去的影子,不像现在这样。"

任谁看过去,都像一只贪婪肥硕的蜘蛛。

美人在芳华正茂时失去艳丽的容颜,其实是一件非常残忍痛苦的事情。

吕芝书一开始还没有觉察,但慢慢地,她就感受到了——那是一种在社会地位上的"器官衰竭"。

一张姣好的容貌,可以给人带来无限的善意和方便。

她从小习惯了接受那些艳羡的、爱慕的、欣赏的目光。

人们对她总是友善的,她不知道属于另一种女性的世界是怎样的。

她最初还沉浸在身为人母的喜悦中,没有顾及镜子里逐渐像一块融化了的雪糕一样的自己。但后来……

"不好意思,这座位有人了。"

"不行,不能通融。"

"大妈,这件衣服您穿尺码小了,要不我再给您拿一件更适合您的吧?"

她行走在社会中,忽然什么都变得那么陌生。再没人殷切地讨好她,男性们不会因为和她说话而受宠若惊地红了脸,她被称作大妈,被漂亮的小姑娘们在背地里嘲笑她痴肥的身体、松垮的体态。

她惶惶然地,好像一只被剪掉了胡须的猫,连步子都不知道该怎么迈才好。

更令人伤心的,还是每个旧识第一次看到现在的她时,都会流露出的那种震惊的眼神——无论是否有所掩藏,那种眼神都太过尖锐了,扎得她血肉模糊。

她越来越抑郁,发脾气、砸东西……

有一天贺继威回到家,发现她在院子里生了一把火,保姆不知所措地站在旁边,看着她把她还是个姑娘时的那些衣物、鞋子、照片……全都付之一炬。

她笑着回过头来,有些下垂的脸颊抖了抖,抖落了些许狰狞的快意。

——她和过去没有关系了。

她是茧里出来的,异变的人。

"你妈妈变了。"贺继威说,"慢慢地,变得越来越厉害……别说是你了,就连我,有些时候也认不出来那竟是她。

"她爱你,但是她太害怕从你身上看到她过去的影子——让她想起那些,她再也回不去的日子。她自己一直在竭力忘记那些东西。

"她不再喜欢猫猫狗狗、养花种菜，甚至从我身边绝对地独立了出去，靠着自己经商赚钱，当她得到了那种社会地位的时候，她能从别人的恭敬中，依稀想起她年轻漂亮时，所有人对她的那种温柔态度。"

贺继威的声音里多少带着些伤感："贺予，她其实真的很可怜。"

"你不要太责怪她。她没有办法好好面对你，连我都觉得异常地愧疚，更多时候，都是在照顾着她的心意。"

"她不是只喜欢贺鲤，只是贺鲤更像她现在的样子，她可以不用想起那段对她而言至黑至暗的曾经。"

"你的病……也是RN-13造成的，她一直都很愧疚。每一次你发病，对她而言也是一种折磨。直到现在她还时常活在那种痛苦里，她有时候睡着了，我都还听见她说……"

贺继威顿了一下。

不知是不是屋内光线的原因，他的眼睛看起来似乎有些湿润了。

贺予麻木地听了很久，此时才轻声问："她说什么？"

贺继威垂下头来，像一个被剪断了线的人偶。

"她说，是她的错。"

女人在睡梦中喃喃："是妈妈的错。"

"是妈妈没有保护好你。"

贺继威的嗓音有些哑了，他清了一下嗓子，但还是很浑沉："她说完，又在梦里笑，笑得有些像个疯子……我认为这些年来她从来没有真正地从那段往事里得到解脱。"

"尤其是在她生下了贺鲤之后，发现自己还是能怀上第二个孩子的，我不知道她内心是否有过后悔，但是她确实变得更加强硬了，很多时候连我都没有办法与她好好沟通，她似乎不再愿意相信任何人，除了她自己。"

"你妈妈的内心想法，现在已经没谁可以完全知晓了。但是贺予，我可以确定的是——"贺继威转过头去，望着始终躺在床上，几乎一语不发听完了全部内容的那个少年。

"她曾经是用生命去爱过你的。

"哪怕……哪怕她如今变得面目全非了……我想她内心的最深处，也应该还留有一份和当初一样对你的爱。"

不是光线的原因，贺继威的眼睛是真的有些红了。

那么多年，他也是第一次向一个人，完完整整地把那段痛苦的伤疤撕开展现。

"所以，无论如何……我觉得……你多少也应该……对她还有那么一点点的善意……在她想重新关心你的时候，她是要踩着过去的刀尖，向你走过来的。贺予，看在曾经只有她一个人，不顾性命也想要你活下来的分上。"

贺继威的声音更低哑了："你能不能对她好一点……"

贺予没有说话。

良久之后，贺继威似乎看到有一滴水光，从贺予一直遮掩着脸庞的手臂、鬓发里，消失不见了。

而贺予翻了个身，不再仰躺着，而是背对着他。

"您出去吧。"他轻声地说，"我想一个人安静一会儿。好吗？"

RN-13这种药物，是导致精神埃博拉症的罪魁祸首。

贺继威用的时候，属于病急乱投医，再加上与他合作的那个外国制药方也不是那么正规，这药似乎还是他们从国外某个科研机构拿来的，他们不可能把什么秘密都告诉他。所以RN-13可能会对受试者造成精神刺激的情况，贺继威并不完全了解。

等到他知道前面曾有一些记录在案的人体试验者得了类似疾病时，已经迟了。

吕芝书没有患病，但她的秉性骤变、容颜走样，和得了精神病也没太大区别。贺予则没有那么幸运，他成了精神埃博拉症的4号病例。

贺继威发现自己儿子身上出了这种症状之后，曾与那个外国药企对峙，但那个药企内部变动，江山易主，原老板被害，新上任的总裁对此知情极少，且也不想帮忙。

后来，贺继威与那个外国药企再也没有了合作与接触。

但是既成的事实还是无法改变的。

贺予在床上躺了很久，因为拉着厚重的窗帘，难辨晨昏，只有摆钟的声音，始终在这静谧的卧室内回荡着。

"嘀嗒、嘀嗒"。

不知过了多长时间，贺予才起身，他走到书柜前，从一本破旧的《百年孤独》里，抽出了一张老照片。

那是他和他父母唯一一次三人旅游拍摄的相片，相片上他还很小，被年轻的贺继威抱在怀里，旁边是一个体态中等，容貌依稀还有些秀美痕迹的女人，她微笑着，黑色的卷发垂在肩膀上，穿着黑色蕾丝连衣裙，戴着渔夫帽，依偎在丈夫身边。

他摩挲着相片上女人的脸——

很久很久之后，贺予慢慢地闭上了眼睛。

第二天。

吕芝书在西式厨房亲自准备早餐的时候，看到贺予破天荒地下了楼，来到了餐桌边。

贺继威还保留着老习惯，尽管现在早已不是纸媒时代了，但他还是喜欢在清晨的时候一边喝早茶，一边看完一整份报纸。

"起这么早？"贺继威从报纸上把视线抬起来。

吕芝书听到动静，回过头，见自己讨好了那么久都没有反应的儿子居然今天愿意和他们一起吃早饭了，一时连平底锅也没拿稳，差点摔地上。

尽管贺予的神色还是很淡，她还是感到这是极大的进步。

"贺予想要什么？咖啡？茶？"

贺予平静地说："都可以，谢谢您。"

一顿早餐下来，吕芝书能敏锐地接收到贺予释放的信号——冰冻三尺非一日之寒，他无法与他们太亲近。

但他至少也不是高筑城防的态度了。

他在试着和他们接触，吕芝书因此备受鼓舞。

"贺予啊……"

"嗯？"

"妈给你找了一个新的大夫，也很年轻，容易和人沟通，你这几天状态不好，你看要不然，就让他来给你看一看病吧。"

新的大夫吗……

贺予不知为什么想到了那一年抱着一捧绣球花，初次来到他家的谢清呈。

他闭上眼睛，沉默了很久，最后轻吐了三个字出口："都随您。"

28 | 你为什么又要走

私人医生来了，确实如吕芝书所说，那是个年轻的医生，眉眼英挺，身段修长，英文名叫安东尼。

安东尼医生态度很不错，脾气也好，看起来还有种莫名的亲切感。

可贺予连他的名字和脸庞都记不住，他就像一个可有可无的符号。

这个可有可无的符号开始给贺予进行催眠治疗。

安东尼医生:"贺先生,请您躺下,放松,跟随我做三次深呼吸……

"想一想你过去遇到的,特别值得高兴的事情。"

"那如果没有怎么办呢?"

医生愣了一下,随后道:"那就想一想你所希望发生的事情吧。"

贺予闭上眼睛,就开始想了。

他希望什么发生呢……

也许他希望自己从来没有降生过。

也许他希望自己也好,吕芝书也好,都能够不受药物影响,是个正常的人。

再也许……

"你们当初生下我之后发现我有病,直接掐死就算了!"

他在治疗师的催眠中闭上眼睛,意识慢慢地回到了几天前……

他梦到自己坠楼后,刚刚醒来的那个时候。

他在和贺继威争吵:"你们终日战战兢兢,我每天行尸走肉,实在是互相折磨,很没意思。"

"贺予……"

"您走吧,有您在这里我不习惯,疯得更厉害,往后藏不住,恐怕要丢尽你们的脸。"

对话和现实中都是一模一样的。

但是,在安东尼的催眠效果下,故事的走向开始逐渐改变了——

现实中,贺继威当时是接下去和贺予解释了 RN-13 的秘密。但在这个梦里,贺继威张了张嘴,刚要说话,门忽然被敲响了。

贺继威像是松了一口气:"请进。"

"贺先生,谢医生现在已经到了,在楼下等着呢。"

是了。

贺予一愣,原来在他的潜意识里,他还是希望谢清呈能回来。

他是那么渴望着,又是那么畏惧着,所以催眠梦境里的自己在听闻这个消息后竟是浑身一僵,想要起身,拘束带却紧勒着他,铁片哗啦作响。

"我不需要再看医生,是谁让你们请他来的?"

少年越是渴望便越是畏惧,他挣扎得就像恶龙要逃离铁链的束缚,眼神里透着一股子疯劲,连传话的保姆都忍不住往后缩了缩。

"让他回去!"

"你以为他有这么好请吗？"贺继威厉声道，"要不是听你坠楼命差点都没了，他连看都懒得来看你！"

贺予听着更是屈辱又气急："那就让他等我死了再来我墓前看我！"

"你再说死不死的，我就……"

贺继威又扬起手。

贺予冷眼看着他，杏眸眨都不眨，紧紧盯着贺继威的脸。

贺继威的手颤抖着，又放下了。

他深吸一口气，推门出去，最后的眼神似乎无比怅然，无比焦虑，却又无比疲惫。

"请谢医生上来吧。"他对保姆道，"我还有很多事……晚了会耽误飞机，我先走了。"

贺予一时间愤恨极了，狠捶了下床沿，震得拘束带的环扣哗啦作响。可惜他不能转身，也不能盖被蒙脸，最后只能死死闭上眼睛，浑身绷直。

好像哪怕是在梦里，他也一点都不想在谢清呈面前这么丢脸。

一点也不。

但是贺继威和保姆先后远去，无论他内心有多抵触多不情愿，恨得百爪挠心，他还是听到了那个熟悉的脚步声由远及近。

而后停在他床边。

他战栗着，因为太过渴望而战栗着。

即使是催眠，是梦，贺予好像依然能够感受到那隐约的，属于谢清呈的气息。那是非常冷的消毒水气息，能让人联想到手术、针管、医院苍白的病房。

他以前闻到只觉得冷，现在却不知为什么，会觉得热。

那个人低下头，什么也没说，似乎什么也都不想和他说，只是查看了贺予的伤势，然后——

"咔嗒！"

轻微的声响。

谢清呈把他的拘束带解开了。

梦境里的贺予一僵，似乎在一瞬间被满足到了极点，而梦境外的贺予闭着眼睛，眼睫下似乎有泪。

原来，这就是他在病痛时一直希望发生的事情啊。

他希望自己的拘束带，是由谢清呈亲手解开的。

他希望谢清呈能够知道他是真的病了，能够相信他是真的病了，能够回到他的身边。

"很好……"安东尼医生观察着他的状态,继续引导着他的催眠,声音轻柔,近乎蛊惑,"很好,不管你梦到了什么,继续往下去想……你要相信自己能找到那条出去的路……"

然而,就是这样一句话。

如触逆鳞。

贺予的梦世界忽然动摇了。

出去的路?什么是出去的路?

他想到现实中谢清呈冰冷的眼神,想到谢清呈决绝地和他说:"我必须离开,你迟早要靠你自己走出内心的阴影。

"我不是你的桥梁,贺予。谢雪也不是。

"贺予……"

贺予。

一声声,冰冷刺骨。

贺予蓦地坠回梦中,他仍然躺在床上,拘束带还是谢清呈替他解开的,但是周遭场景忽然变得很阴暗,谢清呈的脸也很阴暗,像是蒙上了一层冷色调的滤镜。

他梦到谢清呈的薄唇一启一合。

他知道谢清呈是想告诉他自己回来的理由。贺予隐约已觉出那个理由会让他无比刺痛。

他简直想从催眠中立刻逃离,可是没有用。

梦里的谢清呈一字一顿说着决绝的语句,而他无处躲藏:"虽然我确实恨不得你死了,但我这次会负责你到烧退伤愈。你不用误会,我来,是因为你父亲给了我很丰厚的报酬。"

谢清呈的声音极冷,没有任何感情。

"那些报酬是你付不起的。多到足够让我以后再也不用看到你。"

梦里的贺予被刺伤了,像被谢清呈狠狠扇了一个巴掌,痛极伤极。

梦外的贺予也开始呼吸急促,紧皱眉头。

他想摆脱这个梦境,可这个梦亦是他不得不破的心魔。

贺予于是在私人治疗师的催眠下,陷入了更深的心世界。

他继续梦下去,梦里他又一次看到了那扇尘封的客房大门。

这一次的梦里,谢清呈回来了,谢清呈住回了贺予为他精心收拾干净的房间。

但催眠里这个因为贺予坠楼而回来的谢清呈，非常冷漠。他几乎从不关心贺予，每天记录完了贺予的体征数据，然后就扔给他一支针管，盯着他打完，却连药都懒得亲自给他推。

贺予一开始什么也没说，也许是因为男孩子可笑的自尊心，他像是什么也没有发生过一样，谢清呈给他针，他就自己沉默地打了，然后谢清呈又把针剂收走。

全程没一句对话，就像默片。

但后来，贺予的内心在这种沉默里越来越烦躁，他渐渐地也就不想再配合了。

梦不断地重复着，延续着。

终于，在谢清呈照例给他做了病情监测，又递给他一管针剂时，贺予坐在卧室的温莎椅上，却没有接。

他忽然很平静地，但又近乎绝望地问谢清呈："谢医生，你有没有想过，我可能拿这些针剂做别的事情。"

谢清呈没怎么在意贺予的神情，说："你看起来也没那么想死。"

"是吗。你又了解我了。"

贺予嘲弄地笑笑，忽然抬手拿起了针管，眼睛眨也不眨地扎在了自己身上，但这次却不是静脉注射，而是随意扎进了皮下血肉，而后药剂推入——

谢清呈倏地色变，立刻上前，但已经迟了，贺予的那一片皮肤迅速泛青泛紫，鼓起了可怖的凸起。

"可是我其实也没那么想活。"贺予淡淡的，换一般人早就疼得龇牙咧嘴了，他脸上却连半丝波澜也没有。

好像那针是打在了不相干的人身上似的。

他一双漆黑的眼睛注视着谢清呈面色铁青的脸庞，眨也不眨，移也不移，冷淡地把针拔了，那里面的针剂只剩下了一点，另外的全部成了贺予皮下越来越难看的瘀肿。

贺予不以为意，把针管重新递到谢清呈手里，一字一顿："给你。你来。"

谢清呈苍白着脸，似乎也被他这种疯子般的举动骇到了。

贺予说："必须是你，谢清呈。否则我今天一针也不会打的。"

他的语气似乎有些威胁的意味，可是仔细分辨，言语里竟然也藏着些隐隐的伤心。

"你既然是因为钱来的，那么拿钱办事。总要做好。"

谢清呈回过神来，闭了闭眼："你别逼我也把你捆起来。"

"那你捆吧。"贺予淡漠地说,"和我父母一样,你捆。你也不是做不出这样的事情。"

梦里的谢清呈好像被他惹得脑仁发疼:"贺予,你到底要怎么样?"

他到底要怎么样?其实他也不知道。

他意识到自己真是有毛病了,他好像变得越来越依赖谢清呈了。

他太煎熬了。总感觉透不过气来,心脏闷得发慌。

梦里,两人还在僵持着,最后,贺予对谢清呈说:"你知道吗,从前我不想这样的。谢清呈,你是看着我长大的。你知道我以前是什么模样……我坚持了十九年,为了别人和我形容过的,那个或许会有的'平静'。

"现在我坚持不下去了。我爸妈一直让我装成一个正常人,以免被疯人院抓进去,他们之所以敢这么做,是因为我从来就没有做过任何逾法乱规的事情,我确确实实像个正常人一样活着,尽管很恶心,很辛苦,尽管有苦不能诉,有病不能喊。尽管我要不停地观察周围人面对喜怒哀乐的反应,然后给他们一个满意的答案。

"但我确实做到了。十九年,一个该活在疯人院的人,活在了正常人的社会。一个该被关在笼子里的人,行走在笼子外。我时时刻刻担心自己的病态会暴露,会从人人仰羡,变为人人喊打。我拥有的朋友,全部不是我真正的朋友,因为他们不知道我的真面目是怎样的,他们只是在和戴着一张假面的我来往。

"我能和谁说一句真话?我曾以为至少你的妹妹,谢雪她能和其他人不一样。可到底是我太天真了。"

"我是有病的,谢清呈。"他说到最后,面带笑容,神情凄怆,诡谲疯魔,可怖至极,他戳着自己的心脏,"我有病!谁知道了真相还愿意同从前一样看我待我?我一辈子都要活在一张正常人的面具下——坐牢还有一个期限呢,我病愈的期限又在哪里?"

声音到最后都在颤抖。

"十九年了。谢清呈。你为什么要救我啊?在你之前所有医生都没有办法很好地缓解我的病情,是你给过我希望又把我推回到深渊里——既然这样你为什么要救我?你又为什么要骗我?你恨我吧谢清呈——你知不知道我也恨你!

"我从你离开的那一天,我就恨极了你!"

贺予是个几乎不说脏话的人,但这一刻,在催眠营造出的梦里,却有些失态了,太久的混乱在他心里发酵,他控制不住自己血里、心里、四肢百骸里的冲动。

他在梦里冲谢清呈发脾气,像个真正十九岁的男孩子那样,没有理智,没有章法，没有深思熟虑，把喉咙里闷着的话蛮不讲理地、不管不顾地都倾了出来。

他骂着骂着，眼圈都泛红了。

他说："我真恨你，谢清呈。现在你也恨了我，你说你要是当初看也不看我一眼让我死了该有多好，如果不是因为这种病，不是因为遇见你，我们彼此的人生里都可以少一个仇人，没很多痛苦。

"我和你，我们也就不会互相厌憎到今天这个地步。"

他梦里的谢清呈没说话，而是目光复杂地看着他，静默了好久之后，男人转身："我让助理上来给你打针。"

"你自己为什么不打，谢清呈？你是看到我怕了？"贺予神情堪称暴怒，语气却又平静得可怖，"还是你嫌碰到我脏了？"

"你想怎么认为都可以。"谢清呈道，"有一句话你说对了，贺予。

"如果不是因为这种病，不是因为遇见你，我们彼此的人生里都可以少一个仇人，没很多痛苦。

"请你控制好你的情绪，不然我只能真的用拘束带捆住你。"

"好……那你趁早捆。赶紧捆！"贺予仰头，红着眼眶笑了笑，声音幽幽的，"不然你迟早会后悔的。"

谢清呈没再理他，转身推门走了出去。

而就在催眠梦境里的谢清呈推门而出的一瞬间，现实中躺在治疗椅上的贺予胸口剧烈起伏着，他成了一个濒死的、脆弱的生命，那扇门再一次打开又要关上，他知道谢清呈连在催眠的梦里都不愿意久留了。

他的离开似乎从他胸口抽走了最后一缕人气。

贺予蓦地惊醒，大睁着眼睛，费力地呼吸着。一行泪顺着他的眼尾堪堪滑落下来。

私人医生安东尼坐在椅子边看着他，见他醒了，就从容地给他倒了水，拿了药，又递给了他纸巾。

"你心里有一件很折磨你的事，也或许是个很折磨你的人。

"把药喝了吧，至少你现在已经看清了自己这次发病的病因。

"病因找到了，你就能想办法克服和战胜它。"

医生拍了拍贺予的肩。

然后对汗湿衣衫的他说："今天的治疗结束了，请尽量地控制自己，别再想那件事或者那个人了，好好休息吧。"

29 | 谢清呈你回我啊

在新的私人医生的催眠和治疗下，贺予的这一波病情终于过去了，伤口也逐渐愈合。

催眠梦境里，谢清呈的身影越来越淡。而贺予在梦里回到那个幽长走廊的次数越来越少。

他吃了很多药，做了很多次治疗。十几天后，贺予终于恢复了正常。

那一天，贺予和家人一起将私人医生安东尼送走了。吕芝书对医生千恩万谢，贺予也和他握了握手。

"谢谢。"

年轻的安东尼笑了笑："你记得要调整心态，最重要的是，你要自己慢慢地、彻底地摆脱你内心深处藏着的那个心魔。"

贺予很淡地笑一下，点了点头。他说，谢谢医生，我会的。

安东尼坐上负责接送他的专车，引擎发动，车子离开。

私人医生坐在舒适的后座，打开手机，点出相册，面无表情地看了看，光线从外面的树荫间照落，透过车窗，切割在他的手机屏幕上。那里面竟赫然是一张谢清呈的照片！

安东尼把手机按灭了，重归黑暗的屏幕上倒映出了他自己的脸。

一双桃花眼，仿佛能和刚才照片上的谢清呈的眼睛重合……

手机忽然振动，他点开消息。

段："怎么样？"

安东尼想了想，回复："他对我应该有个不错的印象。以后还会再见的。"

段："好。"

安东尼把聊天框退出去了，又给贺予发了个消息："贺先生，你要慢慢调整自己，有任何需要我的地方，随时都可以打我电话。以后我就是你的私人医生了，我会尽我最大的努力陪伴你、照顾你。"

贺予在走过别墅草坪时，收到了这条消息。

他站在与谢清呈初见的绿茵地上，看着这条安东尼发来的信息，低着头，半天没有说话。

吕芝书说："怎么了？"

"没什么。"贺予说，抬起头，目光落在了不远处的回廊上。

很多年前，他就是在这里第一次见到了谢清呈，谢清呈对他说："第一次见面。以后你的病，可能就会由我进行治疗。"

贺予望着那个早已没了谢清呈身影的地方，静了片刻："没什么，我只是，忽然想起了一个人。"

吕芝书还想再问，贺予却不愿再说了。

吕芝书只得讪讪地，又试探性地问："安东尼医生还好吗？"

"好啊。"贺予心里不知为什么生出一种残忍的报复感，尽管这似乎报复不到任何人，"他是最好的一个。比谢医生好多了。你们怎么早没找到这么好的医生？"

吕芝书仿佛松了口气，笑着："你喜欢，那就太好了。"

贺予垂了眼睫，重新看向手机，却没有回"好医生"安东尼的消息。

他退出了页面，点开了相册，那里面几乎全是"坏医生"谢清呈的相片。

贺予感觉自尊被自己给刺痛了。他转过了视线，闭上了眼睛。

长冬已临。

无尽夏，终于开至尽头了。

又过几日，吕芝书在某个午后端着一碟子点心和热茶去书房找贺予，彼时贺予正在看一本闲书，她敲响了门，得了允准后走进去。

"贺予，寒假剩下来的时间，你没有别的安排吧？"

"没有，怎么了？"

"哦，是这样的。妈给你联系了一个剧组实习的工作，你不是学编导吗？刚好妈有个生意上的伙伴，是个制片人，他们公司最近有个项目要开，剧本和项目介绍我都给你拿来了，我自己也看了看，比你上次那个网剧的阵容大多了，妈觉得你能在里面学到些东西，就想着让你跟组好好地感受一下……"

吕芝书近乎是讨好地在和贺予说着这件事。

末了因为看不出贺予脸上的任何情绪，她又有些紧张："当然，你要是不愿意，或者有别的安排，那就当妈没说……"

贺予凝视着吕芝书明显很紧绷的神情。

确实是……难以适应。

他已经很难感受到什么叫作父母温情了，尽管知道了吕芝书的过去，但知道是一回事，理解又是另一回事。

如今面对吕芝书忽然春回大地般的关切，他其实是非常别扭的。

但那张久远的他与父母一同旅游的老照片，就像照片里的间歇泉一样在他眼前涌现，他一面感到不适，一面又尽力地接受了这份迟来的温柔。

他说:"谢谢妈,我考虑一下。"

吕芝书讪笑着,似乎还想和他再亲切地聊上几句,但两人之间隔着十多年的空白,荒了那么久的盐碱地想要生出花草来,到底不是那么容易的事。

她想不到什么好的话题了,于是只得拍了拍贺予的肩,脸上泛着一层肥油。"那你好好看书吧,妈不打扰你了。"

电影相关的内容,吕芝书确实已经发送到了他的邮箱里。

他点开看了看,是一部主旋律电影,讲的是公检法职能人员为了给基层百姓寻求正义而热血奔赴的故事,主角是警察、检察官、律师。

每个人审美不同,贺予喜欢的是那种有些扭曲、涉及边缘群体、刺痛道德底线、叩问复杂灵魂的文艺片,对这种电影毫无兴趣。

但吕芝书的意思他也知道,参与这种项目对从业人员而言很有好处——如果他以后真的要在国内走这条路,而不是去当文艺片导演的话。

他看了看跟组时间——他只需部分跟组,吕芝书在邮件里说得很清楚,她已经和制片打过了招呼,给他在导演身边安排了一个助理性质的工作,说白了就是摸鱼镀金加学习,有他不多,没他不少,等开学他就可以回去。

他坐在电脑前想了很久。

从贺继威和他说的那些话,到吕芝书刚才逢迎到甚至有些可怜的脸。

然后他想到了那个"新医生"安东尼发的消息。

继而又想到了他的"旧医生"谢清呈——

这么多天了,谢清呈从来也没有主动联系过他。

其实他们之间的关联,一直都是靠着贺予单方面的邀约,如果贺予不主动找他,恐怕从古时候等到公元20000年,谢清呈都不会给贺予发哪怕一条消息。

贺予的病又一次好转之后,他开始反思,想自己是不是太疯了一点。

被谢清呈漠视一次,他尚且不在意,可漠视多了,连他自己心里都生出一种不确定来。

自己这是在干什么呢?

这个私人医生一定要非他不可吗?

他打开手机,看了看两人的聊天记录,最后一条还是他不慎坠楼前的,他发给谢清呈,说:"谢医生,我病了。"

"谢清呈,我病了我病了。"

但谢清呈以为他在说谎,对他置之不理。

贺予在此刻忽然更清醒了一些。

他又一次强烈地产生了想要戒断的念头。

想起上一次他排遣情绪，就是去杭市剧组接剧，而这种一天要烧上百万经费的大项目想必更是忙碌，或许他也能无暇再想他的"心魔"。

于是第二天，贺予在餐桌上和吕芝书说起了这件事，表示愿意接受她安排的这份工作。

吕芝书的欣喜溢于言表，但面对她的热切，贺予却有种很奇怪的感觉，好像她接下来就会伸出一根像蟾蜍似的舌头，流着涎水舔过自己整张脸颊。

他很快又觉得自己不该这么想，吕芝书毕竟是为了他才变成如今这个模样的。

"宝贝。"她抱住他，踮起水桶似的粗壮小腿，拍拍他的背，"你从来就没让妈妈失望过。"

在拥抱了他之后，吕芝书立刻联系了她生意上的朋友，安排贺予进入组内学习。

一月份。

电影《审判》预备开机。

司机开车将贺予和吕芝书一起送到了影视城。

这真是破天荒头一次了，吕总居然会亲自陪着长子来这种项目现场——虽然她不会留太久，毕竟不方便，她当晚就会回去。

"黄总，哎呀，黄总您气色真不错，恭喜您啊，《审判》开机大吉。"吕芝书的车径直开到剧组宾馆门口，总制片黄志龙已经在大堂里等着了。

黄志龙是个人高马大的中年男性，非常孔武壮硕，快六十岁了，有俩孩子。他两鬓虽斑，但精气神很足，正装一穿依旧是钻石王老五，眼里还透着一股子很多年轻人都未必会有的精光。他看上去挺正派的，手上还戴着一串佛珠。

贺予对这人也多少有些了解，业内非常知名的制片人，身边珠环翠绕，美女如云，但据说他一直深爱着早年不幸离世的发妻，罕见花边新闻。

黄志龙对吕芝书挺客气的，笑着和她握了握手，一通热情招呼，吕芝书向黄志龙介绍了贺予。

"犬子就要拜托黄总多提携指教了。"

"哪里、哪里，吕总说笑了，吕总您这么信任我，公子又是少年英气，一表人才，能和这样的年轻人一起做个项目，这是我这老头子的荣幸啊。"

和杭市那个寒酸小网剧的剧组截然不同。

电影《审判》的排场各方面碾压小网剧一万倍，当然，人心隔肚皮，剧组里大家的对话也油腻了不止十万倍。

贺予倒是无所谓，习惯了，只是他自从知道了吕芝书少女时的样子，再看她现在这样八面玲珑、长袖善舞，笑容和阴雨天的蘑菇似的一茬一茬地在脸上油汪汪地生根抽苗，他的心情就多少有些复杂。

和主创一行吃完了饭，吕芝书醉醺醺地上了车。

贺予倒是还很清醒，他很有礼貌地先让前辈们走了，然后才随黄志龙的车一起回了酒店。

黄志龙开口："小贺啊，今年几岁了？"

"快二十了。"

黄志龙笑着道："真是年轻……我见过你弟弟，挺可爱一孩子，你与他各有各的长处，我都非常喜欢。吕总、贺总有福气啊。"

贺予听他说起贺鲤，便也心知肚明："黄总和我母亲认识很多年了？"

"哦。"黄志龙笑道，"太多年了，我都记不太清楚有多久了，总之是老朋友啦。所以你在这里，你不用有任何的拘束，有什么想学的，想尝试的，都可以和我说。"

他冲他眨了一下眼睛："但是有件事说在前头，我手底下那些小姑娘，你可得离得远些呀，哈哈哈。"

"黄总是怕我招惹走您的人？"贺予淡笑道。

"哪里，你长得那么帅，我是怕她们来招惹你，回头你妈得找我算账。"黄志龙喝得稍微也有些上头了，姿态放松了些，"这就是些戏子，配不上你。"

"黄总说笑了。"

黄志龙还没说够呢："真没和你开玩笑啊，现在的小姑娘，难说。"

末了，黄志龙一抚额，笑叹道："唉，今天实在有些喝高了。"

贺予客气道："那黄总就回去早些休息吧。"

"好、好。"他摆了摆手，"小贺啊，我让张助给你安排好了房间。那些女演员我都不放心，回头真出什么事，我和你妈交代不了。我给你安排到技术指导住的那一片儿了。"

黄志龙喝了口矿泉水，道："我们这片子，你也知道，我们要严谨，肯定要专业的、技术过硬的人来指导嘛。"

"嗯。"

"所以那边都是我们剧组请来部分跟组的专业人士，有律师啊什么的……哎，那肯定都没演员好看，你跟他们住一块儿，那我就放心了，不会和吕总交代不过去。"

贺予也懒得和黄总再废话，到了地，和人一起进了电梯，客客气气地先到黄总的楼层把人送走了，然后才按张助给他的房卡去找自己的房间。

七楼。

电梯门叮地打开了，贺予踩着厚实的地毯走了出去。

这时候已经有些晚了，走廊上很安静，这原本是再平静不过的一个夜晚，如果不是他在走道口遇到一个人的话。

——谢清呈。

贺予脑中嗡地轰鸣，他怎么也没想到，私人医生不当，微信不回，仿佛人间蒸发似的谢清呈，此时此刻竟然就站在走道敞开的窗边，静静地抽一支烟！

两人猝不及防打了个照面，没料到会在这里见到对方，都很震惊。

烟燎到了手指，谢清呈冷不丁地被烫了一下，他回过神，面上的神色由愕然到冰冷，就这么腰背笔直地站在敞开的窗边看着贺予，嘴唇紧抿，不发一言。

两人僵持许久，最后是贺予先开了口："你……你怎么会在这里？"

谢清呈吐了口烟，目光冷硬，一语不发地盯着贺予看了片刻，转身就要往回走。

好像所有的催眠治疗都无效了，贺予在又看到他的这一刻心血翻涌如沸，烫得厉害，烫得他连眼圈瞬间都红了，他伸手，一把拽住谢清呈："谢清呈，你——"

就在这时候，靠他们最近的那扇房门打开了，陈慢走出来，拿着谢清呈的手机："哥，谢雪找你。你一会儿给她回个电话吧。"

贺予感到自己刚刚冲向沸点的血，一下子就冷了，冷到了冰点。

他眯起眼睛。眼眶仍红，却已由滚滚的火，变为了冰凉的水。

这么多天了，他的父母要他接受新的医生。而他的新医生，要他忘记旧的那个人。

就连谢清呈也在用沉默告诉他，他们之间最好的结局便是一刀两断。

好像忽然全世界都在对他说，你放谢清呈走吧，让他走出你的世界，那样对你对他，都好。

所有人都在催他放弃，只有他一个人在原地苦苦坚持着，无论催眠怎么抹，都无法完全抹掉谢清呈的影子。贺予也不知道这是为什么。

他明明是恨他的。

他明明怨他抛弃了自己又欺骗了自己。

可他还是坚持着，忘不掉。

直到这一刻，他忽然觉得自己的坚持是那么可笑，那么蹩脚。

贺予被刺痛得几乎透不过气来，安东尼的所有治疗似乎都在一瞬间失效了。他非常非常慢地问谢清呈："你这些天都在这里吗？"

谢清呈转过脸去，看着外面的街景，掸了掸烟灰，不说话。

30 | 绝了"陈老师"

他看上去简直又快要发病了。

他的新医生用了十多天才把他的情绪控制住，他的"旧医生"似乎只需要一瞬间，就能让他的理智土崩瓦解。

他死死地盯着谢清呈。

谢清呈也不遑多让地冷对着他。

最后谢清呈拿着烟，沉静地看着他："贺予。你弄清楚了。"

他屈指一弹，烟灰落下："我在哪里和你没有任何关系。"

贺予在这一刻竟莫名地想到了谢雪。他之前喜欢谢雪，谢雪却只把他当个普通朋友。

后来他想以作弄谢清呈的方式报复谢家，但事后却是他坠入了迷障，而谢清呈重拾了主动权。

他曾以为是自己赢了，是自己把谢清呈拆碎入腹了，谁知道他吞的是一捧不融的雪，饮的是一块不化的冰。

饮冰很容易，含入口落下腹就好了。可那冰是消化不了的，反倒是把他的五脏六腑都冻疼了，让他浑身的热血都凉透了。

他注定要栽在一个姓谢的手里是吗？

气氛一时僵到了极点。

最后是陈慢开口了。

陈警官虽有些愣，但还是认出了贺予："那个……你好。又见面了。你也是剧组请的指导？"

贺予理都不理他，只是又冷又恨又固执地望着谢清呈。

谢清呈却转过了头："陈慢你来得正好。这个人喝多了，身上都是酒味。请你把他送回他的房间。别让他在这儿发酒疯。"

贺予身上的酒味那是晚上饭局上熏出来的，他自己根本没多喝。

但陈慢信了，不然正常人谁敢对着他谢哥这样讲话？

陈警官道："我送你回去吧，你房卡呢？"

贺予一把将陈慢推开了，眼神像是要在男人身上生生穿出一个洞来："谢清呈，你知道我没发酒疯，我是在问你话。"

他的神情看上去很静，声音也非常平稳，但只要没有瞎，都能看出有一团愤怒的火焰在烧灼着他的内心。

过去的那些日子……他过得那么痛苦，神志不清，浑浑噩噩，还从楼上摔了下来，如果不是楼层低，也许他就这么死了。

而且他真的不想和谢清呈说他坠楼的事，那实在太软弱了，太卑微了，贺予是个心高气傲的人，在他明白谢清呈对他的态度后，并不愿以此来博取谢清呈注定不会给予的同情。

他宁愿谢清呈永远不知道他坠落楼宇的事，宁愿伴装从来无事发生。

可这不意味着他真的不在意谢清呈这段时间在做什么。

当他在家里备受折磨、饱经痛苦的时候，在他始终不肯忘记谢清呈的时候，在他苦苦等着谢清呈的一点回应和消息，哪怕回个"嗯"字也好的时候——

谢清呈都在做什么呢？贺予脑中闪过无数念头，那些念头都像长着尖锐指甲的小精灵，在撕扯着他的血肉、骨骼，挖出他的暴虐因子。

他盯着谢清呈的眼神变得越来越可怕，而谢清呈眯起眼睛。

他也感受到贺予那种不正常的、没有理智可言的情绪了。

贺予幽幽道："你应该记得我跟你说过什么话。谢清呈。"

"你要我当着这位陈警官的面再说一遍吗？"

谢清呈神情微动。

他虽然不知道过去一段时间，贺予经历了什么样的病痛折磨，也不知道贺予是真的病了，更不知道贺予从楼上摔了下来。

但他能感觉到这一次见他，这个年轻人的棱角已变得比之前更为锋利。

谢清呈其实不太确定贺予现在的底线究竟在哪里。

以前贺予有很多在乎的东西，不会做出太过分的事情，但现在贺予根本不按常理出牌，他看贺予的表情，好像真的会毫不在意地把那些恬不知耻的话都摆到台面上讲。

陈慢也觉出两人之间气氛不对了。

但他不知道两人究竟发生过什么。他只是觉得这两人大概有什么不太方便和外人说的矛盾，因此只是站在一边，没有插话。

贺予道:"你到我房间去,我有话要和你谈。"

谢清呈掐灭了烟,最后还是道:"我和你没什么好谈的。"

"你别逼我。"

"你弄清楚了,现在是你在逼我。"

贺予森森然:"我要你跟我走。去我房间。"

"如果我不去呢?"

"那你看我敢做什么。"贺予红着眼道,"你试试。"

"我试试?"谢清呈眯起眼睛,"好。我现在就试试。"

"谢清呈——"

"干什么?"也许是贺予太过咄咄逼人,甚至在陈慢面前也没有顾及谢清呈的面子,这让谢清呈蓦地也光火了,"你还没完了是吗?"

"贺予,我告诉你,你要说什么你就说。你要做什么你就做!"

"就在这里。"

"你别以为我真会怕你。"

或许是谢清呈眼里的怒火太盛了,贺予还真就找回了那么点理智来。

——不,又或许他理智回笼,并不是因为谢清呈发了火,而是因为谢清呈的眼神里除了愤怒,还有某种让贺予看着觉得非常不舒服的东西。

那种能刺痛贺予尊严的东西。

那种好像被谢清呈当作垃圾一样处理的感觉,让贺予的阴暗冲动收敛了那么一点点。

谢清呈目光如刃,锋利地逼视着他,两人对峙良久。

最后谢清呈一字一顿道:"如果你没什么要说的了。那么,就请你回你自己房间去。

"回去。"

这两人之间的气氛太压抑了,陈慢背靠着墙,默默在旁边看着,他实在不太明白这两个人怎么忽然就闹成了这样——更何况之前报纸上还报道这个男孩子陪着谢清呈闯了博文楼,中了枪,如果那枪偏了,贺予甚至连性命都会丢掉。

他觉得无论如何,按照谢清呈的性格,谢清呈一定会从此把这个少年拢入自己的羽翼之下,会善待他,会保护他,谢清呈一直都是个会知恩图报的人。

贺予是做了什么才让谢清呈对他的态度忽然一百八十度大转弯,变成现在这样?

贺予没有离开,脚下像生了根,但他也没有再往前,只是那样沉默地、无声地、紧紧地盯着谢清呈的脸。

　　他的眼神很阴狠，很固执，可不知道为什么，又好像受了天大的委屈，明明目露凶光，眼眸却逐渐地红了。

　　那么多天来的委屈和病痛就哽在喉咙口，正欲发泄，然而就在这时……

　　"哈哈哈，好啊，好啊！"

　　离他们很近的一扇房门忽然打开了。

　　房间里的光照在地毯上，里面走出来一个憨态可掬的胖子，正笑眯眯地和屋里的人道别。

　　"那现在这个问题我们暂时就这样解决，明天还要麻烦张律师和男主角再沟通一遍。哎呀，真是不好意思，打扰您到这么晚，统筹排的时间太紧了，实在没办法……"

　　"不用送、不用送。张律师您好好休息，您留步。"

　　这胖子花臂，大文身，文的东西很离谱，是一只可爱猫咪。

　　他的出现，让走廊上的三个人都从自己的情绪中抽离出来。

　　三个人都回了些神。

　　这位"Hello Kitty"是《审判》的制片之一兼总编，叫胡毅。

　　胡毅此人出身不低，父母年轻时因工作相恋，胡毅子承祖业，能力和人脉都很了不得。不过胡毅是个心眼不坏的大直肠子，地位和名利并没有腐蚀掉他的内心，做事很有底线，不像很多蹩脚资本家，那叫一个利欲熏心，只要被那种人不幸骗了一次，那就会被坑得体无完肤，一辈子都不想合作第二次。正因为胡毅从不吃绝户，所以无论哪类人，都能和他搭上些关系，而且能有长期搭档。

　　胡老师一看这情景，拍了下脑壳就咧嘴热情招呼："哎哟！贺老师！陈老师啊！"

　　贺予愣了一下，胡毅叫他贺老师没问题，那陈老师是……

　　他蓦地转头，第一次将目光真正地落在了陈慢身上。

　　胡毅还在那儿滔滔不绝："那个什么，贺老师，黄总应该和你说了吧。我这儿有场讲律政的戏发现逻辑上有瑕疵，特急，正和张律师讲呢，晚上就没来参加接风宴。贺老师你脸色这么难看，不会是在怪我吧！"

　　"胡老师说笑了。"贺予一边心不在焉地应付他，一边还在打量陈慢。

　　胡毅见状，接着笑道："哈哈哈哈哈，你没怪我就好，哎，贺老师，我没想到你和陈老师居然也认识。"

　　陈老师……胡毅又一次管陈慢叫了陈老师。看来不是误称了。

可这人不是只是个警察吗？什么时候能让胡毅在他的姓后面冠以老师了？

胡毅又不是傻子，不可能认错人，也不可能随便管一个人叫老师。贺予又忽然联想到自己第一次见陈慢的时候，是在大学食堂里，那时他隐约就觉得陈慢有些面熟，但又一时想不起是在哪里见到过，莫非……

"看样子你们好像不是很熟啊？"胡毅眼骨碌碌一转，瞧出他俩之间的距离感了。

他立刻笑道："来来来，那我介绍一下，陈老师，这是贺继威贺总和吕芝书吕总的儿子，贺予。"

接着他又一拍陈慢的肩，扭头对贺予道："贺老师，这是我发小。"

陈慢有些尴尬，他觉得胡毅实在很自来熟，他和这位老师倒也不能算发小，只能说自幼相识。

这话就得说回来了——陈慢的母亲，居然是某位大人物的女儿。

当初这位大小姐为了和陈慢他爸结婚，把家里闹了个天翻地覆，她家死活不允许。大小姐气得厉害，就毅然决然地和家里断了关系，私奔到沪州，和他爸生下了孩子。

家里再不肯，那也没办法，生米都做成熟饭了，总不能把孩子塞回去吧。

这桩婚事最终还是被陈家认可了，但是嫌隙已生，陈慢除了小时候生病去外公外婆家住了一段时间外，大多时候，他都不会和他外公外婆家往来。

不过话虽如此，陈慢还是和他同父异母的哥哥陈黎生不一样。

他好歹有一半是陈家的血，更何况，他外公年纪大了，心也越来越软，女儿生气不肯认他们，老头子却越来越念起这个从小受了不少苦，没怎么和外公外婆享着福的外孙。

陈慢这次来剧组，是因为他家老人想给自己这个从来没在身边得到过太多好处的外孙拓点机会，顺便也让他长长见识。因此特意安排陈慢去做指导的。

——回头名字往名单上一挂，多光荣啊，这电影能进去就是好的，有意义。

陈慢不想去。

但转念一思考，他觉得谢清呈前阵子被整得那么惨，能进这种组安安静静，弹掉些泥，那也是件好事，于是就说想和谢清呈一起去散散心，这才有了两人同时出现在《审判》剧组的情况。

"哎，对了，贺老师，陈老师，你俩之前还见过吧。"胡毅介绍完了，忽然一拍脑袋，像是想起了什么，"很小的时候，我有印象，那天我也在呢，燕州那个大联欢会。咱们一起玩捉迷藏不是吗？和一群小孩儿一起……"

他这样一说，陈慢和贺予互相看着，两人眼神同时一闪，竟是一起想起来了——

难怪这么眼熟！

他们小时候确实见过一次……当时大人们聚在一起，孩子们也混在一起玩，陈慢和贺予分在两个组里，两人都是队长，所以都对彼此有些印象……

贺予慢慢地眯起了眼睛。

"原来是你。"

他忽然戒备全开，周身仿佛散出了触手可及的寒意。

然后他回过头，深深地看了站在窗边的谢清呈一眼，目光里闪动的光影又静，又冷，看似沉沉稳稳，但暗潮之下的阴森之意，竟是比之前还要浓上太多。

原来陈慢竟这么不显山不露水！贺予咬了咬自己的嘴唇，仿佛有獠牙生出，到底是他轻视了谢清呈。

难怪谢清呈可以漠视他到这个地步。

难怪谢清呈不回他，丝毫不理睬他。

背靠大树好乘凉是吗？

贺予觉得自己的血都冷了。

贺予的嘴唇隐约被自己咬出了些血，他静了片刻，慢慢地，沾血的薄唇绽开一朵恶之花般残酷的冷笑："啊，看来谢医生这是，另谋高就，当了陈公子家的私人医生了。"

31 | 绝了表哥

陈慢虽觉他语气不善，但也不明所以，皱了皱眉："你误会了，谢哥不是我私人医生，他一直都是我朋友。"

贺予微笑，眼神如冰，一言不发。

陈慢还是那样不知所以地看着他："我记得你也是谢哥的朋友。"

贺予笑得更加斯文儒雅了。

他甚至是极平淡，带着些鄙薄意味地说："说笑了，我和他，我们也只是合作伙伴而已。"

有胡毅在，三个人谁也不好再多讲什么，各怀心事回了房间。

一回到房间，贺予就绷不住了。

他坐在沙发上出了会儿神，始终无法摆脱心里的烦闷，下楼买了包烟。

等他再次回房后，就联系了总制片助理，要把自己的房间换到陈慢和谢清呈隔壁。

"原来那个房间靠机房设备太近，我睡不着。"

助理哪敢懈怠，立刻马不停蹄地给贺老板换了个房。

贺予犹嫌不够，看了看房间格局，硬生生把床搬到了紧贴着谢清呈他们房间的那面墙边，然后他在床上倒下，闭着眼睛由着阴暗情绪啃咬着自己的躯体，好久之后才拿起手机，给一墙之隔的谢清呈打语音。

这宾馆隔音并不算太好，贺予在靠墙的地方躺着，就能隐约听到隔壁谢清呈的手机铃声在连续不停地响。

还伴随着陈慢的声音："哥，你电话！"

然后是谢清呈的声音，有点远，很冷很平静，以至于他说了什么，贺予并没有听清。

但是很显然，他最后没接。

他没接，贺予就继续打。

陈慢："哥，他又打来了……"

谢清呈还是没接。

等打到了第三次，贺予终于听到了谢清呈的脚步声从远向近，然后电话接通了。

贺予刚想说话，谢清呈已经把通话调成了单向静音模式，这样他就不用听到贺予的声音，然后他直接将手机扔到了电视边："近日我市三环高速有一运猪货车发生侧翻，事发后附近居民热心地帮助车主寻回逃走的猪崽……"

看样子谢清呈是打算让他听一晚上的夜间新闻，让散发着正义之光的新闻洗涤他肮脏不堪的灵魂。

但尽管魔音穿耳，贺予仍然没有挂断通话。

因为他可以听到谢清呈和陈慢之间的对话。

"哥，要不我去和他说吧，你这样冷处理也不太好……"

"不用。"

"你们怎么了……之前不是还挺好的吗？"

"你去洗漱吧陈慢。"谢清呈没有回答他的问题，"早点睡觉，明天你还要去现场盯他们那场案件侦破的戏。"

陈慢实在太乖了，贺予听到他竟然都没有再多说一句话，只是稍微沉默地坐了一会儿，然后耳机里就传来了窸窣的声音，陈慢去了洗手间，关上了门。

贺予躺在床上，安静地听着，他虽然平时不留刘海，但是他的发质黑软，不仔细打理的时候，梳在旁边的额发就会垂乱一些到额前。

新闻一直在放，谢清呈也一直没说话。

贺予还是没有挂。

少年望着天花板，耳机里播放的内容已经从猪崽逃跑，到某社区的宠物狗学会了叼着篮子出门替主人买菜。

他就那么一言不发地听着。

贺予说不出自己现在是一种怎样的感受，他的心中一直堆积着沉甸甸的块垒，这种块垒就好像植物似的生出了粗壮的根，往他心脏血管的深处扎去。

可是手机就是挂断不了。

"老井原浆，地道好酒……"

那一边，已经在放广告了。

贺予听到谢清呈下床走近的声音，然后搁在电视边的手机被拿起。

短暂的沉默。

或许谢清呈也没有料到贺予可以耐着性子听那么久的电视新闻，当他看到语音通话仍在持续时，他确实静了好一会儿，手机里没有别的声音。

然后贺予听到谢清呈和他说了一句话："你到底想要干什么？"

贺予答不上来。

谢清呈最后直接把语音挂了。

贺予再给他拨过去时，他已经关了机。

辗转很久，贺予都没有睡好，他把手臂枕在脑后，一双杏眼紧盯着吊顶，窗外偶有车辆途经，光影被机械化地切割，在天花板上犹如鲸鱼游弋似的掠过。

而他像是鲸落，一具死尸似的沉在深海里。

他感觉自己的内心已经腐烂了，不像在杭市的那一次，还能感觉得到痛。

他整个人都是冷的。

像是已经麻木了。

渐渐地，夜深人静了。

有两个女孩从宾馆七楼的走道里经过，正巧走过贺予门前。

躺在屋内还没睡着的贺予能听到她们对话的声音。

"今天的活动特别有意思……"

"是呀……哎，那是什么东西？"

姑娘们瞧见宾馆走廊的尽头，放着一个约有两米高的玻璃柜。不过那东西看上去也不完全像是个柜子，更像是一种胶囊舱。

走道内灯光偏暗，隐约能看到玻璃柜里有一大团阴影，两个夜归的姑娘一看，竟觉得像一个人形。

"啊！"

"这是……"

"有、有死人！"

"玻璃柜里有死人！！"

这一叫可不得了，贺予从抑郁中惊醒了，他从床上起来，打开门走了出去。

两个女孩吓得花容失色，见有个高大年轻的小哥哥出现了，跟跄着往贺予那边跑。一边跑还一边指着反方向："那里——那里有一个死人！在柜子里！"

也许是她们的尖叫声太响了，不一会儿，贺予隔壁的门也开了。

谢清呈走了出来。

贺予和这个几个小时前被自己打过骚扰电话的男人目光对上，谢清呈把视线转开了。

陈慢也从屋里跑到外面："什么情况？出什么事了？"

女孩结巴道："那、那个柜子里……直挺挺地……就那么……就那么站着一个人……一动也不动……一定是死了……"

她吓得面色苍白，和她的同伴一样，很快就说不出连贯的话来了。

谢清呈说："我去看看。"

谢清呈走近一看便清楚了。

他回头对那两个女孩说："没事，道具。"

女孩一脸蒙："啊？"

"《审判》剧组的道具，过几天拍摄用的。"谢清呈拿手机电筒照了柜子内部。

果不其然，借着手机清晰的光，女孩们看清了玻璃柜里站着的只是一个逼真的硅胶假人。

女孩们在松了口气的同时，有些恼怒又有些好笑："谁把这种道具丢在这里啊？"

"是啊，太缺德了！"

陈慢道："八楼是服化道的工作间，可能是运上来的样本。暂时放在这儿。"

女孩们这才拍着胸脯心有余悸地走了。

谢清呈打量了那个玻璃柜里的假人一眼，觉得那假人让他不太舒服，大概是因为恐怖谷效应，假人做得太逼真了，简直到了可怕的地步。

他把视线转开了,往房间里走。

回头的一刻,他看到贺予已经反身回了隔壁的房间,似乎当着陈慢的面,贺予连话都不想再和他多说半句。

贺予的房门"咔嗒"一声锁上了。

他们谁也没有看到,在玻璃柜后面,楼梯口阴影处,站着一个穿着黑雨衣和雨鞋的恐怖男人,那男人躲在阴暗处,半藏在雨衣下的手里,握着一把刀……

"便宜你们了。"雨衣男阴森森地自语道,"本来今晚就想动手的。要不是上头忽然把目标换成了更大的……"

他嘻嘻笑了两下,把刀慢慢收回去。

"算了,今晚就不'钓鱼'啦。"

《审判》第一天的拍摄不算太顺利,有好几处地方都出现了意外状况,演员发挥也存在一定问题,这种影片的主创都是真正的老艺术家,非常较真儿,不肯自降格调,几番打磨,天已大暗,误了散戏时间。

"今晚看来是要很迟才收了。"场务坐在灯箱上叹道。

冬夜天寒,导演订了一箱热饮外卖送到剧组,在休息的各组人员围了上去,一人一杯拿了捧手里,无论喝不喝,都能暖暖身子。

贺予在导演旁边学习,盯着监视器盯得眼睛都疼,但好歹稍微转移了些注意力。

等一场重头戏拍完下场,贺予才来到饮料箱边,里面剩下的大多是果茶了。他不喜欢喝果茶,低头翻找了半天,好不容易找到一杯热朱古力,但就在这时候,一只手却不紧不慢地把那杯朱古力从他眼皮子底下拿走了。

贺予抬起头来,天色很暗,晚来欲雪,而这里又没大灯,他适应了一会儿才看清来人。

结果他对上了谢清呈的眼。

谢清呈今天在隔壁 B 组。今日 A、B 两组都被安排在同一个场景地,也是主创们腕大钻硬,居然敢在第一天就排这种大场戏。开机首日用的演员、指导、替身、群演就非常庞杂。

谢清呈是这会儿才瞧见贺予,不然他可能都不会靠近。

沉默良久,他低头又拿了一杯果茶,转身就走。

贺予闭上眼睛静了静,拿了果茶,沉着脸回了摄影棚。

比起外面,摄影棚里倒还算暖和。

他发现因为专业支持需要，谢清呈和陈慢都已经从B组到A组来看拍摄情况了。而刚刚他让给谢清呈的那杯朱古力，谢清呈直接递给了在里面等着机位架好二次拍摄的陈慢。

贺予寒着脸坐在自己的塑料椅上，问助理要了一份作废的通告单，想了想，低头写了几个字，然后把通告单叠成了纸飞机。

纸飞机直兀兀地朝谢清呈背后飞去，掷在了谢教授的肩膀上。

谢清呈回过头，就看到十几米远的地方，贺予一手支着侧脸，一条长腿架着，姿态懒散，目光漠然，靠坐在塑料椅中央。

与他目光相接的瞬间，这个漂亮到近乎阴柔的男孩只略显挑衅地扬了一下眉，然后就翻着白眼，神情散漫地把脸转开了。

谢清呈拾起纸飞机，那上面好像隐约有几个字。于是他把纸飞机打开，看到废旧的通告单上鬼画符般落着贺予心情欠佳时再难看不过的字迹——

　　好喝吗？二位喝得开心吗？

谢清呈看完了，面色比平时更冷。然后他当着贺予的面，把通告单对折，一撕两半，径直扔到了垃圾桶里。

贺予没吭声。

他知道谢清呈十有八九就是这个反应，但他偏要这样去做，然后看着谢清呈那张比外头天气更寒冷的脸。

等谢清呈走到一个休息帐篷里坐下，贺予就找了个理由从导演旁边离开了，也跟着进了那个帐篷里。

谢清呈抬起眼帘，见是他，原本就很冷漠的眼神越发降了几度，凝了霜寒。

贺予一进帐篷就有些烦，他原本是想找机会和谢清呈单独说话的，谁知道这帐篷里围着塑料便捷桌坐了好几个在休息的工作人员。

"还有座位吗？"

"这里还有张凳子。"有个工作人员见进来了个大帅哥，而且还是导演助理，立刻起身，从角落里找了张塑料凳，给贺予擦了，递给他。

"谢谢。"

工作人员顿时羞红了脸。

不过她羞红脸也是给瞎子看，贺予拿着凳子就在谢清呈桌子对面坐下了。

这是一张长桌，大家都围着这桌子坐，上面丢着些杂物，有几个员工在扒拉盒饭。

贺予挺爱干净的，换平时，这种乌七八糟的地方他才不愿意待着，但这会儿他坐在谢清呈正对面，眼睛里一点灰尘也没有，只有谢清呈那张低头玩手机的脸。

谢清呈似乎打定主意不看他了，宁可盯屏幕都没再抬头赐给贺予半寸目光。

贺予可不会遂了他的心意，既然谢清呈不看他，他就低头给谢清呈发消息，反正就是要碍谢清呈的眼。

"谢医生。
"您装看不到我？"
谢清呈的手机在振动，他显然是看到了消息。
贺予等着，但谢清呈没回。

他心里的野草又开始疯长，谢清呈越是不理他，那种内心的压抑感就越强，而越大的压迫力下，人就越容易干出格的事儿来。

贺予也真是胆大包天了，居然敢在这样人员密集的场所，给谢清呈发了几张之前他处理过的"早上好"照片合影。

这一次，贺予看到谢清呈拿着手机的手都紧了起来，指关节微微泛白，面庞的线条也绷得更紧，浑身都散发出刀刃般锋利又冰凉的气息。

贺予更缺德了，他干脆伸长腿，偷摸摸地，在桌子下面去一下一下地踹谢清呈的脚，踹得还挺重。

谢清呈在这一刻终于抬起眼来，一双眸子非常锐利，虽然神色难堪，但竟还是冷静的——他没有想和贺予发火，和畜生发火又有什么用？

他漠然地回望着贺予，那眼神就像在盯着一个胡闹的狗崽子。

贺予在这样的注视下，莫名想到谢清呈之前被他整得狼狈不堪时说过的一句话：

"人和动物是不一样的，人有底线。"
谢清呈没说话，但贺予好像又从谢清呈的眼睛里读出了这句话。
他没来由地感到一种强烈的愤恨——
谢清呈要把脚拿开了，却被贺予的腿不容抗拒地抵住。
桌前大家都很放松，各顾各的，有的聊天，有的吃饭，有的玩手机，谁也没有注意到这边的暗流汹涌。

贺予像要把自己的目光嵌进谢清呈的瞳内，他深深地看着眼前这个……让他自己都弄不清自己为什么会变成这样的男人。

他陡然起了很强的报复心。

然后他低头打字:"谢医生的腿上力气好像不比从前啊。"

"是不是您年纪大了老寒腿,需不需要给个热水袋暖暖呢?"

"您看我这大老远地过来关心您的腿脚方便,我多热心啊,不然像您这种无妻无子的中年单身汉,除了我还有谁会多慰问您一句。"

越来越不像话。

如果让沪大给贺予颁奖的那些院校高层知道,他们评选出来的"十佳优秀男青年""学生会男主席""新生楷模""校特级品学兼优奖学金获得者",华誉加身、受励无数的贺予居然能发出这么损的消息,恐怕那些老耆宿的眼镜都能震碎,碎得四分五裂。

"还有那个陈慢啊,我一看就知道,他根本不是什么好东西,您居然还和这种人接触,我看您真是老眼昏花了。"

"啪"的一声。

谢清呈重重把手机扣在桌上。

力道之大,让周围所有人都愣了一下,回头呆看。

谢清呈根本没打算把这事儿闹到台面上来,但是他太光火了,力气确实没收住,这会儿他也不想让旁人看热闹,因此只字不言,最后极克制、极阴冷地盯了贺予几秒,然后起身就准备出去。

而就在这时,帐篷的帘子一掀一落,外面又进来一个人。

谢清呈的目光微微一顿。

贺予是背对着门的,但见谢清呈的神情,他估摸着是陈慢也休息了,进来了。

他现在看都不想看到陈公子,所以他没有回头。

直到对方的声音响起:"谢医生……你也来了。"

那是一个属于成熟男性的低浑嗓音,而且居然也散发着一股子消毒水的气息。

贺予此时才转了身,看到门口站着的是个穿着很考究的男性,三十五六岁的样子,手插在口袋里,姿态稳重,眼神平和。

男人的目光一转,又落到了贺予脸上。

他略微扬起眉:"这剧组熟人真多,确实是大剧——表弟,你也在?"

如果说刚才谢清呈见到这男人只是有点意外,这会儿听到男人管贺予叫"表弟",他哪怕再冷静,都露出了惊讶的神色。

这个男人就是之前谢清呈那晚送夜间急诊后,给谢清呈看病的沪一急诊科主任。

但同时，他居然也是贺予的表兄。

主任算是贺予的远房表亲，血缘有些淡了，两家也不怎么来往，贺继威和他们家长辈的关系甚至还很僵硬，只在家庭大聚会上才偶尔相见。他们压根漠不关心对方，感情比邻居还浅薄，因此贺予之前竟然都不知道这位表哥也是沪一医院的医生。

贺予都不知道，谢清呈就更不知道了。

沪一太大，职工之间未必全认得熟，主任和谢清呈的来往也并不密切，不过联合会诊，以及医生大会时见过几次。

谢清呈觉得自己虽与他接触不多，却还顺眼。

没想到这个急诊科主任，竟然是贺予的远房表哥……

32 ｜我接个戏

主任过来，也是做急症方面的指导的，不过需要他现盯着的场次不多，过两天就要回医院去了。

那大表哥人都来了，哪怕关系再淡，贺予也总不能干晾着他。

正好这时候有演员需要问谢清呈一些专业上的问题，助理跑来请人，谢清呈也就离开了。

贺予就陪大表哥去棚子外走走。

主任也抽烟，身上也有消毒水味，但闻起来不知为什么就和谢清呈身上的味不一样，贺予只觉得很刺鼻。

"你和谢清呈也认识。"主任问，用的是陈述句。

"家里人和你说过？"

主任抽着烟道："没。报纸上看的，之前沪大那件事，上面有详细报道。"

"那些老视频被放出来，他在很多人眼里算是身败名裂。"主任道，"你还和他走这么近吗？"

贺予没有回答主任的话，但他倒是意识到了。

这表哥也是沪一的，当年的一些事情，也许他知道些具体情况也说不定。

于是贺予问："那两个视频拍的时候，你也在现场吗？"

"你还真问对人了。我在。"

"那现场……"

"就和视频里拍的一样，没有冤枉他。不然你以为什么，视频是合成的？"

主任挑起眉，戏谑地看着贺予。

表兄弟俩并肩走着。

过了一会儿，主任道："不过我倒是觉得，谢清呈这个人藏得太深，他好像一直在隐瞒着某个秘密，不想被人知道。"

"你这么认为吗？"

"嗯。人在心里有事的时候，往往是精神紧绷的。他一年三百六十五天都非常冷静克制，每分每秒都是戒备全开的模样。那就是心事重的典型案例。"主任弹了弹烟灰，"不过你要是真的想知道，自己问他就是了。你俩在沪大广电塔案件里，也算是患难与共吧。"

他不提这茬倒还好，一提这茬，贺予的眼神就又黯了些。

主任道："怎么，他连你也不肯说？"

贺予道："没。我和他也没那么熟。"

由于和主任有了这段对话，下戏的时候，贺予的心情实在不是很好。

他没有跟着导演的车回酒店，反正今天的棚子离宾馆也不算太远，他就和主任结伴，兄弟二人一边散步，一边往回走。

谁知道途经一片夜市摊子时，贺予看见了收工后一起在吃夜宵的谢清呈和陈慢。

主任显然也瞧见了。

谢清呈坐在这种油腻腻的街头小店，确实是太过抢眼的存在，他气质清贵冷肃，腰背挺拔笔直，很难被人群所掩盖。

他似乎想抽支烟，陈慢劝他，还把他的打火机按住了，谢清呈懒得理陈慢，径直起身，去问隔壁桌的一位花臂大哥要了个火机，啪地点燃了香烟。

陈慢只得把火机还给他。

主任说："我见过这个人，他是个警察。上次我在急诊值班，谢清呈发烧了，被送到医院来，就是这个警察陪着他。周护士说更早之前还有一次，也是他看着谢清呈挂水。这两人年纪有点相差，但关系挺铁的啊。"没想到这些医生一个个表面上看起来很正经，其实八卦得够可以的。

贺予不动声色地听着，半点情绪不露。

但告别了表哥，回到宾馆后，贺予那种嗜血狂躁的欲念更深了。

电梯门打开，他往房间里走，想要尽量不看到活人，免得有想要起暴力冲突的愿望。但走到自己房间附近的时候，他正好看见谢清呈他们的房门是打开着的，门外停着一辆手推车，估计是谢清呈在电话里叫了客房服务，要清扫浴缸。

贺予对他这种喜欢泡澡的习惯很了解，以前谢清呈在他们家小住的时候，只要白天太忙碌，他晚上通常都会泡个热水澡缓一缓绷紧了一整天的神经。

果然，他稍微侧头看了一下，就瞧见一位客房服务员在淋浴房里洗洗刷刷。

贺予听到隔壁的客房服务员要走了，也不知脑子抽了还是怎么着，竟然把人喊住了。

"请问先生有什么吩咐吗？"

贺予看似沉静地说："麻烦您帮我也把浴缸清洁一遍，谢谢。"

客房服务员走了之后，贺予就和谢清呈一样泡了个澡，躺进里面的时候，他感受到温热的水，仿佛能把胸膛的空缺填满。

他没开浴室灯，在黑暗中，闭着眼睛在温水里躺了一会儿，由着水波静静荡漾着。

陈慢的身份。

表哥的话。

谢清呈冷峻沉静的背影……

"他有秘密，他一直都很紧绷。"

"他连你也不肯说吗？你们在沪大广电塔案里也算患难与共。"

贺予的呼吸渐渐沉重，有一种酸胀的感觉在撕扯着他的心，让他那曾经企图要戒断谢清呈的念头，消散得彻彻底底。

是，他是无法从谢清呈那善于伪装、满口谎言的嘴里撬出一句真话来。

谢清呈什么也不肯和他说……

当贺予换上干净的衣物走出浴室时，他看了一眼镜子里的自己，忽然深深地感到镜子里那发梢淌水的孤独少年，真的很是可悲。

"贺老师，您在吗？"头发吹完，外面忽有人敲门。

这年头互不相熟的社会人，都习惯尊称对方一声"老师"。

贺予把门打开，外面站着的是黄总的助理。

"有事吗？"

"哦，是这样的。"小助理推了推眼镜，面对贺予她还是很紧张，"这是剧本，这是接下来几天的通告，还有这个，这是一些有短台词和戏份的人物名单。黄总说这些角色他们原本也是要找有经验的群演来接的，他不知道您是否有兴趣，也选一个试一试。"

由于备受总制片黄志龙先生的关注，加上他妈吕芝书在电话里千叮咛万嘱咐，要黄总多给贺予安排些不同的实习和体验机会，因此贺予除了日常在导演旁边学习之外，黄总还把友情客串给安排上了。

贺予把那一沓厚厚的资料接了："谢谢，辛苦你了。"

晚上贺予就一个人在床上看了很久的剧本，黄总的助理做得很贴心，把那些客串的戏份都用不同颜色的笔画了出来，还做了个目录梳理，看起来并不费神。

贺予全部看完之后，发了条消息给黄志龙，用万变不离其宗的客气套路，谢过了黄总的特殊关照。

然后他选了一个角色说有兴趣学习客串。

黄总一听那角色的名字就愣了一下，他原本以为贺予会第一个把那个角色淘汰的。

"你没和我开玩笑吧小贺。"

"我是说认真的。"

在微乱的床铺上，通告单散着，其中后天的那张单子上，标了一个客串人物，被贺予最终圈了出来，选定了他。

而通告单的备注栏里，则清清楚楚地写着：本场需心理医学专家跟组指导。当日专家：谢清呈。

33 | 你看我怎么拍

临时搭建的小休息棚内，谢清呈和贺予面对面坐着。

贺予要了那个让剧组棘手不已的角色，黄总估计这会儿都在偷着乐。

这种角色戏份非常少，就是个龙套，但难度又十分高，还有挺难把控的吻戏，很多人都介意。剧组去科班拉个人，人家都不愿意来，找个群演，又怕尬戏，而且编剧写的是个"看起来文质彬彬的黑帮老大，相貌英俊，气质高贵"，上哪儿找那么个临时龙套去，其实是特别烦的一件事。

结果贺予说他来。这简直是天降甘霖啊，黄总能不给吕总烧高香？

拍吻戏这事儿其实很讲究，事先要商量得非常清楚，借不借位，怎么借，要演出什么感觉——深情的、玩弄的、急切、克制的，经验丰富尽在掌握的，青涩茫然一无所知的，都得事前讲明白。

导演在拍戏前，特意找贺予沟通了一番，沟通完之后导演都要热泪盈眶了——黄总打哪儿找来的这么一位救世主啊？

贺予几乎什么条件也没有，导演小心翼翼提出的需求，他都非常配合地接受了。

他说他学的也是幕后，很能理解导演的难处，更能明白导演想要将作品完美呈现的那份匠心。

他唯一提出的要求，就是要和本场的心理指导专家谢清呈，单独多谈一会儿。

"您也知道，我没有经验。"贺予非常谦虚，简直要把"清纯良善"四个字给炼化成衣披在身上，"很担心会给大家添麻烦，所以我想请谢教授提前多教教我这个戏。"

众人一致觉得，这真是苦了贺予。看看，多有修养的一孩子啊，他为了艺术也算是献身了。孩子就这点小要求，导演能不答应吗？

立刻把谢清呈请来给他做单独的心理辅导了。

这场戏是露天的，讲一个黑帮老大在野外和他对手的女人拉扯。

那女的其实喜欢这位年轻英俊的男人，但是她已经是三个孩子的母亲，在最初的心意摇摆后，已经渐渐冷静下来，尽管心里难受，还是选择和男人分手。

男人不愿意，就将车停在了荒凉的郊外，两人一顿拉扯，整个过程中，他们内心都是深爱着对方的，但各种错综复杂的关系已经将这份爱变得太沉重。

男人在回国接手他父亲的盘子前，是个心理医生，他在言语上很能诱导女人，女人回去后不久，还是因为承受不住双重的煎熬，选择了……

冬季风大，剧组在露天荒道外，搭建了许多移动棚子。

贺予和谢清呈此刻就在其中一间，棚子围着厚重的挡风帘，大家都知道他俩在谈事，没人会进来。

谢清呈在抽烟，外面哗哗地下着大雨，山区的冬夜非常冷，他的脸庞在寒夜中没有太多的血色，那一明一暗的烟火，反而成了他身上最明亮的一点色泽。

"这种心理状态很疯狂的戏，谢教授觉得该怎么演啊。"

"不知道。"谢清呈没有丝毫表情。

贺予笑笑。

"这个角色是你本色出演。"谢清呈冷冷地隔着微晃的马灯看着贺予，"你用不着我教。"

贺予垂眸道："您既然这样说，那我也就心安理得地接受了吧。"

谢清呈抬眼，没有半点温度地看着他，在正常情况下，谢清呈这种冷静的人是不会被轻易激怒的。

他看着贺予，唯一的反应只是这样抬起眼，然后说了句——

"你要不吃点退烧药吧，你这样上去，我实在很替和你对戏的女演员感到不安。"

可他嘴上说着不安，眼里只有讽刺的冷意。

贺予蓦地不语了，片刻后，他眸色幽寒地望着他。

"您现在倒是知道管我了。之前我给您发那么多消息的时候，还以为哪怕我病死了，您都不会再搭理呢。"

谢清呈冷道："你是不是听力有问题？我担心的是和你对戏的女演员，不是你。"

"……"贺予是真想一巴掌扇在谢清呈那张脸上，然后告诉他自己是真的快压抑死、煎熬死了。他还在那里说风凉话。

可是一巴掌扇下去又有什么用呢？

他曾经在会所当胸踹了谢清呈一脚，把男人踹得都一下子站不起来了，但谢清呈还是用那种不屈的、冷静的眼神看着他。

一巴掌能解决什么？又能挽回什么？

谢清呈站在已经被他掀开了半卷的暖帘前，给贺予下了个临床诊断意见："超过40℃就去找你表哥看急诊吧，别烧坏了。"

说完头也不回地就走了。

留贺予一个人站在还留着他淡淡烟草味的帐篷里，表情阴晴难测。

谢清呈这场得在主创棚子里看监视器中贺予的表现。

贺予拍戏前先走过去和编剧他们打了声招呼，灯光充足的地方就可以把他的脸看得很清楚，他做了一个很阴柔斯文的妆造，乜着眼望过来的时候，嘴唇带着些温柔含蓄的笑。

看上去，竟还有些害羞腼腆。

"放松点。"黄总说。

"哈哈哈哈贺老师，别紧张。"胡毅说。

贺予谢过了，走到谢清呈身边时，忽然停了下来。

贺予不动声色地看着他，众目睽睽之下，他和谢清呈彬彬有礼地说："谢医生，多谢您刚才的指导了。希望我等会儿的表演，不会让您失望。"

谢清呈当着众人的面，不好多说什么，他拿着烟，腰背站得笔直。

他黑眼睛静静地回望着贺予："我拭目以待。"

贺予眼眸垂了，唇角挂着微笑，侧着身，助理在他身后打起伞，他与谢清呈擦肩而过，走入已经搭好的拍摄现场。

下着暴雨的车边，导演拿着剧本，和贺予他们又最后讲了一遍戏，然后鼓励了两位演员，就关了麦克风，让他俩坐在要进行表演的车上，互相适应一会儿。

女演员是剧组费神找来的，虽然是三线，但是长相和经验叠加在一起，已经是剧组能找到的最合适的人选。

她在和男人最后一次幽会旅途中，打算和对方挑明分手。

这一天，她穿着睡裙，头发也没有梳得太整齐，忽然就说想开车出去兜兜风，她就这样上了男人的车，两人一路开得沉默无言，驶出了很远之后，她把想法都和对方说了，男人蓦地停了车，接下来便是那段重头戏。

女演员有些紧张，不敢看贺予，在那边拨弄着自己的头发，拨弄着拨弄着，又觉得贺予比自己年纪小那么多，还是个学生，自己好歹是前辈啊，怎么着也该带着他些。

于是她清了清嗓子，勉强让自己镇定下来，开始闲谈。

"小伙子，紧张吗？"

贺予笑笑："还好。和你差不多。"

"没事，一会儿你就当镜头不存在。别太担心。"

"谢谢。"

女演员见弟弟也没太紧绷，自己也跟着稍微放松了些，终于有勇气转头看贺予的眼睛了："谈过女朋友吗？"

贺予看似一个很亲和的人，但其实距离感和分寸感都挺重的，他笑而不语。

女演员自顾自说："我有个朋友教我说，你如果谈过朋友，一会儿实在入不了戏，你就闭上眼睛，尽量去想象对方的样子。"

贺予又温柔地说了句："好。谢谢。"

女演员眨了眨眼，脸有点红。

给他们的时间过得很快，两人又聊了一会儿有的没的，导演就要求正式来一遍了，第一条开始。

前面一段文戏，全是女演员的独白，女演员这段戏没有问题，演得挺动情的，声泪俱下，泣不成声。

雨点噼里啪啦地砸在窗玻璃上，贺予按下手刹，冷冷回过头来："你说够了吗？"

"你让我下车吧，我想走了。"

女演员松开了安全带，要去开车门，贺予一言不发地上了锁，将她拽过来："你有这么讨厌我？非要这样对我是吗？"

女演员说："我是个母亲！我有丈夫有孩子，我丈夫还是你的对手，你知道我这些日子有多痛苦吗？你饶过我也饶过你自己不好吗？"

贺予说:"你根本就不爱你丈夫。你的婚姻从一开始就是错误的,这一点你心里应该很清楚。"

女人不听,还是流着泪去扳车门,低声道:"我得回去。"

"你如果要走,我就第一个拿他下手,你留在我身边,他才能苟延残喘地多活一阵子。你给我坐回来,你要敢下车回到他身边,我今天就敢直接撞死你。"

女演员惊怒,难以置信地盯着情人的脸,好像第一次看清他似的:"你……你怎么可以这样?你简直是个疯子!"

导演说:"卡!倩倩,你这个情绪不对。"

倩倩是这个角色的名字,导演一般直接叫演员剧中的名字,更方便演员入戏。

女演员缓过神来,擦了擦泪,老实虚心地听导演指教。

可惜导演是个特别酸的掉书袋读书人,南方口音又重,女演员则是个北方女人,两人交流起来实在有些费力,鸡同鸭讲,云里雾里。

最后贺予听明白了导演的意思,说:"我来吧。"

他问女演员:"姐,你有没有觉得你的台词有什么问题?"

"没有呀。"

"你看。"贺予很耐心,"剧本上写你很纠结,很伤心,但你骨子里是个性格强硬的人,也很聪明。你提出了分手,对我的反应,你其实是意料之中的。尽管我说你敢走我就杀了你这么重的话,你确实感到了一些惊讶,不过由于你之前已经见过了我太多次杀人,你内心深处其实很清楚我是个怎样的狠角色,所以这种惊讶的程度,不会太高。"

女演员说:"可、可我刚才演的就是这个意思啊。"

这可能是南北方人之间性格张弛度的差异。

贺予想了想,从随身别着的麦里和导演沟通了一下。然后对女演员说:"你在这里稍等我一下,我回棚里问一问具体情况。"

女演员说:"那我也——"

"你坐着吧。"贺予替她关上车门,尽管女演员也有一个随组的生活助理,但这会儿雨实在太大了,她的睡裙又拖又长,万一溅着泥水很麻烦。他说:"我去就好。"

贺予返回了导演棚内。

监视器前,主创一行人都坐着,谢清呈在最角落,看不出任何表情。

贺予瞥了谢清呈一眼,但现在不是关注谢清呈的时候,他又很快把目光转到了导演和胡毅身上,与他俩低声交流了一会儿。

三个人其实都是幕后工作的人，对语言的敏感度也很高，商量起来并不费事。贺予迅速和他们完成了沟通，正准备要回露天现场去，但手还未碰到暖帘，外面就有个人把帘子掀开进来了。

是今天在附近跟 B 组的陈慢。

陈慢迎面和贺予撞了个正着，陈慢朝贺予笑笑，贺予淡漠地将他从头打量到脚，最后目光落在他提进来的一袋外卖热饮上。

"谢哥胃不太好……这里太冷了，我那边已经差不多了，就下去买了些热牛奶。"

陈慢一贯性子急，贺予还一言未发，他就连珠炮似的和对方解释，解释完之后他就侧身进去了，猫着腰到谢清呈身边。

"哥，给你的，暖暖身子。"

贺予侧头扫了他们一眼，谢清呈似乎也很意外陈慢来了，但他确实抵御不了热饮的诱惑，接过了陈慢递给他的纸杯。

陈慢小声地说："吸管在这里，你们这边还要多久……"

"我们这儿才刚开始，你自己先回去吧。"

"没关系，我等你一起。"

尽管声音很轻，但贺予还是听得非常清楚。

窸窣轻响。

贺予忽然把暖帘放了下来，也不走了，他反身回到了导演身边，低眸垂睫地在导演耳边轻声说了些什么。

导演有些意外："你想这样吗？不会更影响你们发挥吧？"

"摄影、打光他们都还在。"贺予平和道，"也不差再多几个。您得盯着监视器不能走，不过谢教授他们还是应该看着现场。也许有什么问题调整起来更快，这样效果还能好些。"

救世主都这么说了，又确实是在替表演效果着想，导演很是感动，答应了他，起身回头，点了贺予要求跟过去看现场走戏的人。

"胡老师、小张，谢教授，你们和贺予现场去一下吧。"

谢清呈抬起头来，隔着陈慢，目光落在了人模狗样的贺予身上。

贺予倒是很淡然，看也不看他一眼，眉宇间似乎还有些阴鸷的意味——对，他就是明摆着不让谢清呈在这里喝着热饮偷闲舒服。

张助理和胡老师都已经起身，最终谢清呈也站了起来。

谢清呈已经感觉到了贺予的挑衅，感觉到了贺予的没事找事，他不想把陈慢也卷进来，更不想贺予再在陈慢面前说什么过了头的话，于是嘴唇几乎轻微不动地对陈慢说了句："你先回去吧。"

然后他走在最后，跟着已经头也不回往前走的贺予，去了野外的摄制现场。

34 | 你听我说私语

野外摄制现场的雨下得很大，工作人员搭起了遮雨油布，好让其他人站在里面避雨。不过所幸现场也没留太多人，站着并不嫌挤。

贺予上了车，把沟通完的结果和女演员说了："我们删一句台词。"

"哪句？"

贺予点了点她手上的本子："这句。"

女演员又把台词念了一遍："你……你怎么可以这样？你简直是个疯子！"

贺予说："对，你只说最后一句就好，不要有太大的情绪起伏，声音轻一些。你把那种惊讶的情绪，更多地转变为和爱人沟通未果，他理解不了你的痛苦，你心如死灰的感觉，你试试。"

女演员喃喃地琢磨了一会儿。

然后她看着贺予，轻声说："你简直是个疯子……"

贺予点头，通过随身麦对导演说："导演，我们再试一次吧。"

这一遍果然顺利许多，虽然还不能打八九十分，但至少勉强能合格，两人进行了一番高情绪的对话。

女演员很意外，导演喊卡之后，她问贺予："你怎么知道这样演会好？你以前演过这样的戏吗？"

"没有。"

"那你……"

"我见过这样态度的人。"

贺予顿了一下，目光略侧，落到隐在打光布后面站着的谢清呈身上。

谢清呈脸上一点表情也没有，甚至没有在看他表演，而是低头玩着手机。

稍事整顿，第二段剧情又开始。

这一段，就是重头戏了。

一镜到底，一开头是讲贺予被艾倩倩再一次坚定地拒绝，盛怒之下两人发生争执，艾倩倩被他激得情绪失控。

表演开始。

"你是不知天高地厚了。我这里想来就来，想走就走。你把我当什么人？"镜头之下，贺予阴沉地抬起杏眼。

青年演技青涩，但气场却是对的，端的一张豺狼虎豹的脸。

他俯身过去，逼视着她，嘴唇翕动："艾倩倩，你和我什么事都做过了，现在突然要做什么贞洁烈妇，你可不可笑。"

女演员道："你住口。"

她用的是贺予之前带给她的情绪，依旧端着，冷静和伤心居多，愤怒还压着。

这种情绪是对的，能勾到贺予的戏。

贺予低头笑了笑："你一个已经结了婚的女人，还带着三个孩子，我纡尊降贵看得上你，你实在是不识好歹。"

"你别说了……"

"你自己也知道，你和他是回不到过去了。"

女人道："这是我最后的选择，无论怎么样……我不后悔……"

"你有选择的资格吗？"山雨欲来风满楼，贺予眼神沉幽，里面暗流汹涌，然后未及对方反应——

他夹着烟的手按在车座上，将座椅放下，动作忽然粗暴，低下头去吻她，女演员睁大眼睛……

"卡！"导演的声音从麦克风里传来，"那个，倩倩啊，你情绪还是不太对，我们得再聊聊。"

导演是个细节狂，贺予松开女演员，给了她和导演沟通的时间。他自己则在这时侧过脸，一双犹带剧中阴沉疯狂，又非常漂亮的眸子一抬，再一次似有若无地向谢清呈身上瞥去。

结果这一次，谢清呈还是没有看他。

贺予看女演员还在和导演沟通，径自下了车，砰地甩上车门，雨幕里他手插在口袋里，脸上的表情介于"贺予"和"年轻的黑道老板"之间，这种气质像软剑蛇鞭，看似不那么坚硬肃冷，但谁都知道狠起来也足够要命见血。

众人都有些戚戚然。

他钻到挡雨油布帐下面，和胡毅客气地点了下头。

胡老师道："贺老师是不是还有什么问题呀——"

在所有人的注目下，贺予笑笑说："我心理上有点儿把握不准，找谢教授谈一下。"

在哗哗啦啦的雨声中，贺予站在谢清呈面前，盯着他的眼，阴柔地、温声温语地说："谢教授，您说说，我刚才演的情绪对吗？"

"……"谢清呈周围的人都知道谢清呈刚才根本没看戏。

其实谢清呈非常负责，其他人的场次，需要他看的，他都指导得很到位，一点表演的细节他都不会错漏。

其他人估计谢清呈今天可能是有什么事，所以贺予演戏的时候，他才一直在玩手机。但大家也觉得谢清呈真是倒了霉了，贺予居然亲自过问。

那他怎么答？

谢清呈抬起眼帘，静静地看着贺予："我没看你演。"

众人皆语塞，真直接。

贺予笑着低头："谢教授，导演要您指导我，您就这么指导啊？"

"因为你之前和我沟通时说的情绪都是对的。"谢清呈说，"我认为我甚至没有必要继续站在这里。"

贺予不笑了，一双杏眼黑沉沉地凝视着他："请您继续站在这里。"

"没有您，我心里就没有底。"

"今晚不管有谁等您，请他回去吧。您得看着我。"贺予森森然道，"这样我演得才能踏实。"

谢清呈看到贺予说完话之后无声无息咬了一下下唇，那一点虎牙又尖尖地露出来了，与之出鞘的是旁人角度瞧不见的邪佞。

这一条重新开始。

贺予回到车内时，女演员显得很无助。

——因为她还没能和导演达成内心共鸣。

导演一直在试图让她自己明白那段戏是哪里出了问题。

"你到底应该表现出什么嘛，再好好想想。"

女演员面对腕儿那么大的导演，本来就慌，眼见着导演有些火了，就更是无助："我……我应该表现出惊讶。"

她只敢按剧本上的内容说。

贺予一回来就看到她这样窘迫，想了想："姐，你试一试转过头去。"

"包括等会儿演的时候，你应该是激烈抗拒的，不用顾及我，你要是高兴，想咬人都可以。"

顿了顿，贺予又补了一句。

"但是那种抗拒不是完全仇恨的抗拒,你的内心其实又很喜欢这个男人,你明白吗?"

他说罢,还让她不要那么紧张。

导演给了时间,让两人酝酿情绪,以及商量接下来的表演细节,等重新打开录像开始时,导演得到了意料之外的收获。或许因为贺予本身学的是编导,比大多数他这个年纪的纯演员要通透、大胆,也放得开。

女演员得了点拨和引导,情绪也慢慢步入了正轨。

争吵,落泪,气氛一点一点地往上升温。

麦克风收到贺予沉缓的威胁声,步步逼人,而被逼的女演员从强自冷静到愤怒,从愤怒到伤心,两人的对话形成了一个无形的气氛旋涡,慢慢地就把那些原本还心不在焉的工作人员的目光吸了过去。

谢清呈也在角落里冷眼看着。

别说之前贺予特意过去让他别玩手机,只论现在的气氛,这黏度也太高了,所有人都开始被卷进去,他若刻意转开,反而显得古怪。从他这个角度瞧不见贺予本人,却能看到摄像的小屏幕,屏幕上投影出青年的侧影,像阴云垂落,把女演员压制得无处可退。

但她总算在导演看不下去又要喊卡的一瞬间,记起了自己身在何处、所饰何人,身子仍在抖,却蓦地紧绷起来。眼神也骤然绝望冰冷下去。

于是一双眼欲未消,又催出悲恸,还带着些女演员本人及时补过的仓皇。

那种仓皇放在监视器里看,似乎也能理解为角色的仓皇。

导演看着镜头里女演员含泪的漂亮眼睛,心想都拍到这里了,总也有能用的,而且长镜头这样重的情绪,演下来不容易,于是这条便算了,喊停的动作缓下去。

女演员慢慢回笼神志,这样屈辱地望着贺予。

"你这样对我,我只会恨死你。"

贺予按剧本演,这时候角色的火已消了,理智回归,看到喜欢的人如此神情,心蓦地一痛,陡然间又后悔了。

他有些手足无措,想要擦她的泪,被她打开了。

贺予垂下手:"对不起……"

"你别恨我。"

"好,卡!这条过了。机位调整,演员休息一下,等会儿再来第二条。"

一场戏好几个角度拍摄,其实没什么一条过的,哪怕拍得合适,也会多留几条,方便剪辑。

也就是等会儿他们还要再来一次。

贺予直起身，他很想看谢清呈这一次是什么反应。

于是披上上衣，走到油布下面，然而得到的结果还是很令他愠怒。

谢清呈看是看了，但他现在在角落里抽烟，神情极淡，好像半点都未受到刚才贺予表演的情绪波及。

谢教授抽着他的烟，轻轻一呼就是一片迷离的人间四月天，他像天上人，云里雾里看不见。

贺予今晚的愤怒几乎到了极点，他本身气质平易近人，长相还有些阴柔之美，不过演变态年轻黑老板才更接近他的真本色，这时候借着入戏的由头，便可以肆无忌惮地把"我有病，你们离我远点"挂在脸上。

他周围没人敢说话，甚至没人敢靠近。

助理凝神屏息地给他递了水，他仰头喝了，却好像不渴，拿水漱了漱口，然后往塑料椅上一坐，气压低沉地开始看后面的剧本。

大家仍没从气氛中出来，除了雨声，周围静得连根针掉在地上都能听见。贺予来回哗哗翻着剧本，忽然邪火上涌，还是按捺不住，啪地合了本子。

"可以别抽烟吗？"

冷不防一声带着怒气的斥责，吓得众人心尖一抽。

左顾右盼，吸烟的人只有导演的特助小张和谢清呈。

小张之前也抽，贺予根本没管人家，能忍就忍。他的不满是针对谁，心窍玲珑的一想就能明白。

零星有人朝谢清呈望去。

谢清呈不想多啰唆，有时候冷静的回应比发火更能解决事情，所以他把烟熄灭了，顿了顿，淡淡对贺予道："不好意思。"

贺予蓦地回头继续翻剧本，也不再看他。

在这比深海还压迫五脏六腑的气氛中，新机位被迅速架好，小张松了口气："来，各位老师回来了，第二条。"

第二条开始。

因为戏里那种混沌暴戾的氛围蔓延到了戏外，裹得女演员越陷越深，她竟是超常发挥，演得极为动情。

贺予假动作尺度把握得很好。

演到深处，女演员揪紧了他的衣服，眼尾堪堪落下两行泪来。

"我……"她哽咽着，"我……"

这一条她最后的结束词是"你这样对我，我只会恨死你"。

可她的喉头哽着，就那么不尴不尬地卡在那里，"我"了半天说不上来。

导演在监视器前气得和周围的人小声直叹，连拍桌子，眼见着再等下去不行了，干脆就要喊停。

然而就在这时，贺予忽然接了她忘词时，演着恨、演着怒、带着慌、带着怯的反应。

贺予居高临下地看着她，用了一种和前一条完全不一样的神情，那是绝望的、炽烈的，仿佛要触死南墙，飞蛾扑火，又疯又冷："没关系。那从今往后，你就恶心我、厌弃我、恨我吧。"

距离很近，谢清呈站在油布篷下面，外面瓢泼大雨也盖不住贺予的声音。

于是他听到了这句话。

冷静了一整个晚上的谢清呈，终于在贺予这句话出口时，蓦地僵住了。

谢清呈盯着监视器屏幕——

监视器上青年的眼神狠绝，沾染着不计后果的狂热。

贺予还不肯停："从来没有人真实地爱过我，至少以后会有强烈的恨，那也是好的。"

满室寂静。

这台词改得太震撼，情绪太令人心颤，导演愣了好一会儿，才猛地击节拊掌："好！卡！"

收了戏，胡毅对这条的即兴非常满意，笑着揽过贺予的肩和他絮絮叨叨。

贺予结束了表演，又是一副喜怒不形于色的样子，他长睫毛一抬，回到导演棚子，在监视器前细看效果时，有意无意又瞥了所有同行的人一眼。

然后他顿了顿，眸色更深。

谢清呈不在了。

他看了一圈，整个棚子里都没有了谢清呈的身影，那个人不知道什么时候已经走了，消失在了雨幕里。

35 | 我与你在雨中

谢清呈是直接从拍摄现场走掉的，连导演棚都没回。

所幸这已经是今晚的最后一场最后一条了，贺予在监视器前看了自己演的内容，和导演沟通了一会儿，准备收拾东西离开。

可就在这时候，陈慢走到了贺予身边。

陈慢还真就没走，他见所有人都回来了，只有谢清呈不见踪影，于是跑去问贺予："你看到谢哥了吗？"

贺予不答。

陈慢又问了一遍，语气里似乎有些焦躁的意思。

贺予慢慢抬起头来，拉上书包拉链："你直接打给他不就好了，问我干什么。"

"他手机没电了，之前还问我借充电器，我都没来得及给他……"说到一半，看清了青年眼里的冰碴子，陈慢蓦地住了口。

贺予笑笑，笑容甜蜜而幽森："你弄丢了人，怎么问我要。陈警官，你不是和他更熟吗？"

他说完笑容又倏地敛了，阴晴不定堪称病态，把书包单肩一挎，插着口袋就走。

他估计谢清呈还没走远，而且十有八九走的是比较安静的小路，于是上了保姆车之后，让司机往岔路上开。

冬日鲜少有这么滂沱的雨，下得车窗一片模糊，但贺予还是一眼认出了不远处那个身影，他心想自己猜得果然没错，便让司机追上去。

司机摸不透贺予喜怒无常的内心，但从后视镜一瞄，觉得贺予脸色不虞，认定贺老板是看这个男人不顺眼，于是把车开得飞快，车轮故意碾过一个水洼，很狗腿地溅了谢清呈一身泥浆。

谢清呈停下脚步，转过身来，他的手还插在裤兜里，一张俊脸铁青，原本挺括的风衣还在往下滴泥水。

保姆车的自动门缓缓打开，车内的暖气扑面而来，却让谢清呈眉目间的霜雪更寒了。

"你有意思吗贺予。"谢清呈看清了保姆车里的人是谁，便每个字都像冰刃，"你幼不幼稚！"

贺予坐在保姆车里，停在谢清呈面前，被他骂了，却打心底里生出一种扭曲的快感。

他说："谢教授，这么大的雨，怎么不打伞就走了。上来吧，我带你回去。"

"滚吧你。"

贺予依旧是笑着的："您这衣服都湿透了，怎么火气还这么大，谁招你惹你了？"

谢清呈当然不想把心里话说出来，司机还在支棱着耳朵听。

贺予看着他浑身湿透，又冷又恨的样子，觉得自己内心的某种欲望被极大程度地取悦了，他从旁边拿了把黑色碳素手柄的伞，一截手腕探出去，砰地撑开。

雨声瞬间扩大了无数倍，在伞面上滴滴答答。

他依旧高坐于保姆车上，但倾了倾身子，把伞递给谢清呈："不想上来的话，这个给你。"

想了想，长腿往前一伸，一只脚踩在车外舷上，另一只脚随意垂下，他身子俯得更低，用只有对方能听见的声音说："哥，你就这么恨我啊？"

"贺予，你知道你哪里有病吗？"

"不是脑子。"

谢清呈在雨幕里极冷地注视着他："是心。你心里有病。"

"你把血当药，把恨当医，这样下去，谁都救不了你。

"你看看你现在的样子，就是自甘堕落，自我放弃。你让我很失望。我觉得我过去在你身上花的所有时间和精力都再不值得。

"那些时间对我而言其实很宝贵，现在我却觉得只是喂了狗。"

谢清呈说完，头也不回地就走了，往车子绝开不了的人行窄路行去。

贺予杏目幽深，慢慢靠坐回车上。

司机从后镜看到他的表情，只敢轻声细语地问："贺老板，那……咱们现在走吗？"

"走啊。"贺予笑笑，眼神寡淡森冷，如疯如魔，但语气居然还是很客气的，文质彬彬，斯文知礼，"麻烦您送我回酒店，谢谢了。"

司机抖了一下，车内开着暖气，有一瞬间却觉得毛骨悚然，惊出一身冷汗。

回到宾馆内，贺予从镜子里端详着自己。

谢清呈说他把血当药，把恨当医。

他觉得很可笑。

难道他想？

可他拥有药吗？他拥有那座通往正常社会的桥梁吗？谢清呈还说过去花在自己身上的时间、精力都很宝贵，现在看来是喂了狗……

到底是客气了。

只怕谢清呈内心深处不只是觉得喂了狗，狗尚且会摇尾乞怜，谢清呈应该骂他是中山狼。

那男人可以骂得更狠。

反正他不在乎了，他早就不在乎了。

在谢清呈离开他时，在广电塔的视频下，在谢清呈说精神病的命不值一提时，在他反复向谢清呈说自己病了却始终等不到谢清呈一个字回复时。

他就已经无所谓了。

他甚至觉得他们就这样互相折磨到死也不失为一种很好的结局。

他躺在床上思来想去，最后却发现自己怎么也无法平静下来，怎么也睡不着。

贺予暗骂一声，起身去了洗手间，唰地关上了磨砂门。

在腾腾的热气中，他的额头蓦地抵住冰凉的瓷砖墙面，淋浴房的灯没开，他轮廓分明的侧脸陷在黑暗里。蓬头喷出的激流冲击着他的后背，飞溅在他的血肉之躯上。

他闭上了眼睛，他想，这确实是，见了鬼。

由于广电塔案后，贺予犯病太频繁，持续时间又太长，一个需要内心冷静的人，起起伏伏的感情那么多，他的病症开始加重。

照理说今天发生这样一些小摩擦、小刺激并不会给他带来太大的影响，可是贺予还是病发了。

他在淋浴房冲凉过，平复过自己，可是到了半夜，他的病症还是剧烈地外释了。

体温计上的显示逼近39℃，想要见血、想要摧毁东西的欲望开始腾腾地往上蹿。贺予吃了一把药，勉强挨过了后半夜。

清晨时，一夜未眠的他隐约听到隔壁房间传来动静。

贺予翻出手机看了一眼通告。

通告上显示这是陈慢最后一天现场指导了，需要有他跟组盯看的戏将在今天结束。

这场戏开得挺早的，通告上的安排是早上6点就要出发。

估计这动静就是陈慢折腾出来的。

贺予在被窝里翻了个身，拿着手机再往后翻了翻，发现谢清呈还得在剧组待到年前。

他的内心突然好受了许多，如果不是他在这时候听到谢清呈的声音从隔壁传来的话。

36 | 再遇当年人

"没事，我送你。"谢清呈说。

"哥，你再睡一会儿吧，你昨晚都没怎么睡好。"

"别那么多废话了,走吧,我今天没事,回来一样可以休息。"谢清呈的声音停了一下,"你的行李箱呢?"

"在衣橱里面。"

"那要随身带去吗?还是下午你再回来拿。"

"不回来了,拍完我得直接走,我妈说外公他们今晚到沪州。"

"行。"谢清呈说,"我帮你拿着,走吧。"

门一开又一合,两个人的脚步声,以及拉杆箱的滚轮声,一同渐行渐远。

贺予蓦地起身,头发微乱地坐在床上。

他没听错——谢清呈陪着陈慢去B组了。

贺予顿时不愿继续在房间里躺尸了,尽管烧得厉害,暴虐和嗜血的渴望又在心里燃得那么炽盛,他还是决定起床出门。

他也要去现场。

陈慢跟组指导的最后一场是案件侦破的大戏,大群戏,几百号群演要盯着,拍摄地点则是附近的有关学院,实地取景。

贺予捯饬好自己过去的时候,晨曦已盛,他们已经拍了一段,现在正在调整部分群演走位,其他没轮到的人都在各自休息。

人太多了,贺予一开始并没有看到谢清呈,找了一圈,才发现陈慢和谢清呈站在一棵白梅树下。

谢清呈背对着他,正在朝霞漫天中,和陈慢说些什么。

贺予距离有点远,他俩讲话的内容贺予只能模糊听见一点。

"没关系嘛哥……反正是演戏,又拍不到你的脸。"

谢清呈在说话,但贺予没听清。

陈慢笑得更明朗了:"你就当给我的杀青礼物?"

这回谢清呈的声音倒是能听见了:"你又不是演员,要什么杀青礼物。"

陈慢要的是什么杀青礼物呢?

贺予走得更近时,就看得很清楚了。

刚好这时候谢清呈也转过了身——映入眼帘的不再是那个挺拔的背影,而是谢清呈英俊的面容。

贺予不由得停下了脚步。

谢清呈穿的居然是警校的制服。

男人警帽压得略低,将他深邃的黑眼睛藏在帽檐的阴影里,银扣皮带紧扎着,腰线完全被勾勒出来。这身藏蓝色的冬季正装将他的身段衬得格外修长,气质则越发肃杀冷锐，严谨严格。

　　白梅树下，他一回头，倒也不知是花更透冷还是人更透冷。

　　谢清呈转身的时候有风起了，点点白梅落下，像下一场皓然微雪，落在他的制服上。他的目光一瞥，瞥见了贺予，略微愣了一下，而后他抬起手，整了整帽檐，就又干脆地把目光从贺予身上转开了。

　　谢清呈是真的不想看到他。

　　贺予不用怎么琢磨就知道谢清呈为什么会穿成这样了——

　　虽然群演要提前到组里化妆换衣，但这种警校生现代造型其实很方便，基本不用折腾太多，尤其是谢清呈这种衣服架子，换个制服也就可以了。他是来陪陈慢的，但闲在旁边站着总有些不自在，于是就依着陈慢的意思，也去做了这场戏中的群演之一，反正是远景，凑数而已，不会有清楚的面部放出来。

　　这要换作其他群演角色，谢清呈未必就会答应，但这身藏蓝色的制服是他年少时渴望着，却又最终放弃的梦。在剧组里有这样一个机会让他端端正正地穿上全套，多少也算是一种对执念的回报。

　　贺予看习惯了他医生制服的样子，书卷气很重，尽管冰冷，但雪白的衣袍让他身影间多少透露出一些圣洁的气质。

　　但他没想到谢清呈更合适的其实是警服。

　　他太挺拔了，无论是肩章、腰带、银扣还是深藏蓝的制服正装西裤，都正好衬着他干练的气质。警服比医生制服要修身许多，他的宽肩长腿被勾勒出最漂亮干净的线条，整个人就像一把冬夜凝霜的刺刀，锋利，寒冷，霜刃一倾，月华寒流。

　　尽管谢清呈已经明明白白地把"不必废话"挂在了脸上，但贺予还是走了过去。

　　"谢清呈。"

　　陈慢回过头，见到他，脸上笑容一僵："你有什么事吗？"

　　贺予没有去看陈慢，只是一直望着谢清呈的脸，他淡笑着，很自傲，却也很可悲地说："没事……没什么。"

　　他指尖拈起落在谢清呈肩章上的一朵寒梅："我只是，看到你的肩上，落了一朵梅花。"

　　他说完转身就走了，那朵梅花却还在指间，仿佛被他遗忘了要扔掉般，放进了衣兜里。

　　这段大群戏的拍摄时间很长，贺予突然来了，被主创看到，立刻安排了他去棚里坐。

贺予发病时渴血,坐在人堆里等于放个吸血鬼在活人中间,所以他自然而然是拒绝了。

正式拍时他又看不到人群里的谢清呈,想了想,决定还是先离开,去同样在拍摄打斗爆破戏的A组看看。

这个选择确实没错,A组今天虽然用的人不算太多,场面不算太大,但是要拍的内容都非常激烈。

镜头里主角被人围追堵截,枪鸣刀闪,有几个大尺度镜头,摄影追得太近了,道具假血浆都直接飙在了镜头上面,给画面蒙上星星点点的斑驳。

贺予看着多少有些缓解病症的作用,他拿这些场面当镇静剂,等导演喊停,重架机位时,干脆起身去现场走了走,尽管那满地鲜红是假的,看着倒也舒心。

闲逛时,贺予目光无意间瞥见一个群演。

是一个女人,头发一大半都白了,穿一件棉布花棉袄,演的是混乱场面中逃散的群众。

贺予的视线一碰到她,就在她脸上停了一下,也不知道为何,他似乎觉得这个女人有些面熟。

但世上长得相似的人挺多的,贺予也没太在意,挺平静地就把视线又移开了。

几秒钟过后,贺予猛地一僵!脑海中似乎有什么记忆被蓦地擦亮。立刻回过头来,紧紧地盯住了那个女人的脸。

错不了!

尽管时间已经过去很久了,她看上去比当年更狼狈、更衰老,皱纹已经布满了她的脸庞,让她的五官都不再像当年一样清晰,但贺予还是认出了她来。

因为他重复看谢清呈那个广电塔视频,实在太多遍了。

这个女人赫然就是当时在视频里和谢清呈起争执的那个"患者"!

群演在休息时大都是无精打采地瘫在一边的,这个妇人也不例外。

妇人没什么文化,但喜欢演戏,从老家那不幸的婚姻中逃出来快三十年了,愣是没有再回去过。她刚到城里来的时候揣着一腔热血,希望自己今后也能成为大家耳熟能详的人物。

然而不是每个人都有主角命的,她的一辈子都是龙套。

她唯一拥有的高光时刻,就是广电塔案爆发后,像病毒一样在网上疯狂传播的医闹视频里,自己与那个医生的争吵。

妇人是个文盲，大字不识，不太会上网，何况黄土地里长出来的女人，身上到底还沾着些泥土的质朴。她倒是没有那么丧心病狂地想攀着这个视频走红，但还是很乐意和自己身边的人说："你们看了那个视频吗？那个和医生吵架的人是我……"

如果有人出于好奇继续问她，她就又会用一口浓浓的乡音解释：

"我当时也怕……但是……"

女人口音太重了，讲话又颠三倒四，很多人听了个开头就不想再继续下去了，更多人听完结尾还不知道她表达了什么。

于是大家就从一开始的好奇，很快就成了冷漠和戏谑。

他们常逗她："大嫂，你当初是怎么回事啊？你去看的什么病呀？"

"不是那么简单——"

女人一开始还着急解释。后来她也明白了，大家无非都不相信她，在打趣她罢了。

她也就笑笑，皱纹里淤积着尴尬的红，嗫嚅着不再讲下去了。

女人很清楚剧组折腾起来会很累，这会儿正趁着架机位，往走廊阴凉处就地一坐一歪，也不管脏不脏，养足精神要紧。

不期然地，有人和她轻声说了句："您好。"

她愣了一下，回头对上贺予的脸。

只看脸，她也知道这是剧组里与她完全不是一个阶层的人物。

多年曳尾涂中，让她形成一种可悲的本能，她的自尊已经麻木了，见到权贵，条件反射地慌慌张张起身，连连道歉："啊，不好意思，我这就走、这就走。"

她还以为她挡着他的路了，或者是躺的地方穿帮了。

贺予喊住了她："请您等一下。"

女人更惊恐了，惶惶不安地望着他。

直到他说："请问您是广电视频案里，那个被谢医生为难的病人吗？"

女人震惊到一时忘记了说话。

"是你吗？"

女人愣了好一会儿才回神："是我……你是……？"

贺予静了片刻，笑笑："外面有个咖啡馆，可以请您喝杯咖啡吗？我有点事想问您。"

咖啡馆很安静，这会儿不是高峰期。

找了个最角落的位子，服务生来了，怀疑地看着这个怪异的组合。

一个蓬头垢面、形容猥琐的老妇人，以及一个面目英俊、衣着考究的年轻帅哥。

既不像母亲陪儿子，也不像富婆养小白脸。

服务员因此迟疑着："两位是一起的吗？"

老妇脸上的皱纹好像因为尴尬而更深了，布在泛红的脸上，让她看起来像是个脱水的紫皮核桃。

贺予冷淡地看了服务生一眼："对，麻烦来两杯咖啡。"

贺予的目光压迫力太强，服务生顿时不敢多看也不敢多问了，不一会儿，热气腾腾的两杯咖啡端了上来。

妇人此时已问明了他的来意，很紧张地说："那个……我也不能说太多啊……我答应过那个医生的……"

"没事。"贺予把糖罐递给她，温和地笑了一下，"您想说多少，能说多少，我都听着。"

妇人舔了下嘴唇，好像很渴似的。

她低着头想了半天，这些日子她虽然逢人就念叨那视频的事儿，可是确实也没讲太多不该讲的内容。

尽管她也不明白当时那个医生为什么要让她这么做，但是她收了他的钱，那就该按照他的要求完成任务。

她就算再迟钝，也能感觉到眼前的青年和她身边那些龙套不一样，他不是随意来听个热闹，而是真的在意事情的前因后果。

这反而让她不知道怎么开口了，她紧张地端起咖啡喝了一口，又觉得太苦，差点呛出来。

"喀喀喀……"

"阿姨，您擦擦吧。"贺予递给她纸巾。

妇人连耳朵都红了："对不起……"

"没有，是我考虑不周。不好喝吧？"贺予又把服务生叫来了，换了杯热茶。

他一直没有催她，她慢慢地，也就稍微安下了心。

她仔细想了想，面对真的想聆听的人，反倒迟疑了："……其实什么也不能说……虽然我也不知道他到底想干什么……可是他让我保密的。"

"没事，那我问吧，您只要点头或者摇头就好。如果连点头、摇头也不可以，那就只当我请您喝些饮料，不用那么在意。好吗？"

女人的两只脚在桌子下面不安地蹭着。

PAGE 213

对付这种老实简单的女人，其实是再容易不过的一件事。

贺予问："阿姨，您刚才说那个医生让您保密，但您在视频里却和他在吵架，我是不是能理解成你们的争吵并不是真的？"

"您那天出现在他科室外，按现在网上的一些说法，说是您形迹可疑，挂了一个妇科的号，却反复在精神科门口徘徊，引起了值班医生的怀疑，他看您手上号不对，甚至已经过号，但您没去妇科，还一直停留在他门口，所以他认为您可能有些精神上的问题，就让保安来赶您，并且和您发生了矛盾。"贺予隔着咖啡的热气望着她，"那么您当时是确实患有精神疾病吗？"

女人毕竟憨厚，忙摆手："我没有啊。我没病的。"

"那您去医院，坐在他诊室门口，是为了什么？"

"是医闹吗？"

他当然知道不是，但女人慌了。

女人道："我、我从来不做那缺德的事情啊，我虽然穷，可我也不会闹治病的医生啊。"

贺予盯着她："阿姨，您好像完全不憎恨他。尽管他当时和您说了那么过分的话，叫来保安赶您走。可是您现在的反应，却是——您不能多说，要替他保密。"

贺予平静道："您真的不太会说谎。"

女人的脸更红了，窘迫地望着他。

"您是个演员，那我可不可以冒昧地做一下猜测？"贺予问。

女人不吭声，脑袋埋得低低的，几乎垂进胸口。

但鸵鸟般的姿势也无法让她逃避贺予轻轻的声音："也许，您是谢医生出于某个目的请来的搭档，是他特意让您在他的诊室门口，演了这样一场您和他商量好的闹剧。

"他事先没有告诉您任何他的目的，只是请您和任何人都别说出真相，您拿了钱，做了事，也就按照他的吩咐离开了——这之后过了很多年，就在您都快要淡忘这段往事的时候，沪大广电塔案的视频忽然在网上大肆传播，您这才想起来曾经还接过这样的一个活儿。

"阿姨，是这样吗。"

女人吃惊地瞪大了眼睛，贺予每多说一句，她的眼珠子就瞪得越大，到最后竟像要暴突出来一样："这、这……你……你怎么会……你怎么……"

她想说你怎么会知道得这么清楚。

但她太惊愕了，竟一时说不出一句完整的话来。

可是贺予也不用她说更多了，他的脸色变得很沉，眸色变得极深。

他已经从她的脸上得到了他想知道的答案。

37 ｜ 你也病了吗

贺予回到 B 组现场时，一颗心都在胸膛内腾腾灼烧着。

他想起表哥说过的话，再想着刚才那位妇人暴露的表情，这些都让他觉得谢清呈身上就像披着层层叠叠的衣衫，除下一件，下面还有一件。

那人像一团没有实体的雾，他的血是冷是热，皮肤是冰是温，好像直到现在贺予也无法亲手感知到。

贺予只确定了谢清呈确实还有更多的秘密在隐瞒着他，隐瞒着所有人。

只是谢清呈为什么要这么做？到底还有什么是他所不了解的？

B 组这会儿正好也在休息，贺予回去之后就看到了陈慢，陈慢在和导演沟通，身边没有其他人。

他把目光移开了，在人群里疯狂地搜寻着谢清呈的身影。

然后，贺予看到了，谢清呈坐在警校操场的花坛边抽烟。

贺予走下台阶，穿过半个操场，朝他走过去，然后一把攥住了谢清呈的胳膊。

"你跟我来一趟。"

谢清呈回神，在看到贺予时他的眼神有一瞬间很愤怒，但他很快就把这种愤怒压了下去，似乎觉得在贺予这种人身上，哪怕生气都是白费力气。

"你阴魂不散的，到底想做什么。"

贺予不吭声，一路拉着他，把他一直拽到附近教学楼一间无人的教室，他先让谢清呈进去了，然后自己跟着进去，砰地甩上了门。

他没有回头，眼睛直直地盯着谢清呈，手却背过去，"咔嗒"一声将门上了锁。

面对表哥也好，面对妇人也罢，他都游刃有余，甚至可谓轻松，只有对上谢清呈的那双眼睛的时候，他思绪都是麻木的。

"贺予，你有完没完。"那双眼睛冰冷地注视着他。

警校教室门上锁之后，贺予更清晰地闻到谢清呈的味道，他的脑子像被猛地冲击了一下。嗜血病欲忽然涌起，贺予看着这个封存了太多故事的男人，心中的焦躁愤恨急速上涌。

那一瞬间他望着他，眼眶泛红，他想骂他，想拆开他，想剖析他，想彻底放纵自己的暴虐欲。

贺予脑子里闪过一些失控的想法，但闻到谢清呈发间淡淡的消毒水味的时候瞬间惊醒。

……他在干什么？！

贺予蓦地顿住，悬崖勒马般，紧紧咬住了自己的下唇。

一股腥甜的血味，刹那间充满了贺予的口腔。

吞咽下自己的热血后，贺予终于重新掌控住了自己的意识，但他离谢清呈太近，之前的势头未收住，眼前还有些发晕，松开谢清呈时，谢清呈的脸庞上也沾上了丝缕他的血。

贺予喘了会儿气，才终于声音沙哑着开了口："你知道我是发病了吧，谢清呈？

"你哪怕现在拿着刀戳了我的心，我也只觉得万分喜悦——因为我不痛，可你会一辈子欠我。你再也别想装得清白。"

贺予一双眸如狼似虎地盯着那个男人。

"你实在太善于伪装了，谢清呈。

"你这人的伪装层层叠叠、茧中套茧——我问你，你究竟哪一层才是真的？"

谢清呈猛地擦去脸颊上沾上的贺予的血，那血腥味却仍涌进他的鼻腔里。谢清呈道："你在鬼扯些什么，你今天吃错什么药了。"

贺予只是笑，笑得令人毛骨悚然。

等他终于不笑的时候，他把手伸给男人："你过来。"

"……"不知道为什么，就在他说出"你过来"这三个字的时候，刚刚沾过贺予鲜血的谢清呈脸色忽然有点白。

他皱起眉，好像瞬间很不舒服，透出的是一种病态的苍白。

但贺予没有觉察到，又说了一遍："你过来。

"我给你听一样东西——谢清呈，我告诉你，没有什么事情是一直能被隐瞒住的。你听着，你仔细听好，然后我今天为什么要找你，你就该全明白了。"

谢清呈在原地白着脸站了一会儿，最后慢慢地向他走了过去。

贺予拿出了自己的手机，在点那个录音播放键之前，他看着谢清呈黑沉沉的眼——

"你知道我今天遇到谁了吗？"

"你愿不愿意猜猜看？"

"你有什么就直说吧贺予。"

贺予冷冷笑了："但愿你听完之后还能在我面前这么淡定。"

"也但愿，当你听到她的声音时，你还能记得她曾经和你有过的一面之缘。"唇角扯开一丝近乎嘲讽的弧度，他一字一句地把后半句话说完——"一戏之约。"

"啪。"

录音开始了。

那是贺予和老妇人在咖啡馆对话的全部内容。

音频并不长，谢清呈听完全部后，沉默的时间都要比录音的时间更久。

两人一时间都没有说话。

最后是贺予慢慢问道："怎么样，好听吗？"

谢清呈道："你在哪里遇到她的？"

"就在这个剧组。"贺予慢慢地放下了手机，"看来你没打算否认。

"你们为什么要演这出戏？谢清呈，你到底是想干什么？你到底藏了什么秘密？"

谢清呈闭上眼睛："这是我的私事。"

贺予把头往后靠了靠，再一次将目光落到谢清呈身上。他是被谢清呈给惹着了，发出一声冷冷的嗤笑。

"私事。"黑眼睛盯着他，也不打算在公与私上和对方多费唇舌了。他只道："你的私事我问几句也是应该的。

"我希望能听到点真话，谢清呈。"

贺予无意中用沾着鲜血的嘴唇说出这句类似命令的话语。

不知为什么，谢清呈听到这句话后，身子忽然微微晃了一下，面上的血色竟又骤然少下去几分。

而这一次，很不幸，贺予注意到了。

他先是没有在意，但随后忽然想起了什么，蓦地一怔，紧接着眯起眼睛，盯着谢清呈突然不舒服的样子。

"谢清呈……"贺予问，"你怎么了？"

"我……"回应很快，像是不由自主地做出答复，但话未出口，便被生生勒住。

谢清呈胸口上下起伏，因为在隐忍着什么，切齿的动作清晰地透于脸庞上。

接着他蓦地转过脸去。

贺予的神情更难看了，要刨根问底的语气也更坚决了："说，你怎么了！"

那种病态的白更明显了，谢清呈的背微微颤了一下，他僵在原处，看上去似乎确实想说什么，但又被自己硬生生地控制住了。

在漫长的沉默后，谢清呈忽然爆发出一阵剧烈的咳嗽。

"喀喀……"

他咳得太厉害，身子往后靠，靠在了教室冰冷的瓷砖上，一双眼睛都咳红了，抬起来，几乎是有些狼狈地望着贺予。

在这一刻，贺予看着他异常的反应，心里剧烈震颤，难道说……

"谢清呈，你这是……"

他没有立刻讲下去。

眼前谢清呈的样子，让他骤然联想到了之前的一段经历——

那还是几年前的一个冬天。

当时他还在国外留学，去到一家疗养院，遇着了个症状严重的精神病人，医护在旁边劝阻无用，只能强行上镇静剂、拘束带。

但那个外国病人很健壮，一下子就挣脱了，大声嘶吼着、唾骂着、殴打着对方。

"老子杀了你们——让你们关我！让你们这样对我，哈哈，哈哈哈哈！"

贺予当时也不舒服，他那天受了点伤，在流血，原本心理就嗜血暴力，如果想要尽快冷静，自然看不了这样激烈疯狂的场面。

他心中烦躁，便也开了口用外文训斥道："闭嘴。"

贺予原本只是路过时一句无心之言。

可谁知道，那个疯子的脸忽然就白了。

定定看着他，就像看到了什么很可怕的东西。

那病人的痛苦似乎还在体内横冲直撞，要化作尖叫破体而出。

但他直勾勾地盯着那个少年看，竟真的狠命地把叫声掐灭在嗓子里。

好像有一只无形的巨手，随着贺予的一句"闭嘴"，真的扼住了他的喉。

当时在场的那些医护都愣住了。

"你、你和他认识吗？"

"不认识……"贺予回答，自己也感到意外。

这事儿在医护那边就这样过去了，他们后来认为这应该是巧合。

但只有贺予意识到，不是的。

他细看着病人苍白的脸，看那因为隐忍而暴突的青筋。

他心里忽然有了一个不确定的猜测，像清晨的雾一样惊人地弥漫开。

在医护都散去后，他径自走到那个喘息着的病人面前。

病人坐着，贺予睨着眼睛看着他。

为了确认自己的想法，他用那个外国病人听得懂的语言，下了一个最残忍的命令——

他试探着，轻轻地说："我要你自杀。"

然后——仿佛一个恐怖的真相从浓雾里破出。

那个病人的本我意识似乎在急剧地反抗，这让他脸色泛出痛苦的苍白，身子也在微微打摆。

贺予幽镜般的眼睛里映出他挣扎的样子。

他离病人很近，病人能闻到他身上的血腥气。

过了几秒，又或许十几秒，那个男人抬起手，似乎在与那无形力量的撕扯中终于落了下风。

他的眼神涣散了，抬手——竟真的狠掐住了自己的脖子。

贺予吃了一惊，在对方真的快把自己给掐死前回过神来，立刻喊住他——

"停下。你停下！"

男人这才脱力般垂下了手，高大魁梧的身躯就像进过高温熔炉似的，一瘫在地，几乎要化为泥浆。

贺予就是在那之后，发现自己只要给精神病人嗅到自己的血气，再以命令的口吻与之对话，对方就会无法控制自己，按照他的要求行事。

而在成康精神病院内，他从谢清呈口中得知了这一能力，名为——血蛊。

此时此刻，贺予目光不移地盯着谢清呈的脸。

那种被血蛊所强迫，又想要竭力挣脱无形枷锁的样子……

他太熟悉了。

错不了。

谢清呈他……他这次竟也同样受到了他血蛊的影响！！

就像利剑斩开迷雾和黑暗。

贺予的眼珠都闪着细微的、颤抖的光束。

他慢慢地从地上起身，喃喃地说："……谢清呈，你……"

令他更加确信的是，一向非常冷静的谢清呈，任何场面都能强硬处之的谢清呈，竟在这一刻不敢与他的目光相触。

而是忽然转身，铁青着脸大步朝门口走去。

谢清呈的手已经搭在了门锁舌上，"咔嗒"一声转开了锁。

紧接着他就要拉开门出去。

然而贺予在这时从他身后追上，"砰"的一声重新将那扇教室门重重关上。

他的一只手穿过谢清呈的脸侧抵摁在门上，另一只手不由分说地将谢清呈强制性地转过来面对着自己。

没有错……没有错……

贺予的瞳孔都微微收缩了——

错不了的。

谢清呈那么沉冷的一个人，这时候竟然是在剧烈颤抖着的。

那种颤抖就像面对着他的命令，失了控，却又不甘心，想要尽力挣脱蛛网的蝶。是想要逃脱血蛊命令的战栗……

贺予一时间竟不知说什么好。

惊讶、震怒、愕然、兴奋、狂喜、大恸……一切水火不容的情绪竟在此时全部于他胸臆中泛滥成灾。

"你……你是……"贺予看着那个被困住的男人。

那个总是一丝不苟、严峻强悍的男人。

他简直不敢置信，声音都变了形："你也是吗？"

"谢清呈，你难道也是吗？"

一声比一声凶狠，一声比一声凄厉，一声比一声疯狂，一声比一声绝望。

"你也是吗？！"

他的绝望源于他不肯相信谢清呈也有精神上的问题，无论怎么样，谢清呈在他眼里总是一个非常坚强的人，一个非常能控制自己情绪和心态的人。

他甚至还是个医生。

如果这样的人都会在社会的摧折下罹患精神疾病而旁人不知，那他还有什么理由认为疾病是可以被人心战胜的？

那是能让谢清呈都兵败的魔鬼。

贺予喘息着，猛地扯过谢清呈的头发，逼他看着自己。

颤抖着光晕的杏眼，对上死水般的桃花眼。

他们之间的距离太近了，谢清呈闻贺予身上的血腥闻得比之前任何一个被下血蛊的人都重，受到的影响都大。

贺予的喉结滚了滚，他看着谢清呈，竭力让自己冷静着，声音轻下来一些，却还是发抖。

里面藏着的情绪，比声音响时更可怕。

他贴得离对方极近，他轻喃，或者说，他下令——

"你告诉我。"

他死死掐着谢清呈，贺予丝毫不怀疑谢清呈今天脱了警服之后，腰侧会有大片的青紫。

他紧握着谢清呈，像是想从不住滑落的流沙里攥出一截真相的脉络。

他眼珠里闪着激越的光影，声音却越来越轻。如同巫傩的喃语。

"你告诉我。你也是吗？"

"……"谢清呈痛苦地皱起眉。

"说实话谢清呈。"贺予要从这个男人身子里探到隐藏着的秘密，他的心怦怦地跳着，那么热，眼睛都渐次烧红了。

"你也有精神疾病吗？"

38 | 你不肯说出真相吗

陡然凌厉。

"你给我说话！"

一遍一遍的逼问之下。

谢清呈在贺予身下苍白着脸，慢慢地闭上眼睛。

谢清呈本人不会对贺予有半分畏惧，但是血蛊的力量蛮横霸道，在他身体里横冲直撞。

这和之前不一样，之前他从未沾过这么多鲜血，但这次他近距离吸入太多贺予的血气了。

所以不管他的内心有多强大，他的身体还是不可遏制地感到恐惧，在进犯性极强的血蛊面前，克制不住地颤抖。

"谢清呈……"

谢清呈在贺予的手掌中发抖，这是之前贺予从来没有感受过的。贺予低头看着他……只是这个男人的身子哪怕再颤抖，气场都是硬的。

谢清呈竟还能忍着。

他的额头上很快就渗出了细密的汗，在一身藏蓝色的警用正装衬托下，脸色显得越发苍白。

最后他竟好像靠着毅力生生挨过去了，看来血蛊也是有峰值的。最高的强迫性峰值过后，逼诱的力量就在缓慢消失。

谢清呈的颤抖逐渐地平息下来，汗已经出透了。

他睫毛簌簌，抬起眼帘，轻声开口："贺予。"

声音很虚弱，极沙哑，却是清醒的。

"你知不知道，现代社会的人多多少少都有些心理上的疾病。"

"你的血蛊能在我身上起效，是因为我不仅仅闻到了你的血，我还触碰到了你的血，碰到你血迹的地方就在脸侧，非常靠近嘴唇、鼻腔，几乎算是直接摄入了你的血气——所以哪怕我有那么一星半点的心理问题，你的血蛊都是能对我产生效用的。"他说得很慢，脱力似的。

"这没什么好奇怪。"

他说到这里，抬起手，慢慢地要把贺予推开。

贺予却没动："你还在骗我。

"你对我说的话怕是有一半都是假的。这一次我知道你还是在骗我——你为什么非要当个骗子！谢清呈？"

"你告诉我的，你告诉别人的东西，到底有哪一件是真实的？！"

谢清呈没有作答，他虽然摆脱了血蛊的霸道力量，但那种精神被引诱和控制的恐怖余韵还在他血液里晕散着。

这使得他的头都有点晕，人也很虚弱。

他靠着门缓了一会儿，站直了身子，沉着脸一言不发地把贺予的手打开，坚持要往外走。

这种行为无疑是在贺予本就很焦躁很狂乱的内心火上浇油，贺予拉着谢清呈就把他带了回来。

"砰"的一声，谢清呈被重重按在门上。

"你不告诉我实话，你今天就别想走出这个门。"

谢清呈就像刚经历过一次殊死搏斗的人，眼神都是有些散的，聚不拢焦，涣散地看着他，语气仍硬——

"松手。"

回应他的是贺予把他更用力地按在门背上。

他盯着谢清呈。

"你听着，谢清呈，你如果不说实话，我就再用一次血蛊。

"我用到你说为止。"

"你用多少次都是这个答案。"谢清呈说，"我可以挣脱第一次，就可以挣脱第二次。不信你试试。"

贺予盯着他，真是恨极了他。

他是真的想弄死谢清呈，想从他冰冷的身体里剖出所有隐藏着的秘密。

可是他又很受不了谢清呈这种难得一见的虚弱模样。

就在这时——

贺予的手机响了。

那铃声一下接一下，催命似的响个不停，到了最后真是有些让人烦心，贺予暴怒地拿出手机要把它关了。

一看，六个黄总的未接电话。

第七个还在锲而不舍地响着。

贺予实在没办法，狠狠瞪了谢清呈一眼，按了通话键——

"喂。"

吕芝书来了。

来之前没打招呼，想要给儿子一个惊喜。

"你快来吧，他们说你在现场，吕总就直接去了，正在导演棚等你呢。"

挂了通话后，贺予费了一会儿工夫才让自己缓下来。

吕芝书不是一个人来的。

贺鲤放寒假，也从学校回来了，今年贺继威和吕芝书都不在燕州过春节，准备留在沪州，他和贺予不一样，从小到大哪里受过这种冷遇，在电话里又哭又闹，最后实在拗不过，只得抽抽噎噎地跟来了沪州。

贺予心里正为谢清呈的种种行为冒着火呢，冷不防就和许久不见的弟弟打了个照面，眼神没控制住，蓦地变冷。

贺鲤念初中，长得远没有贺予那么好看。

但眉目间多少还有些贺家的影子，总体而言，还是周正的。

"贺予来啦。"吕芝书和贺鲤正在导演监视器旁看东西，回过头见贺予进来，她忙捧出新鲜出炉的笑脸，又推贺鲤。

"去和哥哥打招呼。"

贺鲤努努嘴："我才不要……"

贺予这会儿平静了些，能控制自己了，很淡地笑笑，倒是不失礼："好久不见，贺鲤。"

贺鲤瞅着他就有些眼红。

照片与视频到底和真人还是有差距的，贺予真人远比视频里更好看，挺拔俊美，皮肤雪白，嘴唇嫣红，像雪地里的梅。

但他又很高，除了脸过于精致，浑身上下并没有任何女性的气质，反而透着种很强的压迫感。

自己别说各个学科比不过他读书的时候，就连样貌都差了不止一个次元。

都是同一个爹妈生的，贺鲤心态能平衡吗？要不是这么多年父母都更疼他，他没准能活得比贺予更扭曲。

他唯一高兴的就是听说他哥有病。具体什么病不知道，反正就是不正常。

他有时候甚至阴暗地想，要是贺予病死了，长大之后也就没人和他争这些家产了——他们这种家庭出身的人，有时候连最贫寒的人家也不如，子女间见惯了尔虞我诈、皮里阳秋，兄弟之间互相坑对方坐牢的都不算新鲜事。

贺鲤在燕州狐朋狗友多，耳濡目染得更厉害，因此难免会有这种险恶的念头。

也难怪，卫冬恒会那么讨厌贺予。

贺鲤年纪越大，越不如贺予，对贺予的敌意就越深，自然也就更能明白从小被圈内人和贺予比到大的卫少有多不爽。

说起来他倒宁愿认卫冬恒当哥呢，卫冬恒什么都差，可以衬托他的优秀，正合他心意。

贺予睥睨着初中生，一双眼睛大概不用花什么工夫就已经把贺鲤的心理活动都看了个清清楚楚。他冷笑一声，抬手拍了拍贺鲤的头，看似亲切，用的力气却不小。

"长进了，个子变高了。"

"你干什么！你干什么打我！"贺鲤一下子跳起来，往后猛退，向他妈妞妮作态地告状，"妈，他打我——"

然而让贺鲤万万没想到的是，他妈这次居然没有帮着他说话，反而轻咳了一下。

"你哥那是太久没有见到你了，高兴，什么打你呀，他打你干什么？他可是你哥，你这孩子。"

别说贺鲤目瞪口呆了，就连贺予也略微扬起了眉，表情有些复杂地看着吕芝书。

吕芝书走过来，抱了抱贺予："我接了贺鲤回来，特意在义市机场下了，先来看看你，明天我就让人去沪州收拾收拾家里。"

能被家人时常陪伴，这也是贺予曾经梦寐以求过的心愿。

现在即将成为真的，竟没有太多的兴奋。

大概是期待久了，也就麻木了，中间发生的事情太多，人的心也并非一成不变的。

　　吕芝书又道："晚上一起吃顿饭吧。"

　　贺予好不容易要逼问出谢清呈隐藏的秘密，结果今晚他妈和他弟来了，他实在高兴不起来。

　　因此表情也就非常淡，连装出高兴都不那么愿意。

　　"那就随便吃点吧。"

　　一餐饭吃得并不那么高兴，甚至可以称之为尴尬，味道大概都没有谢清呈给他下过的馄饨好，于是也就枯燥地结束了。

　　"妈，我明天还有工作，不能陪你们逛了，我先回宾馆，不好意思。"言语上倒还客气。

　　吕芝书也知见好就收，三个人能平安地吃完一顿饭已经算是一种成功，于是不做勉强，目送着贺予上了保姆车走了。

　　"妈……"他一走，贺鲤就委屈了，"你怎么忽然对他这么好，我不喜欢你对他这么好。"

　　"他是你哥……我们以前对他的关心太少了。"不过看到贺鲤的表情，吕芝书又立刻补了一句，"妈最疼的永远都是你。"

　　贺鲤还是嘀嘀咕咕，显然他的野心比贺予大很多。

　　他是从小被宠爱大的。

　　他只想做"唯一"。

　　并不想做"最"。

　　贺予倒是不介意这些有的没的，他对这个家的心基本就是死的，死了的心再拿到暖房里去热，也实在拨弄不出炽烈的火来。

　　他径自回了酒店，拿黄总的权限要了张谢清呈房间的房卡。

　　他身上还沾着些与母亲、弟弟交际应酬时染上的酒味，人却清醒，他进电梯间的时候看了下手机上的时间，已经晚上10点多了。这个点谢清呈应该已经洗过澡要睡觉了。

　　贺予在昏暗的走道里站到了谢清呈房门前，厚颜无耻地刷了房卡，门"咔嗒"一声开了，里面的光比外面更暗，只有房间深处一盏夜灯亮着。

　　贺予做了个不请自入的人——也或许他自己并没有这个意识。

　　然而才走进去了一步，贺予就听到了昏沉沉的房间深处，那张床上传来了奇怪的声音，他一下子愣住了。

39 | 我们又遇凶案

在他自己还未反应过来的时候，他已经把客房大灯的开关给握拳捶开，一时灯光大炽，贺予冲进去，一把将那翻滚的被子掀了——

"谢清呈，你——"

"你有病啊！"

"啊啊啊！天哪怎么会这样！"

床上传来一男一女的尖叫，贺予这才看清楚床上的人分明就是剧组两个小配角演员。

男女演员这会儿也看清他了，顿时从愤怒变得骇然。

虽然是配角，但这种大戏里，请的也不是十八线，这两位也是戏骨，男的女的都小有名气，所以贺予知道他俩都已经结婚了。

那男的前一阵子老婆还怀孕了，在微博上晒甜蜜孕期照，还上过一次热搜。

但这会儿他俩躺在一张床上，却显然不是一张结婚证上的人——二位老师搁这儿偷情呢。

"你……你怎么进来的……"

贺予沉默了片刻，漠然道："拿错房卡。这不是2209？"

"这、这是2209啊……"女演员颤声道，"我、我刚换的房……我那个房空调坏了所以……"

"这房间不是有人住着的吗。"贺予根本懒得管他们偷不偷情，他对此毫无兴趣，娱乐圈的烂事里偷情这种事最不新鲜，因此他连表情都没有，丝毫不意外，只直截了当地问，"他人呢？"

女演员小心翼翼地，先捧起被子把自己盖得严严实实，然后抖着道："我们也不知道啊，我问前台要换房，她就顺手给了我这张卡……是……是前面那个客人退房了吧……"

贺予铁青着脸转身就走。

女演员在后面哀叫道："哎！贺老师，您可千万别往外说啊——"

贺予去前台问了2209房客换去了哪里。

大概是因为他神情凝肃，前台查了之后，有些紧张地抬起头："他退房了。"

"退……"

贺予一噎。退房？

他看过统筹的后续安排，正常情况下谢清呈要再过好一阵子才能结束指导工作。

可他不是换房而是退房，那他住哪里？

他找不到人，就给谢清呈打了个电话。

"喂，谢清呈。"贺予以为谢清呈会挂他电话，没想到对方却接了，他攥着手机，身子都因着急而微微前倾，"你在哪里？"

谢清呈沉默一会儿："贺予。"

"嗯。"

"你不会以为我真的会在房间里等你回来吧。我看你脑子是让门给夹了。"

谢清呈骂完他，舒服了，这才把电话挂断。留贺予面色不虞地站在原地。

你自找的。贺予想。

他走到宾馆大堂休息处坐下，啪地打开了手机里的黑客软件，利用刚刚结束的信号收发，没用一分钟就定到了谢清呈目前所在的位置。

谢清呈在南街一家砂锅粥店。

贺予不想有别人跟着，保姆车也没叫，问剧组助理借了一辆普通到他连牌子都不认识的私家车，径直驶去了粥店。

到的时候才发现谢清呈并不是一个人。和谢清呈在一起的是副编和一个执行制片。三个人刚刚吃完了夜宵，正站在门口等车。不过刚才接电话的时候谢清呈应该是去旁边接的，毕竟谢清呈这人边界感很强，自己的私事他不会想让其他人听到。

"啊，贺老师。"

"贺老板。"

贺予降下车窗时把那俩姑娘吓了一跳，谢清呈也略微意外，不过很快就猜到了是贺予又用了他的黑科技，脸色就更加沉。

"贺老板也来喝粥吗？"执行问。

贺予顿了一下，笑笑："只是路过。这么晚了，你们去哪里？"

"我们刚刚在谈明天的拍摄。明天不是那场研究院的内容嘛，导演觉得道具上还是有问题，我们正准备带谢教授去现场看看呢。"

"那上来吧。"贺予一手搭着方向盘，一手解开了车门锁，眼睛一眨不眨地盯着谢清呈，"我散心，正好带你们。"

帅哥的车谁不喜欢坐呢。俩小姑娘高高兴兴地爬上了车后座。

副驾驶自然是给唯一的男士让出来的，她们总不好让谢清呈这大老爷们儿和她们挤在一起，虽然心底乐意，但还是怪不好意思的。

谢清呈站在风雪里，和贺予对视了几秒，没有办法，沉着脸迈出长腿上了车。

他大概是太窝火了，上车后也忘了系安全带，就沉着面庞转头看着窗外。

直到贺予的少年气息靠拢，谢清呈才蓦地回神，寒声道："你干什么？"

"这车是借的，被拍到了扣分会很麻烦。所以，麻烦谢教授您体谅一下。"

他说着，手探过去，扯了带子下来，"咔嗒"一声锁了扣。"我要给您系安全带。"

副编和执行在后面快快乐乐地看热闹不嫌事大。

谢清呈不想和贺予多废话，连发火的情绪也不愿施舍。

他只冷淡道："你有嘴，我也有手。请你提醒我，不用替我动手。"

贺予笑笑："好。下次一定。"

车子启动，向次日的片场驶去。

拍摄地是个棚子，离这儿不远，但周围都是田埂，除了少数工作人员外，没有其他人。

这场戏本来是贺予他表哥来盯的，但是医院急诊科不像大学研究所工作那么规律，大表哥忽然接到了调令得先回医院去，剧组这边他只能远程指导。

一行人进了棚内，工人已经基本将第二日的场景按图纸完工了，只是细节上还有很多待推敲的地方。执行和副编按刚才在粥店和谢清呈沟通的那些内容，开始一一调整起来。

谢清呈和道具负责人也简明扼要地说清楚了他的意思，然后就和贺予在旁边安静地看着。

这整个棚子现在都被布置成了高科技地下实验室的样子，高压氧舱、玻璃皿、手术台、无影灯……

各类道具、设备一应俱全，仿真度极高，有些甚至是真的机器，剧组专门问合作医院租来的。

谢清呈站在其中，瞥过那些在墙角立着的巨大培养罐，好几个罐挨在一起，每个都有两三米高，里面存放着道具假人，假人浸泡在化学溶液里，做得很真，头发海藻般漂浮着。

这些就是那天在宾馆走道上被误会成装了死人玻璃柜的道具。现在装了水，看上去就更诡异了。

他的目光有一瞬恍惚，但很快又把思绪拉扯回来。

"你搬去哪儿了？"贺予靠在他旁边，忽然这样轻声问他。

谢清呈知道贺予这种人，你要真不告诉他，他自己也能查出来，隐瞒也毫无必要。

于是冷淡地说了个酒店的名字。

"为什么搬去那里？"

"因为在其他酒店，你没有随便拿别人房间房卡的权限。"

真是一针见血。

"住外面多贵啊。你那么节省……"贺予也戳谢清呈软肋。

谢清呈点了支烟："我退了房，剧组给了我房补。"

"喀喀喀喀！"这个棚子的走道太窄，在里面抽烟会影响到其他人，执行小姑娘有些受不了咳嗽起来。

谢清呈立刻把烟掐了。

贺予看了他瘾头发作的样子，靠着墙站了一会儿问："咱们出去走走吧。"

见谢清呈眼神，他又补了句："就门口，外面都有人。你也不必这么怕我。"

"我什么时候怕过你，真给你自己长脸。"

谢清呈说着就往外走。

贺予追上去："那你不怕我为什么换宾馆——"

"我嫌你烦。"

外头天寒飘雪，原野阒然。

谢清呈靠在棚外默默地抽了一根烟，贺予就一直在他旁边站着——他有很多话想问谢清呈，但他知道不会有一个答案。

雪越下越大了，夜也更深，工作人员完成了手头上的事，陆续离开现场。

谢清呈烟没抽够，懒得回去，拿出手机想给执行发消息，问她们什么时候好，结果一看信号——零格。

"这里就是这样的。"他问了旁边一个正在装箱上车的工作人员。

那工作人员披着雨衣，脸瞧上去眼生。他把一堆看不出用场的道具往车后备箱一放，其中一个道具箱沉重硕大，他搭了个上货梯台还有些费劲。

谢清呈给他搭了把手。

"谢谢。"

"没事。"

"要信号是吧？"那人拍了拍手上的灰，又和他解释，"这里信号覆盖特别差，时有时无。你得开出去五百米的样子，信号才稳定。走吗？要不我开车载你们一程？"

"不用，谢谢。我们有车。"

"……"工作人员又盯着谢清呈看了看，拉下雨衣帽檐，笑笑，也没再说什么，收拾完东西就走了。

这是最后一辆大车，意味着里面留下的人已经很少。谢清呈就在外面等着执行和副编出来，然而等到第三支烟也结束，俩小姑娘还在里面，也不知道遇到了什么问题，竟然沟通了这么久。

谢清呈原本想进去，但一看烟盒里还剩最后一根烟，又有些忍不住，干脆把剩下一支也一起抽了。

他轻轻咳嗽着，还是把打火机打亮，正要凑过去点烟，贺予说："别抽了，这支给我吧。"

他用的是商量的口吻，却没有商量的意思，直接将烟从谢清呈唇间夺走了，又顺了谢清呈手里的火机，然后走到远一些，二手烟飘不过来的地方，"嚓"的一声点亮。

那一点橘黄色的星火，就在贺予的指间一明一暗地闪烁着。

谢清呈皱着漆黑的眉，望着他。

贺予这个人的脾性其实非常让人捉摸不透，他可以一会儿笑着很温柔地和你说话，一会儿又露出张豺狼虎豹的脸，他笑的时候未必是好事，发火的时候也未必就是真的不能收拾。总之，他是个很难被窥心的人。

就像现在，谢清呈也不知道他抽的是哪门子疯，为什么忽然就抽起了烟。

贺予仰头呼出一口气，望着茫茫的风雪。

他抽烟的样子很漂亮，优雅，像是文艺电影里色泽温柔的一个剪影。

最后一根烟尽。

贺予踏着薄薄的积雪回来，走到谢清呈面前时，睫毛上还黏着雪籽："她们还没好？"

"没有。"

"进去看看吧。"

里面真没剩什么人了，摄影棚的灯已经基本都熄灭，里面很暗，只有顶上一点常亮的微弱光源。

贺予和谢清呈往里走，砂石粒在脚下吱呀作响。

忽然——

"咔嚓"。

谢清呈立刻回头："大门怎么关了？"

"可能是风太大。"贺予也回头看了眼，略微蹙眉。他想了想："把人叫了就走吧。"

他们沿着长长的走道进入大棚子深处，那几间被改造为片场实验室的地方，两位小姑娘之前就是在最大的那一个房间和布景老师交流的，但当谢清呈和贺予回来之后，却发现那房间里没人了。

空的。

房间里非常安静，贺予喊了她俩的名字，没有回应。倒是隐约听见有持续不断的沙沙噪声，从远处的房间传来。

谢清呈问："她们刚才出去了吗？"

贺予道："肯定没有。"

一种不祥的感觉从内心深处漫上来。

谢清呈拿出手机看了眼屏幕，信号还是零格，这种不祥的感觉就更明显了。

他对贺予说："去旁边房间看看。"

贺予没动。

谢清呈回头，见他正定定看着这间"实验室"里安放着的巨大培养皿舱，那里面按剧本要求浸泡着一个个硅胶假人。

片刻之后，摄影棚最上面的昏暗灯光闪了一下，也几乎是同时，谢清呈听到了贺予轻轻的声音——

"谢清呈，你快来看这里面的人。"

贺予的声音里藏着的情绪忽然很紧绷。

溶液在昏暗的灯光下反射出变幻莫测的光，倒映在贺予脸上，将他的面庞衬得非常苍白。

"他好像是——"

40 | 一起被困

尽管里头的溶液并非完全透明，而是一种混沌的浅红色，谢清呈还是一过去就看出来了，那不是硅胶假人。

那是一个男人，或者说，是一具男尸。

他整个被泡在了培养舱当中，皮肤开始肿胀，一双眼睛茫然地大睁着。

但他手臂上文着的猫咪还是非常明显，在发胀的皮肤上兀自天真而诡谲地笑着。

是胡毅！

也得亏是贺予和谢清呈了，这两人经历丰富，冷静度比常人要高出很多，换成其他人这一瞬间肯定就被吓疯了。

贺予和谢清呈的脸色都极其难看，僵着站了好一会儿，谢清呈反应过来，低骂一声，开始立刻查看其他几个培养皿。

一圈看下来，其他玻璃柜里都是硅胶假人，并没有更多的尸体。

"赶紧去其他房间找副编和执行。"谢清呈寒声道。

胡毅的身份很特殊，出身不凡，自己的能力也非常突出，对方如果连他都能下手，那再杀两个小女孩又算得了什么？

容器里的男人已经死透了，再是可惜，现在救出来根本也没用，关键是可能还活着的人。

贺予和谢清呈立刻去了其他房间，挨个搜寻呼叫过来——但是，没有尸体，也没有活人。

那两个女孩竟像是凭空失踪了！

"找不到。"

"我刚才去的房间也没有。"

贺予和谢清呈对完话，一齐把头转向了最后一个——位于摄影棚最深处的那个房间。

那个房间很大，分里外双室，是一个经常被租用来拍货船船舱戏，或者金库戏的场地，完全按密闭大仓储空间的标准打造的，门是那种电子闸门，足有成年人的两拳那么厚。

两人进去之后，发现那种刚才在外面就听见的哗哗噪声更大了，好像就是从里间传出来的。

贺予道："这到底是什么声音？"

谢清呈摇摇头："不知道。寻人要紧，我先在这里仔细找找，你去里间。"

贺予就去了内室。

一进去，贺予的脸色就蓦地变了——

水。

那种哗哗的噪声，居然是水！

大摄影棚的供水大管被弄破了，源源不断的自来水正从粗壮的管道里喷涌出来！！

贺予僵硬地看着这一切——内室构造低洼，场地又大又深，一时水还没积满，没有向外面涌出去，不过照这个速度估计也快了。

片刻后，谢清呈过来了："外面没有，里面你……"

他没有把话说下去，因为他也看到了疯狂涌出的自来水。

贺予的声音有些发冷："如果她们在里面……恐怕已经淹死了。"

谢清呈拿手机手电光往下一照，水很深，但清澈，一眼就可以看到内室也没有副编和执行的身影。

那两个女孩进了摄影棚，却像是从棚内人间蒸发了一样，他们找到这里已经是找遍了，可以确定她俩现在根本就不在这个地方。

"走，先出去。"贺予反应过来，一把扯过谢清呈，两人都感觉到了情况极其不妙，正要反身，忽然——

"轰隆隆"。

一声闷响，这个房间的那扇封闭式电子门蓦地降下，关闭速度极快，竟在两人赶出去之前已近合上！

"……"贺予脸色骤变，立刻往旁边的机电控制闸跑去，发现嵌在房间内的那个操控闸已经被切断了电源，这扇门是通过外面的总闸关闭的。

"谢清呈，快点！

"门就要关了！"

但已经来不及了……电子门降下的速度非常惊人。

"轰——！"

随着最后一声闸门合上的闷响。

外头的一线光被骤然吞没了。

他和谢清呈竟然就这样被困在了这个棚内！

他们身后是湍流不断的水声，催命曲一般在这个密闭的空间内激荡着。

周身的血都像在一瞬间被冻住了。贺予和谢清呈互相看了一眼，谁都没想到今晚会在棚子里遇到这种事。

这显然不是巧合，而是……谋杀。

水是一种非常好的摧毁犯罪现场痕迹的工具，尤其是大量的，能把整个棚子淹没的水——如果没有猜错，今晚那个犯罪嫌疑人把胡毅浸在影视道具里杀害后，就打算毁坏主供水水管，通过一整夜的蓄水浸泡，让现场成为一片汪洋。

两人都很聪明，这时候站在昏暗幽闭的环境内，思绪转得越发激烈迅速。

然后几乎是同时，他俩都在对方眼睛里看到了答案——

"是刚才最后一个出去的工作人员……"

"他抬了一个大箱子……"

动手脚的，恐怕就是那个人！

那个谢清呈问信号为什么那么差，尽管看着很眼生，没有在剧组瞧见过，却能对情况对答如流的男人……

如果没有猜错，那个男人今晚就是来处理杀害胡毅的犯罪现场的。

只是凶手没有想到，就在他把一切都已经布置好，等着离开摄影棚，用一夜的水淹销毁犯罪痕迹时，精益求精的副编和执行会带着顾问来片场，要求重新布置部分道具。

时间倒回半个小时前——

"手术台的无菌区设置存在问题，明天演员要从这个位置进行弯盘撤回清洗，我们问了医学顾问……对，还有这里，这个回收桶也不能这么摆，手术刀拍特写时要换成真的……哎对了，柳老师呢？我们直接和他沟通吧。"

执行叽叽呱呱说了一堆，生怕第二天还是会出岔子，毕竟眼前这个戴着鸭舌帽和口罩的男人实在太陌生了，她都不认得，估计是布景负责人柳老师下面哪个名不见经传的小助手。

鸭舌帽男说："柳老师不舒服，回去休息了，您就和我说吧，我都记下来。"

"不舒服？"执行不甘心，但又没办法，挠挠头，"天哪……"

她就只能和鸭舌帽继续讲下去了。

讲到最后，快结束了，执行和副编准备离开，鸭舌帽男把她们送出去，连连保证第二天之前一定会按她们的要求重新布置好，不然大可以拿他问责。

然而，就在两位姑娘即将迈出这间实验室的时候，执行忽然又停下脚步，一拍脑袋："啊，瞧我这记性。"

她拉着副编返回室内，没有觉察到与鸭舌帽男擦肩而过时，对方眼里一闪而过的凶光。

"差点忘了，这些硅胶假人到时候会有特写啊，得拍照让顾问看一下，这些管子什么的，有没有插错位置不合理的地方……胡老师特别严格，明天要是让他找出岔子来，可得把他气疯了为止。"

执行说着，掏出手机，对着那一个个培养皿里的硅胶假人的脸拍了起来。

"咔嚓、咔嚓……"

她对焦拉距离，拍得全神贯注，没有注意到其实玻璃器皿上已经倒映出了一幅非常恐怖的半透明画面——

那个棒球帽男举起了一根粗棍，在她俩身后，把棍子高高地扬起……

执行浑然不觉，把手机移到下一个培养皿上。

聚焦，画面清晰，手机屏幕里呈现出影像，框住那个她要拍摄的硅胶道具人，然后——

"当啷！"

执行在看清那个"硅胶人"的脸时，有那么几秒钟骨血冰凉，完全反应不过来，紧接着手机就这样掉落，砸在了地上。

她觉得喉管和肺部都被一只无形的巨手攥住了，空气瞬间从胸腔里挤了个干净，她喘不上气，却也呼不出声，一张嘴无声地张得大大的，灵魂都像是从嘴里被抽走了，整个人都麻住不会动了。

那是……

那是胡毅……

那是一具真正的尸体！

尖叫还未破喉而出，她就听到"砰"的一声闷响。她蓦地回头，发现同伴已经倒在了地上，后脑勺都是血，而那个棒球帽男朝她绽开了一个堪称狰狞的笑，再一次扬起了木棍……

此时此刻，一辆套牌的假冒剧组道具运输车上，棒球帽男正面无表情地单手开着车，他摘了帽子，露出一张通缉犯化过妆的脸。

这是一个变态杀人狂，犯下的最恐怖的一桩案子，就是沪州某高校的雨夜杀人案。

在刑侦技术还并不发达的那些年，这个男人穿着雨衣，把一个女学生杀死后，借着雨衣的遮掩，背到了学校实验楼进行分尸，而后抛入实验排水管道。

那么多年过去了，警方一直没有将他抓获归案。

而他的心态也越来越扭曲，在杀人和逃难中，他感受到了挑衅警方的快意。

他反复作案，每一次作案都一定会在犯罪现场穿上雨衣胶鞋。

他第一次杀人时，只是因为那天在下雨，而且他穿着雨衣、雨鞋方便最后处理犯罪痕迹。到了后来，他的心态就变了，穿雨衣杀人成了他犯罪的标记。

现在，在他车后的运输厢内，正丢了一件他刚刚脱下的雨衣，雨衣遮盖住了他身上的血迹，使得他成功地从谢清呈和贺予眼皮子底下逃了出来。除了雨衣之外，车里还有一个硕大的道具箱，里面躺着两个昏迷了的年轻女人，正是失踪了的执行和副编。

"都办妥了。"

棒球帽男另一只手在接打电话。

"只是出了些小意外。"

"对,有剧组的人进去了,嗯,好像是俩工作人员,本来我是想载他们上车处理的,但他们不要,俩大男人的,我也不好硬带……没事,我后来把他们关在了内舱,内舱门被破坏了,这里也设置了信号屏蔽,连去报警的信号都不会有,不能穿透。第二天出现在大家面前的只会是他们的尸体。"

手机里的人又和他吩咐了些什么。

"知道了。"棒球帽男的目光又往上一瞥,下意识地从后视镜里去看后舱,尽管其实什么也看不到。

"对了,我这里还有两个女孩,也是误闯的,长得还挺漂亮,她俩我带出来了。虽然这次我们要杀的只有胡毅这条大鱼,但是有杂鱼要跟着上钩,那也没有办法。

"我原本也就打算杀个小姑娘,那天在宾馆走道里我都把足够吸睛的命案场景布置好了,结果上头说不能随便杀,要杀就杀个大的,还点了胡毅的名。谁料到还是有小姑娘要陪葬呢?

"现在您看是等他回来再处理,还是——"

棒球帽男听完了对方的吩咐,露出泛黄的牙齿,龇开一个笑:"好。那我清楚该怎么做了。"

摄影棚封闭舱内。

水已经从内室漫出来了,贺予和谢清呈站在外室,脚下有了粼粼水光。

贺予在拿着手机尝试突破信号封锁——但是没有用,这是硬设备,他没有相应的镜像软件,再大的本事也不可能生无米之炊。

他知道这种屏蔽器,就和他在梦幻岛为了和谢雪告白,曾经用过的那种类型差不多,覆盖力强到连紧急联系号码都无法接通,也就是说110、119、120,都起不了任何作用。

他回头看了眼谢清呈,放下手机,往冰冷的合金门上一靠,无声地摇了摇头。

那意思不言而喻——

他们是真的被一起困在了这间危险的摄影棚里,出不去了。

41 | 你曾是我全部的支柱

水平线在不断地往上涨。

虽然这屋子空间很大，还有一段可以破困的时间。但是门锁被破坏，信号被屏蔽，无论是开门还是求救，他们都做不到。

贺予和谢清呈试了所有办法，发现他俩确确实实没有任何自救的途径后，拍摄舱的气氛就变得非常凝重了。

水已经漫到了脚脖子，冬季水冷，死亡的寒意像是吐着芯子的滑蛇，顺着脚脖子幽幽地游弋上来，冰凉刺骨。

贺予忽然从角落里拿了把铁锹，往合金门上戳。

谢清呈说："别费劲了……这种门靠硬撬打不开的。"

贺予没吭声，他在门上戳了几条很明显的划痕后，就把铁锹一扔，拿出手机调到了秒表界面，开始计时。

手机的浮光映着他的脸，他轻声地说："我没想撬门，我是在算我们大概还有多少可以吸氧的时间。"

"两小时。"贺予最后放下了秒表，回头看着谢清呈，"我们还有两小时。"

这是道死亡算术题的答案。如果没有意外，两小时之后，整个封闭舱将被大水填满。

谢清呈没有说话，下意识地从兜里摸烟。

烟盒是空的。

他想起来，刚才在外面，最后一支烟已经让贺予拿走了。

"你为什么要抽我烟？"谢清呈烦躁地将烟盒捏了，扔到一边。

"都什么时候了，你还说烟不烟的。"

谢清呈抬眸看向贺予，依旧烦躁："那你为什么没事要一直跟着我。"

他越说越烦："我告诉你贺予……你如果不跟来，就不会有现在这种事。你真是自找的。"

贺予说："如果我不跟来，你现在可能就已经死了。"

谢清呈冷硬道："干净。那样死的也就只有我一个。"

贺予的心莫名紧了紧："谢清呈，你……是在替我觉得不值得吗？"

谢清呈沉着脸干脆地回："我是觉得那样清清楚楚，谁也不欠谁。也不会有人拿走我最后一支烟。"

PAGE 237

贺予脸色精彩，蹚着水走近他身边："你知不知道死是什么意思？"

"我是个医生。你觉得我不知道死是什么意思？"

贺予说："是吗？可我看你是个疯子。"

舱内水声不断。

谢清呈把视线从贺予身上移开了。

他没有再和贺予争执，而是拿出手机，滑开屏幕——但奇迹没有发生，信号源依然是零，报警电话拨出去也没能穿透壁垒。

让贺予没想到的是，谢清呈在通话未果后，居然从相册里翻出一段水母视频，点开开始看。

"……"他一时不知是该觉得谢清呈的黑色幽默感太重，还是这个人冷静得太恐怖。

他盯着谢清呈垂了的睫毛："你还有这心情……两小时我们出不去，你不用看水母，我们自己就可以变成水母。"

谢清呈说："那现在能怎么样？"

贺予一噎。

他们确实没有任何办法，除了等待被人发现。

贺予靠在了谢清呈旁边的铁门上，和他并肩站着，看着那漂浮的水母。

"你觉得这次是广电塔那起案子的后续吗？"

"不一定是，大概率不是。"

水精灵在温柔地摆动着，配上手机里空灵的八音盒声音，竟多少有些能安慰人心的能力。

"如果是他们，那你我不用等到现在，多半已经死了。"

广电塔案后，贺予和谢清呈等于已经暴露在了那个神秘组织面前。但这么长时间以来，对方都没有再下过手。这就说明杀死他们两个要付出的代价大于利益，犯罪集团不是单个的变态杀人狂，他们做事一般都有自己背后的目的性，而非以杀人取乐，尤其是受到了社会高度关注的人，犯罪集团很清楚拿这种人动手一不留神就会溅上一身血，得不偿失。

何况这次谢清呈和贺予被困，完全是因为巧合——摄影棚是谢清呈自己要来的，贺予也是自己要跟着谢清呈的，他们刚才在外面也完全可以离开。

凶手要杀他们，很可能只是因为他们看到了胡老师遇害现场，就和目前失踪了的副编和执行一样，不得不动手。

一段水精灵的视频放完了，谢清呈又换了另一段来看。

贺予在这时候忽然说了句："谢清呈，我一直跟着你，其实是因为我还是想知道那些事的答案。"

"哪些事的答案？"

"你知道的。"

谢清呈静了好一会儿，忽然问："你能给我一支烟吗？"

"你明知道我没有——"

谢清呈的桃花眸很沉静："你明知道我不会。"

两人就又都不说话了，舱内再一次陷入沉寂。

在这片沉寂中，他们没有去谈胡毅、副编或者是执行。贺予和谢清呈在这方面是一致的，他们并非对人的危险袖手旁观，而是都不会在恐惧和无意义的猜测上浪费时间。

如果有命出去，推理才有意义。

如果没命出去……

谢清呈的选择是看水母视频，冷静地等待着。

贺予想，那自己呢？

尽管到了此时此刻，贺予仍觉得自己命不该绝，走投无路的感觉尚且遥远。

但他还是忍不住想——

如果这就是最后两个小时了呢？

他要做什么？

贺予想了想，那些破碎闪过的画面却让他觉得自己很荒唐，还有些可悲，于是他把那些念头都甩走了。

时间一分一秒地流逝着。

水平线已经到了胸口。

水压让心腔有些窒闷，水线的高度也不再适合看手机。

舱内堆积的可漂浮物，这时候都漂在了水面上，贺予找了两个塑料盒，给了谢清呈一个，让他把手机放在里面。

"虽然说防水，但最好还是不要相信这些生意人的话。"

谢清呈没多话，潋滟的水色里，他的脸庞太苍白，嘴唇的颜色也比平时要淡很多。

他是怕冷的。

不仅仅是怕冷，这样的幽闭空间，不断上升的水位，也在刺激着他的脑颅。

他闭上眼睛，漆黑的睫毛像垂落的帘。

水位又高了一点。

现在贺予和谢清呈必须浮泅在水面上了，因为水位高度已经超过了两米。

谢清呈抬眼看了看离得近了些的天花板。

他一直保持着希望，就是因为他觉得天顶处或许会有突破的地方。

这里四壁光滑，没有借力点，只能等水位升到足够的高度，才能借助浮力看清天花板的构造。这种摄影棚的天花板大都有夹空板，不会是完全砖瓦封顶，只要找到那个中空的位置，他们或许就能出去。

在此之前，谢清呈不想消耗过多的体力，更不想让自己失去镇定的情绪。

时间一点点地过去，水位线还在上移，越来越高，他们离天花板的距离越来越近……

贺予仰躺在水面上，不得不说，他是在这种情况下最好的陪伴对象，正常人遇到这样的事情，不吓疯也该哭死了，但贺予不一样。

他视死亡如街头川流不息的车，会尽量避免与之相撞，但也不会畏惧车辆本身。

"谢清呈，我知道你在想什么，你觉得我们可以通过天顶出去。"

因为蓄水量太大，已经淹过了自来水管的破口，水是直接涌入池中的，于是就没了那么嘈杂的哗哗声。

周围显得更安静了，他们仿佛在一个不属于尘世的空间内，在海的深处。

"但如果找不到那个夹空板呢？"

"如果最后一条路也是死路呢？"

贺予从浮在他旁边的塑料盒子里拿起自己的手机，上面显示着他设置过的倒计时。

"那我们就还剩不到一小时的时间了。

"然后就要死了。

"你有没有想过我们会这样意外地死在一起？死在这里？

"我知道你不怕，但你有没有一点遗憾？"

谢清呈闭着眼，轻声说："不要那么多话。"

"万一我死了，我以后就说不了话了。"

"别想那么多……"

可贺予忽然说："谢清呈，你现在是不是很冷？

"我听出你声音里的颤抖了。其实我也挺冷的，幸好是两个小时，如果是四个小时，按现在这个天气，我们都不用淹死，直接就冻死了。失温症。"

年轻男人和熟男毕竟是不一样的，在死亡的威胁面前，年轻男人的话到底要比熟男多。

谢清呈想，贺予到底还是太年少了，看到死神的袍裾，能维持这样的状态已经很不错了。但他又想，贺予真是倒了血霉，自讨苦吃，非得纠缠自己，来到这种鬼地方。

结果一关关了俩。

"出得去。"谢清呈说，"棚顶边缘有管道口，现在已经能看到天花板的断口，很薄……你不用太紧张。"

贺予笑了："我没有紧张。

"我只是觉得遗憾。谢清呈，真就挺遗憾的。我想和别人说很多事，也想知道很多事。如果真的出不去——"

"一定出得去。"

"你为什么这么笃定啊？"

"因为现在还没到该放弃的时候。如果不打算放弃，那么犹豫就是没有意义的。"

贺予听他这么说，半晌后，轻轻叹了口气。

"你知道吗？我不是在犹豫，我只是想做最坏的打算——如果真的要被淹死在这里，我至少在死之前，能活得更明白。

"你呢？

"你哪怕死了，也不肯告诉我一点真相吗？"

"如果人都凉了，真相还有什么重要的。"

贺予安静地看着映着闪烁水光的天花板，那么凶险的场面，这些光芒却很漂亮："可有个人曾经说过，真相从来不是没有意义的。

"真相可以决定墓穴里葬着的是遗憾还是释然。

"你如果不想开口的话，我倒是有很多想说的。"

谢清呈说："你精力倒是充沛。"

贺予仰泊于粼粼水面上，眼神蒙眬，他说："谢清呈，之前我一直都没有和你好好聊过。

"你知道我为什么那么讨厌你吗？我从来没有讨厌一个人到这个地步过。"

"我知道，因为你觉得我骗了你。"

"不是的。"

周围太安静了，又冷，两人说话间呼出的气息，在空气中都成了氤氲的雾气。

"不是的。"贺予喃喃着，又说了一遍，然后道，"因为我从来没有相信过一个人，像相信你那样。"

他从前不说这样直白的话。

但现在他说了。

"你不知道你以前告诉我的那些道理，给了我多少活下去的勇气。

"但你又把那份勇气从我身体里抽走了。

"我很冷，谢清呈。

"我不知道你为什么要这样欺骗我，为什么可以装得这么像一回事。"

水太冰了，冰到骨髓里。

贺予静了好一会儿，又道："其实那天在空夜会所，第一杯酒，是我不小心倒的。"

"我没有一开始就想要这样对你的意思。不过——"他"哗啦"一下，在水里翻了个身，从浮仰，变成踩水，只露出一个脑袋来。

谢清呈还仰于水面上，贺予稍稍往前游了些，他的胸膛就碰到了谢清呈的头顶。

贺予低下眸，面庞还在往下淌水，晶莹的水珠子顺着脸颊的轮廓，落到谢清呈的额头上。他就那么低头看着谢清呈闭着眸的脸。

他很怨恨，都到这时候了，谢清呈还能冷成这样连眼也不肯睁开看他一眼。

"哥……"

在不确定死神是否会降临的意外之中，贺予最后轻声地和谢清呈说了几句话——

带着怨恨，不甘，失落，茫然。

但更多的，却是一种已经很久不曾出现的，类似于委屈的情绪。

"你知不知道，那些话对你而言只是几句轻描淡写的谎言。

"但对我而言，那就是我过去十年里，全部的精神支柱了。"

42 | My heart will go on（我心永恒）

谢清呈听到他说出了这样的话，一时愣住了，也不知道自己是怎样的一种感觉。

他终于踩着水转过身来看向贺予，长久以来，都是贺予更不敢直视他的眼睛，因为他的眼眸太冷太锋利了，像手术刀，能把人心剖解。

但这一刻，贺予眼睛里混沌而浓烈的情绪太重了，像是熔岩。

刀刃再利，毕竟凡铁，承受不住熔岩那么高的温度。

所以这一次，竟是谢清呈先把自己的目光转开了。

他心情很复杂，如果说贺予平时和他讲这样的话，他肯定不会有那么大的反应，但这一刻，他知道意义是不一样的。

这原来就是贺予最想告诉他的东西。

如果出不去，如果一小时后他们死了，这就是贺予最后最想和他说的一些事情，用以向人世别离。

因此这些话的力量是很沉的，直兀兀撞在他的心里。

谢清呈没有骂他，没有笑话他——这是那天之后，谢清呈初次以这种态度，面对贺予的自白。

但他也不知道该怎么回贺予。

在他们之间发生了这么多的纠葛之后，谢清呈不明白自己还能用怎样的态度面对贺予堪称病态的依赖。

所以他最后还是把视线转开去了，他泅游到旁边，贴着墙的位置，仰头专注地看着越来越近的摄影棚穹顶。

一点点破碎的光照在他英挺苍白的脸上，脸冻得毫无血色，像是浮冰，连嘴唇都近乎透明。

十几厘米……又十几厘米……

越来越近了。

谢清呈已经可以清楚地看到穹顶的管道钢板、榫卯钉头。

他忽然想到了什么，低头往清澈的水下看去——然后他找到了。

"你等我一下。"

谢清呈把装着手机的塑料盒推给了贺予，省得手机翻到水中彻底报废，自己则突地一个猛子扎入了池水之中，修长的身形裁开水波。他直直地往底下潜，过了一会儿，当他甩着头发上的水珠，重新从水底浮上来时，他的手里多了一根废弃的钢管。

一米多的管子，拿在手里，以现在的浮游高度，足够触碰到天顶了。

谢清呈拿着钢管，开始凝神屏息地往穹顶上敲击试探。

空心板的声音是听得出来的，叩击之后，声音远比实心墙面来得清晰响亮，会发出空空的声响。

谢清呈冷静地尝试着。

贺予也不说话了，看着他从最靠门的那边，用管子一点一点地试探。

一寸一毫，一分一秒。

实心的。

实心的。

还是实心的……

十五分钟之后，谢清呈放下了那根用以试探的钢管。现在已经不需要那根管子了，他自己的手可以触碰到穹顶。

但是他没有再动了，面容隐匿在水波之中。

贺予看到他的面色比之前更白了——

没有架空层。

这个房间的顶，是水泥浇筑封严的……

哪怕是再无所谓生死的人，在死亡之锤真正击落的时候，仍会感到震颤。穹顶封死，意味着他俩最后一线希望破灭。

贺予看着谢清呈的脸色，一时间连他也有些呼吸窒闷。他泅游过去，仰头观察那天花板，现在完全可以看清楚了，之前带给他们一线希望的管道口破损，虽然确实是空心木板，可是木板上面还有一层水泥。

靠正常人的力量，哪怕一百年也出不去，别说只剩下几十分钟……

竟真的就要这样死去了。

"谢清呈。"贺予看着谢清呈，喉咙有些发紧，那一瞬间他有很多话想说，但最后出口的却是一句，"你觉得明天的报纸头条……会怎么写？"

谢清呈仰着头，再一次望向那越来越近的天花板。

粼粼荡漾的水波映着他的下颌线，他的头发因为被打湿而有些凌乱，平时一丝不苟的轮廓仍在，但有些许黑发湿漉漉地垂在了他眼前。

他没有回答贺予那无厘头的问题。

然而过了一会儿，贺予听到他轻声说了句："贺予……你我之间发生了很多事情。"

"那些事各有相损相欠，一码归一码，但现在看来，至少其中一件，我得和你说一句对不起。"

他忽然这样说，贺予反倒愣了一下："是我自己跟来的。这和广电塔博文楼不一样，你不用自责。"

"我是说之前的事情。五年前的事情。"

贺予安静片刻，心里像是有什么东西在翻搅："你要这样说，我不是也有很多让你觉得畜生不如的行为？"

他又道："死前相互道歉，也实在太理智了——一辈子都活得这么理智规矩，条理分明，你也太累了。"

他说着，绷了一个多小时的内心终于彻底松了下来。

也是认了命。

这种死亡对贺予而言是意外，但死从来不是他无法接受的事情，他不会在死亡面前大惊失色、狼狈不堪、自乱阵脚，因为他短短十九年的生命中，已经太多次面对过比死更可怕的痛苦和孤独。

他是个向死而生的人，他早已清楚，死亡是从他降生起就在前方等待着带他离去的友人，他总要与之相逢。

而这种死法，比起在疯人院发狂失控，最终和前面那些病例一样凄惨地、没有尊严地离开，实在也不是什么难以接受的事情。

它吓不到一个疯了十七年的孤独之人。

贺予干脆换了一个舒服的仰泳姿势，重新躺在了水面上，他拿起手机，忽然想到了什么——

"谢清呈，你说，我们要不要信任厂家一次？"

这回轮到谢清呈怔了一怔："什么？"

"防水功能。"贺予扬了一下手机，"等这水完全盖过我们了，手机也就被淹没了。但如果商家没那么黑心，真能防水的话，你说咱俩要不要留个遗书什么的……时间还充裕，也算是命运不薄了。"

他说着，打开了手机备忘录。

然后又点开了音乐播放软件。

和谢清呈不一样，贺予其实是个浪漫考究的人，若他当真要化作水里的珍奇，葬身于此，他认了命，就会想要好好地、从容而优雅地迎接死亡。

"你知道，死刑犯临注射前，监狱里的人会让他们听歌，点播率最高的一首，听说是《别看我只是一只羊》。"

谢清呈静静地在水里浮站了一会儿，他大概是没想到贺予面对死亡的姿态是这样的。

人出生时，尚且混沌，哭笑不由自己，全凭护士一巴掌，便啼哭着来到这人间。

但人死的时候，载满了一身的爱恨、学识、过往……人们将与这些陪伴自己到最后的无形之友作别，贺予或许觉得，与老友分离，应献上一抹微笑致谢。

"死刑犯都喜欢听《别看我只是一只羊》，是不是很诡异啊？"

贺予一边滑动着手机屏幕，看着上面自己缓存过的歌单，一边越来越平静地说道。

"但其实这是因为他们觉得自己快死了，没什么心情选择，于是就默认了最开头的那首歌，A字母没有，B字母第一首曲子，就是《别看我只是一只羊》。要我说，他们还是被死亡打败了——连死都不愿给自己做一次主，实在缺了些美感和勇气……对了，我觉得这首不错，你喜欢吗？"

他点了一下屏幕上的播放键，悠长的乐曲声从手机里飘了出来，缠绵而经典，是一首老电影里的配乐。

You jump. I jump...
You're going to get out of here. You're going to go on...
Not here. Not this night. Not like this.
我与你生死相随……
你一定会脱险的，你要活下去……
不是在这里，不是今晚，不是像这样死去。

贺予开始跟着歌曲乱七八糟地念台词，带着些浅浅的鼻音，周围的水很冷，江南的冬季也是刺骨的。

他笑起来："真应景。

"你知道吗，我小时候特别喜欢这个电影里的女主角，我觉得她怎么就敢冒着那么多人指责的眼光，跨过世俗的隔阂，和一个一文不值的穷小子在一起呢？如果有一个女孩子可以这样对我，我也愿意牺牲自己，也愿意为了她付出生命。

"我不要看着她死。

"你知道女主角后来结了婚，她一辈子过得很快乐，那场旅途和旅途中偶遇的男主就像她漫长人生中的一场梦，梦醒的时候，她的枕边相框里是她穿着裤子骑马的照片，就像梦里男主曾经和她笑着描述过的那样。"

"有一场这样的梦真好啊……"贺予叹了口气，"我连梦都没有了。"

歌声扬得很长，很远，仿佛是燃油巨轮悠悠扬扬的起航鸣笛，飘然穿过时间与空间，回荡在这封闭淹没的摄影棚内。贺予听着这首歌，打开手机备忘录，想写些什么。

但最后他发现自己的遗书毫无意义,他在这世上已经没有什么特别在意的人——要真说有,那个人已经在他身边了。

他也不知道,谢清呈在过去的那些年,究竟对自己隐瞒了些什么。

竟都是要带去让孟婆给自己遗忘的憾然。

贺予把手机放下了,放回了那个塑料盒里,他闭上眼睛,轻轻哼着歌,似乎也释然了,等着那一刻的来临。

穹顶更近了……

然而就在这时,他听到清晰的水流划动声。

他睁开眼——是谢清呈泊到了他身边,也换作了和他一样的,舒展的仰躺姿势。

谢清呈也把手机放下了。

贺予很意外:"你不写些什么吗?给谢雪。"

"她看了只会更难过,我不想她一生都活在我最后留下的那些话里。有时候遗言并不是太温柔的东西。我最后和她的通话很家常,是很好的结尾。如果要我选择,我不想用自己临死前的信息再伤害她一次。"

谢清呈平和地说完了这些话。

从某种意义上而言,他俩真是绝无仅有的黄泉路上的最佳搭档。

他们都能很安静而从容地面对自己的死亡,而这是世上大多数人都做不到的。

谢清呈看了看手机上的时间,他和贺予两个人,就如同水精灵般无声漂浮着,海月、桃花、火箭……

波光像是化作了视频里那些温柔地治愈着人心的水母。

> Every night in my dreams,
>
> I see you,
>
> I feel you,
>
> That is how I know you go on...
>
> 每一个夜晚,在我的梦里,我都能看见你,我都能感知到你,
>
> 那便是,我知你将如何走下去……

贺予听着那循环播放的歌声,忽然想到了那一扇重复出现在他梦境中的门。

从七岁,到十四岁,他曾无数次打开的门。

病案本 | File No. 002

从十四岁,到十九岁,他曾无数次梦到的门。

当谢清呈陪在他身边时,他打开门能看到窗边站着的那个男人,高大英俊,回首安静地望着他。

而当那扇门内空空如也时,他闭上眼睛站在里面,仿佛也能感觉到那个医生存在过的痕迹……

谢医生对他说:"总有一天,你要靠着自己走出你内心的阴影。"

谢清呈在窗边的写字台前一笔一画地用钢笔写下隽秀的字。

他写:"致贺予,谢清呈赠"。

后来,谢清呈离开了。

而从他离开后,在许多夜晚,很多梦里,他竟都梦到过他。

贺予的神情慢慢地松弛下来,他躺在冰冷的水面上,但他知道这一刻他不是一个人。

谢清呈就在他的身边,他只要伸出手,就能碰到那一点点属于另一个人的温暖。不会离开的温暖。唯有死亡才能带走的温暖。

> Once more you open the door
> And you're here in my heart...
> 你再次推开那扇门,
> 你就在那里,在我的心里……

歌声中,镂刻着无尽夏的门仿佛又一次打开了,里面是夏日的光,冬天的雪,春秋不变的俊美剪影。好像他从来没有从他心中的房间里走开过。

贺予也不知道是怎样的一股情绪涌动,酸涩又复杂,他竟然忽然有些想落泪,但他知道那并非因为死亡。

他忽然忍不住想说话,他忽然忍不住想把手伸给谢清呈。

他忽然忍不住想跟他说:"谢医生,谢清呈,对不起。"

明明他刚才还指责过谢清呈死前道歉很无聊又俗套呢。

话语是哽在喉咙口的,不上也不下。

手却已伸过去,在水中划出心的涟漪,然后——

他握住了谢清呈的指尖。

谢清呈的手动了一下。但最后没有挣开。

"谢清呈,你不要怕,死不可怕的。我有好几次濒死经历,你知道吗,那就像睡着一样，比睡着更快，更干脆……"

他开了口，却说了别的，更像是个男子汉该说的话。

他紧紧攥着谢清呈的手，他感觉他们的手轻微地颤抖，不知道是因为自己还是因为谢清呈。

"我陪着你。

"没事的。

"我陪着你……"

谢清呈沉默着，贺予一直不看他，一直只望着越来越近的天花板，然后低声和他说这些话。

但是他侧过脸，看着贺予。

他当然知道贺予不害怕死亡，贺予有时甚至渴望死亡。然而这一刻贺予似乎仍有些怅然。

释然了却免不了怅然。

为什么？

谢清呈就这样无声地看了他好一会儿。

最终，他想，他或许是知道原因的……

在怅然又深情的歌曲之中，在将要降临的死亡面前，他那颗坚不可摧的、从不溃堤的心，终于松动了——

"贺予。"谢清呈忽然开了口。

声音里，隐隐有着某种下定决心后的平静。

"嗯？"

"五年前我离开沪一医院，离开你。"

谢清呈顿了顿，轻声说：

"确实是有秘密的。

"如果这是我最后能还原的真相，如果这个真相能够让你在最后释怀。"

周围太寂冷了，天顶唯一的昏暗灯光，都仿佛呈现出一种孤独的幽蓝色，寒霜般凝在谢清呈的眉目之间，反倒衬得谢清呈的眉眼没有平时那么冷了。

但他依旧很沉静。

在注定很快就要到来的死亡前，他终于松了口。

他侧过脸，睫毛微颤，对终于转过头来，同样这样看着他的少年道："那我告诉你——"

43 | 他的十三岁

十九年前。

燕州。

十三岁的谢清呈背着书包,走在严冬的胡同街口。

他浑身上下最值钱的东西只剩一部旧手机。

他父母已经走了几个月了。

这几个月来,谢清呈就像一缕被遗落在尘世的魂魄,连续的打击让他的一颗心都空朽了。他崩溃过,绝望过,和人爆发过无数次激烈的争吵。

可又有什么用呢。

他无数次在夜里惊醒,梦里是他接到父母死亡通知的那一天。

那天,沪州下着很大很大的雨,他在学校教室里,像所有普通学生一样,在进行一次数学测试。

班主任忽然进来了,和数学老师打了声招呼,低声说了几句话,数学老师立刻发出抽气的声音。

学生们只抬头看了眼,神情麻木,眼里甚至还浮动着方程式和数字的虚影,然后又都低头争分夺秒地继续做题。

而谢清呈连头都没有抬,他正在检查最后一道大题的解答过程。

旁边的一个女孩子在偷偷地瞄他,也不知道是在瞄他的答案,还是在瞄帅哥的脸。

忽然——

一道阴影投在了谢清呈的试卷上。

谢清呈的笔尖一顿,抬起头,略皱着眉看着来到了自己座位前的班主任。

他和寻常学生不一样,看眼睛就看得出来,非常锐利、冷静、清晰,很少有迷茫或者麻木的时候,各类学科都难不倒他,他不会被知识所折磨,而常常是游刃有余的。

没有哪个老师会不喜欢这样的学生。

这是第一次——谢清呈对上班主任的眼睛,班主任却是没有带着笑的。

他微怔了一下,不知道发生了什么,他是不会闯祸的人。

"谢清呈。"班主任拍了拍他的肩,表情很古怪,像在极力压抑着什么。她的厚眼镜刚好在日光灯下反光,遮住了她大部分的情绪。

但谢清呈听出了她的声音里有一丝颤抖，像琴弦拨动后的余韵一样。

"你出来一下。"

这下同学们可都吃惊了，考试也不重要了，纷纷昂着脖子，看着谢清呈跟在班主任后面离开教室。

"怎么回事……"

"怎么这时候叫他出去？"

"他不会是犯错误了吧，作弊？"

"你在说什么……他用得着作弊吗……"

大家叽叽咕咕的，直到数学老师敲了下桌子："都在交头接耳些什么？考试！"

但他训斥完他们，自己的视线也忍不住追着那两个消失在走道尽头的人——如果学生们仔细看，就会发现数学老师的脸上已经剥落了一层血色。

数学老师颤抖地抓起桌上的保温杯，打开，喝了一口里头的温水。

热水淌过他的喉管，勉强焐热了些惊闻消息时骤冷的胸腔。

可他知道——

谢清呈这个孩子的心，在未来很长的一段时间，怕是再也暖不起来了。

"老师，发生了什么事吗？"

谢清呈跟着班主任走在楼梯上时，忍不住问了这个问题。

班主任没说话，一直到了顶楼她的办公室门口，她推门进去之前，才深吸一口气，回头看着这个她一直很喜欢的学生。

她的面部肌肉紧绷着，在窗外灰蒙蒙的天光下，谢清呈愕然发现，她的厚眼镜后面，竟有两行泪滚落。

那泪滴像是不祥的音符，教学楼外雷声震耳，拉开悲剧序幕。

谢清呈的心"咯噔"一下。

"里面有人找你，让他们和你说吧……"

班主任皮肤皱缩的手搭上了门把手，往下一按。

门开了。

窗外电光闪烁，屋内黑沉沉的，像是压着比外头还浓重的云翳。雷电划破了外面的积雨云，而谢清呈的走入，划破了屋内的那些沉暗——

一大片的，沉压压的藏蓝色。

云一般拥挤着的警察。

为首的是和他父母关系最好的郑叔叔。

他们听到他来了，全都回过了头，但谁也没有先开口说话。

谢清呈听到自己的声音,空洞得像是枯木上已经被遗落的茧壳。

"我爸妈怎么了?"

他一字一句,定定地问:"郑叔叔,我爸妈怎么了?"

谢清呈不太记得自己那天是怎么听郑敬风说完具体情况的,模糊的印象里,自己似乎非常平静。

平静得就好像他已经死去了,站在原处聆听这些话的,是一尊泥塑雕偶,是尸体。

不只是当时,好像那一阵子,连续有近十来天,谢清呈都僵冷麻木得像一具走尸——除了在亲眼看到父母尸身的那一刻,他崩溃过痛哭过,接下来的那十多天,他就像机器,像符号——不断地签字、签字,签那一份又一份无情的文件。

火化……

遗产……

公证……

活生生的人就成了纸上的字、炉里的灰。

妹妹还小,不谙世事,但也知道爸爸妈妈好久都没回来了,咿咿呀呀地哭闹——还有——

还有另一些事情,谢清呈甚至都不愿意再去回想。

当一个人痛苦到连流泪都流干的时候,才会发现,原来能够好好地感受悲伤,也是一种上天给予的莫大慈悲。

谢清呈连这一点慈悲都不配拥有。

车子自动前行,撞人后驾驶舱爆炸……这怎么可能会是一次意外呢?

他的身体和灵魂都像被突如其来的巨大重压给摧毁了,只能靠一口气支撑着,他不断地往派出所里跑,抓住任何一个他曾经熟悉的叔叔阿姨,固执地一遍一遍重复着说,我爸妈是被人杀害的。

我爸妈一定是被人杀害的。

我想要一个真相……

请你们给我一个真相……

一开始,那些人都还会同情,会落泪,时间久了,反复被一个孩子这样纠缠,到底还是会烦的。

有人开始对他说:"和你讲过很多遍了,我们一定会仔细调查,但现在什么证据也没有,我们也得按程序走,是不是?"

"再给我们点时间。"

可一点时间是多久呢？

谢清呈后来知道，是整整十九年。

他当时尚不知晓未来的等待将会是如此漫长，不过那时候他已经明白了，他父母的死亡只能定性为一次意外事故，他的父亲母亲，不能穿着警服以殉职的烈士身份下葬。

他最后只能为父亲挑了一件雪白的衬衫，那件衬衫是他们家没落后，他父亲仅购置过的最好的一件衣服。

而他的母亲穿着黎妙娟亲手缝制的旗袍——女警官没能由警车长鸣着送葬，但她走的那一天，除了同事之外，来了很多她生前帮助过的穷人、富人、犯人、受害人……

她对每一个生命都是平等的，从未戴着有色眼镜，去歧视过任何一个人的灵魂。她永远都愿意把手伸给在泥潭里挣扎着的人们，只要那些人还愿意回头。

因此，她得到了他们全部的尊重。

但直到入土，她也没有得到真相的尘埃落定。

谢清呈便亲自去查了。

尽管他还非常年轻，是个中学生，尽管他得到的线索很有限……他还是不肯放弃追踪，他把所有空余的时间都用在了调查父母死亡原因这件事情上。

然后，或许是皇天不负有心人吧。

他从警局的一个叔叔那里，探到了他父母在出车祸之前，曾去过一趟燕州最鱼龙混杂的一家夜场。

"具体做了什么，见了谁，那都是秘密了，大家都不太清楚，不过那之后不久，上级就收到了群众举报，说他俩贪污受贿，还拿出了一些证据……尽管证据链不足以支撑举报内容，不排除有栽赃陷害的可能，但那段时间不是严打吗？他们还是被再一次降职调岗了。

"他俩这几年一共被停调了两次，前前后后加起来，参与未结的大案子有几十个，里面牵扯了上百号人物，要往下算，上千号人物也说不定，这上千个人又有上万重关系。真要无头苍蝇似的去一一调查，几乎是不可能的事情。"

那叔叔拍了拍谢清呈："别想那么多了孩子，还有我们呢。这些事情，交给我们去找一个真相。"

但谢清呈不知道如果靠着他们，他要等到什么时候才能等到真相。又或者，他根本也等不到水落石出的那一天。

所以他在寒假时安顿好了妹妹，独自前往燕州，前往那个叔叔提到过的夜总会。

他想顺着这条线索找寻下去。

意外就在那时候发生了。

他原本联系了一个好不容易知道点情况的服务生，对方尽管很慌张，但到底良心未泯，见孩子实在太可怜，便答应周末的下午两人在某胡同口的小火锅馆子见面。

——我也不知道具体见的是谁，他们来得神神秘秘，连我们老大都不太清楚状况。不过我是负责那个包间卫生打扫的，他们走了之后，我在里面找到了一枚耳钉……你可以来看一看是不是你母亲的，如果不是，那或许就属于她见的那个人……

服务生在和谢清呈见面前，还好心地给他提前发了一张彩信照片。

那时候的手机收彩信不是特别快，要一点点地下载。等照片下载完毕后，谢清呈坐在马路牙子口，点开一看——

那是一枚造型非常古怪的耳钉。

耳钉纯金色，很秀气，骨头十字架形状，中间有一个圆环，圆环的中心镶嵌着一颗血红色的碎钻，碎钻周围绕着三个字母："R.I.P"。

安息的意思。

尽管那时候的手机彩信清晰度非常寒碜，堪称 AV 画质，但这枚耳饰的精致程度还是穿屏而出，它的做工精湛考究，绝不是地摊上随意买的小玩意儿，而正常的情况下，那些金饰名店，又绝不可能会生产这种莫名其妙的饰品造型。

它很有可能是当事人定制的。

耳钉和别的东西不一样，它的钉针长期接触当事人的耳洞，上面会磨蹭到主人的汗液、分泌物，甚至是皮肤组织，如果把这耳钉带回去给郑敬风做检测，或许整个案件的调查都能有一些眉目。

"实不相瞒，我这人确实挺爱贪便宜，我不是个好人。我捡到这枚耳钉，本来是打算拿它卖点钱的，所以一直没有交给领班，但那天我听到你在那边和领班说话……我觉得或许还是把这耳钉交给你更好。"

"没啥……我妈也去得早，我都明白的。"

这两段文字，成了那个服务员给谢清呈留下的最后消息。

谢清呈下午还没到他们约定见面的火锅店，就看到冲天的火光烧起来，围观的人像潮水一样，声浪和热浪冲击着他的心腔。他冲过去，吓着了好几个老大妈老大爷。

"哎哟，小伙子挤什么呢这是。"

"太冒失了，这谁家孩子……"

其他的话谢清呈再没有听进去了，他站在了围观人群的最前面，再往前就是警察拉起的警戒线。他看到消防员从里面抬出几具尸体，高压喷头冲着那燃烧着的火锅店不断浇淋……

他僵硬地站在那边，眼中映着熊熊烈火。

他知道，自己已经来迟了。

而更可怕的是，当救援结束，烈火熄灭，他亲眼看着那一具又一具包裹着遗骸的苍白色尸体袋被抬出来。瞬间，谢清呈受到了强烈的负罪感冲击，那种感觉就像山林之虎向他呼啸着奔来，在他的心脏上重击，在他的耳郭旁咆哮。

他第一次感觉到自己的调查是那么幼稚、简单、没有意义，甚至是祸害他人——他觉得每一具尸体都是因他而死的。

他在马路口瘫坐下去，抱着肩头，汗涔涔的掌心里紧攥着的，是那个储存着耳饰照片的手机。

他太绝望了，内心受到的谴责太重，低着头，坐在马路牙子口，像丢了魂。

因此他没有注意到，在人群已陆续散去的街头，有一辆黑色的套牌私家车，里面坐着个戴着棒球帽的络腮胡子，正点了根烟，幽幽地看着他。

当他终于起身，默默地离开这一片废墟场时，那辆私家车也跟着启动了，一路随着他上了公交，往外环的住处驶去。

谢清呈下了车，还要走一段路才能回到他居住的宾馆，他的钱不多，得省着花，所以住的地方又破又偏。20世纪初燕州的监控摄像头还没有那么密集，尤其外环地方，盲区是很多的。

络腮胡子在黑沉沉的夜色中，扯了扯自己的棒球帽，一口将烟屁股啐了，握住方向盘猛踩油门，车灯炫目，他在刺耳的引擎声中，朝着谢清呈的背影直撞而去——

死寂。

"我出了场车祸。"积水的摄影棚里，谢清呈对贺予说，这是他第一次这样完整地揭开自己许久未曾触碰的伤疤，"那个人原本应该是把我撞死之后清理尸体的，但我在最后的时候觉察到了他，躲开了一些，没有当场毙命。

"车轮在我的腿上来回碾轧，我看到他想下车……

"可这时候附近工地有一群人下了班，结伴回来，正好路过这里——那个男人于是逃逸了,他来不及把我搬运到车上去,只在临走时拿走了我的手机。"

"再后来,我被那些职工送去了医院……医生当时就下了病危通知书。我模糊中醒来过几次,却感觉不到自己的身体。"谢清呈轻描淡写道,"我那时候已经知道,自己快死了。"

他把自己的痛苦和濒死都说得非常寡淡,好像那根本不算什么事。

谢清呈的目光是直到最后,在他提了一个长者的名字之后,才有了些触动的。

他说:"就在我等死的时候,我遇到了一个人。"

"秦慈岩。"

44 | 他的秘密

秦慈岩时任燕州大学附属第一医院的神经外科主任。

对于一个医生而言,那时候的他还很年轻,四十五岁的年纪,正是厚积薄发、敢打敢闯的阶段。他能做别的医生做不了的手术,敢接寻常医生不敢碰的案子。

当时在燕州,他已被病患和医生们奉为当之无愧的神外第一刀。

但和六十岁的秦慈岩没有什么区别,四十五岁的秦教授早已是那个"不怎么守规矩"的人。

尽管收治谢清呈这样一个孤儿,户籍、医保都不在燕州,伤得又那么重,他还是和后来对待易北海的母亲一样,毅然为谢清呈做了担保,接下了这个濒死的病例。

谢清呈浑身上下的伤处,大大小小加在一起,有二十多处,最严重的是腿和脊柱,他的脊柱神经几乎完全被破坏了,联合会诊的其他科室医生都表示,你秦教授就算有通天的本事,也不可能把这个患者救治成功。

谢清呈动不了,躺在重症监护室的病床上,全身插满了管子,到处都是切口。他在梦醒之间,听到身边来探视别床患者的家属在说——

"多可怜啊……"

"太惨了,浑身上下哪里还有一块好肉。"

"听说他父母都去世了,家里也没别的可以联系到的成年亲属,医药费都还是秦教授垫付的呢。"

"秦教授真是个好人啊。"

"谁说不是呢,可要我说,这孩子活着都是受罪,哪怕救好了也是个瘫子,还不如拔了氧气管一了百了……真的，我这不是没良心，我是想到我们家老头子肺癌临死前的那一个月，躺也躺不得，每一口呼吸都要费浑身的劲儿，那样活着太痛苦了……"

眼前是晃动的吊水瓶，耳边是监测仪嘀嘀的声波。

谢清呈无数次短暂地醒来，又深久地睡去，每一次清醒的时候他都很努力地想要多维持一会儿，因为他怕自己再也睁不开眼了。

而每一次堕入深眠时，他的潜意识又在竭力挣扎着，想要靠着意志力将他的灵魂从黄泉路上硬生生拽回来。

"我不想死……"

他枯干的嘴唇在反复启合着，不住地呢喃。

终于有一次醒来的时候，他在病床边看到了一个中年医生——穿着隔离服的医生都是差不多的模样，可那一天，他抬起眸来，那个在查看他病况的身影直兀兀地撞入他的眼中，他仿佛福至心灵般，哀声道——

"秦医生……"

医生愣了一下，戴着口罩的脸转过来，慈悲的双眼对上绝望的双眼。

谢清呈没有见过秦慈岩，他只在短暂的清醒时，听别人说起过他的主治医生，但这一刻，第一次看到这个人，他就知道一定是他。

那个犹如岩石般坚毅，犹如大地般慈悲，镇守在死亡线上，与死神拉锯着的凡人。

少年愣怔地望着他，想伸手，想动弹，却怎么也做不到。

他望着望着，眼泪就顺着伤痕累累的脸庞淌了下来。

"秦医生，你救救我……你救救我好吗……我还不想死……

"我还不能死……"

少年的声音像是重伤之下奄奄一息的奶猫，那么凄楚可怜，然而那可怜之中，似乎又透着一些普通绝症病人所没有的东西。

秦慈岩的心正是被那种东西给狠撞了一下。

他觉察到少年最后说的是"不能"，而不再是"不想"。

但他一时间也没有多思，他担心病人的情况恶化，忙安抚谢清呈："没事的，孩子，没事的。你自己一定要想着好好活下去，剩下的你交给我。还有我呢，孩子，我会保护你的。我会救你的。"

他握住谢清呈冰冷的手——

谢清呈蓦地闭上眼睛，眼泪潸然流入了枕间。

"我会保护你的。"

"还有我呢……"

孩子的手被男人的手握着，像父亲从瓢泼大雨里回到人间，握住了他那个尚在人世间为了一个答案苦苦挣扎的儿子。

已经多久了呢……

谢清呈恍惚间想起那天自己被郑敬风一行人通知父母出事，然后跟着警车来到现场。

案发地离学校很近，他到时，法医尚未把尸体遇害情况取证好，郑敬风原本是让他们把尸体先用白布盖上的，但是他们赶到时，法医还没来得及做到这一步。

于是谢清呈就那么亲眼看见了父母的尸体，看到了他们被碾碎的身躯、破碎的肩章。

他在那一瞬间才真正意义上明白了，触目惊心地瞧见了——他的爸爸妈妈，是真的离开了。

再也回不来了。

他失了控，发了狂，尽管被父母的同事阻拦着无法扑过去，却于人前崩溃地落了泪。

那是他在父母破碎的遗体面前，最后一次拥有属于孩子的软弱。

后来，谢清呈再也没有这样哭过。

哪怕火葬时，哪怕在悲怆的葬礼上与父母的遗体告别时，他都再也没有掉过一滴泪。

因为他知道，他们家没有长辈了。

从此在世间所有的苦难、折磨、危险……乃至死亡面前，第一个要站起来面对的都是他，他是家里最大的那一个，他得保护身后的人。

直到这一刻，谢清呈好像终于又得到了一瞬上天的慈悲，他好像又可以是那个十三岁的孩子了，他的眼泪顺着脸庞不停地淌落。

整整半年了，爸爸走了之后，终于有人这样握住他的手，和其实才十三岁的他，说一句真真切切的——

"我会保护你的。"

谢清呈在疼痛和无助之际，哽咽着，轻轻地唤了一声："爸爸……

"你回来了吗……

"你能不能不要走……不要出去……外面在下雨……

"雨好大，爸……你和妈不要走……你们不要走……

"求求你们……

"回家吧……"

在听到这些话之后，秦慈岩的身形不知为何忽然僵得厉害，谢清呈神志模糊地喃喃了一番，又逐渐地陷入了昏迷中——他没有看到那一瞬间，秦慈岩的眼眶湿润了。

那一年的除夕前夜，谢清呈在奇迹般地挣扎了十余天后，病情忽然急剧恶化。他被推往抢救室前，怔怔地看着走道外一闪而过的夜景。

燕州落雪了。

鹅毛那么大的雪飘飘洒洒，他以前在江南，从来没有见过这样的皓雪。

"我妹妹叫谢雪……"他喃喃地说了这样一句话，"她才只有五岁，一点点大……"

这一次手术之后，谢清呈的性命虽然暂时保住，但是燕大附一认为不应该让这个孩子继续再在这里治疗了。

这是个随时都会去世的病人。

他应该回家去，客死他乡并不是太美好的结局。

当然——其他的原因也是有的，只是到底都不如这个原因那么冠冕堂皇。

秦慈岩虽然声名显赫，但那时候他毕竟也没到可以力排众议的地步，最后院领导找他谈了话，说是商榷，其实已是定死了的结局。

谢清呈被迫转离了燕大附一，秦慈岩联系了沪州当地的熟人，让他住到了一家私立病院去。

入院的当天，是秦慈岩全程陪护着他。

也不知道是什么让他对这个孩子有了这样多的关注。或许是这个孩子的意志力太强了，强到让秦慈岩都感到钦佩，也或许是他的遭遇太过可怜，让秦教授有了比从前更甚的恻隐之心，再或者，是谢清呈在昏迷前喊的那一声悲恸的爸爸，让他想起了他自己也是一个父亲。

如果有一天，他走了，他的女儿留在这世上，遇到了这样的事，那么他在天上看着，又会有多心痛？

再或者……

他没有想下去，因为少年忽然唤他——

"秦教授。"

"我还能活下去吗……"在沪州的私立医院里，谢清呈躺在病床上，那么厚的被褥，盖着那么薄的身躯，以至于被面上的褶皱都瞧不见。

少年消瘦得近乎脱形，整个人灰败而憔悴。

只有那双黑眼睛，还是那么亮，直兀兀地望着他——

"我不想让我妹妹变成孤儿。

"我不想让她去孤儿院生活……

"你救救我吧……无论付出什么代价……都可以……

"求求你……"

秦慈岩在挣扎了很多天之后，最终下了一个决心，他要冒险去做一件事情。

那件事情除了他和谢清呈两个人，几乎没谁知道，连秦慈岩的妻女都被蒙在了鼓里。

——秦慈岩在国外的时候，认识了很多医药科学界的翘楚怪才。

其中有一位和他私交甚密的老同学，是某生命科学院的研究员，负责细胞再生这一项目的科研工作。

细胞再生是人类在克服疾病和死亡方面，必须攻克的一座崇山峻岭。而那个老同学在街上和秦慈岩漫步时，曾意味深长地说过一句话——

"我们在那条路上，探索得比任何一个国家的任何一个机构，都要遥远。"

当时那个老同学是想把秦慈岩留在那里和他们一起工作的，他们团队里本来也有一个非常厉害的医学工作者，但几年前出了实验事故，那个研究员死了。

他的位置虽然有其他人顶替，可惜那些人的能力都略有逊色。老同学因此很想向秦慈岩伸出橄榄枝，但秦慈岩对这种过于偏激冒险的科研不是很感冒，多次婉拒了对方的邀约。老同学感到遗憾，不过依然在秦慈岩临走前向上级打了申请，带秦慈岩去公司的实验室之一进行参观。

在那个实验室里，有一些罹患恶疾，自愿进行药物试验的病患，秦慈岩确实看到了那种名为 RN-13 的特殊药剂对患者惊人的修复力。

当他俯身仔细查看一个重度烧伤患者使用 RN-13 之后皮肤再生的效果时，老同学笑着问他："怎么样，改主意吗？也许这种药可以改变人类医学的历史，老秦，你这么优秀的人，总不会想一辈子就当个医生。"

秦慈岩推了推眼镜，直起身来，他看着那个明显是流浪汉的被试对象，然后说道："我不是很喜欢你们的这种……方式。尽管也许在你们这个州，这种试验是合法的。但你知道我。"

他也很客气地和老同学笑了一下："我就是个胆小鬼，一个普通人。我更喜欢老老实实地按照规矩研发用药，我很难做一个像你们这样的……怎么说，创新者？

"很抱歉，但这是我最后的选择。"

贺予在听到RN-13时，脸色已经变了。

那是吕芝书怀孕时为了活下去，也曾服用的药物。贺继威和他说过，这种药确实是针对细胞再生而研发的，从某种程度上而言，它简直可以算是起死人肉白骨的神药。但现代医学还没有发展到这个地步，RN-13有着严重的不稳定性和危险性，它没有经过伦理验证，没有进行过大量的动物实验，更缺乏人类服用的案例。

吕芝书服下RN-13之后，开始容貌走样，脾性大变，连同她肚子里的孩子都受到了严重影响，贺予一生下来神经系统就存在缺陷，再长大一些，则被确认了患有罕见的精神埃博拉症。这些都是RN-13造成的后果。

贺予不由得问谢清呈："你……你难道也……"

"没有一个正常人，可以在那样的车祸之后，重新站起来，疤痕愈合，容貌恢复，细胞再生。"谢清呈说道，"没错，秦慈岩为了救我，破坏了他自己的规矩——他问那些人要了足量的RN-13……"

苍冷的灯光中，他慢慢闭上眼睛。

"而我服下了所有的药。"

"你服了RN-13？那你……那你……"贺予的声线都在颤抖了，"你难道……"

贺继威曾经说过的话又一次浮现在贺予耳边：

"RN-13注定是一种不成熟的药物，它的野心太大了，细胞再生这个命题，是对人类疾病发出的最终挑战，以现在的医学技术，根本不可能实现。它确实具有很强的修复功效，甚至连衰竭的器官都能逆转，使患者得到挽救。可是它的副作用也在你和你母亲身上显露了出来。

"尽管当时的药剂师给你们使用的剂量非常小，用法也很谨慎，这一切都还是无可避免地发生了。

"你的病是RN-13导致的。"

贺予蓦地从水里翻身站直了，攥住谢清呈的胳膊，他们这时候离穹顶只有最后半米多的距离了。

离死亡只有一步之遥。

而正是在这一步之遥面前，谢清呈才终于愿意和他说了实话。

贺予感到骨髓都冰了，却并非因为死之将至，他的瞳孔紧紧收缩着——

"你……"

谢清呈仍旧闭着眼睛，他没有去看贺予的脸，他的额前发间沾着晶莹的水珠，有一滴水是从他的眼尾落下的。

落到湿润的鬓发间。

谢清呈说：“我是最大剂量使用了 RN-13 的人。在国内的病例中，1 号、2 号、3 号，还有你⋯⋯4 号，都曾多少受到过这种药物的影响，变得精神扭曲⋯⋯但贺予，你有没有想过，其中还少了一个病例。所有的疾病病例都不是从 1 号编起的，会有一个 0 号病例。尽管我使用 RN-13 的时间不是最早的，但我是第一个按照他们的要求，做完了全部疗程的人。”

犹如巨山崩塌，山石滚落，地裂天崩。

贺予的瞳孔紧紧收缩着，谢清呈的话仿佛是从很遥远的地方传来的——

"我和你一样，是'精神埃博拉'患者。是国内唯一还活着，并且能完全控制住自己心理状态，已经在精神上战胜了疾病的人。我的编号是——初。"

贺予骤然失色："你是——初皇？！"

45 | 他改变的梦想

谢清呈凝视着贺予："你知道初皇？"

"是我爸爸和我说的，但是——"贺予紧盯着谢清呈苍白的脸。

当时贺继威的话回荡在他脑海里：

"没有正常人能够承受住 RN-13 的全部治疗而不死亡，那太折磨了。"

"初皇只是一个计算机模拟人。"

"一个以 RN-13 全部受试者身份，模拟各种疾病治疗效果的数据。"

谢清呈像是明白了他要说什么，平静道："人人都以为初皇是假的，是虚拟人，它的所有试验数据都是计算出来的数据，但其实不是的。没有任何一种数据推算可以那么精准——经受住 RN-13 全程疗愈的人，就是我。这个秘密除了你我之外，只有另一个人知道——而他已经去世了，当年，就是他用这个技术救活了我。"

字字句句撼然。

"对。我就是初。也就是你们口中的⋯⋯

"初皇。"

时间再一次倒回十九年前。

不，应该是十八年前。

除夕已经过了，春天的第一枝杏花悄然绽放的时候，谢清呈病愈出院。

长达三个月的治疗，溶液舱浸泡，氧气舱配合，连续不断地服用RN-13，谢清呈在培养舱中经受住了非人的治疗折磨，经受住了RN-13的全程疗法，作为秘密试验的受试者，成了RN-13挽救回来的又一个生命。

但是俗话说得好，命运给予的礼物，早已在暗中标注了价格。

谢清呈虽然恢复效果非常惊人，因为年轻，本身的身体素质又很好，所以他的细胞再生比之前任何一个病例都要成功，可是仍然有些细微之处，在无声地进行着改变。

似乎是皮肤的再生透支了他的生命活力，这一次伤愈后，他成了疤痕体质，别人稍重一些的掐碰，他身上就很容易留下红印子。

他开始对更多的东西过敏，不仅仅是杧果，还有其他很多的东西，比如他能喝酒，不容易醉，可是身体却对酒精不耐受，一喝下去就浑身滚烫，力气流逝很快。

还有他的体力——

谢清呈的爆发力和耐力都很强大，他是散打冠军，是格斗高手，是从小付出了很多努力，刻苦训练，立志要成为一名刑警的人。

可是RN-13恢复了他正常的活动能力，却无法让他继续维系这样高强度的训练。

他的身手依旧很好，只是再也不能更上一层了。

"人的新陈代谢，一生都是有限的，你可以理解为，你已经提前透支了未来二三十年的活力，换回了你现在的健康。"秦慈岩这样和他说道，"你以后是当不了警察了，你必须好好照顾自己的身体，否则你的衰败会来得比任何人都快。虽然这样说很残忍，可是这关系到你接下去的一生，我必须如实地告诉你——

"谢清呈，你的寿命可能就只有四十多岁，如果你的身体得不到你的重视，或许连四十岁都不到，你就会全身器官衰竭而亡。"

谢清呈坐在收拾好的雪白病床上，安静地听秦慈岩和他说着这些世间再无第二人知晓的话。

春日的阳光透过晶莹剔透的玻璃窗，洒在干净整洁的病房内，也照着谢清呈琉璃似的面庞。

RN-13确实是超越了正常社会认知的药，他的身上看不出任何曾经受过毁灭性伤害的痕迹。

唯一的疤痕，是他脖颈侧后方多了一颗小小的红痣。

那是他连续三个月被浸泡在药物液体舱内，从脊髓注射破壁药剂后的瘀痕。

所有的痛苦犹如一场未留痕迹的噩梦，只有这一点朱砂——

以后都再也不可能消失了。

谢清呈回到了家。

初春的陌雨巷开着细碎的金色小花，无数的碎花涌在一起，成了泼墙而下的流金瀑布，和风一吹，瀑流落珠，花瓣如雨。

黎姨和谢雪在花墙边等着他。

见他回来了，女人掩面而泣，女孩咧嘴而笑，笑的时候，缺了一颗奶牙。

"哥哥。"

"哥哥抱！"

他们谁也不知道在燕州具体发生了什么，最早的时候，是因为谢清呈身上没有带具体的身份识别物，人又一直昏迷，没法问太多。后来医护知道他父母都已经去世，家里也没有什么来往紧密的亲戚，也不知道该找谁。

再往后，谢清呈去了私立病院，决定成为 RN-13 的试药者。

这是绝对不能对外诉说的事情，秦慈岩自己也冒了很大的风险——谢清呈明白这将成为他一直要死守的秘密。

那几个月，他们对所有人说的，都只是患者进行了一段封闭治疗而已。不用担心。

谢清呈从黎姨怀里接过幼小的谢雪，没人知道他是透支了之后三十多年的生命，才换回来春日里的这一场温柔重逢。

"小谢，痛不痛啊？留了疤吗？"

"不痛。"他说，"疤……在看不到的位置，不碍事的，黎姨。"

"哥哥，亲亲。"谢雪毕竟还太小了，无论别离时她哇哇大哭过多少次，当她再一次回到熟悉的怀抱，还是乐不可支，笑成了一朵花儿，她用温热的手搂住谢清呈的脖子，"要亲亲。"

谢清呈把脸侧过去。

小妹妹吻过他略显苍白透明的皮肤，正吻在那些在几个月前曾血肉模糊、狰狞可怖的伤口处。

清风里，小姑娘柔软的睫毛垂下。

她仿佛能感知到什么似的，仔细触摸着谢清呈的脸。

"哥哥，不疼了。"

从那一天起，谢清呈放弃了追查父母死亡的真相。

真相是很重要的，从来不是没有意义的。

但是比真相更重要的，是生命。

他付出了自己的健康、梦想、寿命……淌过血和泪，回到那个有着谢雪碎银般笑声的人间。

他知道自己将永远愧对死人。他不能还给死人一个事实，不能再给死人一个交代。

可是他再也不能辜负活人了。

四十岁，还剩二十多年……他想好好地活下去，他为此于长夜中挑灯执笔，罗列出最周密的计划。他计算着自己的年纪和谢雪的年纪，他想如果自己能够平平安安活到四十岁的话，那其实也没什么遗憾了。

摊开的笔记本上，最后一行写着：

我 40 岁—谢雪 32 岁

她应已成家。

我将没有牵挂。

谢清呈回过头，妹妹正蜷在她的小床上，抱着玩具熊睡得正香甜，薄被被她蹬下去了。他合上本子，走到床边，替她重新盖上了被子……

他原以为日子可以这样安宁地过下去。

然而，事实上，RN-13 给他新生的代价，远远没有支付完毕。

很快地，谢清呈发现，他的身体比想象中枯萎得更迅速，尽管他依旧才思敏捷，但血肉上的事却完全不是这样。回到家之后，不到两个月，他就发了好几次高烧，温度蹿上去的时候，他惊觉自己竟有种暴虐嗜血的欲望。

想破坏东西，想毁掉自己。

更可怕的是，他发觉自己的感知能力也在迅速下降——疼痛、刺激……这些从前对他而言非常鲜明的东西，变得越来越难以体会到了。

有一次他无意间割破了自己的手，刀口很深，血肉翻出，可他竟然也不觉得有多疼。

他的脾气也开始不受控制地变得暴躁。

他常常因为一些莫名其妙的小事就发起脾气，有那么一两次甚至对着谢雪他也能怒气腾腾。其实谢雪也只不过就是吵嚷着想吃鸡汤小馄饨而已。

小姑娘被骂了，吓得噎在原地，过了好一会儿，大颗眼泪就扑簌扑簌落了下来。

"哇……哥哥为什么这么凶……你不是哥哥，你不是哥哥！"

谢清呈事后回想，谢雪当时的意思，应该是想说，哥哥不会这么对她，哥哥照顾她的耐心一直都很好。

可是他那时候也不知是怎么了，胸口腾地就冒起一股子邪火。

他那阵子正为自己的古怪变化而感到不安，望着镜子的时候都会觉得里面的那个人陌生得可怕，因而谢雪这句话就显得分外刺耳，他被刺到的不仅仅是耳膜，连心脏都跟着战栗。

他蓦地回首，一张脸都显得有些扭曲。

"是。我不是你哥！你哥已经死了！他早就该死了！

"我活着是为了什么？我那么痛苦地活下来是为了什么？是为了我自己吗？是为了让你这样指责我吗？！"

如疯如狂的一张脸。

谢雪吓呆了，什么话也说不出来。

谢清呈从她茫茫然大睁着的眼睛里看到了自己的倒影……

借尸还魂的鬼一样。

虽然他每次恢复清醒之后，都会异常懊悔，觉得自己当时疯了，为什么会做出这样的事情。

可是发病的次数越来越频繁，每一次发病都比前一次情绪更差，更失控。

他意识到了不对。

这个药可能有他们意想不到的副作用——

于是，在又一次精神崩溃后，谢清呈无助地蜷缩了好久，于痛苦中发着抖，最终拨通了那个秦慈岩留给他的联系号码……

秦慈岩也是第一次听说 RN-13 会引起这些心理上的症状。

他立刻飞回了沪州，带谢清呈去做了一系列体检，所有指标几乎都是正常的，但谢清呈就是病了。

那时候 RN-13 引发的精神疾病还没有得到命名，也没有非常具体的案例汇报，秦慈岩于是认为谢清呈是单纯的精神压力太大，将他介绍给了沪州一家精神病院的医生进行心理干预。

那医生不可谓不负责任，他给了谢清呈很系统的治疗流程。

那一阵子，谢清呈服用了大量的心理治疗药物，有些药吃下去甚至会使得他思维缓滞，浑浑噩噩，却无法从根本上起到舒缓他内心痛苦的效果。

只要药物停下，他就又变本加厉地抑郁狂躁起来。

日复一日，谢清呈实在受不了了，一向非常坚强，从没有被肉体上的痛苦击垮过的他，终于被精神上的折磨给摧毁了内心。

在又一次发病，吓哭了谢雪之后，在又一次从警局得知事情毫无进展后，在弥漫着萧瑟昏幽气息的暴风雨夜中。

谢清呈终于崩溃了。

精神疾病是一种无处不在的恶魔，足够让从前坚韧不拔的年轻人，从内心变得枯朽。

谢清呈的意识仿佛都不是自己的了，他拿了一把刀……贴在了自己的手腕上。

"我想活下去。

"我想看着她长大。

"秦医生，你救救我好吗……"

那样坚强的声音，仿佛已是上辈子的回响了。

刀狠狠抹下。

抹得很深，血顿时喷涌而出……

谢清呈闭上眼睛。

原来对于一个内心备受折磨的人而言，死其实是这么容易的一件事。

伤口的血滴滴答答地落下……

无人的深夜雨巷口，宽大的遮雨屋檐下，谢清呈闭着眼，由着生命从伤口里一点一滴地流逝。

他好像真的已经不是谢清呈了。

他不过是一个空壳，一具衰朽的尸体……

"小谢！小谢！"

模糊间，好像有个男人从出租车上下来。

那男人身材高大伟岸，撑着一把黑色素面大伞，很像他的父亲……

秦慈岩没想到自己晚上回沪州，从机场回来的路上想顺道往谢清呈家这边兜一圈，却见到了这样一幅太过凄惨的情景。

他奔下车来，把手伸给那个蜷坐在台阶上的少年——

"你在干什么？你不痛吗？"

谢清呈仰头看着他，无家可归的小动物似的。

嘴唇动了一下，却没有声音。

秦慈岩一把将他架起来，背在背上，伞也斜了，医生的衣裳彻底被大雨淋湿，他不管，只将大伞仔仔细细地遮住他肩上的那个孩子："走。没事了啊。我带你去医院。"

"我带你去医院，小谢，你坚持住。"

从那天之后，秦慈岩就知道，谢清呈的病症不是单纯普通的精神问题了。

他和远在国外的老同学挂了电话，老同学听闻此事，翻遍相关病例，发现他们那边的试药者也有一些出现了相似的病例。

但那些人都没有活太久。

身心摧残太大了，他们到了最后，无时无刻不在与人类最负面的情绪做斗争。

比肉体上的伤痛更可怕的，是情绪上的绝望。

秦慈岩结束通话后，一个人在家里的阳台上站了很久。

他是真的非常喜欢谢清呈，只要看过那孩子曾经坚强又懂事的样子，没有人会不喜欢他。

而如果有谁能够最终战胜人心的痛苦，秦慈岩觉得，那一定就是谢清呈。

只要有人能真正地理解他、陪护他。

秦慈岩那一阵子工作上刚好有借调，可以在沪州留上大半年。

于是他做了一个决定。

决定经常把谢清呈带在自己身边，把他当个养子。

不过这事儿不能声张，毕竟如果让燕大附一的同事们知道了谢清呈就是之前严重车祸回天乏术的孩子，那一定是少不了盘查的。

而 RN-13 作为违禁药使用，他且不说自己的职业生涯如何，谢清呈都很有可能会被当成实验目标面临着可怕的威胁。

所以几乎没什么人知道秦、谢二人私交甚密。

秦慈岩对谢清呈情如半父。

他给了谢清呈新生，给了那个濒死的少年活下去的勇气，他还给了一个灵魂枯朽的死人，重新活下去的意义。

在那长达半年时间的朝夕相处中，秦慈岩成了谢清呈的精神支柱。

谢清呈无论有什么负面情绪，秦教授都是能够包容开解他的。

秦慈岩的智慧，秦慈岩的博闻强识、悬壶济世，又给予了失去理想的谢清呈一束新的光亮。

他不能成为警察了。可他或许可以成为一名医生，一名像秦慈岩一样的医生。

　　日升月落，秦慈岩不觉辛劳地教导着谢清呈疏解情绪，同时传书授业，引他步入杏林之门。

　　和贺予钻研黑客技术一样，少年谢清呈埋头苦读，同样起到了分散注意力的效果，病情竟在这样的方式中渐渐得到了控制。

　　秦慈岩让他以一个普通学生的身份，在空暇时去他朋友开的研究院进行学习。以此激励他不断地克服困难。

　　那个研究所就是贺继威赞助的。

　　不过，没人知道秦慈岩和谢清呈关系非常亲密，秦、谢二人在外人面前总是淡淡的，就像是点头之交。秦慈岩如果要给谢清呈一些学习上的机会，也总是会假托一些青年兴趣组的名义，而非直接授意朋友让谢清呈进组。

　　谢清呈也没有辜负秦慈岩的重望，他是个不折不扣的天才，对任何知识的融会贯通都很快。

　　RN-13似乎让他的头脑变得更聪明了，在这短短的十余年时间内，谢清呈私下跟随秦慈岩完成的研究是正常人绝对达不到的。

　　除了医学，谢清呈在生命科学的领域也取得了惊人的突破。他甚至私下里开始研究RN-13的辅助药物，研究自己作为"精神埃博拉"患者的病理问题。

　　然后某一天，谢清呈有了一个意外的发现——

　　他自己是很好的实验体。

　　正是因为RN-13的完全性使用，作为初号病患，在他的身上，可以完成一些正常人绝对承受不住的药物实验。

　　通过那些实验，他可以在许多常见疾病的领域求证出答案，创造出新的医治方向——

　　有些神农尝百草的意味。

　　谢清呈因此感到了自己短暂的人生或许并非没有意义的。

　　尽管他再也不能是从前的谢清呈了，他必须舍弃他最初的梦想，舍弃追寻父母死亡真相的心愿。

　　但是他至少不再是个废人。

　　他可以让自己的痛苦开出鲜红的花蕊，可以让自己的生命照亮那些身在病痛中的人，可以带他们离开那漫长到令人窒息的黑暗。

　　他把这些沾染着他的鲜血的数据记录下来，储存整理，而就是这些内容，后来被别人称之为传说中的——"初皇数据"，或是"初皇档案"。

46 | 他是归来的光

从那之后，谢清呈几乎是废寝忘食地进行着那些实验……好像只有这样，他的心境才能一直保持着平和。

他才能感受到自己的人生没有彻底地毁灭，还是有价值的。

但问题是，不停地拿自己的身体做实验，哪怕是 RN-13 的完美改造人，有时候也无法承受住那种肉体上的痛苦。

尽管精神埃博拉感官较正常人更为麻木，但痛到骨髓了，还是会受不了的。

谢清呈的这些实验一直都是背着秦慈岩进行的。

直到有一天，他在自己的手臂上做烧伤药物测试时，被无意间进来拿东西的秦慈岩碰见，他的这种自毁式科研行为才被发现。

秦慈岩大为震怒，立刻停止了他在研究所的学习。

他问谢清呈："你的命就不是命吗？你这样的行为，是在折磨谁？"

"我不觉得痛。"

"取得这些实验结果的人会觉得痛！"

秦慈岩愤怒地说。

"你知道我为什么要拒绝国外的朋友吗？你知道我为什么不去参与研发 RN-13 吗？！这药明明能救人，明明救过一些实验体，但我却不认为那是好事，你知道为什么吗？！

"因为没有什么医学实验会比人的生命更重要。挽救生命这是科学研究的意义之一，但那不是建立在活人的鲜血上的！"

谢清呈替自己缠上纱布，慢慢地放下雪白的衣袖，然后他起身，看着秦慈岩的双眼："可是老师。这是我现在唯一能做的事了。

"自从我生病之后，我好像就成了一个废物。过去轻易能做到的事情，我都做不到了。

"您能明白那种力量流逝，却把握不了的无力感吗？像面对时间，面对引力，面对所有不能被抗拒的东西。

"我尝试着去习惯，但我习惯不了……我的身体虽然痊愈了，但我的心脏好像已经在那次本该丧生的车祸中腐烂。我时常做梦醒来，觉得胸腔里是空的……我很想拿一把刀把自己的胸口剖开，去看一看里面究竟还剩下什么。

"我觉得我不过就是个借尸还魂的躯体。活在这个世上，除了照顾好自己的家人外,我再也没有了任何作用……"

谢清呈说到这里,闭了闭眼睛。

"我甚至连家人也照顾不好。我妹妹童言无忌,不止一次地告诉我,她觉得我变了。"

"她觉得我……"谢清呈嗓音凝涩,僵了好一会儿才艰难地说下去,"她觉得我……不是她的大哥。"

他说到这里,尽管隐忍着,眼眶还是红了。

最初让他坚持着活下来的,就是那个年幼的小妹妹。

可是连妹妹都这样说他——而且女孩儿才五岁,没有什么曲折心思,她感受到什么就会说什么。

这种指责不是故意的,而是一个幼童发自内心的难受和不安。

谢清呈常觉自己身上沾血,浑身上下都是看不见的病毒,他渐渐地连抱她都不敢。

他在夜里枯坐于床前,于朦胧月色中看着那个小小的生命。

她爱他。

所以她的话把他伤得最深。

他觉得自己的身体都已在那次车祸中百孔千疮,好不容易从鲜血淋漓中拾掇回一颗心脏,他捧着那颗心,将破碎的尸骸缝补粘凑,像缝合一只破烂的布偶熊,哪怕支离破碎,也想回到女孩的身边。

"布偶熊"笨拙地、肮脏地、满身狼藉地带着线痕从垃圾桶里回到家中,他张开大手,向那个他最珍爱的小姑娘缓缓慢地招摆。

没人知道他付出了多少代价,才换来这一次笨重地向她招手的机会。

可是她说,你不是他。

她看着她破旧的布娃娃,说,你不是哥哥。

你看,你有线头,你是破的。

我要哥哥……

哥哥是完好无损的,哥哥不会有那么狰狞可怕的伤口。

哥哥不会吓到我。

"我觉得我回来了,从阴曹地府。但是我又好像把自己给弄丢了。"

谢清呈轻声说。

"我以前不是这样的。"

"我以前从来不会冲她发脾气。我以前不会没有背着她一路回家的力气。我以前……"

谢清呈说这些话的时候，一直没有太多的表情。

这似乎会让人觉得他很无情。他没有任何情绪。

可是说到这里时，他说不下去了。

喉咙口涩得厉害。

秦慈岩知道，他并非没有悲伤，而是他为了从鬼门关回来，连生而为人的喜怒哀乐都被剥夺了。

他为了活下去，就必须一直保持着冷静。

因为每一次感情上的剧烈起伏都会诱发精神病，而这种精神病每发作一次，情况都会比上一次更严峻。

谢清呈顿了好久，才麻木地说："我觉得我没有了活下去的意义。

"我既不能让她感觉到快乐，也不能给其他人带来任何的价值。我不想做任何人的负担，也不想来这世上一趟留不下任何有意义的东西。

"那一阵子我真的很绝望。直到您带我来了实验室。直到我发现……我的头脑，我的身体……可以承受住非正常的压力，在一些病症研究的领域，我可以用这具麻木的躯体，走得比其他人更远。

"我真的不痛，老师。血和病痛算不了什么，最可怕的是心死了，最可怕的是我什么都做不了，我活着但成了彻头彻尾的废物，我不想这样。"

他抬起眼，望着秦慈岩，那双桃花眸里像零落着大片大片的枯槁。

"老师，我觉得很痛苦。我不想让别人和我感受同样的痛苦，我周末在研究所门口遇到了一个得了脑癌的孩子，年纪很小，看着才七八岁，他的父母是那么伤心，却没有放弃希望……人战胜不了疾病，但是战胜不了不意味着不战而降。

"我也不想向苦难屈服，或许我这一辈子算是完了，但我至少能在那些看不见的，与疾病的战斗中，做到正常人做不到的事情。

"我想这也许就是我活下来……我未来二十多年人生的意义。

"我死也要站着死。我死也要做一些我该做的事。

"老师，这是我活下去的意义。"

他的血从纱布下渗出来。

"很抱歉，我一直隐瞒着你。"

秦慈岩说不出自己当时是怎样的一种感受。

愤怒？心疼？好像都不能完全诠释他的内心。

他想，生命到底是什么。支持着每一个人活下去的内核，究竟又是什么。

是存在，是价值。是你做过什么事，付出过多少热血。

生命从来不在于得到。得到只是一种让人更好地活下去的养料。可无论得到过多少东西，当死亡踏歌而来的时候，死神会把你拥有的一切连同你破朽不堪的尸骸一起带走。

而在这世间能留下的，能帮助你战胜死亡的，永远都是你付出的那些东西。

它们与你分隔生死两地，因你已无私地将之馈赠世人，所以它们生于你而不再属于你。连死亡也不能将之带离。

那是渺小的人类，能做出的最强大的事情。

谢清呈一直以来都把这一点看得很清楚，所以像他这样的人，当他发现自己成为一个没有价值的废物，什么也做不了、什么也不能承担的时候，他就会异常痛苦。那种痛苦远胜过将他万剐千刀，诛心诛命。

所以他才会在发现自己仅有的价值之后，这样夙兴夜寐地泡在研究所，用自己的身躯去点那一盏黑夜里的灯。

他才会拿自己去做那些实验。

秦慈岩长叹一声，隔着厚重的镜片，谢清呈看到医生的眼睛里竟盈着湿润的泪。

"那你的父母呢？"

秦慈岩温柔又悲伤地看着他。

"你说你不希望看到那个患脑癌孩子的父母痛苦，你不希望看到别人和你一样难受。

"那么谢清呈——

"天上的那两双眼睛，你看不到了吗？

"你不是孤儿，你的父母离开了，但他们曾经那样地爱过你。

"你这样对待自己，且不说我了。你觉得他们又会有多伤心？"

医生走到他的学生面前，这无人知晓的关系，这无人听闻的对话。

在冰冷的实验室，温沉慈悲地融化开。

秦慈岩抬起手，摸了摸少年谢清呈的头发。

"你知道我为什么要做这样的事情，不顾规矩、不顾危险、不顾一切地来救你吗？

"我从来没有告诉过你吧。

"我除了一个女儿之外，曾经也有过一个儿子。

"出车祸死去的。

"他临走前和我说的最后一句话是,爸爸,我不想死。"

秦慈岩合上眸:"我一辈子忘不了那句话,那双眼。

"如果可以,哪怕是个植物人,哪怕他性情大变,只要他能回来,我什么都愿意去做。没有比眼睁睁地看着自己亲人离去更痛苦的事情了……小谢,你父母是没的选择,离开了人世,但你有的选,你不应该那么作践自己,你好好地活下去,感受世上的春华秋实、万物枯荣,也是一种生命的意义。

"谢雪还小,她什么也不懂,才会说出那样的话。小孩子的言语是未经修饰的,纯朴,但未必能完好地表达自己。

"你在她心里永远是最重要的。如果你有一天不再能回到她身边,她才会真的痛不欲生、茫然无措。"

他见谢清呈想说什么,他摇了摇头,似乎已明白谢清呈要说什么。

秦慈岩温和、悲伤,却不容辩驳地说:"我觉得我是有资格这样和你对话的。我能明白你的心情,在我们已经走过的人生中——你失去了你的父母,而我失去了我的孩子。"

谢清呈僵立着,他看到秦慈岩隐有皱纹的眼角闪着泪光。

过了一会儿,那医生一直隐忍着的泪,终于顺着不再年轻的脸庞潸然滑落。

"如果你的父母还活着,他们不会希望看到你这样做。

"小谢。生命的意义,首先在于你要好好地活着。"

秦慈岩不允许谢清呈再去贺继威的生化制药所学习了。

贺继威对此很不解,他觉得谢清呈真是个非常难得的天才,不好好栽培那是暴殄天物。

但少年谢清呈依照秦慈岩的意思,最后谢过了贺继威对他的关照,离开了实验室。

秦慈岩把谢清呈做的那些试验以"虚拟人"的故事掩盖过去,误导别人以为初皇只是一个计算机模拟人,初皇数据也都是计算出来的数据。自此之后,秦慈岩对他的关注更多了,他几乎是把谢清呈当成那个再也不可能回来的儿子守护。

谢清呈的迷茫他都看在眼里,再一次失去了方向的谢清呈显得非常孤独,情绪也并不那么稳定。

而秦慈岩很快也因工作的再次调度,要回燕州去了。

临走前,他带谢清呈去了一趟海洋馆。

那是秦慈岩思考选择了很久之后做的决定。

海洋生物往往是最能治愈人心的。

"这是护士鲨,那个……对,最角落一直在游的那个,是柠檬鲨。"

秦慈岩像个慈父带着儿子,和谢清呈一人拿着一根甜筒冰激凌,在幽蓝色的海洋馆里走着。

或许他就是一个慈父。

当海水变幻莫测、光影朦胧舒展时,站在他身边的,就是那个他再也见不到成人的孩子。

他俩最终来到了水母宫。

那是海洋馆的一个区域,四面八方全是晶莹剔透的玻璃墙,大厅中间还矗立着许多琉璃柱。

而在那些玻璃后面浮浮沉沉的,是成千上万的水精灵。

谢清呈走进去,微微地睁大了眼睛。

他好像进入了一个远古的世界,六亿五千万年前的生灵在他周围舒缓地游弋着,张弛着自己晶莹的躯体,它们像飞絮,像落雪,像初夏的第一缕晨曦,像暮春的最后一池花。

春夏秋冬的盛景都酝酿在那水做的生命里。随着水母宫空灵的八音盒叮咚声,将人的心沉入深处,沉入遥远的冰河纪,沉入海底两万里。

谢清呈走在水波粼粼的长长玻璃甬道中,竟在病后,第一次感受到了内心久违的平静。

那不是他平日里强迫自己的平静。

而是真真正正,舒缓的、释怀的平静。

"好看。"他看着一只巨大的水母如青烟般漂过眼前,轻声道。

秦慈岩笑眯眯地看着他:"水母这种生物,没有头脑、心脏、脊柱、眼睛……它们身体的百分之九十五都是水。寿命也并不长,只有短短的几个月,最久的深海水母也就能活几年。"

"可你看,它们活得那么自在飘逸,本身就是一道非常美丽的风景。许多人只是看着它们,都能感受到前所未有的平静。"

"你也是吗?"

"我年轻的时候在国外读书,每个月都要跑去那里的海洋馆,不为别的,就为了在烦躁中找点安宁。我一过去就往水母区坐着,一坐就是一个下午。"秦慈岩有些怀念地笑了笑,"一晃都那么多年过去了……那个海洋馆售票员还说我以后要是找不到太太,可以免费来他们馆里领一只水母回家结婚,海洋馆可以给我举办婚礼呢,哈哈哈哈。"

谢清呈转头望着他。

在海月水母如同皓月沉洋的温柔中,他看着秦慈岩,也终于笑了起来。

那也是他病后第一次这样舒展地笑。

"谢谢你,老秦。"

"没事,小鬼。"

秦慈岩走了,回了燕州。

但谢清呈慢慢地找到了可以很好地控制自己情绪的办法。那是他的半父教给他的,赠予他的珍礼。

于是他也像二十多年前的秦慈岩那样,经常来水母宫看这些六亿五千万年前的生命。

少年秦慈岩成了少年谢清呈,两个医者的身影在无数缥缈的水母世界里虚化重叠。

每当谢清呈感到病症加重、感官麻木、异常窒闷的时候,他就会注视着那些水母的视频——

没有眼睛。

见不到光。

没有心脏。

感受不到心疼。

没有脑子。

也不存在喜怒哀乐,是比他还麻木得多的生命。

可是它们依旧很自在,用百分之九十五的水,泼墨了一幅又一幅治愈人心的画。

秦慈岩说,好好活着,就是生命的意义。

而这些水母,便是对好好活着,最好的诠释吧。

日复一日,时光飞逝,谢清呈最终竟靠着自己,变得极其冷静、镇定、平和。

他成了几乎无人知晓的精神埃博拉症初号患者。

"从某种程度上来说,你已经战胜了这种疾病。只要一直这样下去,不再复发,你可以平平安安地活到四十岁。"

秦慈岩说。

"甚至更久。"

他说更久的原因,是那边的生命实验室研制出了一种特效药。

他们的 RN-13 研究后来被大洲立法叫停了，民众游行抗议这种以流浪汉作为人体实验对象的非人道主义行为，迫于压力，研究院销毁了他们所有 RN-13 药品，并投入到为那些已经受试的病人的后续治疗中去。

而如何延长 RN-13 受试者的寿命，成了他们的主要课题。

从根本上讲，RN-13 透支了人体的新陈代谢，使得病人在自愈的同时缩短了寿命。

所以这些年，他们最终研制出的缓释药，那是一种可以大幅降低代谢周期的药。

这种药正常人吃多了要命，但 RN-13 受试者可以承受，并且能够因为这种药剂大大减缓接下来的细胞分裂速度，让他们的生命得以延长。

而且这次的药物是经过反复测试正规验证的。

秦慈岩告诉谢清呈："只要一直服用下去，加上你的自制力，那你就和正常人没有什么区别，可以活到七老八十也不一定。没准活得比我还长久呢。"

"正常人"三个字，触动谢清呈的心。

他已经很久没有觉得这三个字离自己那么近。

要知道那一年他服下 RN-13，他就以为自己从此再也不会拥有正常的、完整的人生了。

"副作用呢？"他压着声音里轻轻的颤抖。

"你倒是不笨。"秦慈岩叹了口气，"不过副作用也不是不能接受的……你的反应力、头脑清晰程度，以及所有这些，非常依靠细胞活化的能力，都会下降。

"但你本身就很聪明。如果不服这种药，你会有非常了不起的建树，服了之后……那也就是，能力越来越不突出……但是小谢，哪怕这种治疗削弱了你的头脑，你还是能做个非常了不起的心理医生。只是你也只能做医生，再也不可能像以前一样，能把心力分散到其他领域去，同时做到多个方面的翘楚了。

"你考虑一下吧。"

那时候谢清呈已经考入医科大念心理学本硕博八年连读了。

他原本打算在大学期间不只完成学业上的事，他还经过了秦慈岩的同意，重新进行从前的生化制药研究。

他现在的情绪非常稳定，哪怕偶尔有控制不住的时候，也可以靠着水母视频来压制自己的病情。

只要一看到那些浮游的古老生命，他就能很快地镇定下来不再有强烈情绪，这已是他给自己训练出的条件反射。

他也绝不会再做出用自残来推进实验进程的行为了。

秦慈岩因此答应了他的要求。

但治愈药的出现，又一次把谢清呈推到了一个选择的天平上——

是重新回到正常人的行列中，放弃科研，从此定心做一个医生？

还是一条险路往下走，完成常人不能企及的任务，然后在四十岁的时候离开人世？

他必须做一个选择。

而就在这个时候——

发生了一件对谢清呈而言，影响很大的事情。

（未完待续）

图书在版编目（CIP）数据

病案本 . 2 / 肉包不吃肉著 . -- 广州：广东旅游出版社，2025.7（2025.8重印）. -- ISBN 978-7-5570-3584-6

Ⅰ . I247.5

中国国家版本馆 CIP 数据核字第 20255XY258 号

病案本 . 2

BING AN BEN . 2

出 版 人：刘志松
责任编辑：梅哲坤
责任技编：冼志良
责任校对：李瑞苑

广东旅游出版社出版发行
地址：广州市荔湾区沙面北街 71 号首、二层
邮编：510130
电话：020-87347732（总编室） 020-87348887（销售热线）
投稿邮箱：2026542779@qq.com
印刷：河北鹏润印刷有限公司
（地址：河北省肃宁县工业聚集区）
开本：700 毫米 ×980 毫米 1/16
字数：321 千
印张：17.875
版次：2025 年 7 月第 1 版
印次：2025 年 8 月第 2 次印刷
定价：108.00 元（全 2 册）

【版权所有 侵权必究】

如发现图书质量问题，可联系调换。质量投诉电话：010-82069336